Peter Suska-Zerbes

Märchenschloss

Peter Suska-Zerbes

Märchenschloss

Verschwörung im Allgäu

Brack Verlag

Dieses Buch ist ein Roman. Handlungen und Personen sind frei erfunden. Ähnlichkeiten mit lebenden oder toten Personen sind rein zufällig.

ISBN 978-3-86389-024-7
1. Auflage Oktober 2016

Zugspitzstraße 2a, 87452 Altusried
www.brack-verlag.de
Umschlagfoto: © rudi1976 / Alamy Stock Foto
Druck: AZ Druck und Datentechnik GmbH, Kempten
Printed in Germany

Ein Bekennerschreiben

Der endgültige Kampf kann beginnen!
Schloss Neuschwanstein ist zerstört!
Es musste sein! Weitere Bauten und Kunstdenkmäler werden folgen. Es war unumgänglich, um die noch freien Menschen zu warnen:
Eine Verschwörung von nie gekanntem Ausmaß bedroht die Menschheit. Die Feinde der Freiheit gewinnen mehr und mehr die Kontrolle über uns. Die Zeit des Zögerns und Zauderns ist vorbei! Gegen ein Feuer hilft nur ein Gegenfeuer. Wir müssen uns wehren. Jetzt!
Nehmt die Fackel der Freiheit!
Wehrt euch gegen ihre Kontrolle!

Juni 2001
Rubens lauschte der Stimme. Es gab keine Zweifel mehr. Es wurde ihm von der Stimme offenbart, was er tun musste.
„Werden die Menschen nach der Zerstörung von Schloss Neuschwanstein verstehen, in welcher tödlichen Falle sie sich befinden?“, fragte Rubens die Stimme. „Ist es nicht notwendig, ihnen eingehender zu erklären, wer die Feinde der Freiheit sind, von wem die tödliche Gefahr ausgeht?“
„Nein! Nähere Erklärungen machen keinen Sinn, denn nur wenige der noch freien Menschen werden wirklich verstehen“, antwortete die Stimme.
Wie ein Feuerball kreiste die Stimme über Rubens’ Kopf. Dann drang sie tief in ihn ein: „Die Menschen werden erst handeln, wenn sie dort getroffen werden, wo sie selbst am

verletzlichsten sind. Die Zerstörung ihrer Kulturdenkmäler, von denen ihr Märchenschloss nur den Anfang machen wird, wird deshalb unbedingt notwendig sein. Den Feinden der Freiheit und den von ihnen kontrollierten Helfershelfern wird dann nichts anderes übrig bleiben, als zu reagieren. Aber genau daran wirst du, der Erwählte, erkennen, wer auf welcher Seite in diesem Kampf steht."

Rubens fragte nach kurzem Zögern, ob er sich bereits als Erwählter zu erkennen geben solle.

„Du musst den Kampf mit Geduld vorbereiten", sagte die Stimme. „Noch viele Jahre werden vergehen müssen, bevor dieser endgültige Kampf beginnen kann. Bis dahin wirst du, der Erwählte, im Verborgenen alles für den entscheidenden Kampf vorbereiten. Dafür habe ich dich zu Rubens, dem Erwählten, gemacht. Wenn es einmal so weit ist, wirst du unseren Verbündeten gegen die Feinde der Freiheit vorangehen. Bis zum Ende! Schritt für Schritt! Umwege werden bis dahin jedoch unumgänglich sein, um den endgültigen Kampf zu beginnen."

Rubens verstand: Noch stand alles. Das Märchenschloss. Die berühmten Allgäuer Barockkirchen. Ihre Burgen der Macht …

„Nur eine Frage der Zeit", hallte die Stimme inzwischen schon wieder ganz weit weg. „Aber sie werden fallen!"

Irgendwann im Nebel der Vergangenheit

Freitagnacht, 02.12 Uhr

„Jetzt nimm schon! Stell dich nicht so an! Ist doch nichts dabei!"

„Franz, raucht euer Zeug allein. Und gib endlich Ruhe! Ich hab ‚Nein' gesagt und dabei bleibt es! Ich stehe nicht so drauf, mich zuzudröhnen." Ihr Ton hart, abweisend. Sie trank nicht, rauchte nicht. Dieses Zeug schon gar nicht.

Das machte sie jedes Mal deutlich, wenn Franz ihr den rundgehenden Joint oder eine Flasche von hochprozentigem Fusel auffordernd nach hinten hielt. Hannes, der neben ihr auf der Rückbank des Autos saß, schwärmte von „verdammt gutem Stoff" und „bewusstseinserweiternder Erfahrung". Maxi, der hinter dem Steuer saß, faselte etwas wie „verdammt geiler Kick".

Sie waren auf der Rückfahrt nach Obergünzburg, wo sie alle drei wohnten. Letzter Zwischenstopp ihrer Freitagnachttour war Markt Rettenbach gewesen, wo sie eine halbe Stunde vorher der Besitzer einer Diskothek vor die Tür gesetzt hatte. „Feierabend für heute!", hatte es geheißen.

Trotz des lautstarken Protests waren sie da noch alle gut drauf. Sie selbst auch. Die verstohlenen Blicke, die die Jungs sich zuwarfen, bemerkte sie nicht. Einen Verdacht, es könnte um etwas anderes gehen als um eine Tour durch angesagte Kneipen und Diskos im Allgäu hatte sie nicht. Was Sex and Drugs anging, war sie trotz ihrer achtzehn Jahre absolut unbedarft. Sie hatte keine Ahnung von den Wetten der Jungs, wer „Mauerblümchen als Erster pflückte".

Nein, sie hatte keinerlei Bedenken. Es waren schließlich die Jungs aus ihrer Klasse, mit denen sie nach ihrem blendenden Abitur am Allgäu-Gymnasium in Kempten unterwegs war. Jugendliche aus allerbesten Obergünzburger Familien. Geld war bei keinem von ihnen ein Problem. Beziehungen auch nicht. Die Türen für Traumkarrieren standen für alle offen. Weit offen. Grund genug zum Feiern.
Ausgelassen waren sie in Markt Rettenbach ins Auto eingestiegen. Hannes spielte neben ihr auf der Rückbank wieder einmal den Clown, eine Rolle, die ihm seit Jahren zukam. Sie hatte laut gelacht, als er ihren Lateinlehrer nachäffte. „Fräulein Buchner, es handelt sich doch hier wohl um einen Ablativ Absolutus, oder vertreten Sie da eine andere Meinung?"
Ja, da hatte sie noch bei seinen Scherzen mitgelacht, obwohl ihre Mutter ihr den ganzen Abend nicht aus dem Kopf ging. Die war nicht gerade begeistert, dass ihre Tochter es sich seit dem Abschluss ihrer Prüfungen angewöhnt hatte, jedes Wochenende mit den anderen loszuziehen, um dann mitten in der Nacht nach Hause zu kommen. „Was ist auf einmal los mit dir? Ist dir egal, wie es mir geht, oder was? Du kommst doch sonst nicht aus deinem Zimmer?" In dem Punkt hatte ihre Mutter wirklich recht. „Mauerblümchen" nannten sie die anderen. Überall. Nicht zu Unrecht.
Über die Jungs aus ihrer Abiturklasse, mit denen sie am Wochenende unterwegs war, hatte sie ihre Mutter im Unklaren gelassen. Auch die Tatsache, dass Maxi sich den Mercedes seines Vaters auslieh, ohne diesen groß zu fragen, ließ sie zu Hause ebenfalls unerwähnt.
Ihre Mutter hatte jedes Mal, wenn sie am Freitagabend weg wollte, lauthals gewarnt, hatte ganz auf besorgte Mama gemacht. Als wenn es das Problem ihrer Mutter wäre, was sie am Wochenende mit ihrer Zeit anfing! Sie würde sowieso

bei nächster Gelegenheit ausziehen. Wenn das mit dem Auslandsstipendium etwas würde, sähe ihre Mutter sie bald nie wieder. Sie beide waren nicht gerade die Traumfamilie. Bestimmt nicht.

Ihre Mutter würde ein Drama daraus machen, wenn sie vom Kiffen der Jungs erfuhr. Die Abiturientin schnaubte bei dem Gedanken: Vergiss sie! Ihre Mutter hatte wirklich keine Ahnung. Und was sollte der ganze Terz daheim? Bisher war es doch immer gut gegangen, und was die Versuche der Jungs anging, sie rumzukriegen, darüber konnte sie nur lächeln. Es war keine Frage der Moral. Sie wurde nicht gerne von anderen kontrolliert. Das hatte sie noch nie gemocht. Aber das behielt sie für sich. Ging niemanden etwas an. Auf jeden Fall wusste sie, was sie wollte, und vor allem was sie nicht wollte: Abhängigkeit, von wem oder was auch immer. Ohne Ausnahme.

Und das galt auch für ihre Mutter – oder sogar besonders für sie. Natürlich hatte sie gereizt reagiert, als diese am Abend wieder mit der alten Leier angefangen hatte, nur weil sie sich wieder die Jeans mit den Löchern angezogen hatte. Mädchen aus besserem Haus würden sich so nicht anziehen: „Mama, stell dich doch nicht so an! Ist doch nichts dabei. Die laufen doch alle so rum. Das sind Distressed Jeans. Die werden schon so gemacht."

Nicht wegen den Jungs, sondern wegen der Reaktion ihrer Mutter, war auch ihre sonstige Bekleidung gewagt. Entsprechend gab es beim Weggehen auch die zu erwartende Szene. „So wie du daherkommst, wundert es mich, dass dir noch nichts passiert ist." „Was soll mir schon passieren?"

Ja, genau das hatte sie gesagt und da meinte sie es auch noch so. Dass die Jungs etwas von „letzter Versuch" gemault hatten, bevor sie angerufen wurde, hatte sie schließlich nicht mitbekommen.

Sie versuchte, nicht an ihre ständig klagende Mutter zu denken. In dem Alter war sie bestimmt nicht die Einzige, die mit ihren Eltern Probleme hatte, aber bei ihr war es weit mehr: Sie hasste ihre Mutter. Umgekehrt war es ganz genau so, obwohl niemand der beiden es offen zugab. Das war nicht immer so, aber seitdem Papa sich …

Sie wollte lieber nicht daran denken. Die düsteren Bilder würden sie wieder für Tage verfolgen. Auf jeden Fall herrschte seitdem Ausnahmezustand zwischen ihrer Mutter und ihr, allerdings ständig anders, unvorhersagbar: An einem Tag offener Schlagabtausch und am nächsten spielte ihre Mutter ganz die Besorgte, der es leid tat und die es doch nicht so gemeint hatte. Die schreiende Mutter war ihr fast lieber als die ständig jammernde Mama-Variante, die klagte, wie undankbar ihre Tochter doch sei.

Sie war immer schon etwas einsam, schweigsam, aber ganz in sich selbst zurückgezogen hatte sie sich erst, als das mit ihrem Vater passierte.

Papa war der Einzige, den sie in ihrem Leben wirklich geliebt hatte. Das war allerdings schon sehr lange her, alles war damals so plötzlich gekommen. Eigentlich durfte sie nicht auf den Speicher, aber weil niemand zu Hause war, als sie von der Schule kam, war sie auf Zehenspitzen die schmale Stiege zum Speicher hochgestiegen. Eigentlich nichts als Neugierde.

Das Mädchen hatte zuerst nicht verstanden, als es den Strick am schrägen Dachfenster bemerkte. Die Silhouette des reglosen Körpers hob sich dunkel vom Halbdämmer ab. Sie war zögernd einige Schritte näher gegangen, und als sie in die starren, entsetzten Augen ihres Vaters sah, hatte sie angefangen zu schreien, zu schreien …

April 2007

01. April 2007, 12.14 Uhr
Wochenlang war man sich im Haus der Familie Scheible in Marktoberdorf aus dem Weg gegangen, aber an diesem Sonntagmorgen war es nach dem Hochamt in Sankt Martin zwischen den Eltern und der 27-jährigen Tochter auf dem Nachhauseweg durch die Innenstadt zu einem Streit gekommen. Heftig wie noch nie. Und das wollte einiges sagen.
Beim gemeinsamen Mittagessen war die seit Wochen zu erwartende Auseinandersetzung dann endgültig eskaliert. Am Anfang war die Stimme des Vaters kalt und distanziert, aber inzwischen überschlug sich seine Stimme fast, weil seine Tochter einfach auf ihrem Entschluss beharrte. Die Mutter schaute hilflos zwischen ihrem Mann und ihrer Tochter hin und her, machte immer wieder einen Versuch, die Gemüter zu beruhigen, ohne dass sie jedoch einen Satz zu Ende gebracht hätte.
Hannes Scheible schnaubte wütend über die Knödel und den allsonntäglichen Schweinebraten: „Katharina, wie oft denn noch, Herrschaftszeiten noch mal? Das kann doch nichts werden!"
„Da ist Herr Professor Silbermann aber ganz anderer Meinung", fauchte Katharina nicht weniger aufgebracht.
„Ah ja? Hat der Herr Professor dir etwa diesen Floh ins Ohr gesetzt? Dass ich nicht lache. Nach München will die junge Dame, um eine ganz große Künstlerin zu werden. Jetzt lass dir mal was sagen, meine Liebe! Glaubst du, du bist die Einzige, die dort auf die schiefe Bahn gerät?"
„Der Professor meint …"

„Der Professor! Der Professor!", äffte ihr Vater sie mit hochrotem Kopf nach. „Wenn ich das schon höre. Haben wir dafür die ganzen Jahre deinen Malunterricht beim Herrn Professor finanziert, damit du mit deiner Kleckserei jetzt ganz größenwahnsinnig wirst? Und was ist mit unserem Geschäft? Siehst du nicht, wie deine Mutter und ich uns Tag für Tag für dich abrackern?" Er ließ seine Faust schwer auf den Tisch krachen. „Während deine Mutter kaum mehr gehen kann …"

„Hannes, lass uns doch in Ruhe …", versuchte Frau Scheible erneut mit unsicherer Stimme zu vermitteln.

Mit einer abwehrenden Geste in ihre Richtung knurrte er ungehalten: „Nein, jetzt lässt du mich mal ausreden! Du kannst mit dem Wasser in deinen Beinen kaum laufen und das liebe Fräulein Tochter muss ständig unsere teuren Leinwände vollschmieren, statt sich um das Geschäft zu kümmern."

„Aber Hannes, unser Schreibwarenladen läuft doch sehr gut. Da fallen ein paar Blatt Papier und Farbe doch gar nicht ins Gewicht", mischte sich die Mutter mit leicht zitternder Stimme ein.

„Wenn du deiner Tochter jetzt die Stange hältst, dann sage mir bitte, wer in einigen Jahren das Geschäft übernehmen soll. Haben wir uns dafür die ganzen Jahre krummgelegt?"

Katharina verdrehte genervt die Augen, während ihre Mutter immer halbherziger ihren Mann zu beschwichtigen versuchte. Ein ziemlich erfolgloses Unterfangen, wie sie wusste. Diese grundsätzliche Diskussion, ob ihre Tochter einen Jungen aus gutem Allgäuer Haus heiratete und weiter in ihrem Geschäft arbeiten sollte, oder ob sie sich doch mehr auf ihre künstlerische Arbeit konzentrieren konnte, war nicht neu. Bisher hatten sie sich nach der Lehre im eigenen Schreibwarengeschäft darauf geeinigt, Katharina halbtags ihrem „Hobby", der Malerei, nachgehen zu lassen. In Stoßzeiten

hatte es schon immer lautstarke Auseinandersetzungen mit dem herrischen Vater gegeben, wenn sie sich auch bei vollem Laden auf ihr Recht berief, sich jetzt an ihre Malerei zu machen, schließlich sei es so ausgemacht. In diesem Punkt verstand sie es inzwischen sehr gut, ihren Willen durchzusetzen. In Marktoberdorf, wo die ganze Familie gleich über dem Laden im Zentrum der Stadt wohnte, war man über Katharinas Kunst sehr geteilter Meinung. Einige, besonders junge Leute, kamen eigentlich nur in das Geschäft, um ihre neuen Bilder zu sehen, die im ausgebauten Kellergeschoss der Papeterie ausgestellt waren. Direkt neben den Ausstellungsräumen befand sich Katharinas Atelier. Andere, meist alteingesessene Bürger, vertraten jedoch ganz offen die Meinung, der Vater hätte sein Geld nicht in den Ausbau des Kellers investieren sollen, um die Tochter so auch noch zu ihren künstlerischen Abenteuern zu ermutigen. Zugegeben, ihre Gemälde hatten nichts mehr von den Idealen einer romantischen Landschaftsmalerei der allgäuerischen Berge, womit sie auf Wunsch des Vaters angefangen hatte.
Nach Weihnachten hatte einer ihrer Künstlerfreunde sie auf die Idee gebracht, ihr Glück doch in München zu versuchen, denn mit ihren avantgardistischen Kunstwerken würde sie in Marktoberdorf nie den Durchbruch schaffen. Zuerst war sie selbst skeptisch gewesen, aber der massive Widerstand ihres Vaters hatte ihre eigene Entschlusskraft immer mehr wachsen lassen, es zumindest für eine Zeit in der Kunstmetropole zu versuchen. Bei ihrem Streit ging es längst um weit mehr als die Frage, wer einmal das Geschäft übernahm.
Wutschnaubend war sie jetzt aufgesprungen und hatte ihre Hände herausfordernd in die Seite gestemmt: „Darf ich euch beide vielleicht einmal an mein Alter erinnern. Ich bin 27 Jahre alt. Ich brauche wohl kaum eure ausdrückliche Erlaubnis, um nach München zu gehen."

Für einen Moment hatte es dem Vater die Sprache verschlagen, aber dann sagte er in leisem, aber sehr drohendem Ton: „Da hast du völlig recht. Solltest du uns aber hier im Stich lassen …"

„Hannes, bitte!", jammerte die Mutter, die bereits ahnte, worauf die Drohung hinauslaufen würde.

„Du hältst dich da raus, Mutter! Jetzt rede ich! Und für dich, Katharina, gilt ein für alle Mal: Solltest du gegen unseren Willen gehen, dann ist unsere Tür für dich zu. Für immer. Ich denke, ich habe mich da …"

Mehr konnte Katharina Scheible nicht verstehen, denn sie hatte sich bereits ungestüm umgedreht und hastete schnaubend durch das Esszimmer. Bewusst schlug sie die Küchentür krachend hinter sich zu, weil sie wusste, wie sehr ihr Vater das hasste.

Die beiden alternden Eheleute starrten sich entsetzt an. Damit hatten sie dann doch nicht gerechnet. Scheibles buschiger Oberlippenbart bebte: Eine Welt brach für ihn zusammen. Zehn lange Jahre hatten sie auf die Geburt ihres einzigen Kindes warten müssen. Jetzt hatte nicht nur ihre Tochter Kathi eine Tür für immer zugeschlagen.

Frau Scheible schluchzte am Küchentisch vor sich hin.

Nacht von Sonntag, 08. April auf Montag, 09. April 2007

Rubens starrte von seinem Hotelzimmer auf die Straße herab. Er wusste, die Feinde waren da. Sie konnten ihm nichts vormachen. Er hatte ihr Spiel längst durchschaut. Dass niemand zu sehen war, stellte ein sicheres Zeichen dar, dass sie hinter ihm her waren, sonst bräuchten sie sich schließlich nicht vor ihm zu verstecken.

Schon im Bus hierher nach Leutkirch war ihm aufgefallen, dass sie seine Spur auf seiner Flucht durch das Allgäu wieder aufgenommen hatten. Sie waren gut, aber für ihn nicht gut genug. Er hatte wieder einmal deutlich gespürt, wie ihre Blicke ihn anstarrten, wie sie untereinander über ihn tuschelten. Wenn sie glaubten, er würde einmal nicht auf sie achten, zeigten sie sogar mit ihren Köpfen und ihren Fingern auf ihn.

Beim ersten Mal vor Jahren in Memmingen glaubte er fest, sie wollten ihn umbringen, weil er für sie als Gegner viel zu gefährlich war. Er hatte sich geirrt. Mit seinen außerirdischen Fähigkeiten war er viel zu wichtig für sie. Sie würden versuchen, ihn unter ihre Kontrolle zu bringen, wie sie es schon bei vielen anderen gemacht hatten. Sie brauchten Verbündete, um ihre Macht auf die Menschen auszubauen. Damals, im Trubel des Jahrmarkts im Zentrum von Memmingen, hatten sie es sogar fast geschafft. Ein erschütterndes Erlebnis. Auf dem Kettenkarussell. Er hatte sich ganz in dieses Gefühl des Fliegens fallen lassen. Obwohl sie seinen körperlosen Geist nur für den Bruchteil eines fliehenden Moments festgehalten hatten, verstand er: Sie würden erst aufgeben, wenn sie ihn unter ihrer Kontrolle hätten.

Sie hatten nicht mit seiner übernatürlichen Fähigkeit gerechnet, ihre Gedanken in seinem Kopf hören zu können. Nur deshalb war er ihnen entkommen.

Aber um welchen Preis? Für immer auf der Flucht vor ihnen.

Seitdem wusste Rubens: Es herrscht Krieg. Ihr Ziel ist die Kontrolle über das Bewusstsein jedes einzelnen Menschen. Sie sind nicht allein, können über bereits von ihnen kontrollierte Menschen auf die Geschicke anderer Menschen einwirken. Deshalb gibt es nur noch zwei Arten von lebenden Menschen: die Kontrollierten und die Freien, oder besser gesagt, die Noch-Freien.

Er, Rubens, ist der Eine unter Milliarden, der vom Schicksal erwählt wurde, um die Menschen zu wecken. Aber auch sie haben längst verstanden, dass er der Auserwählte ist. Deshalb müssen sie ihn unter ihre Kontrolle bringen, denn nur so können sie ganz sicher sein, dass ihr geheimer Plan, die ganze Menschheit Schritt für Schritt zu kontrollieren, nicht doch im letzten Augenblick vereitelt wird.

Sie werden nicht offen gegen ihn vorgehen, stattdessen werden sie im Hintergrund auf ihre Chance lauern, bis sein Bewusstsein einen Augenblick in seiner Achtsamkeit nachlässt, wenn er nicht ihre Stimmen in sich hört. Dann werden sie zuschlagen. Ihre Herrschaft über ihn wird schrecklich sein. Deshalb bleibt ihm nichts als der Kampf gegen diese Feinde der Freiheit. Dazu braucht er Helfer.

„Jeremias, wie kann ich auf der Suche nach Verbündeten erkennen, welche Menschen noch frei sind?“, fragte er die Stimme seines wichtigsten Verbündeten in ihm.

„An ihren Werken!“, hallte es in der Leere seines Bewusstseins. Er verstand: Menschen, die versuchten, ihn, Rubens, als Werkzeug zu benutzen, oder die ihm nicht im Kampf gegen die Feinde halfen, konnten nicht mehr frei von ihrer Kontrolle sein.

„Du, der Erwählte, wirst sehr viel Macht und sehr viel Geld brauchen“, sagte die Stimme. „Rubens, du musst den Weg, den ich dir einmal zeigte, weitergehen. Die Organisation, für die du arbeitest, muss ganz von dir kontrolliert und geführt werden. Wenn du erst einmal die alleinige Leitung übernommen hast, dann wirst du alles nach eigenem Wunsch umgestalten können. Dafür habe ich dir geholfen, dich in Rubens zu verwandeln.“

Danach schwieg die Stimme, aber Erklärungen waren längst nicht mehr notwendig. Hinter der Maske der Harmlosigkeit hatte Rubens schon seit Langem begonnen, sich der Kunst zu bedienen, damit es zu einem Machtwechsel in der Organisation kam.

Die Übernahme würde aber nur der erste Schritt sein. Es würde noch viel Zeit und Geduld brauchen, bevor der endgültige Kampf wirklich beginnen konnte.

Mitten in der Nacht kam die Stimme zurück: „Du musst deinen Plan ändern. Am besten lassen sich deine Helfer steuern, wenn sie nicht wissen, wer die Drähte im Hintergrund zieht. Alles muss ganz so aussehen, als wenn auch du selbst von einem unbekannten Drahtzieher angeworben worden seist."

Rubens lächelte in die Dunkelheit der Nacht: Aus dem Hintergrund handeln und trotzdem irgendwie hinter der Maske bei allem dabei sein.

Keine leichte Aufgabe, aber genial.

Er würde weiter in Ruhe alles vorbereiten, bis die Stimme ihm sagen würde, dass es Zeit war, den endgültigen Kampf gegen die Feinde zu beginnen. Das wird dann die entscheidende Stunde sein, wenn seine Verbündeten entscheiden müssen, auf welcher Seite sie in diesem Krieg stehen werden!

Rubens setzte sich auf das Hotelbett und nahm aus seiner Tragetasche einen Allgäu-Kunstführer. Aufmerksam betrachtete er die dargestellten Kunstdenkmäler, machte bei dem ein oder anderen mit dem Bleistift ein Kreuz. Beim Schloss Neuschwanstein machte er gleich mehrere.

Als er jede Seite zweimal durchgegangen war, nickte er zufrieden vor sich hin: Ja, unter dem Zeichen der Kunst wird er, Rubens, der Erwählte, weiter alles vorbereiten müssen, bis der entscheidende Tag der Zerstörung gekommen ist. Dann wird er, der Erwählte, die Menschen aus ihrem Schlaf wecken müssen.

Er klappte den Kunstführer zu und schlug ihn an einer beliebigen Stelle wieder auf: Schloss Neuschwanstein!

Das Märchenschloss der Feinde …

Ein ideales Ziel!

„Habe Geduld“, forderte die Stimme. „Deine Zeit wird erst noch kommen! Fange an, Verbündete zu suchen! Baue in der Organisation ein eigenes System auf, das alles kontrolliert. Es ist notwendig, damit du nicht wieder verraten wirst! Und vor allem: Sage niemandem, wer du wirklich bist!“

Nacht von Sonntag, 22. April auf Montag, 23. April 2007

Bilder von feiernden Menschen. Alles sehr weit weg, irgendwo in einem unbestimmten Nebel. Das Läuten eines Telefons, das immer tiefer in sein Bewusstsein drang. Erinnerungsbilder formten sich. Träge: Die Vernissage in einer seiner Allgäuer Galerien war feucht-fröhlich bis in die tiefen Nachtstunden gegangen. Wie nicht anders zu erwarten.

Der Mann wusste nicht, wie oft der neben ihm liegende Telefonhörer bereits geläutet hatte, bevor er schlaftrunken und ohne die Augen zu öffnen nach ihm auf dem Nachtschränkchen tastete. Trotz des reichlich zur Verfügung stehenden Hauspersonals hätte er selbst nie darauf verzichtet, Telefonhörer und Handy auch in der Nacht in greifbarer Nähe zu haben. Am Tag waren es, wie bei einem Börsenmakler, gleich mehrere, die überall um ihn herumlagen. Das gehörte einfach zu seiner Arbeit als international anerkannter Kunsthändler dazu. Zu jeder Zeit erreichbar sein. Schnell reagieren können. Das war wichtig in diesem Geschäft.

„Ja?“, meldete er sich verschlafen.

„Herr von Auerberg?“, hörte er eine weibliche Stimme in seinem noch stark vernebelten Kopf schallen.

„Wie?“, fragte er kurz angebunden, ohne die Geistesgegenwart zu besitzen, nach dem Namen des Gesprächspartners zu fragen, eine Nachlässigkeit, die ihm am Tag nur selten passierte.

„Spreche ich mit Herrn von Auerberg, Lothar von Auerberg?“, beharrte die Stimme, die ihm vage bekannt vorkam, ohne jedoch sagen zu können, von woher genau. Trotz eines guten Personengedächtnisses, bei so vielen Kontakten kein Wunder.
„Ja, am Apparat. Was gibt's denn mitten in der Nacht?“ Er klang eher verschlafen und verkatert als verärgert wegen der nächtlichen Störung. Als erfolgreicher Kunsthändler war er in den über zwanzig Jahren seiner beruflichen Tätigkeit an einige Extravaganzen bei seiner gehobenen Kundschaft gewöhnt. Bei manchen Künstlern schienen ausgefallene Überraschungen einfach dazuzugehören.
„Entschuldigen Sie die nächtliche Störung, aber es geht um eine sehr dringende Angelegenheit.“
„Hat das nicht Zeit bis morgen? Wenn Sie bei uns in der Zentrale anrufen, bin ich mir ganz sicher, dass eine der Sekretärinnen Ihnen sehr zeitnah einen Termin geben wird.“ Inzwischen hatte er wieder zu seiner gewohnten geschäftlichen Freundlichkeit zurückgefunden.
„Sie haben mich gänzlich missverstanden, Herr von Auerberg. Es handelt sich nicht um den Verkauf von Kunstwerken, wenn es auch um einen geschäftlichen Vorschlag geht.“
„Und das muss jetzt mitten in der Nacht sein?“, fragte Herr von Auerberg leicht gereizt, denn er hegte den Verdacht, jemand würde sich einen schlechten Scherz mit ihm erlauben.
„Machen wir es kurz! Ich rufe Sie im Auftrag einer bestimmten Organisation an. Wir würden großen Wert darauf legen, mit Ihnen in Zukunft als Kunstsachverständigem und Händler zusammen …“
„Und was, glauben Sie, spricht dafür, dass ich mich auf eine solche Zusammenarbeit einlasse?“, unterbrach Herr von Auerberg für seine Verhältnisse ungewöhnlich schroff.
„Wir unsererseits würden dafür sorgen, dass Sie nicht die nächsten zehn Jahre auf Staatskosten untergebracht werden.“

„Wie bitte?“, fragte von Auerberg krächzend. Mehr brachte er für den Moment nicht heraus. Er fühlte, wie die Angst in ihm hochkroch, spürte, wie sein Herz heftig zu pochen anfing. Konnte es sein, dass … ?

Jetzt nur keine Panik! Er atmete tief durch, bevor er mit einer weit weniger selbstsicheren Stimme sagte: „Ich finde, Sie gehen mit Ihren nächtlichen Scherzen etwas zu weit. Mit wem spreche ich überhaupt?“

„Das tut im Moment nichts zur Sache, und von Scherzen kann im Moment ganz bestimmt keine Rede sein. Aus zuverlässiger Quelle wissen wir, dass das LKA bei Ihnen in der Villa und in allen Ihren Galerien in nur wenigen Stunden eine Hausdurchsuchung durchführen wird.“

„Das kann … kann doch … nicht sein“, brachte er mühsam heraus.

„Ich fürchte doch. Soweit wir herausgefunden haben, arbeitet einer Ihrer engsten Mitarbeiter oder Mitarbeiterinnen – das wissen wir nicht so genau – mit der Kripo und dem LKA zusammen.“

Da von Auerberg schwieg, fuhr die weibliche Stimme am Telefon geschäftsmäßig fort: „Es bestehen für Sie prinzipiell jetzt nur noch zwei Möglichkeiten.“

Der Kunsthändler hatte Probleme, Ruhe und Ordnung in seine Gedanken zu bringen, denn Erinnerungen, Befürchtungen und ein vom übermäßigen Alkoholkonsum schmerzender Kopf widersetzten sich jedem seiner Versuche, wie üblich diese Krisensituation systematisch und kaltblütig anzugehen. Dabei hatte er sich in seiner Vergangenheit schon so mancher überraschenden Herausforderung stellen müssen, denn sein Erfolg blieb nicht ohne mächtige Neider, die versuchten, ihm seine Stellung streitig zu machen.

Wenn er doch nur nicht so viel getrunken hätte! Erinnerungsfetzen an eine junge Frau, die ihn bei der Vernissage

ständig zum Trinken bewegt hatte, huschten jetzt durch seinen Kopf. Klara? Nein, „Anna“ hatte sie gesagt.
Sein Charme hatte sich gelohnt. Sie war mit ihm hergekommen und sie hatten miteinander … Eigentlich müsste sie doch … Seine Hand tastete auf die andere Seite des Doppelbetts. Da war niemand. Wo konnte sie … ?
„Sind Sie noch dran?“, erkundigte sich die Stimme im Hörer.
„Ja doch! Ich war nur am Überlegen, welche Möglichkeiten Sie da ansprechen.“
„Ganz einfach. Sie legen den Hörer jetzt einfach auf, drehen sich auf die andere Seite und schlafen weiter, bis sie von den Einsatzkräften der Polizei und des LKA in einigen Stunden geweckt werden. Mit denen können Sie ja dann in aller Ruhe klären, inwieweit es sich bei dem Anruf in der Nacht nur um einen dummen Scherz gehandelt hat.“
„Na schön, und die andere Möglichkeit wäre?“
„Wir bringen Sie da raus. Allerdings ist das nicht so ganz einfach, denn Ihre Villa und Ihre Galerien werden seit mehreren Tagen von der Polizei ständig überwacht, damit Sie nicht noch im letzten Augenblick auf Nimmerwiedersehen im Ausland verschwinden.“
„Die Polizei macht was?“, hörte er sich fragen, obwohl er recht gut verstanden hatte, dass genau dies passiert war, was er selbst immer als persönlichen Super-GAU befürchtet hatte, schließlich waren nicht alle seine Geschäfte im strengsten Sinne legal.
„Herr von Auerberg, ich sehe, Sie sind sich noch immer nicht im Klaren über Ihre derzeitige Situation. Wenn Sie jetzt einfach versuchen, Ihr Haus zu verlassen, um mit Ihrem Privatjet zu verschwinden, wird das LKA Sie auf der Stelle festnehmen lassen. Glauben Sie mir, so hätten Sie nicht die geringste Chance, noch zu entkommen. Dafür hat

die Polizei das Netz um Sie herum schon viel zu eng zusammengezogen."
„Und Ihr Vorschlag wäre?" Für einen Moment huschte Lothar von Auerberg der völlig unsinnige Gedanke durch den Kopf, wie schnell doch die blendende Fassade des sonst so weltmännischen Kunsthändlers zusammengebrochen war. Aber die Stimme auf der anderen Seite ließ ihm keine Zeit für weitere Überlegungen dieser Art. „Herr von Auerberg, Sie haben doch Ihre Nacht mit einer recht jungen Dame verbracht, die Sie von der Vernissage mit nach Hause genommen haben."
„Ist die etwa auch von der Polizei?", fragte er spontan.
„Nein, die arbeitet für uns. Die junge Dame ist in unsere Pläne eingeweiht."
„Und wieso hat Anna mich nicht schon längst informiert?"
Es folgte ein unsicheres Zögern, bevor die Stimme erklärte: „Gestern Abend war uns noch nicht bekannt, dass das LKA bereits in wenigen Stunden zuschlagen würde. Sie haben sich wohl kurzfristig für diese schnelle Vorgehensweise entschieden, weil sie befürchten, der große Fang könnte ihnen im letzten Augenblick doch noch entgehen. Belassen wir es jetzt dabei, denn die Details müssen wir sowieso später noch klären. Besser konzentrieren wir uns jetzt darauf, wie wir Sie möglichst rasch aus Ihrem Haus bringen."
„Und? Was haben Sie sich ausgedacht?" Herr von Auerberg wurde sich plötzlich bewusst, dass er mehr und mehr die Kontrolle über die Situation verlor. Dafür hasste er diese nächtliche Anruferin.
„Hören Sie zu, Herr von Auerberg! Sie werden der jungen Frau Sachen von Ihnen zum Anziehen geben. Ich habe bei der Auswahl der Frau schon darauf geachtet, dass sie in etwa Ihre Statur hat, auch wenn diese Möglichkeit eigentlich erst für einen späteren Zeitpunkt geplant war."

„Na schön, das dürfte kein Problem darstellen. Und was soll Anna dann machen?"
„Ein Lieferwagen einer Wäscherei wird die junge Frau in einer halben Stunde in Ihrem Park abholen. Ich habe vor meinem Anruf bereits mit Ihrem nächtlichen Sicherheitsdienst alles geregelt."
„Wie meinen Sie?"
„Na ja, zum Beispiel werden die Lampen im Außengelände ausgeschaltet sein."
Herr von Auerberg konnte trotz aller Abneigung gegenüber dieser Frau nur bewundern, mit welcher Präzision sie plante und systematisch vorging. „Sie denken, die Leute von der Polizei fallen darauf herein? Ist ja nicht ganz neu, der Trick."
„Das werden wir ja dann schon sehen. Sobald ich mich versichert habe, dass die Polizei auf unsere kleine Manipulation reingefallen ist und dem Lieferwagen folgt, wird Ihr Sicherheitsdienst Sie aus Ihrer Villa bringen. Auch das ist im Detail abgesprochen. Den Rest regeln unsere Leute dann schon."
„Von welchem Rest reden Sie genau?"
„Ganz einfach. Sicherheitshalber werden Sie mehrmals das Auto auf Ihrer Flucht wechseln. Aber diesen Punkt können Sie ganz mir überlassen."
Herr von Auerberg konnte wirklich nicht sagen, dass da irgendetwas dem Zufall überlassen wurde, aber er fühlte sich mehr und mehr dieser Frau schutzlos ausgeliefert. Er konnte nicht gerade sagen, dass ihn das sehr glücklich machte.
„Und wer sagt mir, dass … Ich meine, Sie könnten doch auch von der Polizei sein, oder? Nur um zu sehen, wie ich auf Ihren Vorschlag reagiere."
„Da haben Sie recht, Herr von Auerberg. Dann hätten Sie sich jetzt schon sehr kompromittiert. Aber mein Kompliment, dass Sie überhaupt auf diese Idee kamen."

„Der Gedanke liegt ja nahe, denn ich kann nämlich immer noch nicht sehen, warum Sie mir Ihre großzügige Hilfe anbieten sollten."
„Ich sagte es bereits, es geht um einen rein geschäftlichen Vorschlag. Sie brauchen im Moment uns und wir brauchen langfristig Sie. Leute mit Ihrem einschlägigen Wissen können im Kunstbereich in vielfältiger Weise eingesetzt werden. Es wäre doch jammerschade, wenn ein Mann mit Ihren hervorragenden Fähigkeiten für immer hinter Gefängnismauern verschwinden würde."
Herr von Auerberg zögerte einen Moment. „Also gut, unter einer Bedingung."
„Und die wäre?"
„Meine Frau ist mit von der Partie."
„Nein!"
„Wie nein?"
„Nein heißt nein."
„Und wieso nicht?"
„Ich erwähnte bereits, es gibt da jemanden, der mit dem LKA schon seit Längerem zusammenarbeitet und ..."
„Sie wollen doch nicht etwa behaupten, meine Frau und das LKA ..."
„Ich will vorläufig gar nichts in dieser Art sagen. Aber solange wir es nicht hundertprozentig wissen, wer diese Kontaktperson genau ist, stellt Ihre Frau auch für uns ein erhebliches Sicherheitsrisiko dar, das ich nicht eingehen kann. Es geht da auch nicht nur um meine Person. Das werden Sie sicher später besser verstehen können, wenn Sie mit den konkreten Einzelheiten genauer vertraut sind. Ihre – sagen wir einmal „übertriebene Anhänglichkeit" – kann ich auch nicht ganz nachvollziehen, wenn ich das einmal so platt sagen darf."
Herr von Auerberg hörte deutlich die Spur von Spott, die bei der Formulierung „übertriebene Anhänglichkeit" mit-

schwang. Eigentlich leicht nachvollziehbar, wenn er an Anna und die gemeinsame Nacht mit ihr zurückdachte. „Es hat nichts mit Gefühlen zu tun. Es ist nur so, dass Bettina, meine Frau, gerade bei Geschäften im Kunstbereich eine unverzichtbare Unterstützung für mich bedeutet."
Das traf es wirklich auf den Punkt. Ihre Ehe erinnerte von Anfang an eher an eine Geschäfts- als an eine Liebesbeziehung. Sie hatten es einmal im Bett zusammen versucht, aber Bettina hatte ihm klar gemacht, wie wenig sie mit Männern zurechtkam. Das war einfach nicht ihr Ding.
„Ich verstehe, worauf Sie hinauswollen, Herr von Auerberg", unterbrach die Stimme seine Überlegungen. „Wir können Ihnen in diesem Punkt jedoch mittelfristig ein wenig entgegenkommen. Sollte sich herausstellen, dass Ihre Frau nichts mit dem LKA zu tun hat, dann werden wir sie ebenfalls für unseren Kunstbereich verpflichten. Aber ich brauche Ihnen wohl nicht ausdrücklich zu sagen, wie vorsichtig wir da vorgehen müssen. Wenn Sie jetzt plötzlich völlig von der Bildfläche verschwinden, wird man Ihre Frau über einen längeren Zeitraum überwachen, weil die Kripo wohl zurecht davon ausgehen muss, dass sie früher oder später beide Kontakt miteinander aufnehmen werden. Aber keine Sorge, da wird uns sicher auf Dauer etwas einfallen. Das hat ja keine Eile."
Zu seiner eigenen Überraschung hörte sich Herr von Auerberg laut seufzen: „Also gut. Abfahrt in einer halben Stunde … ohne meine Frau."
Ohne eine Antwort zu erwarten, drückte er den Ausknopf und machte die Nachttischlampe an. Die Frau, die den größten Teil der Nacht neben ihm verbracht hatte, schaute ihn von der Badezimmertür entschlossen an. Offensichtlich hatte sie das Gespräch die ganze Zeit mitgehört.
„Alles klar?"

Als von Auerberg nur nickte, drängte sie: „Dann sollten wir uns beeilen! Geben Sie mir ein paar Sachen von sich zum Anziehen."

Als Lothar von Auerberg ein wenig später vor dem Spiegel seines Garderobenschranks seine Seidenkrawatte band, fiel ihm ein, woher er diese Stimme kannte. Und gleich musste er an seine Lektüre zum Abitur denken: Faust – Der Pakt mit dem Teufel.

Irgendwann im Nebel der Vergangenheit

Freitagnacht, 02.19 Uhr

Als die Sache mit ihrem Vater passierte, war sie erst acht Jahre alt gewesen. Seitdem hatte sie ihre Mutter gehasst, weil sie schuld daran war, dass Papa sich damals …

„Willst du nicht doch einen Schluck versuchen?“, versuchte es Franz noch einmal, indem er ihr die Flasche entgegenhielt. „Du siehst ja glatt aus, als wenn wir von einer Beerdigung kämen.“

Sie hatte nur geistesabwesend den Kopf geschüttelt. Im nächsten Moment hatten sie bereits wieder ihre Erinnerungen eingeholt.

Warum hatte Papa das damals nur gemacht?

„Depressionen“, erklärte ihre Mutter immer und glaubte, damit sei der Tod ihres Vaters hinlänglich erklärt.

Von wegen! Das konnte sie sonstwem erzählen. Als wenn ihre Mutter nicht ganz genau verstehen würde. Sie war schuld! An allem! Sie ganz allein! Ihr Vater konnte ihre ständige Eifersucht einfach nicht mehr ertragen. Wenn sie das in seiner ganzen Tragweite auch erst viel später verstanden hatte, war sie sich in diesem einen Punkt von Anfang an völlig sicher. Warum hätte er es sonst gemacht? Sie waren doch stinkreich, hatten nie irgendwelche Geldprobleme gehabt. Nie! Auch später kannten sie das nicht, als Papa nicht mehr da war.

Seitdem gab es für sie zwei Welten: Nach außen stürzte sie sich in ihre kleine Schulwelt, tat ganz so, als wenn nichts passiert wäre, verschanzte sich aber als Mauerblümchen in ihrem Zimmer, aber tief in ihrem Innern war sie ein verlassen dahintreibendes Boot, das immer mehr in die Weite eines einsamen Meeres driftete. Und nur da konnte sie sich selbst ertragen.

Mit Franz, Hannes und Maxi an den Wochenenden Party zu machen, war ihre plötzliche Entscheidung. Nur ihre. Am Anfang war es nur eine Art Versuch, um sich selbst zu beweisen, wie gut sie Beziehungen zu Gleichaltrigen kontrollieren konnte, wenn sie das nur wollte, aber je mehr diese Freitagnachtouren ihre Mutter nervten, je provozierender spielte sie ihr neues Spiel, ohne selbst zu bemerken, wie die drei Jungs von Anfang an ihr eigenes Spiel mit ihr aufzogen. Von der Wette zwischen den drei ehemaligen Klassenkameraden erfuhr sie erst viel später. Dabei dachte sie, es wäre ihr Spiel, ein Spiel, bei dem sie ganz alleine die Regeln bestimmte. Sie war wirklich weltfremd.

Wer von den Jungs genau auf die Idee mit dem Haschisch kam, hatte später niemand zu sagen gewusst. Das war auch nicht der entscheidende Punkt, denn das mit dem Joint und dem Whisky war nur Plan A, um ihren Widerstand aufzuweichen, den sie bis dahin gegen jeden abwechselnden Versuch der Jungs, zur Sache zu kommen, konsequent geleistet hatte. Die wollten mit „Mauerblümchen“ nur ihren Spaß haben, wollten den Gleichaltrigen in Obergünzburg und Umgebung beweisen, wie schnell sie die „harte Nuss“ geknackt hatten. Eine Art Herausforderung, wie sie es nannten. Alle drei waren fest überzeugt, dass sie bei „entsprechender Vorbereitung“ schon mitmachen würde. Dass sie auch auf ihre Kosten kommen würde, verstand sich für die drei von selbst. Da war sie entschieden anderer Meinung.

Nachdem sie nicht mitspielte, verständigten sie sich mit ein paar heimlichen Blicken und Gesten schließlich doch, Plan B durchzuführen. Darauf hatten sie sich schon vorher geeinigt. Musste ja später niemand erfahren, auf welche Weise sie etwas nachgeholfen hatten. Drei Aussagen gegen ihre. Kein Problem! Ihre hartnäckigen Versuche hatten sich sowieso schon zu lange hingezogen. Viel zu lange. Wenn „Mauerblümchen“ ihre letzte Chance nicht freiwillig nutzte, dann mussten sie die junge Dame eben zu ihrem Glück zwingen. Grobe Gewalt, Vergewaltigung war allerdings nicht vorgesehen. „Nachdruck“ war seit einer Woche der Sprachgebrauch zwischen den drei Jungs gewesen, wenn sie über Plan B am Freitagabend sprachen. Kein Problem. Wie Mauerblümchen so aufgemotzt daherkam, wollte sie es doch auch. Konnte man doch sehen.

Sie hatte den ganzen Abend nichts von ihren gierigen Blicken bemerkt, glaubte immer noch alles unter Kontrolle zu haben. Ein wenig aufgekratzt hatte sie auf der Rückfahrt neben Hannes gesessen, summte vor sich hin, verträumt den Blick auf dem Vollmond, der über dem einsam daliegenden Günztal hing.

Als Maxi zum Parkplatz der „Teufelsküche“, einem etwas abgelegenen Gebiet mit fantastischen Felsformationen, etwa zwei, drei Kilometer vor Obergünzburg, abbog, fragte sie zunächst nur müde vor sich hingähnend: „Wo fährst du denn noch hin?“

„Muss mal. Dauert nicht lange“, hatte Maxi ausweichend gemurmelt.

„Dafür brauchst du doch nicht …“

„Wirst schon sehen, was wir brauchen“, hatte Hannes gefeixt.

Mit einem Schlag hatte Mauerblümchen begriffen, was gerade gespielt wurde. Die jungen Männer wollten sich nicht mit ihrer Weigerung abfinden, sie wollten …

Das konnten sie sich abschminken! „Wenn ihr drei denkt, ich mache bei eurem Spiel mit, dann habt ihr euch aber ganz gewaltig geschnitten. Und jetzt fahr weiter, Maxi, wenn ihr

morgen keinen gewaltigen Ärger mit euren Leuten haben wollt." Sie hörte selbst, wie verunsichert, wie ängstlich sich ihre Stimme mit einem Mal anhörte, obwohl sie sich bemühte, selbstsicher und bestimmt zu klingen.
„Stell dich nicht so an, Alte! Oder willst du uns etwa erzählen, du hättest noch nie?", gluckste Hannes neben ihr.
„Und selbst wenn du noch Jungfrau bist, wir zeigen dir schon, was du machen musst", grinste Maxi sie im Rückspiegel hämisch an. Offensichtlich hatte er sie in seiner Gier schon längst mit seinen Augen ausgezogen.
Maxi hielt auf dem still daliegenden Waldparkplatz, machte den Motor aus. „Und jetzt stell dich nicht so an! Du brauchst wirklich keine Angst zu haben. Ist doch ein reines Vergnügen. Wirst schon sehen. Es wird dir auch Spaß machen. Ganz bestimmt! Und jetzt runter mit den Klamotten!"
„Na schön, dann lasst uns mal unseren Spaß haben", sagte sie kalt lächelnd, wobei sie ihren Gurt aufschnallte und so tat, als würde sie am Gürtel ihrer Hose herumnesteln.
Bevor Hannes, der neben ihr saß, nach ihrem Arm greifen konnte, hatte sie bereits mit einer hastigen Bewegung die Autotür aufgestoßen und war herausgesprungen.
„Verdammte Scheiße, die haut ab! Hinter ihr her! Macht schon!", schrie Hannes hysterisch.

Mai 2007

Pfingstsamstag, 27. Mai 2007, 10.43 Uhr

Eine ganze Weile hatte Oberkommissar Wegner leicht außer Atem hinauf zum Sendemast des Bayerischen Rundfunks geschaut. Fünf, allerhöchstens zehn Minuten waren es noch bis da hinauf. Das Schlimmste war geschafft. Tief bewegt ließ er seinen Blick über die Täler, über die Dörfer Burgberg und Rettenberg sowie über die Stadt Sonthofen schweifen. Sie lagen im klaren Morgenlicht beschaulich da, während über dem Berggipfel des benachbarten Nebelhorns bereits die ersten dunklen Wolken ein Gewitter ankündigten.

Wegner genoss diese Aussicht in das Illertal und auf die umliegenden Allgäuer Berge. Eine Wanderung hier hinauf zum Grünten, dem Wächter des Allgäus, gehörte für ihn als gebürtiger Marktoberdorfer zum Pflichtprogramm eines jeden Urlaubs im Allgäu. Jedes Jahr kam er zwei-, oft sogar dreimal mit seiner Frau und seiner Tochter Marion aus München in seine Heimat, das Allgäu, zurück. Ein anderes Reiseziel als das heimatliche Voralpenland konnte er sich zum Leidwesen seiner halbwüchsigen Tochter nicht vorstellen. „Ach, geh! Ans Meer? Was will ich da“, hatte er dem Protest der siebzehnjährigen Tochter ein schnelles Ende gemacht.

Melancholisch fragte der Kripofahnder sich nicht zum ersten Mal in diesen Tagen, wie oft er noch hier heraufkommen würde. Mit seinen sechsundfünfzig Jahren fühlte er deutlich, dass auch an ihm die dreißigjährige Dienstzeit in Münchens sozialem Brennpunktviertel Hasenbergl nicht spurlos vorbeigegangen war. In den vergangenen Jahren waren diese Auszeiten im Allgäu ihm immer mehr wie eine

Flucht vor seiner unerträglichen Arbeit in der Polizeiinspektion 43 in München vorgekommen. Hier oben auf den Gipfeln der Allgäuer Berge fühlte er sich für kurze Zeit frei von all den bedrückenden Gedanken.
In letzter Zeit hatte er sich immer häufiger die Frage gestellt, ob das schon sein Leben gewesen war. Hatte er seinem Leben überhaupt die richtige Richtung gegeben? Als er sich als junger Mann für den Polizeidienst entschied, hatte er noch hohe Erwartungen gehabt, aber all diese Hoffnungen hatte er längst im bedrückenden Alltag von Gewalt und Sinnlosigkeit verloren. Diesen Kampf gegen das Verbrechen konnte man nicht gewinnen. Während die Verbrecher ihm immer skrupelloser und brutaler vorkamen, versank ihre eigene kriminalistische Arbeit mehr und mehr in sinnlosen bürokratischen Anforderungen, die niemand mehr auf der Dienststelle überschauen konnte. Die Stimmung in den Ermittlungsteams war düster, bedrückend, Scheidungen und Selbstmorde waren nicht selten.
Wäre es nicht doch besser, sich beruflich neu zu orientieren? Aber wer würde ihn noch nehmen? Mit sechsundfünfzig? Aber so konnte er auch nicht weiter …
„Wegner? Klaus Wegner?“, rief unvermittelt hinter ihm eine männliche Stimme. Der fragende Ton lag irgendwo zwischen freudiger Überraschung und zögerndem Zweifel, ob es sich nicht doch um eine Verwechslung handeln könnte.
Aus seinen düsteren Gedanken aufgeschreckt, fuhr Wegner auf dem engen Pfad herum. Für einen Moment blinzelte er in das Sonnenlicht, bevor er das Gesicht des Mannes erkennen konnte, der mit eiligen Schritten auf ihn zukam.
„Wehrmüller? Franz, bist du das?“ Wegners Frage klang nicht weniger überrascht, denn er hatte den etwa gleichaltrigen Kollegen, mit dem er einen großen Teil seiner Ausbil-

dung an der Polizeihochschule absolviert hatte, mindestens zehn Jahre nicht mehr gesehen. Enge Freunde waren sie nie gewesen, aber sie hatten damals an den Wochenenden so manche nächtliche Tour durch die bayerische Landeshauptstadt gemacht. Das waren noch Zeiten.

Wehrmüller, der inzwischen ganz nahe herangekommen war, erholte sich am schnellsten von seiner Überraschung: „Ja, freilich bin ich der Wehrmüller! Wer sonst? Ist ja wirklich eine Freud, dich hier oben auf dem Grünten zu treffen. Sag, bist du allein da?“

„Nein, nicht ganz. Meine Frau und meine Tochter Marion haben nach unserem Aufstieg durch die Starzlachklamm schlappgemacht. Die warten dort drunten in der Alpe Topfen bei einer Brotzeit, bis ich wieder auftauche. Ist jedes Jahr dasselbe mit den Mädels. Die kleinste Wolke am Himmel hat schon genügt. Sie haben gleich losgejammert, es würde schon wieder so ein schreckliches Gewitter wie gestern geben und wir sollten schauen, so schnell wie möglich runter zu unserem Auto nach Burgberg zu kommen.“

Nach einem sachkundigen Blick auf die Gewitterwolken nickte Wehrmüller: „So ganz unrecht werden die beiden wohl nicht haben. Im Wetterbericht heißt es, am Nachmittag soll es tatsächlich schon wieder richtig losgehen. Bis dahin solltest du wirklich schauen, dass du wieder unten bist. Du weißt ja selbst, hier in den Bergen wärst du nicht der Erste, der während eines Gewitters nicht heil ins Tal zurückkommt.“

„Das mit dem Unwetter wird schon noch eine Weile dauern und so schlimm wird es hoffentlich nicht werden.“ Aber sein besorgter Blick hinüber zu der grauen Wolkenbank über dem Nebelhorn verriet nur zu deutlich, wie recht er seinem Kollegen mit seinen Befürchtungen geben musste.

„Ich mein’s ja nur gut, Wegner“, sagte Wehrmüller gleich beschwichtigend.

Wie alle anderen nannte er Wegner bei seinem Nachnamen, und es gab Kollegen im Präsidium, die spotteten, dass selbst Wegners Mutter ihn nicht einfach Klaus genannt habe.
„Wo seids denn untergebracht?“
„Bin wie jedes Jahr wieder drüben in Pfronten. Ich denk, bis es mit dem Gewitter richtig losgeht, werden wir wieder sicher in unserer Pension zurück sein. So schnell geht das auch wieder nicht. Und was ist mit dir? Wir haben uns ja eine Ewigkeit nicht mehr gesehen.“
„Was soll schon mit mir sein? Bin immer noch bei der Kripo in Kempten. Hirnbeinstraße. Weißt ja selbst. Und du? Bist du immer noch bei der Polizei in München?“
„Ja, freilich. Aber du hast es damals richtig gemacht, als du dich von München nach Kempten versetzen hast lassen. Ist doch wahrscheinlich viel ruhiger als bei uns.“
Für einen Moment schien es Wegner, als würde ein düsterer Schatten über das Gesicht seines Allgäuer Kollegen huschen. „Das hab ich damals auch gehofft, als ich in unser schönes Allgäu zurückkam. Meine Ruh wollt ich haben. Viel ist nicht daraus geworden. Sicherlich wird es schon etwas weniger sein als bei euch, aber dafür haben wir auch weit weniger Leut’ als ihr.“
„Sag bloß, hier im Allgäu passiert viel“, frotzelte Wegner mit jenem spöttischen Unterton, den man in der Hauptstadt gegenüber denen in der Provinz schnell annahm.
„Wie du daherredest. Mir scheint es immer so, als hätten sich die Herren Mafiabosse von euch in München hier ins Allgäu zurückgezogen, um hier ihren verbrecherischen Machenschaften ungestörter nachgehen zu können. In letzter Zeit freut es mich aber, wie die Herren von der Mafia sich selbst nicht mehr so recht grün zu sein scheinen.“
„Davon habe ich ja noch gar nichts mitbekommen. Was ist denn passiert?“

„Ja, die Hintergründe haben wir auch noch nicht so recht geklärt, aber es sieht alles danach aus, als seien sich da unterschiedliche Banden in die Haare geraten. Weiß der Himmel."

Als Wegner nur fragend die Augenbrauen hob, fuhr Wehrmüller gleich fort: „Hast nicht in der Zeitung gelesen, wie sich hier gleich vor unserer Haustür zwei Mafiabanden ihren Privatkrieg liefern? Es gab bei uns in Kempten und in Memmingen schon mehrere Schießereien, und das am hellichten Tag."

„Sag nur. Gelesen habe ich nichts davon, aber das ist auch kein Wunder, denn wenn ich vom Präsidium heimkomme, will ich nichts mehr von Verbrechen wissen. Lieber schnitze ich da ein wenig bei mir in der Werkstatt herum, bevor ich mich auch noch in meiner Freizeit um diese Sippschaften kümmere."

Die wenigsten seiner Kollegen würden glauben, dass Wegner außerberuflich seine letzten Nachrichten am 11. September 2001 gesehen hatte, als irgendwelche Verrückten mit Flugzeugen das World Trade Center in Schutt und Asche gelegt hatten. Mit seinem Hobby, dem Schnitzen, hatte er sich in seine eigene Welt zurückgezogen, in deren Abgeschiedenheit es noch nicht einmal mehr seine Familie gab.

Wehrmüller schien Wegners Abneigung, auch in der Freizeit über die eigene kriminalistische Tätigkeit zu reden, nicht zu teilen, denn die Ahnungslosigkeit des Münchner Kollegen brachte ihn erst richtig in Fahrt: „Ich kann dir sagen, mein Lieber, im Moment ist bei uns hier im Allgäu wirklich der Teufel los. Ist schon ein Wunder, dass ich überhaupt ein paar Tage frei bekommen habe, gleich nach Pfingsten geht es in der Hirnbeinstraße wieder rund. Aber ich werde trotzdem das Gefühl nicht los, dass hinter diesem ganzen Mafia-Spektakel noch etwas ganz anderes steckt."

„Etwas anderes? Was meinst du damit?", fragte Wegner, ein wenig neugierig geworden.
„Ich wünscht, ich könnt es dir sagen. Es ist nur so ein Gefühl. Du hast doch selbst früher immer schon darüber geredet, über dieses Bauchgefühl. Kannst dich noch erinnern?" Ohne Wegner die Gelegenheit zum Antworten zu geben, redete er gleich weiter. „Wie auch immer, irgendwie geht es derzeit nicht mit rechten Dingen zu. Wirklich nicht. Ich meine, dass rivalisierende Banden sich bekriegen, ist ja kaum etwas Neues. Aber irgendwie werde ich das Gefühl nicht los, dass da jemand die Drähte in einem ganz neuen Spiel zieht."
„Du meinst so eine Art Graue Eminenz, die die verschiedenen Banden gegeneinander aufhetzt?" Es war Wegner deutlich anzuhören, wie wenig er an solche Verschwörungstheorien glauben wollte. Seine Erfahrungen waren deutlich andere, da sich bei solchen Bandenkriegen in München meist im Nachhinein herausstellte, dass kleinliche Machtinteressen wie das Recht, in einer bestimmten Straße Schutzgelder einzukassieren, erbarmungslose Kämpfe über Wochen und Monate ausgelöst hatten.
„Wenn ich es dir doch sag, Wegner, irgendein Drahtzieher steckt dahinter", beharrte Kollege Wehrmüller, der den skeptischen Ton seines Kollegen deutlich herausgehört hatte, „Aber wie schon gesagt, es ist nur so eine unbestimmte Ahnung, die ich nicht mehr loswerden kann."
„Und wieso kommst du überhaupt auf diese Idee?"
„Wegner, frage mich etwas Einfacheres. Es gibt da so verschiedene Gerüchte. Nichts Besonderes. Irgendwelche unserer eigenen Leute bei der Kripo sollen mit den Mafiabossen in Kempten zusammenarbeiten. Aber es ist noch alles ziemlich undurchsichtig."
„Es wäre auf jeden Fall nicht das erste Mal", nickte Wegner.

„Ist das schon alles, was ihr herausgefunden habt?"
„Nein, gewiss nicht! Das Allgäu soll angeblich derzeit zur Drehscheibe für den internationalen Kunsthandel werden."
„Kunst? Das Allgäu? Bist du dir da ganz sicher?"
„Was heißt schon sicher? Es gibt eben Gerüchte über geheime Umschlagsplätze für geraubte Kunstschätze. Es ist auch die Rede von irgendwelchen groß angelegten Fälschergeschichten. Wie schon gesagt, es gibt wenig Konkretes. Bisher jedenfalls."
„Bei den überregionalen Geschichten ist doch das LKA zuständig."
„Klar doch. Das LKA von Bayern und das von Baden-Württemberg sind auch an der Sache dran, aber die lassen sich beide wieder einmal nicht von uns in ihre Karten schauen."
Diese internen Rivalitäten waren für beide nichts Neues.
„Klingt ja nach einer ganz großen Sache. Macht ihr da eure eigenen Ermittlungen?"
„Offiziell nicht. Das heißt, noch nicht. Es liegen für uns ja noch keine konkreten Straftatbestände vor und diese Bandenkriegsgeschichte nimmt uns derzeit ganz in Anspruch. Die Presse macht wieder Druck auf uns, weil es angeblich um die Gefährdung der öffentlichen Sicherheit geht."
„Du bleibst trotzdem an dieser seltsamen Kunstgeschichte dran?"
„Ja, aber mehr auf privater Ebene. Du erinnerst dich doch sicherlich noch an meine Frau?"
„Ja sicher, die Anna. Was ist mit ihr?"
„Die Initiative ging eigentlich von ihr aus. Sie hat sich vor einigen Jahren als Journalistin auf den Kunstbereich spezialisiert. Es wäre doch ein gefundenes Fressen für die Presse, wenn sich das Gerücht bestätigte, dass irgendwelche Leute gerade dabei sind, irgendetwas Kriminelles im Kunstbereich bei uns hier im Allgäu aufzuziehen."

„Und du hilfst ihr ein wenig bei ihrer Recherche?"
„Freilich! Wen stört's, wenn ich ihr bei ihren verdeckten Ermittlungen ein wenig zur Hand gehe? Aber es wäre besser, wenn das jetzt unter uns bliebe. Du weißt, wie empfindlich die großkopferten Herren bei uns in der Leitung sein können, wenn interne Informationen nach außen sickern."
„Kannst dich ganz auf mich verlassen."
Plötzlich lief Wegner ein kalter Schauer über den Rücken. Zunächst hatte er nicht richtig glauben können, dass sich gerade im Allgäu in Sachen Kunst viel bewegen sollte, aber so hatte er auch reagiert, als er zum ersten Mal hörte, wie sich die Mafia mehr und mehr in seiner allgäuerischen Heimat ausbreitete. Andererseits ließe sich doch kaum ein besseres Gebiet denken, um in ländlicher Idylle irgendwelchen kriminellen Machenschaften nachzugehen.
Verlegen räusperte Wegner sich, bevor er zögernd sagte: „Du, Franz, ich will dir ja keine Angst machen, aber mir sagt mein Bauchgefühl gerade, dass du sehr gut auf dich und deine Frau aufpassen solltest."
„Denkst du da an etwas Bestimmtes?"
„Nein, eigentlich nicht. Ich weiß auch nicht so richtig, wie ich das jetzt erklären soll, aber wenn tatsächlich irgendwelche Leute vorhaben, das Allgäu zum Schauplatz ihrer schmutzigen Kunstgeschäfte zu machen, dann wird es da um Riesensummen gehen. Die werden nicht gerade begeistert sein, wenn ein kleiner Kripobeamter oder sogar eine Journalistin ihre Nasen in Dinge stecken, die sie nichts angehen."
„Ja, das habe ich meiner Frau auch schon gesagt, aber du weißt ja selbst, wie Journalistinnen so sind, wenn sie eine Möglichkeit wittern, eine Geschichte groß rauszubringen. Und sie meint, dies wäre die größte Manipulation, von der sie bisher gehört hätte."

„Und? Habt ihr denn bereits konkrete Anhaltspunkte für eure Theorie gefunden?"
Wehrmüller schüttelte entschieden seinen Kopf. „Aber nein! Wo denkst du hin? Bisher ist alles gute alte Allgäuer Gerüchteküche. Wahrscheinlich stecken da nur irgendwelche Möchtegernkünstler dahinter, die sich wieder einmal übergangen fühlen. Bisher gibt es auch nicht den kleinsten Hinweis, dass da tatsächlich etwas ganz Spektakuläres im Kunstbereich aufgezogen werden soll. Und wenn, dann verstehen die Leute, die dahinterstehen, etwas davon, den Ball flach zu halten."
Wegner schaute besorgt hinüber zur Wolke über dem Nebelhorn, die sich inzwischen merklich vergrößert hatte. Unschlüssig wandte er sich wieder seinem Kollegen zu. „Ich weiß nicht, was ich von deiner Geschichte wirklich halten soll. Vielleicht ist es ja wirklich nur ein Gerücht, aber andererseits heißt es, wo es Rauch gibt, müsse auch irgendwo ein Feuer sein. Wie auch immer, wenn du Hilfe brauchst, melde dich einfach ab nächster Woche in München bei uns."
Wegen des drohenden Gewitters machten sie sich beide gemeinsam sofort auf den Rückweg. Nachdem die beiden sich vor der Alpe Topfen mit einem kräftigen Schulterklopfen und Händeschütteln voneinander verabschiedet hatten, konnte Wegner noch nicht ahnen, dass sie sich gerade das letzte Mal gesehen hatten.
Die Gerüchte von tiefgreifenden Veränderungen im Allgäu hatte er bereits am Nachmittag vergessen, als ein riesiges Unwetter über das Allgäu hereinbrach. Zudem lag seine Tochter Marion ihm ständig in den Ohren, sie hätte ja von Anfang an nicht ins Allgäu mitfahren wollen, schließlich wisse ja jedes Kind, dass das allgäuerische Voralpenland das regenreichste Gebiet in ganz Deutschland sei.

Pfingstsonntag, 28. Mai 2007, 11.45 Uhr, gesicherter Chatraum

Rubens betritt den Raum
Botticelli betritt den Raum

Rubens: Guten Abend, Botticelli. Man ließ mir sagen, Sie wollten mit jemandem von der Leitung sprechen?
Botticelli: Guten Abend, Rubens. Ich dachte allerdings eher an ein persönliches Treffen.
Rubens: Ich fürchte, dass geht nicht. Aus Sicherheitsgründen vermeiden wir so weit wie möglich, uns persönlich zu sehen. Aus dem gleichen Grund benutzen wir auch nur Decknamen hier im Chatraum.
Botticelli: Das heißt, ich darf nicht fragen, mit wem ich tatsächlich das Vergnügen habe?
Rubens: Wir verbleiben besser bei den Decknamen. Es ist kein Misstrauen Ihnen gegenüber, aber glauben Sie mir, wir haben mächtige Feinde.
Botticelli: Und dieses Chat-System ist sicher?
Rubens: Wenn ich unserer INS glauben darf, dürfte nur das System des Vatikans sicherer sein.
Botticelli: INS?
Rubens: INS steht für Innere Sicherheit. Dieser Teil unserer Organisation sorgt dafür, dass wir nicht mit unliebsamen Überraschungen rechnen müssen.
Botticelli: So eine Art Stasi?
Rubens: Ich würde es vorziehen, wenn wir es bei INS oder Innerer Sicherheit belassen könnten. Die Abteilung kann sehr nützlich sein. Ohne diese Leute würden Sie übrigens jetzt im Gefängnis sitzen. Sie haben die Informationen Ihrer bevorstehenden Verhaftung beschafft und sie waren es auch, die Sie gerade noch rechtzeitig aus Ihrer Villa gerettet haben.

Botticelli: Und es sind wohl auch dieselben Leute, die mich hier festhalten.
Rubens: Aber Botticelli! Sie müssen die Dinge sehen, wie sie sind: Ihnen drohen mindestens zehn Jahre Gefängnis, wenn Sie verhaftet werden.
Botticelli: Manchmal frage ich mich, ob das nicht die bessere Wahl gewesen wäre. Oder kann ich etwa dieses Haus, wo sie mich untergebracht haben, verlassen?
Rubens: Sie könnten schon, aber ich fürchte, wie die Dinge einmal stehen, dürften Sie wahrscheinlich nicht hier aus dem Allgäu herauskommen. Ihr Fall schlug in der Presse hohe Wellen. Es gibt kaum eine Zeitung, in der Ihr Gesicht in den vergangenen Wochen nicht mehrmals aufgetaucht ist.
Botticelli: Aber Sie – pardon, die INS – hat ja Vorsorge getroffen, damit ich mich nicht einfach der Polizei stellen kann. Sobald ich versuche, dieses Haus zu verlassen, werde ich gleich aufgefordert, wieder in meine Räume zurückzugehen.
Rubens: Was bleibt der Organisation anderes übrig? Ich fürchte, wir haben uns bereits viel zu weit aus dem Fenster gelehnt, als wir Ihnen bei Ihrer nächtlichen Flucht geholfen haben. Außerdem haben wir jawohl telefonisch in Ihrer Fluchtnacht eine Vereinbarung getroffen: Wir helfen Ihnen und Sie helfen uns.
Botticelli: Eine Hand wäscht die andere?
Rubens: Ja, genau. Sie können natürlich jederzeit hingehen, wohin Sie wollen. Ich bin von Ihrer Diskretion voll überzeugt. Aber mal im Ernst: War es bisher zu Ihrem Schaden, mit der Organisation zusammenzuarbeiten?
Botticelli: Das nicht gerade, aber ich mache mir natürlich Sorgen um meine Frau.
Rubens: Wir haben bereits darüber gesprochen. Sie brauchen viel mehr Geduld. Soweit ich informiert bin, wird Ihre

Frau derzeit von der Polizei rund um die Uhr überwacht. Ich gebe Ihnen Bescheid, wenn ich eine Möglichkeit sehe, Kontakt mit ihr aufzunehmen. Lassen Sie uns noch über das Geschäft reden. Sie haben die Bilder bekommen?
Botticelli: Ja. Wo stammen die Werke her?
Rubens: Ich habe über einen meiner Agenten diese Bilder in Kommission genommen. Was halten Sie davon? Sie sind ja ein ausgezeichneter Experte beim Entdecken neuer Talente.
Botticelli: Danke für die gute Meinung. Die Bilder sind allererste Qualität. Eigenwilliger Stil. Sehr gekonnte Farbgebung. Ausdrucksstark. Mit einer entsprechenden Empfehlung von anerkannten Fachleuten dürften die Bilder auch in besseren Galerien als etwas Besonderes gelten. Darf ich fragen, wer diese Bilder gemalt hat?
Rubens: Sie dürfen. Eine gewisse Katharina Scheible. Sie kommt sogar hier aus dem Allgäu.
Botticelli: Erstaunlich, dass ich noch nie etwas von ihr gehört habe.
Rubens: Gar nicht erstaunlich. Die junge Dame ist erst vor Kurzem in München aufgetaucht. In ihrer Heimatstadt Marktoberdorf war sie wohl eher ein Insidertipp. Lässt sich etwas daraus machen?
Botticelli: Auf jeden Fall. Auf handwerklicher Seite ließe sich das ein oder andere sicher verbessern, aber insgesamt handelt es sich um eine sehr vielversprechende Künstlerin.
Rubens: Genau meine Meinung. Glauben Sie, bei entsprechender Unterstützung von unserer Seite könnte die junge Dame sich auf dem Kunstmarkt durchsetzen?
Botticelli: Das glaube ich nicht nur, sondern ich bin mir ganz sicher, bei entsprechender markttechnischer Förderung könnte sie in einem, spätestens in zwei Jahren zu den arrivierten deutschen Künstlerinnen gehören. Ich gehe davon aus, Sie werden die Dame unterstützen, oder?

Rubens: Aber nein! Ganz im Gegenteil!

Botticelli: Ich verstehe nicht ganz. Wie können Sie sich ein solches Geschäft entgehen lassen?

Rubens: Sie haben mich missverstanden, mein lieber Botticelli. Natürlich werden wir der jungen Frau bei Ihrer Karriere helfen, aber alles zu seiner Zeit.

Botticelli: Sie meinen, Sie wollen die junge Frau zuerst unter Ihre Kontrolle bringen. Richtig?

Rubens: Genau das meine ich. Erst wenn Frau Scheible die Erfahrung gemacht hat, in München, wo sie sich derzeit als freie Künstlerin versucht, völlig gescheitert zu sein, wird sie später bedingungslos mit uns zusammenarbeiten. Dann allerdings zu unseren Bedingungen.

Botticelli: Ziemlich harte Gangart, oder?

Rubens: Geht nicht anders. Wissen Sie, wie schnell die Künstler vergessen, wenn sie es erst einmal geschafft haben, wer ihnen zu ihrem Erfolg verholfen hat?

Botticelli: Ich vermute, Sie haben bereits die ersten Schritte unternommen, damit diese Frau vorerst keines ihrer Werke auf dem Markt unterbringt.

Rubens: Sie haben es erraten. Keiner der von uns kontrollierten Galeristen wird ihre Bilder ausstellen, geschweige denn aufkaufen. Dafür ist hinlänglich gesorgt.

Botticelli: Verstehe: Innere Sicherheit. Mein Kompliment. Dann müssen Sie schon einigen Einfluss auf den Markt haben … Aber was, wenn Frau Scheible doch eigene Wege gehen will? Auf Dauer werden doch einige Kunstkenner ihr tatsächliches Talent und die damit verbundenen Vermarktungsmöglichkeiten entdecken.

Rubens: Keine Sorge. Ich habe bereits Kontakt zu ihr über eine bestimmte Person aufgebaut. Die Einzelheiten müssen Sie jetzt nicht wissen, aber glauben Sie mir, ich bin über die Entwicklung ständig informiert. Und im Gegensatz zu

Ihnen habe ich Geduld. Derzeit haben wir sowieso andere Probleme. Wir sind dabei, eine bewährte Organisation zu übernehmen, aber nach der Übernahme muss sie noch völlig umstrukturiert werden. Da sind eine Menge unserer Ressourcen derzeit gebunden.

Botticelli: Darf ich raten?

Rubens: Sicher. Raten Sie nur!

Botticelli: Sie haben bestimmte Aufträge in diesem Zusammenhang für mich?

Rubens: Nicht schlecht geraten, Botticelli. Haben Sie selbst schon bestimmte Vorstellungen in welcher Richtung diese Aufträge gehen werden?

Botticelli: Meine Vorstellungen sind eher noch vage. Sie brauchen wahrscheinlich einen Mann, der Ihnen mit seinen Beziehungen in der Kunstwelt weiterhelfen kann. Richtig?

Rubens: Treffer! Wer wäre da auch besser in der Lage zu als Sie? Ohne Ihnen schmeicheln zu wollen, Botticelli, aber Sie hatten bei Ihren bisherigen Projekten wirklich ein Talent, die richtigen Leute an der richtigen Stelle einzusetzen.

Botticelli: Soll ich das als ein Angebot verstehen, in der Leitung Ihrer Organisation dauerhaft mitzumachen?

Rubens: Ja, so können Sie es verstehen. Allerdings gibt es da noch ein Problem: Ein Mann namens Segmeier leitet noch offiziell die Organisation. Er gehört noch zur alten Garde, sieht noch nicht ganz ein, dass wir neue Wege gehen müssen.

Botticelli: Und warum übernehmen Sie nicht die Leitung?

Rubens: Die Organisation ist derzeit im Umbruch und solange dieser Prozess nicht abgeschlossen ist, wäre es besser, ich handle aus dem Hintergrund.

Botticelli: Das kann ich jetzt nicht ganz nachvollziehen.

Rubens: Die Organisation ist derzeit noch in den Handel von Drogen und Organen verwickelt. Ich will eine völlige Umorientierung auf den Kunstbereich. Dafür werden aber

noch entsprechende Fachleute wie Sie angeworben werden müssen.
Botticelli: Und was würde für mich bei einer solchen Umorganisation herausspringen?
Rubens: Sie könnten später in einem bestimmten Bereich die Leitung übernehmen, d. h. unter bestimmten Bedingungen natürlich.
Botticelli: Welche Bedingungen wären das?
Rubens: Unbedingte Loyalität mir gegenüber. Von Fall zu Fall würden Sie auch meine Interessen gegenüber von Segmeier vertreten müssen, immer vorausgesetzt, er bleibt im Geschäft …
Botticelli: Wo ist der Pferdefuß?
Rubens: Sie müssten auch auf meiner Seite stehen, wenn einmal extreme Schritte notwendig sein sollten. Ihre besondere Situation würde es auch erfordern, dass Sie vorläufig ebenfalls im Hintergrund bleiben. Dazu wäre Ihre derzeitige Unterbringung ideal. Was stellen Sie sich von Ihrer Seite konkret vor?
Botticelli: Für die geschäftliche Seite eine prozentuale Beteiligung. Über die genauen Zahlen würde ich mir gerne ein paar Tage Zeit ausbedingen, aber prinzipiell könnte ich mir eine intensive Zusammenarbeit schon vorstellen.
Rubens: Das ist doch ein Wort. Dann also bis demnächst hier im Chat.
Botticelli: Gut, schöne Pfingsten noch, Rubens.
Rubens: Ja, schöne Pfingsten auch Ihnen, Botticelli.

Rubens verlässt den Raum
Botticelli verlässt den Raum

Irgendwann im Nebel der Vergangenheit

Freitagnacht, 02.34 Uhr
Sie rannte quer über den nächtlichen Parkplatz. Mit einem hastigen Blick über ihre Schulter bemerkte sie, wie zwei Schatten vielleicht zehn, allerhöchstens fünfzehn Meter hinter ihr herjagten.
Verzweifelt blickte sie sich im Laufen um. Welche Richtung sollte sie nehmen? Über die Straße und dann über die Wiesen? Nein! Aussichtslos! Die Straße wurde in der Nacht kaum befahren. Sie war keine besonders gute Läuferin und es gab jenseits der Straße auf den flachen Wiesen kaum Möglichkeiten, sich zu verstecken. Ihr Blick ging zur anderen Seite, nach oben zum Wald, der sich drohend im fahlen Mondlicht gegen den Horizont abhob.
Die Teufelsküche war am Tag ziemlich besucht, aber jetzt, mitten in der Nacht, würde sich dort kaum jemand befinden. Andererseits, wenn sie erst einmal zwischen den Bäumen dort oben verschwinden konnte, dann hatte sie eine gute Chance, mit heiler Haut davonzukommen, denn sie war häufig in diesem Irrgarten von schweigenden Steinriesen gewesen, hatte als Kind hier draußen viel gespielt. In dem unübersichtlichen Felslabyrinth würden diese Typen sie so schnell nicht finden können. Da kannte sie sich aus. Die Dunkelheit der Nacht würde ein Übriges tun.
Aber erst einmal dort hinkommen.
Hastig wandte sie sich nach rechts, Richtung Wald. Der schmale Pfad führte nicht allzu steil an eingezäunten Weiden vorbei. Trotz ihres schweren Atems konnte sie deutlich

hören, wie die Verfolger ihr immer näher kamen. Wenn sie weiter auf dem Weg nach oben blieb, würden sie sie gleich haben. Die waren einfach schneller und ausdauernder als sie. Mit einem raschen Blick nach hinten verließ sie den engen Pfad, um sich zwischen den dicht stehenden Tannen zu verstecken.

In diesem Moment trat sie in ein Erdloch und knickte im Fußgelenk um. Ein heftiger Schmerz durchfuhr sie. Verdammter Mist! Das hatte noch gefehlt. Der Mond schien so hell, dass ihre Konturen selbst im Schatten der Bäume noch klar zu erkennen waren.

Mühsam rappelte sie sich wieder auf, humpelte zwei, drei Schritte in Richtung Tannen, als sie bereits am Arm gepackt und niedergerissen wurde. „Hast wohl gedacht, wir bekämen dich nicht, oder?“, japste Maxi wütend. Er schlug ihr mit der flachen Hand ins Gesicht.

„Du blöde Kuh!“, schrie Hannes, als er ebenfalls keuchend neben ihnen anhielt. Sie konnte im Schein des Mondes sehen, wie sein Gesicht sich wutverzerrt verzog. Weit holte er mit dem Fuß aus. Da Maxi sie wie in einem Schraubstock festhielt, konnte sie dem heftigen Tritt in ihre Seite nicht ausweichen. Ihr Schmerzensschrei verhallte in der Dunkelheit der Nacht.

„Wolltest wohl ganz schlau sein, du Schlampe“, schnaufte Maxi, der schwer atmend und die Fäuste in die Seite gestemmt wie ein bedrohliches Schattenwesen über ihr stand. „Du verdammtes Miststück!“

Hannes bückte sich, riss sie an ihren langen Haaren hoch, ohne dass Maxi ihren rechten Arm losließ. Inzwischen war auch Franz schwer keuchend bei ihnen angekommen. Gleich ergriff er ihre linke Hand und drehte sie auf ihren Rücken, sodass ihr nichts anderes übrig blieb, als sich weit nach vorne zu beugen.

„So, letzte Frage! Wollen wir gemeinsam jetzt ein wenig Spaß haben, oder ziehst du die etwas härtere Gangart vor?“, fragte Hannes, wobei er ihren Kopf an den Haaren noch weiter nach oben riss.
Trotz des Schmerzes schüttelte sie entschlossen ihren Kopf, presste mühsam drohend zwischen den Zähnen hervor: „Wenn ihr Schweine … aah … mich anpackt, dann … aah … bringe ich euch alle ins … aah … ins Gefängnis!“
„Sag das noch mal!“, schrie Hannes.
Bevor sie aber die Gelegenheit hatte, dies zu machen, begannen alle drei wie auf ein geheimes Signal auf sie einzuprügeln: Sie krümmte sich unter ihren Hieben und Tritten. Vergeblich versuchte sie mit ihren Armen ihr Gesicht zu schützen. Gellend schrie sie, aber je verzweifelter sie in die Nacht hinausbrüllte, desto mehr schlugen und traten sie auf sie ein. Betrunken wie sie waren, verloren die drei ganz die Kontrolle über sich. Sie rasteten völlig aus, droschen auch noch weiter auf ihre ehemalige Klassenkameradin ein, als sie längst bewegungslos auf dem Waldboden lag.
Alles sah danach aus, als wäre sie tot.
Hannes hielt atemlos inne, lauschte in die Dunkelheit der Nacht. „Wartet! Da ist doch jemand!“, warnte er die beiden anderen.
Ein weiterer Ruf aus dem Wald ließ ihn wie erstarrt dastehen. Die anderen schreckten jetzt ebenfalls auf, ließen von ihrem Opfer ab und horchten ebenfalls in Richtung der düster dastehenden Bäume, von wo noch weitere Rufe zu hören waren. So unwahrscheinlich ihnen dies auch mitten in der Nacht erschien, aber da näherten sich tatsächlich hastige Schritte vom Wald her.
„Kommt, lasst uns von hier verschwinden! Gleich!“, murmelte Maxi kleinlaut.

„Und was … machen wir mit der da?“ Hannes zeigte mit zittriger Hand auf die reglose Gestalt am Boden.
„Was … was sollen … sollen wir schon mit ihr machen?“, überschlug sich Franz’ Stimme in panischer Angst. „Lass sie einfach liegen! Die … die ist eh hin. Keine … keine Ahnung. Verschwinden wir lieber. Gleich, bevor uns jemand erkennt.“
Im nächsten Moment jagten die drei jungen Männer, als würden sie bereits von der Polizei verfolgt, den Berg hinunter zu ihrem Auto auf dem Parkplatz.
Das Geräusch des aufheulenden Motors war kaum in der Finsternis verhallt, als Traudl Neumeier, eine Schamanin, von oberhalb der Teufelsküche herabeilte, wo sie beim Suchen von Pflanzen durch die Schreie einer jungen Frau im Tal aufgeschreckt worden war. Sie bückte sich über die leblos daliegende Frau, strich ihr sanft über die Wange. „Was hat man denn mit dir gemacht, du armes Hascherl.“
Obwohl sie keinerlei Puls mehr spürte, wählte sie mit ihrem Handy den Notruf. Dann begann sie mit ihren Wiederbelebungsversuchen.

Dezember 2007

21. Dezember 2007, 04.38 Uhr

Bettina von Auerberg warf sich in ihrem Bett seit Stunden hin und her, wusste, dass sie nicht mehr einschlafen könnte. Genervt war sie mitten in der schlaflosen Nacht noch einmal zu der kümmerlichen Nasszelle gewankt, hatte dabei ihren Blick angewidert durch ihre derzeitigen Behausung wandern lassen: Überall abbröckelnde Farbe. Dunkle, schimmelige Flecken. Rissige Kacheln. Seit einigen Wochen ihr neues Zuhause hier in Kempten Bühl, einem Stadtteil, in dem eher die sozial Benachteiligten lebten.

Sofort wandte sie ihren Blick wieder vom fleckigen Spiegel weg: Sie wollte, konnte ihr Gesicht nicht länger ansehen. Auch das hatte sich geändert. Man hatte sie immer für mindestens zehn Jahre jünger gehalten, als sie tatsächlich war. Niedergeschlagen schüttelte sie ihren Kopf. Nie hätte sie früher jemand auf siebenundvierzig geschätzt. Nein, wirklich niemand. Und jetzt konnte man sie auf gute fünfzig und mehr schätzen. Besser nicht daran denken.

Hastig riss sie das Schubfach des Spiegelschränkchens auf, zögerte jedoch, als ihr Blick an den drei Schachteln Schlaftabletten hängen blieb. Nein, das wäre keine Lösung! Noch nicht einmal für den Schlaf. Vielleicht hätten sie für einen Augenblick eine Erlösung in einem bleiernen Schlaf gebracht, aber es wäre nur ein kurzer Aufschub von ihren marternden Befürchtungen. Wenn sie sich jetzt gehen ließ, dann wäre es das endgültige Aus. Die Talfahrt ginge noch weiter. Nein, es musste eine andere Lösung geben. Irgendwie.

Eine Viertelstunde später wälzte sie sich in ihrem Bett wieder schwer von einer Seite auf die andere. Ihre Ängste fielen erneut über sie her, ließen ihr keine Ruhe. Erschöpft öffnete sie schließlich ihre Augen. Die Leuchtziffern ihres einfachen Radioweckers zeigten: 04.38. Jetzt, nach vier, fünf Stunden verzweifelten Ringens um ein paar Stunden Schlaf, zerbröckelte langsam ihre Entschlossenheit, es nicht mit den Tabletten zu versuchen.

Nein, das mit dem Schlaf konnte sie für diese Nacht gänzlich vergessen. Mit einem deprimierten Gähnen stand sie auf, machte die Nachttischlampe an, deren schwacher Schein ihr Einzimmerapartment in ein unheimliches Halbdunkel tauchte.

Alles wäre besser als dieses quälende Erinnerungskarussell, das sich wieder einmal immer schneller in ihrem Kopf zu drehen schien. Und wenn sie doch? Ihr Blick ging zur Badezimmertür. Verzweifelt schaute sie sich in dem vielleicht zehn Quadratmeter großen Raum um. Das war alles, was ihr noch geblieben war! Und das ihr, die früher für ein Abendessen mehr ausgeben konnte, als ihr jetzt in drei Monaten an Sozialhilfe zur Verfügung stand.

Viel weiter konnte es wirklich nicht mehr mit ihr bergab gehen. Zumindest, was ihre wirtschaftliche Situation anging. Sie blies die Luft geräuschvoll durch die Nase, schüttelte wütend den Kopf. Und ob es das konnte! Die Vermieterin hatte ihr am Vortag deutlich zu verstehen gegeben, dass sie bis zum nächsten Samstag die seit zwei Monaten ausstehende Miete sehen wollte, oder … Der hasserfüllte Blick der Vermieterin hatte deutlich gemacht, auf einen weiteren Aufschub konnte auch die größte Optimistin nicht hoffen.

Ja, die Talfahrt, oder besser gesagt, der Absturz nach der Flucht ihres Mannes, ging immer weiter und weiter. Arbeitslos. Mittellos. Bald obdachlos?

Die Talsohle war noch längst nicht erreicht.

Bettina von Auerberg hatte Einspruch gegen die Entscheidung des Jobcenters eingelegt, ihre Leistungen für drei Monate ganz zu streichen, nachdem die Grundversorgung bereits um dreißig Prozent gekürzt worden war. Es war ein Desaster, wenn sie daran dachte.

„Frau von Auerberg, wenn ich Sie bitten dürfte, sich kurz zu setzen." Der noch recht junge Angestellte ließ ihr kaum die Zeit, auf einem Stuhl vor seinem Schreibtisch Platz zu nehmen, bevor er zur Sache kam. „Sie haben sich trotz unserer ausdrücklichen Aufforderung nicht bei der Firma Greiner beworben."

„Herr Wiesner, ich habe es Ihnen doch schon erklärt. Meine Vermieterin hat vergessen, mir Ihre Mitteilung sofort weiterzugeben."

Der gelangweilte Blick von Herrn Wiesner hatte nur allzu deutlich verraten, wie vertraut er mit solcherlei Vergesslichkeit und den damit verbundenen Ausflüchten war. Teilnahmslos blätterte er in Frau von Auerbergs Akte. „Ich habe selbst dort bei der Firma angerufen, um der Sache nachzugehen. Niemand wusste etwas von Ihnen. Wie können Sie sich das erklären?"

„Gleich als meine Vermieterin mir Ihren Bescheid gab, habe ich dort angerufen. Wirklich!"

„Und?"

„Man sagte mir, die Stelle sei bereits anderweitig vergeben worden, ich bräuchte mich nicht mehr weiter zu bemühen."

„Mit wem wollen Sie da angeblich gesprochen haben?" Er hätte das Wort „angeblich" gar nicht so betonen müssen, um klar zu machen, wie wenig er ihrer Darstellung Glauben schenkte.

„Die Dame hat sich nicht ausdrücklich vorgestellt. Ich vermute ..."

„Frau von Auerberg, mit Vermutungen kommen wir hier nicht weiter. Es handelt sich schon zum wiederholten Mal um eine gravierende Pflichtverletzung Ihrerseits. Wenn Sie Leistungen von uns erhalten möchten, dann sind Sie auch angehalten, sich um eine Arbeit zu bemühen."

„Aber …“

„Kein Aber. Ich fürchte, von solchen Bemühungen kann in Ihrem Fall derzeit wohl kaum die Rede sein.“

„Das stimmt so doch gar nicht …“

Kurz, sie hatte gekämpft, der Ton war außer Kontrolle geraten, hatte – mehrmals – Einspruch erhoben, aber es war bei der Entscheidung der Arge geblieben. Einen angebotenen Lebensmittelgutschein hatte sie stolz abgewiesen, was ihr Sachbearbeiter achselzuckend zur Kenntnis genommen hatte. „Wie Sie meinen.“

Ihr letzter Termin in der Gerberstraße bei der Arge war bereits wieder eine Woche her und sie hatte den Eindruck, jetzt, wo sie keine finanziellen Leistungen mehr erhielt, würde man sich dort auch kein Bein ausreißen, um ihr irgendwelche neuen Vermittlungsvorschläge zu machen.

Höchste Zeit, neue Wege zu gehen. Ihr Wissen im Kunstbereich musste sich doch irgendwie zu Geld machen lassen. Oder war sie schon zu alt, um von ganz vorne anzufangen?

21. Dezember 2007, 09.32 Uhr

Katharina Scheible wusste, ihr junges Leben würde bald ein Ende haben. Sehr bald! So oder so.

Ihr tränenverschwommener Blick irrte am Geländer der schmalen Holzbrücke, auf der sie stand, entlang. Ziellos. In der engen Felsenschlucht trieben vereinzelte Schneeflocken, die unentschlossen schienen, einfach dem Gesetz der Schwerkraft zu folgen. Selbst die bittere Kälte, die sich tief in sie hineingefressen hatte, brachte der jungen Frau keine Ablenkung von ihrer Verzweiflung.

Seit einer Viertelstunde trippelte Katharina zitternd vor Furcht, vor Wut auf der schmalen Holzbrücke von einem Fuß auf den anderen. Unentschlossen.

Warum sprang sie nicht endlich? Warum machte sie diesem Wahnsinn kein Ende?
Als wenn das so einfach wäre.
Immer wieder nestelte sie nervös in dem Haarknoten, den sie nach Malerinnenmanier hinten am zart geschnittenen Kopf mit einem dünnen Malpinsel zusammengesteckt hatte. Mit dieser Aufmachung würde sie sicher unter den wenigen Touristen, die bei diesem erbärmlichen Winterwetter den schmalen Weg hier in die Breitachklamm herauffanden, auffallen, aber ihre Gedanken trieben so weit weg, dass sie sich dieser Tatsache gar nicht erst bewusst wurde.
Kaum bemerkte sie in ihren düsteren Gedanken die wenigen einsamen Wanderer, die an ihr mit Rucksack und Teleskopstöcken vorbeiwanderten, sie dabei für einen Moment verwundert musterten. Ein älterer Herr hatte sie angesprochen: „Sie suchen sicher auch ein schönes Motiv zum Malen, gell?" Katharina hatte sich, ohne eine Antwort zu geben, einfach weggedreht und der Mann war achselzuckend weitergegangen.
Sie hatte es noch nicht einmal richtig mitbekommen, hatte nur Augen für die wild aufsprühenden Wassermassen der Breitach, die weit unter ihr in der engen Felsenrinne in Richtung Oberstdorfer Tal rauschten. Das Brausen des Sturzbaches schien ihr lockend zuzurufen, gleichsam, um ihr eine endgültige Erlösung von ihrer Verzweiflung, von ihrer hoffnungslosen Angst zu versprechen. Aber die ruhelose Wucht des Wassers schüchterte sie auch ein, warnte, dass auch dieser Tod nicht schön für sie sein würde.
Wie sich alles so schnell von Liebe in Hass verwandelt hatte. Von einem Moment auf den anderen. Wie man eine Blume pflückt oder einen Käfer zertritt.
Das Schlimmste wäre, wenn er sie wegen einer anderen …
Das hatte sie auf jeden Fall früher immer gedacht. Wie hatte

sie ahnen können, dass es weit Schlimmeres für sie gab. Bei dem Gedanken schnaubte sie wütend: „Scheiß Rolf!"
Zwei Worte, in denen nun alle Hoffnung begraben lag, mit der sie vor Monaten von Marktoberdorf nach München losgezogen war. Jetzt war auch der letzte Funke erloschen, es könne eine Zukunft für sie als Künstlerin geben. Endgültig verglommen. Schlimmer noch: Sie musste sterben. Da war sie sich ganz sicher. Noch hatte sie es in der Hand, auf welche Weise sie von der Bühne abgehen würde.
Nichts wollte sie jetzt sehnlicher, als den Mut zu finden, auch den letzten, den alles entscheidenden Sprung zu tun. Einfach alles hinter sich lassen. Jetzt gleich!
Katharina schauderte bei diesem Gedanken. Tief in ihr gab es bei aller Sehnsucht nach einem endgültigen Frieden auch dieses Andere. Es war etwas für sie gänzlich Unbestimmbares, das sie verzweifelt an ihrem noch jungen Leben festhalten ließ. Sie konnte doch nicht einfach in diese Tiefe hinabspringen.
Oder doch?
Blieb ihr noch eine Wahl?
Gedanken. Bilder. Ängste. Fragen. Sie irrlichterten durch ihr Bewusstsein: Das konnte doch alles nicht wahr sein. Wieso? Wie hatte sie sich so in Rolf täuschen können?
Fahrig strich sie ihren leuchtend gelben Anorak glatt. Die vielen Farbflecken fielen selbst hier im düsteren Zwielicht der Breitachklamm deutlich auf. Egal! Solange sie sich in ihrem Münchner Kabuff die Heizung nur noch für die besonderen Stunden mit Rolf leisten konnte, musste sie eben mit Anorak und Handschuhen malen und das ging nun einmal nicht ohne Flecken. Und dabei konnte sie noch von Glück sagen, dass dieser Winter im Vergleich zu anderen verhältnismäßig mild ausfiel, obwohl es ihr hier in der Klamm schon extrem kalt vorkam. Von früheren Besuchen

wusste sie, es gab strenge Winter, da waren die Wasserfälle hier in der Klamm für Wochen, oft für Monate zu glitzernden Eisvorhängen erstarrt. Die Fackelwanderung, die sie einmal vor Jahren mitgemacht hatte, war ein richtiges Erlebnis gewesen. Die Erinnerungen an dieses geisterhafte Licht in der Klamm hatte sie immer wieder in ihren Gemälden festgehalten.

Aber gleich dachte sie wieder an die tödliche Gefahr, die ihr von diesen Leuten drohte. Fahrig zupfte sie bei dem Gedanken an Rolfs Leute an ihrem löchrig gewordenen Palästinenserschal, den sie dicht um ihren Hals gewickelt hatte. Eigentlich ihr Lieblingsschal. Sollte ihr Glück bringen.

Von wegen. Sie würde mit ihm sterben.

Ja, jetzt – wo es endgültig zu spät war – verstand sie, wie alles zusammenhing. Nein, nicht alles, aber das Wesentliche, vielleicht aber auch nur die Spitze des Eisbergs. Zumindest so viel: Es war alles von Anfang an geplant, gut vorbereitet, selbst für den Fall, dass es nicht nach Rolfs Vorstellungen laufen würde. Er hatte wahrscheinlich bereits am Abend auf dem Weg zu ihr beschlossen, ihre Hochstimmung nach dem Sex für seine Pläne auszunutzen.

Seine übliche Masche? Bestimmt! Gezielt hatte er sie vor Wochen ausgewählt, hatte eine Beziehung mit ihr, der dummen Gans aus Marktoberdorf angefangen, um sie – im richtigen Augenblick – für sein Vorhaben einzuspannen. Sicher, er hätte es von Anfang an anders, direkter aufziehen können, aber auch dafür hatte Rolf seine guten Gründe gehabt. Es gab einfach Dinge, die ließen sich nicht erzwingen, jedenfalls nicht, ohne die Kreativität zu verlieren.

Und sie hatte in all ihrer Naivität nichts von alldem bemerkt. Nein, nichts! Wie hätte sie auch ahnen sollen, dass sie nichts für ihn war als eine leicht erlegbare Beute. Ja, wie? Sie hatte doch geglaubt, dass er sie … sie wirklich liebte.

Dabei hatte die letzte Nacht in ihrem Münchner Zimmer doch so vielversprechend für sie als Frau begonnen …

Rolf Werder, noch nackt, füllte zwei Gläser mit Sekt, den er für diese Gelegenheit extra mitgebracht hatte. Ebenfalls nackt räkelte sie sich verliebt auf ihrem Bett, dachte an diese wunderschönen Wochen mit ihm zusammen.
Ja, sie waren schön gewesen.
Der Geruch der Farben, der überall in dem kleinen Zimmer an ihre Arbeit als Malerin erinnerte, wollte so gar nicht zu ihrem wundervollen Gefühl der Liebe passen. Die paar heruntergekommenen Möbelstücke, die diesen Namen nicht verdienten, wollten ebenfalls nicht zu diesem glückseligen Gefühl passen.
Egal! Im Moment wollte sie nicht daran denken. Da gab es wahrlich Wichtigeres. Als attraktive junge Frau wusste sie einen Liebhaber mit Fantasie und Einfühlungsvermögen zu schätzen. Wichtiger war ihr jedoch, dass sie ihn liebte, wirklich liebte, und dass er sie auch liebte. Wie sehr hatte sie immer von einem Mann wie ihm geträumt: Groß. Stark. Attraktiv. Selbstbewusst.
Später würde sie es ihm erzählen. Ihre Überraschung.
Nachdem sie beide einen Schluck Sekt aus ihren umfunktionierten Senfgläsern getrunken hatten, streckte er sich neben ihr aus. „Wo waren wir denn stehen geblieben?" Zärtlich begann er – spielend – mit dem Zeigefinger über ihren Oberschenkel zu streicheln. Ganz sanft. Ganz liebevoll.
Dann, wie aus tiefen Gedanken plötzlich aufgetaucht, lachte er unvermittelt los: „Ah ja, jetzt weiß ich es wieder." Seine immer gieriger werdenden Hände beantworteten seine Frage eindeutig, wo sie gerade stehen geblieben waren.
„Du kannst auch nie genug bekommen", lächelte sie ihn verliebt an.

Unerwartet hielt er erneut inne, als wäre ihm gerade etwas Wichtiges eingefallen. „So, das reicht fürs Erste. Das nächste Mal kann ich wieder …“ Leicht kräuselte er seine Stirn, als müsste er sich darüber tatsächlich erst den Kopf zerbrechen, wann er noch einen Termin frei hatte. „Wäre es an Ostern recht?“, fragte er schelmisch lächelnd.
„Du Schuft! Und was ist mit Weihnachten?“
„Weihnachten? Lass mich nachdenken! Ah ja, da bin ich bereits verplant …“
Beide prusteten los. Dann übernahmen ihre Hände, ihre Körper wieder eine Weile ihre begonnene Aufgabe. Ganz hingebungsvoll. Ganz sanft.
Sie würde es ihm sagen.
Später.
Es war ihre Überraschung …

21. Dezember 2007, 09.39 Uhr

Die Gerüchte in den umliegenden Westallgäuer Dörfern gingen von Privatklinik über Geheimdienst bis Filmstudio. Mit Sicherheit konnte nur gesagt werden, dass das ehemalige Landgut in der Nähe von Argenbühl für horrende Summen Tag und Nacht von einer Wangener Sicherheitsfirma bewacht wurde. Das diskrete Messingschild mit der Aufschrift „Kunst- und Kreativzentrum Allgäublick“ hatten die derzeitigen Eigentümer vom Vorbesitzer einfach hängen lassen, denn für die Dinge, die dort hinter hohen Mauern und Stacheldraht verhandelt und geplant wurden, brauchten die Beteiligten keine Werbung. Wer nicht ausdrücklich eingeladen wurde, der hatte hier mit Bestimmtheit keinen Zutritt. Andere, wie der international gesuchte Kunsthändler Lothar von Auerberg, konnten nicht weg, aber davon wussten die Reichen und Mächtigen, die sich hier ebenfalls regelmäßig trafen, nichts.

Die Hausdurchsuchung, die die Wangener Polizei zwei Jahre vorher, vor dem Hintergrund anonymer Hinweise auf Drogen- und Menschenhandel durchgeführt hatte, war ein absoluter Schlag ins Wasser gewesen. Bedeutende nationale und internationale Politiker, anerkannte Wissenschaftler und Wirtschaftsfachleute aus unterschiedlichen Konzernleitungen hatten sich auf Einladung des Gastgebers zu einem vertraulichen Austausch über ländliche Entwicklung im Allgäu getroffen. Geheim war dieses Treffen, und geheim war es auch, auf welche Weise die vornehmen Gäste in ihrer freien Zeit verwöhnt wurden.
Mit gutem Grund.
Erklärlicherweise war die Staatsanwaltschaft seit dieser auf der ganzen Linie gescheiterten Razzia nie wieder bereit gewesen, Ermittlungen gegen die Eigner durchzuführen. Zu heftig waren die Reaktionen einiger einflussreicher Gäste auf die völlig unberechtigte Hausdurchsuchung gewesen, zumal die Presse auch noch allgäuweit über diesen massiven Fehlschlag der Polizei und Staatsanwaltschaft berichtet hatte.
Niemand argwöhnte, dass ein gewisser Rubens, der zu dieser Organisation gehörte, die den noblen Tagungsort nicht ganz uneigennützig betrieb, über Mittelsmänner für diese falschen Anschuldigungen bei den öffentlichen Behörden verantwortlich war. Was man auch immer gegen die Betreiber dieser „Tagungsstätte" sagen mochte, sie verstanden es wirklich ausgezeichnet, die Anonymität ihrer Gäste und Besucher in den darauffolgenden Jahren zu wahren.
Aber die friedliche Allgäuer Idylle trog. Keiner der Gäste konnte nur im Entferntesten ahnen, welch tödlicher Machtkampf gerade dabei war, sich in der Führungsspitze dieser undurchsichtigen Organisation zu entwickeln.
Franz Segmeier schaute herausfordernd auf sein Gegenüber. Der schmale Kranz von grauen Haaren, die ihm noch um

den fast kahlen Schädel geblieben waren, schien sich wieder einmal erfolgreich den Bemühungen eines Kammes widersetzt zu haben. Jeder in der Organisation wusste, dass Segmeier in mehr als einer Hinsicht noch zur alten Garde gehörte. Es wäre nicht das erste Mal, dass er die schmutzige Arbeit mit einer großkalibrigen Pistole selbst erledigte. Mit Schalldämpfer versteht sich. Solche Aufgaben stellten für ihn als langjähriger Bandenboss kein Problem dar, solange man es ihm hinterher nicht nachweisen konnte. Entsprechend gab es in der Leitung des Syndikats nicht viele, die ihm offen zu widersprechen wagten.

Eine der wenigen Ausnahmen saß ihm jetzt gegenüber, wenn er auch noch nie etwas von dem Decknamen „Rubens" gehört hatte. Sie trafen sich nicht oft, und wenn, dann waren sie sich in den seltensten Fällen einig, denn sie stellten in mehr als einem Punkt genau das Gegenteil dar. Tradition gegen Innovation. Härte gegen Anpassung. Starrsinn gegen Kreativität.

Vor allem aber offene Machtdemonstration gegen verdeckte Manipulation, denn kaum jemand in der Organisation wusste von dieser einflussreichen Person, oder falls doch, war nicht bekannt, welche entscheidende Rolle Rubens inzwischen in der Leitung spielte. Rubens verstand es, sich im Hintergrund zu halten.

Es war sicherlich kein Zufall, wenn dieses Gespräch ganz im Geheimen stattfand, denn Rubens wollte auch weiter um jeden Preis im diskreten Abseits bleiben, wollte weiter verdeckt die Fäden von dort ziehen. Sollte Segmeier doch glauben, immer noch selbst die Entscheidungen zu treffen, der eigentliche Kopf, von dem die Ideen kamen, war er mit Sicherheit nicht. Längst nicht mehr.

Wäre es Segmeier nicht bewusst gewesen, wie dringend er Rubens kreative Lösungsstrategien brauchte, er hätte längst

kurzen Prozess gemacht. Ein schmaler, gefährlicher Grat, auf dem die beiden seit Jahren gingen, denn keinem fehlte es an Skrupel, dem anderen den entscheidenden Stoß zu versetzen, sobald er nicht mehr gebraucht würde oder sich als zu hinderlich erwies.
Seit zwanzig Minuten waren sie am Verhandeln und Segmeier lief immer aufgeregter in seinem Büro hin und her. Wütend schnaubte er, während Rubens fast teilnahmslos auf dem Besucherstuhl saß und nur ab und zu an dem Glas Mineralwasser nippte. Eine bewährte Strategie, um Zeit zum Nachdenken zu gewinnen.
„Ich verstehe immer noch nicht, was wir hier ewig rumdiskutieren“, knurrte Segmeier. „Die Zahlen der letzten Jahre sprechen doch wohl eine eindeutige Sprache, oder etwa nicht?“
„Schon, aber es geht nicht um unsere Einnahmen in der Vergangenheit. Niemand bestreitet …“
„Gigantische Einnahmen und das mit vergleichsweise wenig Verlusten“, unterbrach Segmeier mit hochrotem Kopf. „Der Vorfall neulich in Augsburg, wo zwei unserer Leute von der Konkurrenz niedergeschossen wurden, stellte eine Ausnahme dar. Ich verstehe nicht, wie Sie da ständig drauf herumreiten können.“
„Ich halte diesen Vorfall eher für ein deutliches Signal, dass wir auf die hergebrachte Art nicht weitermachen können und auch nicht weitermachen sollten.“
„Und wer sollte uns davon abhalten? Unserem Konkurrenten Bachmeier habe ich doch deutlich gezeigt, was ihm blüht, wenn er seine Leute noch einmal gegen uns einsetzt. Der wird es nicht noch einmal wagen, wenn ihm sein Leben lieb ist.“
„Was noch zu beweisen wäre. Aber selbst wenn dieser Bachmeier nachgibt, dürfte das meiner Meinung nach nicht das eigentliche Problem darstellen.“

Segmeier machte eine wütende Handbewegung. „Könnten Sie ausnahmsweise einmal klar sagen, was Sie von mir wollen."
„Herr Segmeier, ich sagte es bereits, es ist einfach an der Zeit, die Weichen in Richtung einer neuen Zukunft zu stellen. Wir haben schon viel zu lange damit gewartet."
„Und was wollen Sie damit konkret sagen? Sollen wir unsere so gut laufenden Geschäfte etwa ganz aufgeben, gerade jetzt, wo es hier im Allgäu so gut wie nie zuvor läuft?"
Spätestens zu diesem Zeitpunkt hätte jeder andere in der Organisation einfach klein beigegeben, aber Rubens schien von dem herrischen Ton keineswegs beeindruckt zu sein.
„Von Aufgeben habe ich ja auch nicht gesprochen, sondern nur von einem wesentlichen Richtungswechsel in unseren grundsätzlichen Geschäftsbereichen … Und zwar rasch, solange noch Zeit dazu ist. Wir spielen nicht nur gegen Bachmeier …" Rubens brach ab, denn Segmeier würde nie verstehen, wer ihr Feind wirklich war, wo die Bedrohung tatsächlich herkam.
„Gibt es von anderen Organisationen Anzeichen, dass sie etwas gegen uns planen?" Segmeiers Augen flackerten ein wenig beunruhigt.
„Nicht, soweit ich wüsste. Ich denke da auch eher an die Staatsanwaltschaft. Meine Idee damals mit dem anonymen Hinweis an die Polizei hat zwar bisher Wirkung gezeigt, aber schützt uns nicht für immer und ewig vor einem Zugriff, und dann sind wir von einem Tag auf den anderen alle aus dem Spiel."
„Haben Sie denn Informationen, die auf einen Zugriff hinweisen?" Mit einem makellos sauberen Taschentuch wischte Segmeier sich hastig einige Schweißtropfen von der bulligen Stirn.
„Informationen von meinen Quellen bei der Polizei in Kempten? Nicht direkt, aber …"

„Dann malen Sie gefälligst auch nicht gleich den Teufel an die Wand!“, unterbrach Segmeier. „Es gibt eine ganze Menge von Leuten in der Politik und der Wirtschaft, die ihre schützende Hand über uns halten. Verdienen schließlich gut bei unseren Geschäften mit. Das dürften Sie doch wohl am besten wissen. Sie haben ja selbst einen großen Teil dieser Leute für uns angeworben.“
„Sicher, aber das sind alles Leute, die sich bestimmt nicht die Finger verbrennen werden, wenn es um Organhandel und Drogen geht. Diese feinen Herrschaften werden uns schneller fallen lassen, als Sie „Bündnistreue“ gesagt haben.“
„Die werden aussteigen, meinen Sie? Ist doch nicht Ihr Ernst. Die meisten haben wir doch sicher im Griff, dafür wissen wir viel zu viel von ihnen.“
Zum ersten Mal sah man so etwas wie Trotz im Gesicht seines Gegenübers und es klang wie eine Herausforderung, als Rubens schließlich sagte: „Die Organisation hat diese einflussreichen Leute nur auf Grund meiner Ideen so weit gebracht, dass sie mit uns zusammenarbeiten, zusammenarbeiten müssen, um genauer zu sein. Aber verlassen Sie sich darauf, sie werden ganz bestimmt Wege finden, wenn sie um ihre eigene Sicherheit und ihr eigenes Wohlergehen fürchten müssen. Wir sollten diese Leute nicht unterschätzen. In der Regel haben sie sehr viel Geld und sehr viel Macht. Notfalls können sie sich auch gegen unsere Organisation wehren. Haben Sie schon einmal daran gedacht, es könnte nicht Bachmeiers Idee gewesen sein, sich mit uns anzulegen?“
Da Rubens selbst die Fäden gezogen hatte, brauchte er keine Antwort auf diese Frage, aber Segmeier war viel zu unbedarft, um einen Verdacht gegen Rubens zu haben.
Wütend schüttelte Segmeier seinen Stierkopf. „Unsere Geschäfte lassen sich niemals nachweisen. Genau das haben Sie doch auch selbst immer gesagt. Schließlich sind Sie ja

auch für unsere Sicherheit zuständig. Sie haben sich ja selbst diese Aufgabe ausgewählt und das ganze System der Inneren Sicherheit aufgebaut."

Rubens blieb völlig unberührt bei Segmeiers halbherzigem Versuch, es einmal mit Anerkennung zu versuchen. „Sie haben das wahrscheinlich nicht ganz richtig verstanden. Ich war zurückhaltend, solange wir nicht von der Konkurrenz so massiv unter Druck gesetzt wurden. Ich brauche Sie ja wohl nicht zu erinnern, dass ich zwei meiner Spitzenleute bei dieser Schießerei verloren habe, Herr Segmeier. Sollte es jetzt auch noch zu einem ausgewachsenen Bandenkrieg, möglicherweise zu einem weiteren Blutbad wie in Bad Hindelang und Augsburg kommen, dann wird es nur eine Frage der Zeit sein, bis die Polizei auch auf uns und unsere sonstigen Geschäfte aufmerksam wird. Das wäre das endgültige Aus. Da können wir noch so mächtige Verbündete haben."

„Das erscheint mir doch sehr unwahrscheinlich! Dass es gerade in Bad Hindelang zu einer Schießerei kam, war ein blöder Zufall. Kuriere, die zufällig zur gleichen Zeit Urlaub dort machten."

Rubens ließ ihn in seinem Glauben. „Wir sollten auf jeden Fall gewarnt sein und uns so schnell wie möglich umorientieren."

Rubens brauchte kein Prophet zu sein, um zu verstehen, was Segmeiers nervöse Fingerzuckungen zu bedeuten hatten. Es fiel dem Gangsterboss sichtlich schwer, sich weiter zu beherrschen, nicht in die Schublade nach seiner Pistole zu greifen. Aber auch diesen Fall hatte Rubens eingeplant.

Tief holte Segmeier Luft. Offensichtlich war er entschlossen, vorerst die Ruhe zu bewahren: „Ich habe immer noch nicht verstanden, worauf Ihr Vorschlag hinauslaufen soll. Es gibt doch einfach keinen Bereich, der so rentabel ist wie das Drogengeschäft."

„Zugegeben, dass wir bisher in diesem Bereich ganz gut mitgemischt und auch verdient haben, ohne selbst allzu sehr in den Vordergrund treten zu müssen. Aber es gibt andere lukrative Bereiche, wo wir mindestens einen genau so guten Schnitt machen werden, wenn wir es strategisch geschickt angehen."
„Da kann man ja gespannt sein, wie uns die gebratenen Tauben in Zukunft in den Mund fliegen sollen", sagte Segmeier sarkastisch.
„Kein Grund, ironisch zu werden. Mit den Beziehungen, die wir im politischen und wirtschaftlichen Bereich so erfolgreich in den letzten Jahren hier im Allgäu aufbauen konnten, werden wir im Kunstbereich viel bessere Gewinnchancen als mit den Drogengeschichten haben, abgesehen davon, dass wir, dank meiner Initiative und Ideen, den Fuß bereits mehr als halb in der Tür haben."
„Wovon reden Sie da? Erklären Sie es mir endlich, aber denken Sie gefälligst daran, ich will nicht ewig hier mit Ihnen rumdiskutieren!"
Wenig beeindruckt von dieser harschen Reaktion, begann Rubens seine Erklärung geduldig und ruhig, wie eine Lehrerin in der ersten Klasse, die wenig Hoffnung hat, mit ihren Sorgenkindern viel weiter zu kommen: „Unsere Geschäftsfreunde haben eine Menge Schwarzgeld. Seitdem man diese finanziellen Mittel nicht mehr so risikofrei irgendwo auf einem geheimen Konto im Ausland anlegen kann, werden seit einer Weile immer größere Summen in Kunst investiert. Wenn Sie darüber hinaus einmal genauer die Entwicklung der Preise auf dem Kunstmarkt analysieren, stellen Sie fest, wie die Werte für Kunstwerke ständig steigen. Astronomische Gewinne können wir da machen, wenn wir unser Geschäft in die richtige Richtung ausbauen."

„Und wie stellen Sie sich das genau vor?“ Ein wenig widerwillige Neugier war bei dem Stichwort „astronomische Gewinne“ deutlich aus Segmeiers Stimme herauszuhören.
„Ganz einfach. Wie bei unserem bisherigen Drogen- und Organhandel ist alles eine Frage der passenden Infrastruktur. Wir müssen nur mit namhaften Künstlern, Kunsthändlern, Kunstexperten, Kunst- und Auktionshäusern und so weiter intensiv zusammenarbeiten. Potenzielle Kunden haben wir ja bereits mit den Besuchern dieses Hauses. Wenn es sich erst einmal herumspricht, können wir uns schon in kürzester Zeit vor Anfragen nicht mehr retten. Glauben Sie mir: Alles kein großes Problem. Diese Umstrukturierung bekomme ich schon hin.“
„Und das soll wirklich richtig Geld bringen?“ Hätte jemand vorgeschlagen, Steine von den Allgäuer Alpen als Gold zu verkaufen, hätte Segmeiers Stimme nicht skeptischer klingen können. Rubens war damit nicht aus seiner stoischen Ruhe zu bringen. „Davon gehe ich aus. Sehr viel Geld sogar. Natürlich werden zunächst die meisten unserer Kunstwerke echt sein müssen. Versteht sich wohl von selbst. Nichts ist so wichtig wie ein guter Ruf, gerade im Kunstbereich. Aber nach und nach können wir dann auch nachgemachte Werke auf dem Kunstmarkt platzieren. Vorsichtig, versteht sich.“
„Das mag ja alles sein, aber um so etwas aufzuziehen, braucht es Jahre, abgesehen davon haben wir in diesem Bereich keinerlei Beziehungen, keinerlei Erfahrungen, keinerlei Know-how …“
„Ich für meinen Teil habe ausreichend Kenntnisse.“
„Die aber wohl kaum ausreichen dürften, um ein tragfähiges Geschäft aufzubauen. Wir sprechen hier von mindestens … sagen wir einmal fünfzig bis sechzig Millionen im Jahr. Anders lassen sich doch noch nicht einmal die laufenden Kosten für unsere Organisation abdecken.“

„Keine Sorge. Ich habe Kontakt zu jemandem aufgebaut, der bereits jahrelang in diesem Bereich arbeitet." Für einen Moment zögerte Rubens, inwieweit er Segmeier über den tatsächlichen Stand der Dinge eingehend informieren sollte. Die Stimme in ihm riet dagegen, argumentierte, Segmeier würde beim endgültigen Kampf wenig hilfreich sein. Es wäre nicht die Mühe wert, ihm die Zusammenhänge zu erklären. Die nähere Verbindung zwischen Kunst und ihrem Kampf gegen ihre Feinde würde so ein Mann sowieso nie verstehen. Segmeier fragte halb interessiert nach einer kurzen Pause: „Ist das etwa dieser Mann, den sie hier im Haus als Dauergast untergebracht haben?"
Als Rubens bestätigend nickte, fragte Segmeier gleich weiter: „Und Sie glauben wirklich, dieser Mann macht mit uns gemeinsame Sache?"
„Diesen Punkt habe ich bereits mit ihm abgeklärt. Da gibt es nur noch das ein oder andere geschäftliche Detail zu klären, aber prinzipiell wäre er bereit zu einer intensiven Zusammenarbeit."
„Man kann nicht sagen, dass Sie unvorbereitet in Gespräche gehen." Neben aller Herablassung ließ sich auch eine Spur von Anerkennung in Segmeiers Stimme ausmachen. Das kam bei ihm nicht gerade oft vor.
„Natürlich bin ich gut vorbereitet, denn ich überlasse ungern etwas dem Zufall", nickte Rubens bestätigend. „Ich habe übrigens noch jemanden in der Hinterhand, der ein sehr vielversprechendes Talent ist, wenn es um das Fälschen von Gemälden geht. Diese Person kann praktisch auf Bestellung arbeiten. Ich habe mit ihm bereits die ersten kleineren Versuchsballons gestartet. Vielversprechend, sage ich nur. Sehr vielversprechend!"
Aus welchem Grund auch immer, schien mit einem Mal Segmeiers Geduld endgültig erschöpft. Ungehalten brüllte

er los: „Und das haben Sie alles gemacht, ohne mit mir zuerst Rücksprache zu halten? Um es ein für alle Mal unmissverständlich klar zu machen: Ich sage Nein! Und zwar zu dieser ganzen Entwicklung! Und damit Schluss!"
„In einer solchen wichtigen Angelegenheit sollten wir vielleicht doch alle in der Leitung abstimmen, ob …"
„Nein! Nichts da! Ich bin immer noch derjenige, der hier die Entscheidungen trifft und das werde ich auch weiter bleiben."
„Na schön." Rubens leiser Stimme war nicht der leiseste Zweifel anzuhören, wie wenig er tatsächlich meinte, was er sagte. Dieses Gespräch war nur der letzte Versuch, eine Umorientierung mit der alten Leitung des Syndikats gütlich zu klären, schließlich sollten drastische Schritte nur unternommen werden, wenn keine andere Wahl blieb. Andererseits gab es Wege, die überzeugender als Worte waren. Die Weichen für eine neue, geschäftlich vielversprechendere Zukunft waren sowieso längst gestellt. Im Notfall auch ohne Segmeier. Eigentlich schade, aber es wurde schon viel zu lange gewartet. Was jetzt fehlte, war ein sauberer Schnitt. Leute wie Segmeier, die sich in der Leitung der Organisation nicht flexibel auf neue Ziele konzentrieren konnten, mussten weg. Auch dazu war bereits alles in die Wege geleitet. Viel Zeit blieb allerdings nicht mehr, denn auch Segmeier würde nach diesem Gespräch eine endgültige Lösung suchen.

21. Dezember 2007, 09.43 Uhr

Einsam, verlassen, bebend vor Angst starrte Katharina Scheible von der Brücke tief hinab in die Felsschlucht, wo die Breitach sich wild rauschend zwischen gewaltigen Steinblöcken ihren Weg ins Tal bahnte. Unbewusst nickte sie bei den Erinnerungsbildern an den Abend mit Rolf vor sich

hin, während sie sich die Tränen von der zierlichen Wange wischte.
Ja, er, Rolf, wusste in puncto Liebe, was sie wollte, was sie brauchte. Es war schön mit ihm. Es war wunderschön … gewesen.
Katharina war tief in ihre Erinnerungen versunken, ohne die wenigen vorbeigehenden Wanderer überhaupt wahrzunehmen, so, als gäbe es mit einem Mal nur noch ihre düsteren Gedanken, ihre Ängste: Was hatte Rolf wohl die ganze Zeit über ihre Naivität gedacht?
Andererseits … Bisweilen wirkte er so geistesabwesend. Manchmal war es so, als gäbe es da Dinge, über die er nicht sprechen wollte oder über die er nicht sprechen konnte. Wie sie selbst schien er seine eigenen Träume von der Zukunft zu haben. Immer wieder hatte er damit angefangen, wie schön es doch wäre, auf einer einsamen Insel zu leben. Nur sie beide!
Bei diesem Gedanken schnaubte sie verärgert durch ihre Nase: Nichts als Lügen, verdammte Lügen, um sie zu benutzen … oder? Gab es da trotz allem nicht auch einen anderen Rolf? Einen, der selbst noch Träume hatte?
Aus den Augenwinkeln bemerkte Katharina, wie ein Mann mit grauem Anorak plötzlich zehn, allerhöchstens zwanzig Schritte vor ihr auf dem hölzernen Steg Halt machte, als er sie da so einsam stehen sah. Als Katharina jedoch aufgeschreckt zu ihm herüberschaute, ging er mit einem leicht irritierten Kopfschütteln verunsichert weiter. Mit einem leichten Nicken und einem gemurmelten „Grüß Gott“ ging er zögernd an ihr vorbei, wobei beide sich sichtlich bemühten, sich nicht direkt in die Augen zu schauen. Deutlich konnte Katharina, ohne ihm nachzublicken, spüren, wie er hinter der nächsten Biegung stehen blieb, konnte fast körperlich seine verstohlenen Blicke hinter dem Felsvorsprung

fühlen, die jede Bewegung ihres schlanken Körpers verfolgten. Vielleicht ahnte er, dass sie gerade dabei war, ihrem Leben ein Ende zu setzen. Oder … war er möglicherweise einer von denen, die auf der Suche nach ihr waren?
Einer von Rolfs Leuten?
Da war sie wieder, ihre panische Angst!
Sie schüttelte unwillig ihren schmalen Kopf. Was sollte das jetzt? Was sollten alle diese unsinnigen Gedanken? Besser war es, das schnell zu Ende zu bringen. Entschlossen drehte sich Katharina wieder zum eisernen Brückengeländer um und starrte weiter hinunter auf das Gischt sprühende Wasser. Im nächsten Augenblick ließ sie sich wieder ganz von ihren düsteren Gedanken treiben.
Wann war der Abend eigentlich gekippt?
Ja, wann …?

„Sag mal, kannst du über Nacht bleiben?“, fragte sie ihn hinterher. Leise, schüchtern wie ein kleines Mädchen, das Angst vor dem Alleinsein hat.
„Lass mich in meinen Terminkalender schauen!“
„Nein, mal im Ernst! Sag schon!“
Ihr Blick irrte ängstlich in ihrem Zimmer umher. Ihre Bleibe: Schlafzimmer. Wohnzimmer. Küche. Atelier. Werkstatt. Alles in einem Raum. Es roch noch leicht nach der Säure, mit der sie am Nachmittag eine Radierung angefangen hatte. Überall standen fertige Bilder, die keiner haben wollte. Über allem lag noch der intensive Geruch von Terpentinersatz, mit dem sie ihre Pinsel reinigte. Und sie glaubte, ihre eigene Angst zu riechen, die Angst, er, Rolf, könne sie alleine lassen. Gerade jetzt, wo sie ihn so sehr brauchte. Gerade jetzt, wo …
Irgendwie fühlte sie, dass es nicht der richtige Moment war, damit anzufangen.
Später …

Hilflos zuckte sie auf der schmalen Brücke ihre hageren Schultern, starrte hinab auf die Felsblöcke in schwindelerregender Tiefe. Gedanken huschten durch ihren Kopf: Wäre alles anders gewesen, wenn sie es ihm gesagt hätte? Immer die gleichen Fragen, die keine Antworten kannten, zumindest keine befriedigenden.
Wieso war ihr die ganze Zeit nichts von seinem schmutzigen Spiel aufgefallen? Ja, seine Rolle verstand Rolf hervorragend zu spielen. Wie ein geduldiger Jäger hatte er Wochen auf den richtigen Moment gewartet. Und er hatte sein Spiel geschickt gespielt, hatte geduldig gewartet, bis sie ihm selbst das passende Stichwort gegeben hatte …

„Du meinst, bleiben bis morgen früh? Warte mal! Ah, ja! Jetzt fällt es mir wieder ein." Rolf schlug sich theatralisch mit der Hand gegen die Stirn. „Zuerst Frühstück mit Kathi, hinterher Gymnastik für zwei und dann … äh …"
„Mit anderen Worten: Du bleibst?" Ihre Stimme klang hörbar erleichtert.
Er nickte gewichtig, als gäbe es noch erhebliche Bedenken: „Vorausgesetzt natürlich, dass …"
„Ja?" Ein ängstliches Zucken um ihre Augen, das ihre Furcht verriet, er könnte sich doch noch einmal alles ganz anders überlegen.
„Vorausgesetzt … es gibt ein Frühstück, und danach, du weißt schon."
Erleichtert grinste sie, küsste ihn dann zärtlich auf die Wange. „Du bist ein Schatz." Sie mochte seine Art von Humor.
Plötzlich hielt sie inne, fragte besorgt nach: „Wird es denn keinen Ärger auf deiner Arbeit geben? Ich meine, morgen ist doch erst Freitag!"
„Mach dir keine Sorgen, Schatz. Ich bin selbstständig." Alles kam in einem Ton, als wäre er der Direktor der Weltbank per-

sönlich. „Es dürfte genügen, wenn ich meine Sekretärin anrufe, um …"

„Jetzt geh zu, Rolf! Sag mal richtig!" Es war ihrer Stimme deutlich anzuhören, dass sie sich nicht sicher war, ob dies sein Ernst war oder ob er wieder einmal nur scherzte.

„Höre ich da den Hauch eines Zweifels? Ich habe wirklich eine Sekretärin! Was glaubst du denn?"

„Eine etwas ältere Dame, hoffe ich?" Fragend zog sie ihre grazilen Augenbrauen hoch.

Katharina wurde sich bewusst, dass ihr da bereits aufgefallen war, wie wenig Rolfs glänzend lauernde Augen zu seinem lockeren, scherzenden Ton passen wollten.

Oder bildete sie sich das jetzt im Nachhinein nur ein?

Und dann diese Geschichte mit seiner Arbeit. Über ihre beruflichen Tätigkeiten hatten sie nur sehr selten gesprochen. Es gab Gründe. Sie trafen sich nicht gerade häufig, und wenn er einmal ein paar Stunden Zeit für sie fand, hatten sie anderes zu tun, als über berufliche Perspektiven und Probleme zu reden.

Sie war trotzdem neugierig, aber jedes Mal, wenn sie ihn nach seiner Arbeit fragte, war er ihr geschickt ausgewichen, hatte vage irgendetwas von Vermittlungsgeschäften dahergeredet, ohne ihr näher zu erklären, worin diese genau bestanden. Sie hatte auch nicht weiter nachgefragt, wollte schließlich nicht zu neugierig erscheinen.

Reichlich Geld schien er auf jeden Fall immer zu haben. Das sah man gleich: Alles, was er trug, war Marke erfolgreicher Münchner Dandy, einschließlich Rolex, Goldkettchen und extravaganten Lackschuhen, die bestimmt nicht unter einem halben Tausender über die Theke gegangen waren.

Dass er das Thema, welche Geschäfte er machte, bewusst offen gelassen hatte, hätte ihr doch eigentlich schon früher

auffallen müssen. Es war doch nicht normal, dass man nicht offen über seine Arbeit sprach.
Wieso war ihr da kein Verdacht gekommen, dass er gerade dabei war, sein eigenes Spiel mit ihr aufzuziehen? Wie auch immer, sie hatte einfach sein Spiel mitgespielt, hatte nie näher nachgefragt. Er würde schon seine Gründe haben. Von einem war sie jedoch immer fest überzeugt: Mit illegalen Machenschaften hatte er nichts zu tun. Nicht ihr Rolf! Dafür war er viel zu lieb, viel zu einfühlsam, viel zu sanft.
Warum hatte sie trotzdem nicht näher gefragt?
Vielleicht, weil sie unbewusst geahnt hatte, dass ehrliche Antworten ihr gar nicht gefallen würden. Und irgendwo hatte sie auch immer Angst gehabt, ihr gemeinsames Glück könnte plötzlich zerstört werden. Irgendwie. Es wäre bei ihr auch nicht das erste Mal gewesen. Mit Männern hatte sie noch nie Glück gehabt, zumindest war nie der Richtige dabei gewesen.
Ja, vielleicht hatte sie einfach nur Angst davor, die Beziehung könnte wieder in die Brüche gehen … Wer weiß?
Ihre Gedanken kehrten zurück zu ihrem Gespräch: Als Rolf die Sekretärin erwähnt hatte, war sie mit einem Mal doch hellhörig geworden …

„Sag schon! Ist sie bereits älter?" Ihre Stimme irgendwo zwischen unverhohlener Neugierde und offenkundiger Eifersucht.
„Ja, ziemlich betagt … Sechsundzwanzig oder so", lachte er, hatte er doch sichtlich Spaß an ihrer Angst, ihn zu verlieren.
Irgendwo fühlte Katharina einen Stich, errötete leicht, war verlegen wegen ihrer einfältigen Eifersucht, drehte ihren Kopf schnell weg. Ihre Verlegenheit brauchte er ja nicht unbedingt zu bemerken. Das würde es noch peinlicher machen.
Das ungute Gefühl ließ Katharina keine Ruhe mehr. Sie musste einfach Klarheit in diesem Punkt schaffen. Für sich selbst.

Für ihren inneren Frieden. „Was machst du eigentlich, ähm, ich meine, beruflich und so?"
Gleich versuchte sie ihre Neugier unter einem Anschein von Humor zu verbergen. „Mit deinen privaten Bemühungen als Verführer unschuldiger Frauen bin ich ja hinlänglich vertraut. So selten, wie wir uns treffen, musst du ja sehr viel geschäftlich unterwegs sein. Oder?"
Rolf tat erstaunt. „Habe ich dir das noch nicht gesagt? Ich betreibe so eine Art Vermittlungsbüro."

Katharina stand immer noch auf der schmalen Holzbrücke, die sich über die Schlucht spannte und die auf beiden Seiten in einen engen Holzsteg endete, der sich in luftiger Höhe an das Felsmassiv schmiegte. Sie horchte versonnen dieser Stimme in ihrer Erinnerung nach. „ … eine Art Vermittlungsbüro" hatte er gesagt. So ein blöder Idiot!
Und sie hatte ihm noch geglaubt, denn im Gegensatz zu ihr hatte seine Stimme selbstsicher, geradezu geschäftstüchtig geklungen. Aus gutem Grund. Wahrscheinlich waren es genau ihre Stichwörter gewesen, auf die er bereits den ganzen Abend gewartet hatte. Sie waren auf jeden Fall ein Signal für ihn, seine Pläne voranzutreiben.
Und sie, die blöde Gans aus dem Allgäu, hatte ihm die Bälle wie gewünscht weiter zugespielt …

„Die Zeitarbeitsfirmen, die ich kenne, bezahlen nicht gerade rasend gut", sagte sie düster.
In dem Punkt hatte sie in München in letzter Zeit ihre eigenen bitteren Erfahrungen machen müssen. Es gab kaum Interesse an ihren Fähigkeiten als Malerin und die restlichen Jobs brachten kaum das Existenzminimum.
„Zeitarbeitsfirmen?" Sofort griff Rolf den hingehaltenen Faden auf, blieb jedoch weiter vage, wollte offensichtlich ihre Neu-

gierde erst noch mehr wecken. „Vergiss die Zeitarbeitsfirmen! Wir sind ein ... Ist ja auch egal. Mein Unternehmen ist sowieso nicht damit zu vergleichen. Auf jeden Fall sind wir, was die Bezahlung angeht, ganz anders. Bei uns gibt's Spitzenhonorare! Grundsätzlich!"

Katharina horchte auf, kam ins Grübeln. Von Marktoberdorf war sie hierher nach München gekommen, um als Malerin Karriere zu machen. Das war bisher so ziemlich schiefgelaufen, denn sie hatte kaum eines ihrer Bilder verkaufen können. Es schien ihr, als hätte sich die ganze Kunstwelt gegen sie verschworen. Keine der Galerien war bereit, Bilder von ihr zu zeigen, obwohl sich einige zunächst recht interessiert gezeigt hatten.

Dabei hatte sie doch so viel Hoffnung in das kulturelle Leben der Metropole gelegt, vor allem, nachdem ihr viele im Allgäu geraten hatten, es bei ihrem Talent doch besser in München zu versuchen. Da hätten es doch schon ganz andere geschafft. So oder so ähnlich hatten sie sie gedrängt.

Die wenigsten hatten wirklich gewusst, wovon sie da redeten, denn in der Bayernmetropole war sie nicht die Einzige, die den endgültigen Durchbruch noch suchte. Da gab es weiß Gott viele andere, die es weit besser verstanden als sie, ihre Kunst zu Geld zu machen. Die hatten wahrscheinlich die richtigen Beziehungen. Und mit Qualität von Bildern und Kunstwerken hatte der Erfolg der anderen oft überhaupt nichts zu tun. So viel hatte sie inzwischen von den undurchsichtigen Mechanismen des Kunstmarkts verstanden. Da waren ganz andere Dinge wichtig: Die ein oder andere gute Besprechung in den entsprechenden Fachzeitschriften, eine Ausstellung hier, ein Event da, und schon war man im Gespräch.

Was die meisten im Allgäu nicht gewusst oder nicht gesagt hatten: Ohne Kapital, ohne Beziehungen ging in München gar nichts. Rien ne va plus ... Nichts geht mehr. Und das von Anfang an.

Dies erklärte bei den horrenden Münchner Preisen ihre ständigen finanziellen Probleme. Die paar Aushilfsjobs im Supermarkt hatten ihr kaum über den Berg geholfen. Und von ihrer Familie war nach dem Krach keinerlei Hilfe zu erwarten.
Bedächtig nahm Rolf einige Schlucke aus dem Senfglas, zögerte den entscheidenden Moment so noch weiter hinaus. „Meine Agentur vermittelt Leute für ganz bestimmte … Nachfragen. Unsere Auftraggeber bezahlen aber in der Regel nur Erfolgshonorare und davon behalten wir als vermittelnde Agentur dann zwanzig Prozent."
Der Anteil klang ihr eher zu niedrig, aber in diesem Bereich würde kaum jemand die tatsächlichen Zahlen offen auf den Tisch legen.
„Und ihr habt immer Aufträge?", fragte sie. Sie war mit einem Mal völlig verunsichert. Sie spürte, da gab es etwas, was sie gar nicht erst wissen wollte.
Rolf wurde mit jeder ihrer Fragen selbstbewusster. „Die Aufträge sind kein Problem. Wirklich nicht. Wir arbeiten mit einer Reihe von sehr einflussreichen Unternehmen zusammen."
„Und … was für Leute vermittelt ihr? Was muss man da können?"
„Keine Angst – in der Regel nichts Kompliziertes. Nach einer kurzen Einarbeitungszeit kann man bei uns jede Menge Geld verdienen. Nebenbei bemerkt, trifft man dabei ständig interessante, kultivierte Leute, oft einflussreiche Kenner der Kunstbranche, die einer Künstlerin wie dir auch bei der eigenen Karriere weiterhelfen könnten, wenn man … wenn du …"

Jetzt, in der Erinnerung auf der Brücke, zuckte Katharina hilflos mit den Schultern: Sein Fang hatte da schon fest am Haken gehangen. Dies musste er auch deutlich gespürt haben, denn sie glaubte, dass das lauernde Leuchten in seinen Augen stärker geworden war. Es war der siegesbewusste Blick eines Anglers, der seine Beute bereits sicher glaubte.

Der Fang musste ja nur noch eingeholt werden. Sehr behutsam. Und darauf verstand er sich wirklich.

Inzwischen ließ sich Rolfs Routine leicht heraushören: „Den meisten von unseren Leuten genügen einige Verpflichtungen im Monat. Es würde dir genug Zeit für deine Bilder bleiben."
„Und wie würde das finanziell aussehen?", fragte Katharina.
„Das kommt natürlich auf den jeweiligen Auftrag an. Ich kann da auf die Schnelle nur von statistischen Durchschnittswerten ausgehen, aber Pi mal Daumen würde ich in der Anfangsphase mit viertausend Euro rechnen. Netto versteht sich. Auf jeden Fall wesentlich mehr als du jetzt verdienst."
Ihr fiel gleich auf, wie erstaunlich gut Rolf über ihre dürftige Einkommenssituation informiert schien. Natürlich verstand sie sofort, dass er, oder einer seiner Komplizen, sie in diesem Punkt in den letzten Wochen ausspioniert haben musste, denn selbst hatte sie dieses Thema bisher wohlweislich vermieden. Sie wollte ihre Finanzmisere nicht mit ihrer Liebe zu ihm vermischen. Das hatte nichts miteinander zu tun …
Das glaubte sie da noch.

Niedergeschlagen schüttelte Katharina ihren Kopf, schaute gedankenverloren hinab in die Breitach. Die ganze Zeit, in der sie zusammen waren, hatte sie wirklich nichts verstanden. Gar nichts!
Er musste bereits die ganze Zeit genutzt haben, um seine Informationen über sie systematisch einzuziehen, um ihre schwachen Stellen herauszufinden. Wie hätte er sonst so gut Bescheid wissen können?
Nein, Leute wie Rolf überließen nichts dem Zufall …

Als er „viertausend" sagte, wurde sie mit einem Mal sehr blass, nickte nur. „Welche Art … Ich meine, was muss man dafür tun?"

„Nicht viel, Kathi: Banken überfallen, Botschafter entführen …" Er versuchte es weiter auf der humorvollen Schiene zu halten, lachte dabei aber etwas zu laut über seine eigenen Scherze.
„Rolf, kannst du nicht einmal ernst bleiben? Bitte!"
Trotz ihres drängenden Tons nahm er gelassen, ganz der versierte Geschäftsmann, seinen Gesprächsfaden wieder auf: „Natürlich kann ich ernst bleiben. Um es kurz zu machen: Wir arbeiten, wie bereits gesagt, mit bestimmten Unternehmen zusammen, die bestimmte Interessen auf dem Kunstmarkt vertreten."
„Wovon redest du da überhaupt?"
„Unsere Kunden in den Auktionshäusern und Galerien sind an bestimmten Abschlüssen interessiert, wie du dir selbst denken kannst. Ich nenne mal ein Beispiel: Deine Aufgabe könnte es sein, dafür zu sorgen, bestimmte Leute davon zu überzeugen, dass es zu einer dauerhaften Zusammenarbeit mit bestimmten Galerien kommt, dass Werke bestimmter Künstler gekauft werden, andere wieder nicht. Natürlich erwarten wir von dem von uns eingesetzten Personal … sagen wir, ein bestimmtes Entgegenkommen, um zu einem Abschluss zu kommen. Du verstehst sicher, worauf ich hinaus will."
Bevor sie etwas sagen konnte, fuhr er gleich geschäftsmäßig fort: „Ein ziemlich lukratives Geschäft für unsere Mädchen. Und, wie schon gesagt, oft ergeben sich natürlich auch sehr interessante Beziehungen für die eigene berufliche Entwicklung, ohne die auf dem Kunstmarkt gar nichts geht. Das hast du ja selbst schon mitbekommen."
Er hatte tatsächlich die richtigen Stichwörter genannt, denn wie in Trance folgte sie seinen Erklärungen. „Selbstverständlich vermitteln wir nur sehr kultivierte Kunden … versteht sich. Meist Geschäftsleute, die in Kunst investieren wollen, oder bereits erfolgreiche Künstler."

„Und was wollt ihr von denen?“

„Du glaubst gar nicht, wie hilfreich es oft ist, wenn die bereits arrivierten Leute bei einem Event durchblicken lassen, welchem Nachwuchskünstler sie Chancen auf dem Markt einräumen. München ist ein Dorf. Sowas spricht sich rasch rum. Aber es gibt eben Leute, die wollen es nicht dem Zufall überlassen, welche Werke in Zukunft viel Geld einbringen und welche nicht.“

Er erklärte alles sehr beiläufig, als verstünde sich sowieso von selbst, dass auf dem Kunstmarkt manipuliert würde.

„Du verstehst sicherlich, wenn ich dir im Moment keine näheren Erklärungen geben kann. Wir leben schließlich von der Diskretion. In der Einarbeitungszeit könntest du auch als Hostess arbeiten. Leute hier in München für einen Abend oder ein Wochenende begleiten. Selbstverständlich nur für den Übergang. Wenn du erst einmal die richtigen Leute kennst, dann kannst du später besser an die richtig lukrativen Geschäfte rankommen. Das hängt dann ganz von dir selbst ab.“

Mit einem Mal glaubte Katharina, alles durchschaut zu haben, worin seine „lukrativen Geschäfte“ tatsächlich bestanden. Einflussreiche Leute in der Kunstbranche sollten bewegt werden, bestimmte Dinge zu tun. Erpressung und Nötigung gehörten da sicher zum üblichen Repertoire. Und sie sollte eines der Rädchen in dieser kriminellen Maschinerie sein.

Bestürzt stierte sie ihn an, schwieg, konnte sich mit einem Mal leicht denken, für welche Ziele die Geldgeber im Hintergrund so gut bezahlten. Da ging es um weit mehr als um ein bestimmtes Entgegenkommen oder eine vorübergehende Zusammenarbeit.

Schwer schluckte sie, suchte verwirrt irgendwo Halt mit den Augen, ohne ihn jedoch irgendwo in ihrem heruntergekommenen Zimmer finden zu können. Das konnte doch nicht wahr sein! Ihr Rolf? Ein …? Ein …? Sie fand keinen Ausdruck, jedenfalls keinen passenden.

Als er ihre Unsicherheit bemerkte, erklärte er gleich geschäftsmäßig weiter, als handele es sich um die Fusion zweier Konzerne: „Bei der Vermittlung von Aufträgen sagen wir den Mädchen selbstverständlich vorher, was von ihnen konkret erwartet wird und welches Honorar sie dafür bekommen werden. Die Auftragnehmerin entscheidet dann selbst, ob sie die Anfrage übernehmen will oder nicht. Wäre das nicht auch etwas für dich? Ich meine, es ist ja kein Zufall, dass ich dich als Künstlerin anspreche." Ohne ihr Zeit zum Nachdenken zu lassen, fügte er etwas zu betont hinzu: „Ich möchte dich bestimmt nicht drängen, aber die Aufträge sind wirklich sehr einträglich und auch was deine beruflichen Pläne als Malerin angeht, könnte …"

„Ich weiß nicht, Rolf, ob dein Angebot das Richtige für mich wäre", unterbrach sie ihn. „Es scheint mir nicht richtig zu sein, die Leute in Situationen zu bringen, in denen sie selbst nicht mehr frei entscheiden können."

Nie wäre sie vorher auf den Gedanken gekommen, es mit jemandem zu machen und dafür Geld zu nehmen, oder damit bestimmte Bilder gekauft, bestimmte Meinungen über Künstler verbreitet werden … Andererseits … viertausend Euro? Viertausend?

Viertausend gute Gründe …

Trotzdem wiederholte sie es noch einmal: „Ich weiß wirklich nicht recht, ob ich das kann." Dieses Mal klang es schon viel unsicherer, voller Zweifel.

Auf jeden Fall schien er ihre Unentschlossenheit zu bemerken, denn er redete weiter auf sie ein: „Sei nicht albern! Da ist doch nichts dabei! Es geht doch schließlich nur darum, dass sich auf dem Kunstmarkt eine bestimmte Qualität durchsetzt. Zudem hören viele der Mädchen nach kurzer Zeit auf, wenn sie genug Geld verdient haben oder wenn ihnen selbst der Durchbruch gelungen ist."

Sehr wahrscheinlich schien ihr das mit dem problemlosen Aussteigen nicht zu sein. Schließlich wusste man dann recht viel über bestimmte Machenschaften, Informationen, die bestimmt nicht für die allgemeine Öffentlichkeit gedacht waren.
Obwohl … Wer wollte sie schon zwingen, wenn sie nicht mehr weitermachen wollte?
Und viertausend Euro? Viertausend …? Und genau die Beziehungen, die sie brauchte …
Genau die!
Ihre große Chance!

21. Dezember 2007, 09.45 Uhr
Bettina von Auerberg lief wie ein Tiger im Käfig in ihrem kleinen Zimmer hin und her. Rastlos. Es musste doch einen Ausweg geben. Irgendwie!
Aber sie entkam ja noch nicht einmal diesen deprimierenden Erinnerungen …
Ja, ihre Talfahrt hatte in den vergangenen Monaten erschreckende Ausmaße angenommen: Wenn man ihr vor einem Jahr gesagt hätte, sie würde sich als Hartz-IV-Empfängerin mit der Arge um ein paar Hundert Euro streiten, dann hätte sie glattweg am Verstand desjenigen gezweifelt.
Immer schon war sie auf der achtspurigen Autobahn des Lebens unterwegs gewesen. Mit Vollgas! Über sowas wie Geld sprach man in ihren Kreisen nicht. Die Beschaffung finanzieller Mittel war bisher ausschließlich die Angelegenheit von anderen gewesen.
Da war zunächst ihre Mutter, die als recht erfolgreiche Bildhauerin ein Vermögen verdient hatte, bis sie anfing, regelmäßig Kokain zu schnupfen. Das währte nur wenige Jahre, bevor sie daran zugrunde ging. Der Tod ihrer Mutter war ihr nicht sehr nahe gegangen. Warum auch? Die hatte

sich doch sowieso nie um ihre einzige Tochter gekümmert. Dazu hatte sie keine Zeit! Sie konnte sich noch deutlich an die endlose Reihe von Kinderschwestern erinnern, die es ihrer Mutter nie recht machen konnten. An die Geschichte mit ihrem Vater wollte sie lieber nicht denken. Das galt auch für manch andere Erinnerung.

Allerdings konnte sie nicht leugnen, dass sie von ihrer Mutter zwar nicht die geniale Begabung zur Künstlerin, aber doch die Liebe zur Kunst mitbekommen hatte. In ihr brodelte zwar nicht wie bei ihrer Mutter der Zwang, ständig neue Kunstwerke zu schaffen, aber ihr ganzes Wesen war, solange sie sich erinnern konnte, von der Leidenschaft getrieben, die geheimen Botschaften der Kunstwerke zu verstehen und zu entdecken.

Was das Thema Geld betraf, hatte man ihr später in einem der teuersten Schweizer Internate beigebracht, dass es sich für eine Dame aus allerbestem Hause nicht schickte, sich mit solch einem profanen Thema wie alltäglichem Broterwerb zu beschäftigen. Was sie stattdessen lernte, war zu repräsentieren, schließlich würde das ihre spätere Rolle neben einem erfolgreichen Geschäftsmann, einem berühmten Gelehrten oder einem arrivierten Künstler sein. Die triebhaften Aspekte einer solchen Beziehung waren ihr auf dem Hintergrund einer einschlägigen Erfahrung zuwider, aber sie war immer davon überzeugt gewesen, dass sich da etwas arrangieren ließ.

Wenn sie in späteren Jahren auch an den anerkanntesten Universitäten Europas – Paris, Wien, Mailand, London – Kunst studierte, dann kam dieser Wunsch ganz von ihr selbst, die Dimensionen der Kunst in ihrer ganzen Vielfalt zu entdecken.

Im Gegensatz zu vielen anderen Kunstinteressierten machte sie nie einen Unterschied zwischen den Kunstepochen, noch nicht einmal zwischen bedeutenden Künstlern und weniger bedeutenden, sondern für sie war es immer nur die Frage, ob ein Kunstwerk für sie eine Herausforderung darstellte, selbst zu entdecken, wie der Künstler oder die Künstlerin sich selbst, die Welt und vielleicht auch Gott sieht, und wie er oder sie diese persönliche Erfahrung in seinem Kunstwerk auszudrücken versteht.

Ein erstes Mal brach diese scheinbar heile Welt zusammen, als ihre Mutter starb und trotz ihres Erfolgs gerade so viel hinterließ, dass ihre einzige Tochter für ein, allerhöchstens zwei Jahre im gewohnten gehobenen Rahmen weiterleben konnte.

Sie hatte diese Zeit genutzt, hatte ihre Beziehungen und Fähigkeiten spielen lassen, hatte einen Partner gesucht, der ihr auch für den Rest ihres Lebens diesen gewohnten Luxus bieten konnte. Diesen Mann fand sie auch – nach einigen Fehlversuchen – in Lothar von Auerberg, einem der größten Kunsthändler im Allgäu.

Eine Liebesbeziehung war es von Anfang an nicht, aber das war auch nicht erforderlich, denn für die niederen Bedürfnisse wäre weder er noch sie kaum eine längerfristige Beziehung eingegangen, zumal sie beide Abwechslungen bei Frauen schätzten. Zugegeben, er mit mehr Erfolg als sie. Immer wieder warfen sich junge, erwartungsfrohe Künstlerinnen an seinen Hals, wohl nicht zu Unrecht hoffend, er könnte den steinigen Weg ihrer zukünftigen Karriere mit seinem bekannten Namen glätten.

Nein, dessen war sie sich durchaus bewusst, bei der zukünftigen Lebensgefährtin suchte Lothar von Auerberg für die eigene, sehr umfangreiche Haushaltung eine angemessene Partnerin, die half, eine eindrucksvolle Fassade aufrecht zu erhalten, denn beiden war klar, ein gediegener Rahmen war im anspruchsvollen Kunstgewerbe mehr als die halbe Mie-

te. Seine Gespielinnen nahm man von allen Seiten lächelnd zur Kenntnis, ohne dass dies seinem Ruf als Geschäftsmann geschadet hätte. Eher im Gegenteil.
Von seiner Partnerin erwartete Lothar von Auerberg selbstredend die Fähigkeit, in Sachen Kunst stilsicher und bewandert mitreden zu können. Und das konnte sie wie kaum eine andere mit einer Eleganz und Leichtigkeit, die manchem trockenen Experten zu Weltruhm verholfen hätte.
Auf den häufig stattfindenden Soirees, Vernissagen, Empfängen blühte sie über zwanzig Jahre unter Politikern, Wirtschaftsmanagern, Künstlern, Kunstexperten, Galeristen auf und bald ging im nationalen und internationalen Kunstgeschäft kaum etwas, wo sie nicht im Hintergrund die Fäden mitgezogen hatte. Cahiers d'Art, eine führende französische Kunst- und Literaturzeitschrift, nannte sie „Madame d'Art", ein Name, den auch die internationale Presse bald aufnahm, wenn wieder von einem bedeutenden Kunstdeal die Rede war.
Niemand hätte ihr jemals unterstellt, es ginge ihr nur um die nicht unbeträchtlichen Vermittlerhonorare. Das waren geschäftliche Verhandlungen, die sie prinzipiell ihrem sehr geschäftstüchtigen Mann überließ. Was das Geld für den eigenen Bedarf betraf, kümmerte sich Josef, ihr Butler darum, es im Alltag mit beiden Händen unter die Leute zu bringen. Sie brauchte – bis zum Verschwinden ihres Mannes – nur mit einem bedeutungsvollen Blick zu sagen: „Josef, ich gehe davon aus, dass Sie die Angelegenheit regeln", und dieser beeilte sich, die alltäglich anfallenden Rechnungen ohne Zögern zu begleichen. Josef war auch für das übrige Personal zuständig, schließlich konnte sie sich ja nicht um alles kümmern. Josef war es auch, der sie damals weckte, als …

Der 23. April, morgens 04.27 Uhr.
Josef hatte zunächst dezent, dann fester und bestimmter an der Tür ihres Schlafzimmers geklopft und gewartet, bis sie verschlafen geöffnet hatte. „Was gibt es denn, Josef? Ist was passiert?“
„Ich bin untröstlich, gnädige Frau, aber die Herren bestehen darauf, Sie persönlich zu sprechen.“
„Welche Herren denn? So reden Sie doch!“
„Die Herrschaften sagen, sie seien von der Polizei.“
„Haben die Herrschaften denn gesagt, worum es sich mitten in der Nacht handelt, Josef?“
„Nein, gnädige Frau. Sie meinten auf meine diesbezügliche Frage nur, es sei von allerhöchster Dringlichkeit und die Angelegenheit erlaube keinerlei Aufschub.“
„Und Sie sind sicher, es handelt sich tatsächlich um die Polizei?“
„Selbstverständlich, gnädige Frau. Sie haben sich dahingehend korrekt ausweisen können.“
„Korrekt“ war schon immer Josefs Lieblingswort gewesen.
„Nun gut. Dann wird es wohl auch seine Richtigkeit haben, wenngleich ich mich natürlich frage, was die Polizei gerade von mir erwartet. Führen Sie bitte die Herrschaften in die Bibliothek, Josef. Lassen Sie sie wissen, dass ich mich erst zurechtmachen muss. Ich kann mich ja kaum in diesem Zustand öffentlich präsentieren.“
„Sehr wohl, gnädige Frau. Darf ich mir noch erlauben, darauf hinzuweisen, dass die Herren einen Durchsuchungsbefehl vorgezeigt haben.“
„Einen Durchsuchungsbefehl?“
„Ja, genau.“
„Josef, könnten Sie in dem Fall bitte unverzüglich versuchen, Dr. Schneider, unseren Rechtsanwalt, anzurufen. Teilen Sie ihm mit, dass wir dringend seine Hilfe benötigen. Am besten bitten Sie ihn gleich, sich möglichst zeitnah hierher zu begeben.“

„Wie Sie wünschen, gnädige Frau. Gibt es sonst noch etwas, was ich für Sie tun könnte?“
„Was ist mit meinem Mann? Ist er möglicherweise schon von unserem Landsitz in Bad Türkheim zurückgekommen?“
„Ich fürchte nein. Soll ich versuchen, ihn zu erreichen, gnädige Frau?“
„Nein, nein. Versuchen wir erst einmal zu klären, was genau vorliegt. Es wird sich ganz sicherlich als Irrtum herausstellen.“
„Davon gehe ich ebenfalls aus, gnädige Frau.“
In ihrem ganzen Leben hatte Bettina von Auerberg noch nicht mit der Polizei zu tun gehabt und sie hatte tatsächlich auch nicht die Spur einer Ahnung, was diese Beamten am frühen Morgen von ihr wollten. Da sie mit den geschäftlichen Abläufen ihres Mannes nicht vertraut war, vertrat sie da noch entschieden die Meinung, es könne sich nur um eine Art Versehen der ermittelnden Behörden handeln. Man hörte ja immer wieder von solchen Fällen.
Trotz ihrer verständlichen Neugier ließ sie sich Zeit, erst einmal Toilette zu machen, denn dringlich oder nicht, es musste der angemessene Rahmen eingehalten werden.
Wenige Minuten später klopfte es bereits energisch an ihrer Schlafzimmertür, die dann einen Moment später auch schon heftig aufgestoßen wurde. Josef stand händeringend mit einer etwa vierzigjährigen Frau und einem etwas jüngeren Mann in der Tür …

Jetzt im Nachhinein hätte sie nicht zu erklären gewusst, wie sie damals so kühl reagieren konnte. Sie hatte doch da bereits deutlich gespürt, wie ihre Welt dabei war, Stück für Stück zusammenzubrechen. Vielleicht, weil es nicht das erste Mal war, vielleicht, weil sie so erzogen war, alle ihre Gefühle, so heftig sie auch sein mochten, hinter einer Fassade von Gleichmut und Gelassenheit zu verstecken. Auf jeden Fall konnte ihr niemand vorwerfen, sie hätte ihnen die Genugtuung gegeben, sie weinen zu sehen. Nicht in dieser Nacht, als sie da plötzlich in ihrem Zimmer standen.

„Es tut mir schrecklich leid, gnädige Frau, aber die Herrschaften wollten nicht länger warten."
„Schon gut, Josef, ich werde das …"
„Frau von Auerberg? Frau Bettina von Auerberg?", unterbrach sie die Frau.
„Ja! Was kann ich denn für Sie tun?"
„Frau von Auerberg. Mein Name ist Hübner, Kommissarin Christiane Hübner, und das ist mein Kollege Friedrich Richter. Wir haben einen Haftbefehl gegen Sie und Ihren Ehemann."
„Muss ich mich dazu äußern?"
„Nein, nicht notwendigerweise, aber alles, was Sie aussagen, kann gegen Sie verwendet werden."
„Dann möchte ich von meinem Recht zunächst Gebrauch machen, Frau Hübner, wenn ich mir auch keiner Schuld bewusst bin, die einen solchen Schritt rechtfertigen würde."
Unbeeindruckt von der formal höflichen Art, fuhr die Kommissarin ebenfalls völlig emotionslos fort: „Des Weiteren haben wir von Oberstaatsanwalt Rössner einen Durchsuchungsbeschluss für Ihre Villa, Ihr Landgut in Türkheim, die Geschäftsräume und alle Galerien Ihres Mannes."
An dieser Stelle verlor Bettina von Auerberg doch ein wenig Ihre übliche Fassung: „Entschuldigung, Frau Hübner. Einen Haftbefehl? Einen Durchsuchungsbeschluss? Kann ich erfahren, was Sie mir oder meinem Mann vorzuwerfen haben?"
„Frau von Auerberg, bei Ihrer Vernehmung werden wir auf alle Ihre Fragen eingehen. Derzeit stelle ich die Fragen: Wo befindet sich Ihr Ehemann aktuell?"
„Er wird erst morgen, das heißt heute gegen Mittag, zurück erwartet. Er hat sich in unserem Landhaus mit Geschäftsfreun-

den getroffen, um den Verkauf von Kunstwerken auf einer Auktion …"
„Die Kollegen aus Bad Türkheim melden, er hätte sich nicht in Ihrem Landhaus befunden. Wir müssen also davon ausgehen, dass Ihr Ehemann derzeit flüchtig ist?"
„Ich sagte bereits, mein Mann ist in …"
„Schon gut, Frau von Auerberg. Sie können auf dem Präsidium später Ihre Version der Dinge gerne zu Protokoll geben."
Der Ton machte nur zu deutlich, wie wenig sie an die Arglosigkeit der Verhafteten glaubte.
„Wenn ich richtig unterrichtet bin, Frau Hübner, muss ich ohne meinen Anwalt keinerlei Aussagen machen."
„Das ist richtig, aber so weit sind wir noch nicht. Machen wir es kurz, Frau von Auerberg. Wenn Sie mir bitte in Ihr Bad folgen wollen. Bevor wir gehen, muss ich eine Leibesvisitation bei Ihnen durchführen."
„Eine Leibesvisitation? Das ist doch nicht Ihr Ernst, oder?"
„Ich fürchte schon, Frau von Auerberg. Es ist Vorschrift, schon um einer möglichen Verdunkelungsgefahr zuvorzukommen."

Spätestens da war der Glaube an Recht und Gesetz bei ihr endgültig ins Wanken geraten, denn so unwahrscheinlich es klang, aber sie hatte tatsächlich nicht mitbekommen, dass eine nicht unbeträchtliche Anzahl von bedeutenden Werken, die ihr Mann vermittelt hatte, unleugbar gefälscht waren. Das lag wohl daran, dass er diese Gemälde unter der Hand an gierige Sammler weitergegeben hatte, ohne seine Frau von dieser Art der Geschäfte in Kenntnis zu setzen. Dies galt im Übrigen auch für die Vorwürfe der nicht unerheblichen Steuerhinterziehungen, die sich ihr Mann zuschulden hatte kommen lassen.
Aber bei ihrer herausragenden Stellung auf dem Kunstmarkt waren es nicht nur die ermittelnden Behörden, die an

ihren Beteuerungen zweifelten, sodass sie in diesem Bereich des Kunsthandels nie wieder Fuß fassen konnte.

21. Dezember 2007, 09.52 Uhr

Auf der Brücke liefen Katharina nun dicke Tränen die Wangen herab, als sie sich krampfhaft mit beiden Händen an dem eisernen Geländer festklammerte. Sie starrte weiter hinunter auf die grau im Halblicht daliegenden Felsblöcke, ohne die dazwischen weiß schäumende Gischt des brausenden Baches wirklich wahrzunehmen.

Wäre es nicht besser, wenn sie … wenn sie …?

Es machte doch keinen Sinn, länger zu warten. Es wird sicher schnell gehen. Hatte sie denn eine andere Wahl? Sie würde ja auf jeden Fall sterben. Auf die ein oder andere Weise. Daran gab es für sie keinen Zweifel. Ein Sprung … Sie wäre doch nicht die Erste, die …

Nein! Nicht so! Es ging nicht nur um ihr Leben. Sie musste kämpfen, musste es wenigstens versuchen.

Sie hatte doch schon einmal am Abend in München ein entscheidendes „Nein" gesagt …

In ihrem Zimmer war Katharina auf einmal vom Sekt und von ihrer Beklemmung ganz benommen. Ein leichtes Schwindelgefühl. Viertausend Euro.

Machte das Geld einen Unterschied? Es wäre ja nur so lange, bis sie aus dem Gröbsten heraus war. Auf jeden Fall musste sie aus diesem verdammten Stadtviertel unbedingt heraus, denn im Hasenbergl würde es nie etwas mit ihrer Karriere als Künstlerin werden. Nie!

Viertausend Euro? Dieses Geld würde einige Probleme lösen. Sie könnte eigene Ausstellungen finanzieren. Werbefachleute engagieren, wie es andere machten.

Warum eigentlich nicht?
Aber … wenn ihre Hemmungen, ohne Skrupel alles für dieses schmutzige Geld zu tun, erst einmal überwunden waren, würde dann nicht etwas endgültig in ihr zerbrechen?
Was genau?
Der Gedanke an die viertausend Euro war sehr verlockend und irgendwie auch ein klein wenig unheimlich. Wie würde es sein, wenn den Leuten, auf die man sie ansetzte, klar wurde, was genau gespielt wurde?
Gefühle vortäuschen. Manipulieren. Lügen. Erpressen. Nötigen. Wer weiß, was sie alles tun musste, damit ihre Kunden machten, was Rolf und seine sogenannten „Geschäftspartner" von ihnen wollten.
Andererseits hatte es auch etwas sehr Verlockendes, etwas Abenteuerliches. Sie würde selbst etwas bewegen können, würde vielleicht in kurzer Zeit eine bedeutende Persönlichkeit in diesem Kunstbereich sein.
Warum eigentlich nicht?
Diese Dinge würde sie schließlich nur so lange machen, bis sie selbst über den Berg war. Sie wusste, dass sie es mit ihren Kunstwerken schaffen konnte, ohne skrupellose Methoden anzuwenden, wenn erst einmal der Anfang gemacht wäre.
Viertausend Euro?
Viertausend Euro!
Sie bräuchte den Anfragen von Rolfs Agentur ja nur zuzusagen, wenn sie dringend Geld bräuchte. War es nicht doch einen Versuch wert?
Verunsichert horchte sie weiter in sich hinein, versuchte sich einzureden, dass es doch eine gangbare Möglichkeit wäre, ihrer Karriere als Malerin einen entscheidenden Anstoß zu geben. Andere machten noch weit Schlimmeres.
Wer würde später schon fragen, wie sie es am Anfang geschafft hatte?

Sollte sie nicht doch zusagen?
NEIN!
Eine klare, unmissverständliche Antwort in ihrem Kopf. Plötzlich. Klarheit. Es gab einfach Grenzen, die durfte sie nicht überschreiten. Niemals!
Katharina war selbst überrascht, wie entschieden ihre innere Antwort auf einmal war: Nein, nicht für Rolf! Nicht für diese Leute, die den Kunstmarkt auf diese Weise manipulieren wollten! Und auch nicht für sich selbst! Nicht für diesen Preis! Niemals!
Mit einem Mal war ihr alles klar geworden: Rolf war es die ganze Zeit um nichts anderes gegangen, als sie für seine Machenschaften zu gewinnen. Von wegen Zusammenleben auf einer einsamen Insel. Das konnte er sonstwem erzählen.
NEIN!
Seinen Vorschlag konnte er sich sonst wohin stecken.
Niemals!
Abrupt sprang sie vom Bett auf, hastete zu ihrem klapprigen Schrank und riss mit fahrigen Bewegungen einige Kleidungsstücke heraus. Als ihre kleine Geldkassette, die sie im obersten Regal unter ihren Blusen versteckt hatte, auf den Boden krachte und das wenige Kleingeld herausrollte, brach plötzlich die Welt um sie ganz zusammen: Zitternd lehnte sie sich gegen die Schranktür, schluchzte laut auf.
Sofort stand Rolf hinter ihr, streichelte ihr über den Rücken, als wenn nichts passiert wäre. Im Spiegel der Schranktür hatte er sicher die Ratlosigkeit, die Verzweiflung in ihrem Gesicht lesen können. „Du kannst doch nicht mitten in der Nacht weglaufen. Nicht einfach so. Schau doch! Es schneit draußen. Es ist kalt! Wo willst du denn bei diesem Wetter hin?“
„Ich gehe ein, zwei Stunden weg, um nachzudenken.“
„Dann komme ich mit!“
„NEIN!“

„Du willst wirklich gehen … bei dieser Kälte? Jetzt?“
„Es gibt Dinge, die muss man gleich tun oder gar nicht!“
„Aber warum?“
„Warum? Warum willst du wissen? Weil … weil … Keine Ahnung. Es muss eben sein! Ich muss einfach nachdenken. In Ruhe. Ohne dich!“
Während sie sich einfach wahllos irgendwelche Sachen anzog, versuchte er sie von ihrer Absicht abzubringen. „Kathi, bitte, bleib hier! Sei vernünftig! Das bringt doch gar nichts! Lass uns drüber reden!“
„Nein! Ich werde nicht bleiben!“
„Aber wieso nicht?“
„Ich muss jetzt allein sein. Frag mich bitte nicht! Ich kann es dir nicht erklären. Nicht jetzt!“
Rolf redete und redete immer weiter auf sie ein, aber sie hörte schon längst nicht mehr zu, war fest davon überzeugt, dass er nur auf sie einredete, um nicht ganz die Kontrolle über sie zu verlieren. Konnte ihr auch egal sein. Er konnte vergessen, dass sie sich von ihm ausnutzen lassen hatte, dass er sie für irgendwelche kriminellen Machenschaften einspannen wollte.
Entschlossen zog sie den Reißverschluss ihres Anoraks zu, wandte sich um, hastete zur Wohnungstür.
Und dann war es plötzlich passiert …

Zwei Männer näherten sich auf dem Steg, der von unten heraufführte, blieben stehen, zeigten mit dem Finger auf sie. Katharina spürte, wie ihr Herz heftig zu schlagen begann. Sind sie das? Haben sie sie gefunden? Was werden sie mit ihr …?
Ihre Hände begannen wieder heftig zu zittern. Panische Angst stieg in ihr auf. Trotz der Kälte bildeten sich unter ihrem Haaransatz Schweißtropfen. Rolfs Freunde würden keine Gnade mit ihr kennen, nicht nachdem, was mitten in

der Nacht geschehen war. Sie musste verschwinden, musste weglaufen. Sofort! Solange noch Zeit war. Aber in ihrer übermächtigen Angst konnte sie nur wie gelähmt auf die beiden Männer auf dem schmalen Steg starren, die sich über sie zu unterhalten schienen. Und dann wurde es ihr plötzlich bewusst: Sie konnte sich nicht mehr bewegen. Sie würde ein leichtes Opfer für die beiden sein. Sie würde nicht für das neue Leben in ihr kämpfen können.
In ihrem Kopf war da gleich wieder diese Szene, die sie jetzt sah, als wenn die Ereignisse sie nicht selbst betreffen würden.

Katharina war mit entschlossenen Schritten zur Tür gegangen, ohne sich weiter nach ihm umzuschauen. Erschrocken fuhr sie herum, als sie hörte, wie er mit zwei, drei hastigen Schritten hinter ihr herkam. Sie ahnte bereits, was das bedeutete. Sie musste weglaufen. Gleich!
Zu spät!
Seine kräftige Hand hatte sie bereits an der Schulter gepackt, hatte sie herumgerissen.
„Nimm deine verdammte Hand weg!“, schrie sie.
„Nur, wenn du endlich vernünftig wirst.“
„Lass mir endlich meine Ruhe!“, herrschte sie ihn an. „Hast du es denn immer noch nicht kapiert? Deine Viertausend kannst du dir sonst wohin stecken. Und jetzt nimm endlich deine verdammten Hände weg, oder …“
„Oder was?“ Seine Stimme klang mit einem Mal kalt. Drohend. Sie spürte es deutlich: Die Zeit des Bittens und Überredens war endgültig vorbei.
„Weißt du was?“, schrie sie ihn an, obwohl sie irgendwo in sich bereits fühlte, dass dies die falsche Strategie war.
„Ja? Was soll ich wissen?“ Auch seine Stimme zitterte jetzt vor Wut.

„Verschwinde und komme nie wieder her! Nie wieder, hörst du?" Als sie seinen eisigen Blick sah, begriff sie, sie hatte einen großen Fehler gemacht: Er war nicht der Mann, den man so einfach wegschicken konnte.
Er stieß sie heftig von sich weg, sodass sie ein paar Schritte ins Zimmer strauchelte und hinfiel. Mit schmerz- und wutverzerrtem Gesicht rappelte sie sich mühsam hoch, aber schon stand er neben ihr, trat ihr die Beine weg. Sie fiel wieder auf den Boden.
Verächtlich grinste er auf sie herab. „Also gut, wie du willst. Es geht auch anders!" Mit einem schnellen Griff hatte er sich nach seiner Hose gebückt und sein Handy herausgezogen. Seine Finger begannen hastig eine Nummer einzugeben, die er auswendig zu kennen schien, während er ihr hämisch erklärte: „Ich kenne da ein paar Jungs hier ganz in der Nähe. Es wird ihnen sicherlich nichts ausmachen, eine wie dich einzureiten. Du wirst dir noch wünschen, ja gesagt zu haben. Das verspreche ich dir!"
Einen Moment hatte sie daran gedacht, ihm zu sagen, dass sie …
Nein! Sinnlos! Das hätte jetzt auch nichts geändert.
Im nächsten Augenblick sprach Rolf bereits in sein Gerät: „Bist du es, Tim? … Ja, du sagst es. Mein kleiner Engel will nicht fliegen. Wir machen es, wie wir es abgesprochen haben … Ja, eigentlich schade. Sie wäre bei ihren Talenten als freie Mitarbeiterin sicher sehr erfolgreich gewesen. Da kann man nichts machen … Was? Ja genau! Könntest du mit den anderen rasch vorbeikommen, um der Kleinen ein paar Flugstunden zu geben? … Was? Ach so. Sicher, klar doch. Bring ihn nur mit. Und beeilt euch! Unsere Süße kann es schon gar nicht mehr erwarten."
Da er ihre Adresse nicht nannte, musste sie davon ausgehen, dass ihre Weigerung von Rolf mit eingeplant und alles längst für diesen Fall abgesprochen war.

Während Rolf weiter verächtlich auf sie herabschaute, fing er an zu reden: „Soll ich dir was sagen?" Ohne ihre Antwort abzuwarten, fuhr er gleich fort, als würde er mit sich selbst sprechen: „Eigentlich schade. Wirklich. Ich meine, dass du so … sagen wir, uneinsichtig bist. Ich hätte dich wirklich gerne als eines meiner Mädchen gehabt. Wenn die Jungs einmal da waren, geht das nicht mehr. Wirklich schade. Meine Kunden stehen eigentlich auf so unverdorbene Ware wie dich. Ein Jammer. Ein Vermögen hätten wir gemeinsam verdienen können, aber du wolltest ja nicht. Wenn die Jungs dir das Notwendigste beigebracht haben, werde ich wohl einen Bordellbesitzer für dich suchen müssen. Ein paar Tausender wirst du schon noch bringen. Wird gerade meine Unkosten abdecken."

„Ich werde niemals …", stieß sie hervor. Sie hatte begriffen: Er wollte sie nur einschüchtern, damit sie doch noch einlenkte.

„Vergiss es! Den meisten Bordellbesitzern ist es ziemlich egal, ob die Mädchen es wirklich wollen oder nicht. Glaub mir, die haben da so ihre eigenen Praktiken." Ein kaltes Grinsen lief über sein Gesicht. „Glaub mir, einige dieser Methoden können wirklich sehr schmerzhaft sein. Aber du wolltest es ja nicht anders."

Sie lag da wie betäubt. Das konnte doch alles nicht wahr sein. Und sie hatte geglaubt, er liebte sie wirklich. Vor einigen Stunden hatte sie noch daran gedacht, wie glücklich sie als Familie leben könnten. Wie hatte sie nur so naiv sein können? Und dabei hatte sie immer gedacht, ihre Situation hier in München könnte sich nicht mehr verschlimmern.

Von wegen …

Katharina atmete auf der schmalen Holzbrücke erleichtert auf, als die beiden Männer mit einem freundlichen Gruß an ihr vorbeigingen. Es waren doch nicht Rolfs Leute! Mit einem tiefen Seufzer verfolgte sie, wie die beiden auf dem Steg um den nächsten Felsvorsprung verschwanden.

Katharina wusste, sie musste langsam eine Entscheidung treffen. Nach dem was sie gemacht hatte, war ihr Leben so oder so zu Ende. Das war so sicher wie der Donner nach dem Blitz. Es blieb nur noch die Frage, ob sie selbst ihrem Leben ein Ende setzte oder ob sie darauf wartete, dass sie von diesen Typen gefunden wurde, denn ein zweites Mal würde es ganz anders laufen …

21. Dezember 2007, 09.53 Uhr

Bettina von Auerberg wurde durch drei Glockenschläge aus ihren Erinnerungen gerissen. Viertel vor was? Vier? Fünf? Sie konnte es nicht sagen.

Die Erinnerungen hatten sie gleich wieder eingeholt …

Ihr Anwalt, Dr. Müller, hatte es damals geschafft, dass sie nur knapp eine Woche in Untersuchungshaft sitzen musste, weil ein dringender Tatverdacht wegen Kunstbetrugs oder Beihilfe zu einer solchen Straftat trotz aller Bemühungen des LKA und der Staatsanwaltschaft gegen sie nicht nachgewiesen werden konnte.

Das galt, wie die Ermittlungen ergaben, für ihren Ehemann, Lothar von Auerberg, nicht in dieser Form, aber er konnte weder von der deutschen Polizei noch von Interpol verhaftet werden.

Aber Frau von Auerberg und Dr. Müller mussten mit ansehen, wie in den nächsten Monaten der ganze Besitz versteigert wurde, weil Herr von Auerberg Steuerschulden in Millionenhöhe hinterlassen hatte. Zudem hatten mehrere betrogene Käufer die sofortige Rückzahlung für offensichtlich gefälschte Kunstwerke gefordert.

Sollte man den ehemaligen Kunsthändler fassen, dann würden mindestens zehn Jahre hinter Gefängnismauern auf ihn warten, denn ihr Ehemann wurde nicht nur für den Handel

mit gefälschten Kunstwerken beschuldigt, sondern es wurde ihm auch vorgeworfen, den Raub von bekannten Kunstschätzen in ganz Europa in Auftrag gegeben zu haben. Von dem Steuerbetrug in zweistelliger Millionenhöhe einmal ganz abgesehen.
Als nach mehreren Monaten die Presse endlich zur Ruhe gekommen war und auch ihr Mann sich nicht bei ihr gemeldet hatte, blieb Bettina von Auerberg kaum mehr als der Gang zum Jobcenter in Kempten, um sich zumindest die Grundversorgung zu sichern.
Zunächst hatte Frau von Auerberg fest damit gerechnet, dass ihr einflussreiche Freunde helfen würden, aber die waren auf einmal nicht mehr für sie zu sprechen. Sie hegte auch den Verdacht, dass einige zu den Opfern ihres Mannes gehörten, die allerdings nie offen zugegeben hätten, dass sie beim Ankauf eines Kunstwerks einem Betrüger aufgesessen waren. Diese würden eher versuchen, die falschen Bilder weiterzuverkaufen.
Sie hatte schnell verstanden: Hilfe hatte sie keine zu erwarten. Es würde sich wohl alles bald aufklären, bekam sie zu hören, wenn sie überhaupt bei den ehemaligen Geschäftsfreunden ihres Mannes und ihren ehemaligen Freundinnen noch vorgelassen wurde, denn viele von ihnen ließen sich von ihrem Personal wegen Migräne und Unpässlichkeit entschuldigen.
Ihre Schlussfolgerung war ernüchternd: Wem in dieser Welt der Reichen und Mächtigen nichts mehr geblieben war als ein Berg Schulden, dem fehlten auch die ehemaligen Freunde, sofern man in diesem Zusammenhang diesen Begriff überhaupt benutzen wollte.
Sabine Ahlen, eine ihrer ehemaligen Bridgepartnerinnen, von der Bettina von Auerberg im Schlosspark in Kempten angesprochen wurde, gab ihr sehr deutlich zu verstehen,

was alle dachten: „Bettina, meine Liebe, auch wenn du mit deinen siebenundvierzig Jahren gute zehn Jahre jünger aussehen magst, du wirst nie wieder eine dir angemessene Beschäftigung im Kunstbereich finden. Schon gar nicht bei den ehemaligen Geschäftspartnern deines Mannes. Ist doch auch nicht schwer zu verstehen. Sofern sie nicht zu den Geschädigten zählten, haben sie doch alle Angst, da in etwas mit hereingezogen zu werden, was ihrem Ruf erheblich schaden könnte. Im Kunstgeschäft hängt doch wirklich alles an einer makellosen Reputation. Das solltest du doch wohl am besten wissen."

„Schon, aber was kann ich noch machen? Ändern lässt sich das Geschehene ja nicht mehr, so sehr ich das auch wollte."

„Das Einzige, was ich mir in deiner Lage vorstellen kann, sind anspruchsvolle Männer, die die Fähigkeiten einer Frau aus besseren Kreisen zu schätzen wissen. Vielleicht sucht ja der ein oder andere gutsituierte Künstler eine Muse, die ihn mit ihren kreativen Ideen inspirieren kann", sagte sie mit einem Hauch von Spott.

„Das mag schon sein, aber wie finde ich Kontakt zu solchen Männern, die mehr als nur eine Nacht mit einer Frau verbringen wollen?"

Einen Moment zögerte ihre ehemalige Freundin, vergewisserte sich erst, dass ihnen niemand zuhörte, bevor sie riet: „Hier in Kempten wirst du solche Leute nicht finden, aber ich kenne da jemanden in München. Rolf, Rolf Werder, ein sehr guter Bekannter. Er ist Geschäftsführer eines Vermittlungsdienstes. Oder war er der Besitzer? Weiß nicht mehr so genau … Ist ja auch nur von peripherem Interesse … Ich gebe dir mal seine Nummer." Erstaunlicherweise hatte Sabine sie aus dem Kopf gewusst, obwohl sie dafür bekannt war, kaum eine Zahl durch zwei teilen zu können.

„Ich weiß nicht recht, meinst du wirklich, das wäre etwas für mich?“
„Den Versuch wäre es doch wert, meine Liebe. Nach allem was man so hört, machen die Leute da viel Geld. Vorausgesetzt, sie stellen nicht zu viele Fragen.“
„Ich lasse es mir einmal durch den Kopf gehen. Danke für den Hinweis. Gib mir mal seine Nummer!“

21. Dezember 2007, 10.02 Uhr, gesicherter Chatraum

Rubens betritt den Raum
Genio betritt den Raum

Genio: Und? Wie war das Gespräch mit Segmeier?
Rubens: Fragen Sie nicht! Es bleibt bei unserem vereinbarten Plan. Haben Sie gemacht, was wir besprochen haben?
Genio: Ja, habe ich, aber ich frage mich, ob das wirklich notwendig ist.
Rubens: Genio, Sie werden sehr gut bezahlt, um zu machen, was gemacht werden muss. Ich hoffe, ich kann mich da auf Sie verlassen, sonst werden wir uns in Zukunft für solche Aufgaben nach jemand anderem umschauen müssen.
Genio: Man kann doch wohl mal eine Frage stellen. Ich meine, Segmeier war doch bisher derjenige, der den Laden in Schwung hielt und mein Schaden war es bisher bestimmt nicht. Sicher, er ist nicht gerade zimperlich, aber solange man macht, was er anschafft, gibt es doch keine Probleme.
Rubens: Machen Sie sich keine Gedanken. Sie werden auch weiter gut verdienen, sofern Sie sich darauf konzentrieren, technisch machbare Lösungen für die Probleme der Organisation zu finden. Ich könnte mir für diese Aufgaben auch kaum einen Besseren als Sie vorstellen.

Genio: Mag sein, aber die Einnahmen haben bei Segmeier immer gestimmt.
Rubens: Keine Angst, Genio. Von der finanziellen Seite wird sich nichts ändern. Seien wir doch mal ehrlich: Der Alte ist doch langsam in die Jahre gekommen. Die ganz großen Geschäfte waren in den letzten Jahren mit ihm nicht drin. Glauben Sie mir, es ist das Beste, wir machen einen klaren Schnitt.
Genio: Und wer genau soll die Leitung übernehmen? Jemand, der alles besser macht? Es scheint mir ganz so, dass Sie da weit mehr wissen als ich.
Rubens: Könnte schon sein, aber die personelle Besetzung wird ganz sicher zu Ihrer Zufriedenheit geregelt. Ein paar Dinge werden in Zukunft auf jeden Fall ganz anders laufen ... laufen müssen, denn so kann es nicht länger weitergehen.
Genio: Und was genau wird sich ändern?
Rubens: Vor allem müssen wir raus aus dem Drogengeschäft und dem Organhandel. Nachdem der Alte mit zwei größeren Lieferungen aufgeflogen ist, müsste das doch auch dem Allerletzten klar geworden sein. Die Frage bleibt doch nur, ob die Konkurrenz oder die Polizei als nächstes zuschlägt.
Genio: Und wo sollen dann die Einnahmen in Zukunft herkommen?
Rubens: Im Kunstgeschäft können wir gemeinsam eine Menge Geld verdienen.
Genio: Und Sie kennen sich da aus?
Rubens: Recht gut sogar, aber darum geht es nicht. Für die Details werden wir Spezialisten verpflichten, aber Ihre Aufgabe wird nach wie vor die gleiche bleiben: Der technische Bereich der Inneren Sicherheit, will sagen, Kontrolle und ggf. korrigierende Maßnahmen. Alles im Sinne der Organisation und der neuen Ausrichtung auf den Kunstbereich.
Genio: So ganz verstehe ich das mit der Neuorientierung immer noch nicht.

Rubens: Vieles wird sich für Sie sicherlich mit der Zeit klären. Auf jeden Fall muss sehr rasch ein ganz neuer Wind in der Organisation wehen. Dieses bisherige Klein-Klein bringt gar nichts und die wirklich großen Geschäfte sind viel zu gefährlich, wie Sie ja selbst in jüngster Vergangenheit mitbekommen haben.
Genio: Und dafür müssen wir uns unbedingt weiter hier in das Allgäu zurückziehen?
Rubens: Der Rückzug hier ins Allgäu ist doch ideal. In München und Augsburg steht uns die Polizei doch ständig auf den Füßen herum.
Genio: Aber dafür ist hier im Allgäu auch völlig tote Hose.
Rubens: Mit der entsprechenden Technik und einem ausgebauten Kommunikationssystem wie bei uns kann man überall in der Welt Geschäfte machen. Und darauf kommt es doch wohl an.
Genio: Wie Sie meinen. Gibt es hinsichtlich Segmeier noch etwas Besonderes zu klären?
Rubens: Nein, ich übernehme die Verantwortung. Ihre Aufgabe ist es nur, die Angelegenheit so zu regeln, dass die Polizei später nicht auf falsche Ideen kommt. Am besten, sie erfahren erst einmal nichts davon, dass sie Segmeiers Akte ein für alle Mal im Archiv ablegen könnten.
Genio: Kein Problem. Kaum wahrscheinlich, dass es viele Leute geben wird, die nach Segmeier fragen werden. Wenn es bei Ihrer Entscheidung bleibt, wird die Polizei nie wieder von ihm und seinen beiden Bodyguards hören. Meine Leute haben in diesem Sinn bereits alles vorbereitet, wie wir es besprochen hatten.
Rubens: Gut zu wissen. Hauptsache, es gibt keine unnötigen Fragen, schließlich wollen wir unser Image hier im Allgäu in Zukunft verbessern. Ich habe auch schon so meine Ideen, wie wir das praktisch umsetzen könnten. Eine Art

Bündnis für Leute, die die Vorteile einer effektiven Zusammenarbeit nutzen wollen. Die gemeinsamen Projekte im Kunstbereich werden wir selbstverständlich auch streng vertraulich durchführen, damit wir weiter unsere Ruhe vor der Polizei haben. Wir konnten es ja bisher vermeiden, dass es Spuren zu diesem Haus gibt, zumindest was die Drogen- und Organgeschichte betrifft, wobei wir das Schicksal allerdings nicht länger herausfordern sollten.
Genio: Wird auf Dauer trotzdem nicht so einfach sein, eine größere Organisation geheim zu halten. Eine Menge Leute in der Gegend fragen sich, was in unserem Tagungshaus so alles gespielt wird.
Rubens: Was ich immer sage. Nach außen müssen wir aus der Anonymität heraus. Ich dachte da an die ganz offizielle Gründung einer sozial engagierten Vereinigung, auf jeden Fall irgendetwas Gemeinnütziges, sodass sich einflussreiche Leute hier in diesem Haus treffen können, ohne dass wir ständig im Gespräch bei der Bevölkerung sind.
Genio: Das klingt interessant. Aber ich frage mich trotzdem, wozu das Ganze?
Rubens: Es ist nichts als eine legale Fassade, um die Aktivitäten der Organisation aus dem Blickfeld zu bringen. Ich weiß allerdings noch nicht in allen Details, in welche Richtung sich unsere Geschäfte noch entwickeln könnten.
Genio: Und was soll das für Vorteile haben, wenn wir hier eine Art Rückzugsort aufbauen?
Rubens: Sehen Sie das denn nicht? Völlig unverfänglich können wir so weiter Spitzenmanager, Politiker, Künstler und was es sonst an einflussreichen Leuten gibt, für unsere eigene Sache anwerben. Das bringt doch Vorteile für alle Seiten. Unsere Verbündeten können sich bei uns im wunderschönen Allgäu treffen, um Urlaub und Geschäft miteinander zu verbinden, während wir weiter unser Netz spannen können. Einen guten

Anfang haben wir ja bereits gemacht. Bei vielen erfolgreichen Geschäftsleuten sind wir schon weit mehr als ein Geheimtipp, wenn es um die Frage eines vertraulichen Refugiums geht.
Genio: Und was soll das langfristig bringen?
Rubens: Wenn die richtigen Leute sich treffen, können von uns bereits hier vor Ort einige Geschäfte im Kunstbereich unter der Hand geklärt werden. Natürlich zum größten Teil legal, aber ein wenig Platz für das ein oder andere nicht ganz so gesetzmäßige, aber profitable Geschäft wird sich wohl ergeben. Aber die konkreten Details können wir später immer noch klären. Zunächst klären Sie einmal die Angelegenheit mit Segmeier und dann sehen wir weiter. Denken Sie daran, seine beiden Leibwachen gleich mit zu erledigen, nicht dass es später Probleme gibt. Die beiden sind Segmeier gegenüber sehr loyal.
Genio: Versteht sich von selbst. Bleibt ja keine andere Wahl.
Rubens: Ich verlasse mich da in gewohnter Weise ganz auf Sie. Spätestens morgen Mittag will ich einen abschließenden Bericht von Ihnen.
Genio: Geht klar. Sie kümmern sich um die Sondervergütung für meine Leute und mich?
Rubens: Selbstverständlich! Wie abgemacht werde ich Ihnen den Betrag anweisen lassen, sobald die Vollzugsmeldung eingegangen ist. Ich könnte mir bei besonders guter Arbeit sogar einen zusätzlichen Bonus vorstellen.
Genio: Also gut. Wenn es denn sein muss, dann lassen wir die Falle einfach zuschnappen. Und diese Neuorganisation und Umorientierung auf den Kunstmarkt überlasse ich einfach der neuen Leitung. Wir hören voneinander.
Rubens: Ganz bestimmt.

Rubens verlässt den Raum
Genio verlässt den Raum

21. Dezember 2007, 10.04 Uhr
Katharina wusste, noch hatte sie es selbst in der Hand, aber wenn Rolf und seine Leute sie erst einmal erwischt hatten, dann würden sie allein entscheiden was geschah – und diese Leute würden keine Skrupel kennen, wenn es um ihre Rache ging.
Diese Angst, was sie mit ihr machen würden, hatte sie fast gelähmt. Wie hilflos sie doch gewesen war …

Katharina lag zusammengekauert auf dem Boden, hielt ihre Augen geschlossen. Sollte sie ihm nicht doch erzählen, dass sie …? Oder sollte sie einfach einlenken, sich bereit zeigen, auf seinen Vorschlag einzugehen? Zumindest so tun, als ob?
Nein! Dazu war es inzwischen zu spät.
Entsetzt fuhr sie aus ihren düsteren Gedanken auf, als sie hörte, wie unten auf der Straße zwei, vielleicht drei Autos wie verrückt bremsten, wie die Türen laut zugeschlagen wurden.
Entsetzliche Bilder huschten durch ihren Kopf. Diese von Rolf herbeigerufenen Typen würden gleich …
Sie musste handeln. Schnell! Aber was konnte sie noch machen? Rolf würde ihr keine Chance lassen und die Männer waren ganz sicher schon auf dem Weg nach oben, denn die Haustür stand hier die ganze Nacht offen.
Schreien?
Nein! In dieser Gegend kümmerte sich niemand um die Schreie in der Nachbarschaft. Und Rolf würde sie schnell zum Schweigen bringen, wenn sie es wagen sollte.
Als hätte er ihre Gedanken erraten, lächelte er hämisch auf sie herab. „Keine Angst, meine Liebe! Ich bin nur für einen Augenblick weg, mache nur kurz den Jungs die Türe auf. Dann kann es mit uns richtig losgehen. Und bevor ich es vergesse: An deiner Stelle würde ich nicht schreien. Es könnte sonst möglicherweise dein letzter Schrei sein. Verlass dich drauf!“

Als er sich umdrehte und rasch zur Tür eilte, begriff sie: Sie hatte ihre letzte, ihre allerletzte Chance. Sie wuchtete sich schwerfällig hoch, griff nach dem Erstbesten, was ihr in die Hände fiel, und holte zum Wurf aus.
Rolf musste die Bewegung in seinem Rücken gespürt haben, denn er schnellte blitzartig zu ihr herum.
Zu spät!
Das Glas mit Terpentinersatz und drei, vier Pinseln traf ihn bereits im Gesicht. Er griff sich an das linke Auge. Der ganze Raum war sofort erfüllt von seinem Schrei. Zuerst Überraschung. Dann Schmerz.
Viel Schmerz!

Auf der Brücke hörte Katharina in ihrem Inneren diesen entsetzlichen Schrei. Die Bilder in ihrem Kopf bewegten sich jetzt wie in Zeitlupe. Für einen Moment hatte sie in ihrem Zimmer unentschlossen dagestanden, hatte gezögert, hatte sich gefragt, wie sie ihm helfen konnte, aber das laute Schlagen gegen ihre Wohnungstür, die geschrienen Aufforderungen der Männer, die Tür endlich aufzumachen, hatten sie sofort wieder in die Wirklichkeit zurückgebracht.
Sie musste weg! Sofort!

Diese entsetzlich anhaltenden Schreie von Rolf, die alles übertönten, Schreie, wie sie sie unmenschlicher noch nie in ihrem Leben gehört hatte. Die Männer hatten begonnen, draußen gegen ihre Zimmertür zu rennen. Sie hörte das Splittern des Holzes der altersschwachen Tür. Gleich darauf eine weitere Erschütterung des Türrahmens. Über allem diese entsetzlichen Schreie. Dann Rolfs blindes Umherschwanken im Zimmer. Sein blindes Umhergreifen. Erneutes Krachen. Splittern von Holz. Die Wohnungstür flog auf. Dann die bulligen Männer, die laut fluchend in das Zimmer stürmten. Fünf, sechs … vielleicht mehr.

Katharina wandte sich um, rannte zum Fenster, riss es weit auf und blickte kurz hinunter. NEIN! Drei, vielleicht vier Meter. Unmöglich! Sie hatte schon immer Höhenangst gehabt … Sie konnte doch nicht …
Sie warf einen kurzen Blick über ihre Schulter. Ein stiernackiger Mann stand bereits mitten im Zimmer. Auch er schrie, wies mit seiner massigen Faust auf sie. Hinter ihm die anderen Männer, die sofort begriffen.
Aber auch sie verstand: Ihre allerletzte Chance! Ohne noch einmal nach unten zu schauen, schwang Katharina sich auf das Fenstersims. Der Mann war inzwischen bei ihr, griff bereits nach ihrem Arm.
Sie riss sich mit einem kräftigen Ruck los.
Dann, mit geschlossenen Augen, stieß sie sich vom Fenster ab. Sie fiel, fiel …

Bei dieser Erinnerung ihres Falls hatte Katharinas Herz wieder begonnen, heftig zu schlagen. Sie würde sterben. Früher oder später würden sie sie finden, und nach dem, was in ihrem Zimmer mit Rolf passiert war, würde es ein sehr schmerzhafter Tod für sie sein. Das war auf jeden Fall sicher.
Besser, es selbst zu machen. Jetzt gleich! Ihr Leben hatte sowieso keinen Sinn mehr. Sie war gescheitert. Auf der ganzen Linie. Nicht nur beruflich. Rolf hatte sie die ganze Zeit nur benutzt. Was ihr unter ihrem Herzen blieb, würde sie immer an ihn und seinen Verrat erinnern.
Und jetzt? Was immer mit seinem Gesicht, seinem Auge passiert war, sie, eine Frau, hatte ihn vor seinen Freunden als einen Versager dastehen lassen. Selbst wenn sie ihm jetzt entkommen könnte, er würde sie sein ganzes Leben lang jagen, bis er sich an ihr gerächt hatte. So einer wie Rolf gab nie auf … Nie!

Sie hatte bei ihrem Sprung aus dem Fenster großes Glück gehabt, denn sie war direkt in eine unten auf dem Hof aufgespannte Wäscheleine gefallen. Ihre Rippen, Arme und Beine hatten ihr zwar ziemlich wehgetan, aber nachdem sie sich aufgerappelt hatte, konnte sie sich ohne Probleme bewegen. Als sie nach oben sah, bemerkte sie mehrere dieser brutal aussehenden Männer im Fenster ihres Zimmers. Alle gestikulierten sie wild zu ihr herunter, schrien.

Ein völlig unsinniger Gedanke huschte in diesem Moment durch ihren Kopf, als ein eisiger Windstoß sie traf: Handschuhe und eine Mütze hätte sie mitnehmen sollen. Mist! Zurück konnte sie jetzt nicht mehr.

Tief vergrub sie ihre Hände in den Taschen ihres Anoraks und zog den Kopf ein. Wie eine Schildkröte. Dann rannte sie einfach drauf los, während sie fieberhaft überlegte, was sie machen sollte. Sie war selbst erstaunt, wie gut sie trotz des Sturzes noch laufen konnte. Es war die Angst, die sie vorantrieb.

Um kurz Atem zu holen, hielt sie immer wieder an, aber dann lief sie gleich wieder weiter, immer weiter, ohne zu wissen, wohin. Stundenlang irrte sie, nachdem sie sich erst einmal sicher vor ihren Verfolgern fühlte, ziellos in München umher. Verloren in ihren düsteren Gedanken. Versuchung und Angst kämpften in ihr. Wirre Fantasien tauchten wie dunkle Gestalten im Dunst der Nacht auf. Winkten. Lockten. Kein klarer Gedanke war zu fassen. Sie fand keinen Halt. Ihre Furcht trieb sie immer weiter voran.

Irgendwann hatte sie die U-Bahn genommen, war kreuz und quer durch München gefahren. Am frühen Morgen konnte sie sich nur noch vage erinnern, lange auf dem Hauptbahnhof dem Zug ins Allgäu hinterhergeschaut zu haben.

War ihr da das Auto eingefallen? Im Rückblick erschien ihr alles wie in einem dichten Nebel. Sie teilte mit zwei Stu-

denten und einer Kunststudentin einen alten VW-Bus. Britta hatte ihn als Letzte gehabt. Die Kunststudentin war nicht gerade begeistert gewesen, als Katharina mitten in der Nacht bei ihr anrief, weil sie das Auto brauchte. Irgendwie hatten sie sich dennoch schnell geeinigt. Es war kein Problem, den VW-Bus für zwei Tage zu nehmen.
Katharina konnte sich nicht mehr genau entsinnen, wie sie dann zur Akademie der Künste gekommen war, wo in einer der Seitenstraßen der Bus geparkt war. Für solche Fälle war einer der Autoschlüssel immer hinten links in der Stoßstange mit einem Klebeband befestigt.

Dann war sie einfach losgefahren, ohne darauf zu achten, wohin sie fuhr. Von Zeit zu Zeit hatte sie Halt gemacht, hatte ihre Tränen aus dem Gesicht gewischt, hatte kräftig in ihr Taschentuch geschnäuzt. Dann war sie ziellos weitergefahren.
Die Sirenen eines Polizeiautos hatten sie dann erneut aufgeschreckt. Aber die Polizisten waren einfach an ihr vorbeigefahren. Sie hatte später keine Ahnung, wie sie nach München Laim und schließlich auf die A96 in Richtung Lindau, in Richtung Allgäu gekommen war. Es war bestimmt kein bewusster Entschluss. Was sollte sie auch im Allgäu? Trotzdem fuhr sie immer weiter, immer weiter Richtung allgäuerischer Heimat.
Wie in Trance bog sie bei Jengen auf die B12, ohne selbst zu wissen, was sie hier im Allgäu eigentlich wollte. Nur dumpf war sie sich bewusst, dass sie nicht zu ihren Eltern nach Marktoberdorf zurück konnte. Selbst jetzt nicht. Damals, als sie ihren Kopf durchgesetzt hatte, nicht im elterlichen Schreibwarengeschäft zu bleiben, um als Künstlerin nach München zu gehen, hatte sie die Tür für immer hinter sich zugemacht. Dabei würde es bleiben. Sie kannte ihren Vater.
Trotzdem gaben ihr die vertrauten Namen auf den Ausfahrtsschildern – Buchloe, Kaufbeuren, Marktoberdorf, Kempten

– ein wenig das Gefühl von Sicherheit und Geborgenheit. Eine Weile war sie durch das nächtliche Kempten gefahren, bis sie sich entschied, in Richtung Waltenhofen, Sonthofen und Oberstdorf weiterzufahren.
Sie hätte nicht erklären können, warum.
Vielleicht waren es die Erinnerungen an glückliche Ferientage in ihrer Kindheit, die sie veranlasst hatten, in das Allgäu zurückzukommen.
Irgendwo zwischen Sonthofen und Oberstdorf bog sie von der B19 ab, parkte auf dem Parkplatz irgendeiner Pension.
Als sie Stunden später im Rückraum des Busses aufwachte, sickerte bereits erstes Morgenlicht durch die schlierigen Fenster. Sie war schweißgebadet, ohne dass sie sich genau an den verworrenen Inhalt ihres Traums erinnern konnte. Irgendwelche gigantischen Vögel, die über ihren leblosen Körper herfielen. Im letzten Bild ihres Traums hatte sie aus einer sehr hohen Vogelperspektive den breiten Spalt einer Klamm gesehen.
Daran konnte sie sich noch genau erinnern. Im Halbschlaf hielt sie dies für einen Hinweis, wie sie eine endgültige Lösung finden konnte. Für einen Moment hatte sie sich überlegt, ob sie zur Starzlachklamm oder zur Breitachklamm fahren sollte, hatte sich dann aber für Oberstdorf entschieden, vielleicht nur aus dem irrationalen Grund, dass dies weiter von München weg war.

Lange stierte sie in den weiß schäumenden Bach, nahm kaum die sich über ihr dicht zusammendrängenden Felswände wahr. Ihre verworrenen, eben noch unzähmbaren Gedanken lösten sich und drifteten mit der Strömung dieses Baches davon, langsam und träge in ein dunkles, unbestimmtes Nichts.
Da begriff sie mit einer tiefen seelischen Erschütterung:
Sich selbst.
Ihn. Rolf. Seine Kumpane.

Die gleichgültige Welt, die weiter ungerührt ihren Gang ging. Egal, was passierte ... Was mit ihr passierte.
Es war für sie auch zu einer prinzipiellen Frage geworden: Nicht länger wollte sie nur als gut funktionierendes Rädchen in dieser gigantischen Maschinerie, die sich Welt nannte, dienen. Und schon gar nicht als Spielstein in Rolfs kriminellen Machenschaften.
Ein Leben lang sehnte sie sich bereits danach, als ganzer Mensch geachtet, geschätzt, geliebt zu werden. Ohne Liebe war ihr Leben völlig sinnlos. Sie warf einen Blick hinab in den Bach, der immer weiter und weiter den Berg hinabstürzte.
Ja, es musste sein! Jetzt sofort! Dafür war sie gekommen.
Entschlossen legte sie ein Bein auf das eiserne Geländer des Holzstegs.

21. Dezember 2007, 10.08 Uhr

Als ihr Bruder an einer Überdosis Heroin starb, glaubte Anita Wehrmüller aus einem schlechten Gewissen heraus, etwas gutmachen zu müssen, fühlte sie sich doch an seinem Tod mitschuldig, weil sie sich nach dem tödlichen Unfall ihrer Eltern zu wenig um ihn gekümmert hatte. Ihr Bruder hatte nicht an einen Unfall geglaubt, hatte irgendetwas von gemeinsamen Ermittlungen im Kunsthandel erzählt und von einem sensationellen Artikel, den ihre Mutter hatte schreiben wollen.
Und dann war auch er gestorben.
Anita hätte gut daran getan, die Kriminalpolizei in Kempten, für die ihr Vater vor seinem Tod arbeitete, selbst herausfinden zu lassen, dass all diese Todesfälle in ihrer Familie keine tragischen Zufälle gewesen sein konnten, denn wenn sie sich herausgehalten hätte, wäre es ihr vielleicht gelungen, nicht in das tödliche Räderwerk dieser Organi-

sation zu geraten, aber als sie entdeckte, in welchem Hornissennest sie mit ihren Nachforschungen herumgestochert hatte, war es bereits viel zu spät gewesen.
Diese Organisation reagierte sofort, die Drahtzieher hatten Geld, hatten Macht und ausreichend Leute, die keinerlei Skrupel kannten. Männer in dunklen Anzügen waren plötzlich überall um sie herum aufgetaucht. Ihr erster Impuls war, zur Polizei zu gehen, aber sie machte es dann doch nicht. Es wäre sinnlos gewesen, denn wenn diese Organisation so mächtig war, wie sie aufgrund ihrer Nachforschungen inzwischen annehmen musste, dann gab es auch bei der Polizei auf allen Ebenen undichte Stellen. Ihr Vater hatte schon immer angedeutet, wie wenig er einigen Leuten im Präsidium über den Weg traute.
Wozu sollte sie auch in die Hirnbeinstraße gehen? Sie hätte nur Freunde, Bekannte in Gefahr gebracht, ohne dass dies etwas für sie geändert hätte. Die Männer hatten unmissverständlich damit gedroht, dass nicht nur sie ihre Dummheit mit dem Leben bezahlen würde, wenn sie ihren Mund aufmachte.
Diese Organisation hatte sie fest im Griff. Davon waren auch die Hintermänner überzeugt, sonst hätten sie ihr nicht einen solchen Spielraum gelassen, hätten schon längst mit ihr Schluss gemacht, so wie mit ihren Eltern und ihrem Bruder.
Für Anita bestand kein Zweifel daran: Eine gute Weile spielten die Leute dieser Organisation mit ihr, wie eine Katze mit einer Maus, bevor sie ihr ein Angebot zur Zusammenarbeit gemacht hatten. Sie hatten ihr gesagt, was sie von ihr erwarteten. Als gut aussehende junge Frau sollte sie den Lockvogel spielen, um bestimmte einflussreiche Leute in prekäre Situationen zu bringen, um sie zu zwingen, mit der Organisation zusammenzuarbeiten. Wie sich schnell he-

rausstellte, hatte sie einen entscheidenden Fehler gemacht, als sie einfach Nein zu dieser Art von Zusammenarbeit gesagt hatte.

Als sie am Abend in ihr billiges Hotelzimmer zurückkam, fand sie einen kleinen Plastikbeutel mit einem weißen Pulver und eine Einwegspritze. Auf dem Spiegel im Bad stand mit ihrem eigenen Lippenstift geschrieben: 24 Stunden!

Sie hatte verstanden: Es blieb ihr nur ein Tag Zeit, ihrem Leben mit diesem Zeug selbst ein Ende zu setzen. Wenn nicht ... dann würden sie sich der Sache selbst annehmen ... auf ihre Weise. In diesem Punkt war sich Anita ganz sicher.

Wenn man sie später in ihrem Hotelzimmer tot auffand, würde jeder glauben zu verstehen: „Arme Frau!", würde es heißen.

Ihr Selbstmord würde niemanden überraschen, nicht nachdem ihre ganze Familie innerhalb so kurzer Zeit auf tragische Weise ums Leben kam. Eine Verbindung zu einer skrupellosen Verbrecherorganisation würde aber niemand sehen.

Sie hatte recht gehabt: Solche gemeinen Spiele spielten nur Leute, die sich ihrer Sache absolut sicher waren. Das Ziel war leicht zu durchschauen. Für ihre Verfolger war es die beste, die sauberste Lösung. Genauso wie bei ihrem Bruder würde niemand den Verdacht haben, dass hinter einem goldenen Schuss mehr stecken konnte, als eine auf Abwege geratene junge Frau.

Anita starrte das Beutelchen eine Weile verunsichert an, dann warf sie es entschlossen in den Mülleimer. So einfach wollte sie es diesen Leuten auch nicht machen. Sie wollte wenigstens um ihr Leben kämpfen.

Dumpf grübelte Anita die ganze Nacht, lief rastlos wie ein gefangener Tiger im Käfig hin und her: Sie hatte eine gute Freundin. Sollte sie bei ihr anrufen? Franziska hatte immer

eine Menge guter Ideen. Vielleicht gab es ja doch eine Möglichkeit …
Nein! Sie durfte niemanden weiter in diese Geschichte mit hineinziehen. Diese Leute fanden für alles eine Lösung, auch für eine weitere Mitwisserin. Und wer sagte ihr, dass ihr Telefon nicht abgehört wurde? Hätten diese Leute ihr überhaupt die Wahl gelassen, wenn sie nicht ganz sicher gewesen wären, dass ihr keine Fluchtmöglichkeiten blieben?
Anita warf sich wütend auf ihr Bett, heulte hysterisch los. Noch niemals in ihrem Leben hatte sie sich so einsam, so hilflos gefühlt.
Panik stieg in ihr hoch, drückte sie fest auf die Unterlage, lähmte jeden Willen. Ein Film kalten Schweißes auf ihrer Stirn, der Körper nichts als ein hartes Pochen des Herzens. Anita kämpfte gegen ihre Angst.
Sie wusste: Ihr letztes Aufbäumen.
Nein! Sie würde nicht aufgeben. Sie würde kämpfen, auch wenn es keinen Sinn machte.
Sie musste einfach etwas tun! Musste es wenigstens versuchen. Flucht! Sofort!
Aber wie schüttelte sie so viele Verfolger ab?
Ihr kam eine Idee: Anita zog sich hektisch passende Sachen an, ging zu Fuß die vier Stockwerke hinunter, denn sie hatte viel zu viel Angst, den Fahrstuhl zu benutzen. Hinter sich glaubte sie deutlich die harten Schritte ihrer Verfolger zu hören.
Gut, dass sie nicht den Lift genommen hatte!
Der alte Portier schaute nur kurz auf und nickte ihr freundlich zu, als sie an ihm vorbeihastete. Mit einem verwunderten Kopfschütteln schaute er ihr nach. Dann blieb sein Blick an dem angefangenen Kreuzworträtsel hängen: Organisation mit S.

Sein verstehendes Lächeln verschwand sofort, als er die ohrenbetäubende Explosion vom Parkplatz hörte.

21. Dezember 2007, 10.10 Uhr

„Ich kann Sie gut verstehen, junge Frau", sagte eine ruhige, aber sehr bestimmte Stimme hinter dem Rücken von Katharina Scheible.

Sie schreckte zusammen, wirbelte herum, schaute einem Mann, kräftige Statur, in die Augen. Er stand auf der schmalen Holzbrücke, nur noch zwei, drei Schritte von ihr entfernt. Mitte fünfzig. Ein verständnisvolles Lächeln huschte über sein Gesicht, als er sich mit einer beschwichtigenden Handbewegung entschuldigte. „Es tut mir leid, ich wollte Sie nicht erschrecken. Wahrscheinlich waren Sie so in Gedanken, dass Sie mich nicht kommen hörten. Ist auch kein Wunder bei diesem Getöse." Er nickte in Richtung rauschender Breitach weit unter ihnen.

„Mag sein. Und wer … sind Sie überhaupt?"

„Klaus Wegner, aber alle Welt nennt mich nur Wegner."

„Und … was wollen Sie von mir?" Ein ängstlicher Schatten glitt über Katharinas junges, hübsches Gesicht, als ihr ein überraschender Gedanke durch den Kopf huschte. „Sind Sie … Sind Sie etwa von der Polizei?"

So unmerklich nickte ihr der Mann bestätigend zu, dass sie es fast nicht wahrnehmen konnte.

„Ja, es gibt viele Leute, die schon von Weitem in mir den Polizisten erkennen", gestand Wegner.

„Ich … wollte Sie nicht … Es war nur so ein Gefühl", stotterte Katharina verlegen.

„Schon gut. Sie brauchen sich keine Gedanken darüber zu machen. Wirklich nicht. Ich bin im Moment auch nicht beruflich unterwegs."

„Und was wollen Sie dann von mir?“

Wegner zuckte nur unbestimmt mit den Schultern. „Wissen Sie, ich bin in letzter Zeit sehr viel unterwegs, weil … weil … meine Frau sich … sich vor Kurzem in München vor die S-Bahn geworfen hat … Seitdem komme ich oft hierher zur Breitachklamm. Nein, nicht was Sie denken. Eher nostalgische Gründe. Seitdem wir verheiratet waren, kamen wir oft zusammen hierher, häufig zwei-, dreimal im Jahr. Seitdem sie tot ist, komme ich immer wieder her, schaue hinab in die Breitach, stelle den Wasserfällen all meine Fragen, auf die ich selbst keine Antworten habe. Ich weiß wirklich nicht, warum meine Frau … Es gab keinerlei Anzeichen, dass sie … sie so etwas beabsichtigen würde.“

Er schaute bedrückt hinunter in die schäumenden Wassermassen, fuhr dann völlig niedergeschlagen fort: „Es bleiben viele, sehr viele unbeantwortete Fragen. Glauben Sie mir! Auch ich weiß längst nicht mehr, wie es jetzt nach dem Tod meiner Frau mit meinem Leben weitergehen soll.“

Jetzt nickte Katharina selbst kaum merklich, bemerkte trotz des schummrigen Zwielichts, das stets am Tag in der Klamm herrschte, den feuchten Glanz in seinen Augen. „Haben Sie jemals daran gedacht … ?“ Sie schluckte, wies dann erklärend mit dem Kopf hinunter zu den wuchtig aufragenden Felsblöcken.

„Oh, ja! Sehr oft! Jedes Mal wenn ich hier herkomme, stelle ich mir die gleiche Frage.“ Auch er schluckte, nickte traurig vor sich hin. „Es ist immer die gleiche Frage: Wäre es nicht besser, wenn … wenn ich … Sie verstehen sicher, was ich sagen will, oder?“

„Ja. Und warum … Ich meine, was hält Sie davon ab, es einfach zu tun, einfach zu springen?“

„Da gibt es eine naheliegende Erklärung. Wissen Sie, ich habe eine Tochter. Marion. Und für den Moment habe ich eine andere Lösung gefunden … Ich meine, für mich selbst", und nach einem kurzen Zögern fügte er hinzu, „Sicher, eine vorläufige Lösung … Eine Lösung nur für mich und meine Tochter."

„Darf ich Sie etwas fragen? Ich meine, ich will mich ganz sicher nicht in Ihre privaten Angelegenheiten mischen, aber …"

„Kein Problem. Fragen Sie doch nur!"

„Was … Ich meine …?" Sie zögerte, zuckte hilflos mit den Schultern, wusste nicht, wie sie sich ausdrücken sollte.

Er half ihr aus ihrer Sprachlosigkeit. „Was es für eine Alternative gibt, wollen Sie sicher wissen?"

Sie nickte, schaute ihn mit ängstlichen Augen fragend an.

„Das ist eine gute Frage! Ich arbeite seit dreißig Jahren in München. Eine verdammte Stadt! Und wissen Sie, was ich erst jetzt festgestellt habe, nachdem meine Frau …?" Ohne auf eine Antwort von ihr zu warten, fuhr er nach einem kurzen Zögern fort: „Ich glaube, es ist nie zu spät, einen neuen Weg zu wählen."

„Einen neuen Weg? Und wohin wird Sie Ihr neuer Weg führen?", fragte sie zweifelnd.

„Wohin? Hierhin nach Hause. Zurück ins Allgäu."

Überrascht schaute sie auf. „Hierher ins Allgäu. Wirklich? Ich bin auch hier aus dem Allgäu. Marktoberdorf, genauer gesagt. Ich habe aber die letzte Zeit ebenfalls in München, in dieser verdammten Stadt, wie Sie sie nennen, gelebt."

„Eine Allgäuerin und gleichzeitig eine Wahl-Münchnerin? Da sieh mal einer an. Wie klein die Welt doch sein kann. Und was ist Ihr Problem mit diesem Moloch von Stadt?"

„Wissen Sie, ich habe bis jetzt geglaubt, als Künstlerin mit meinen Bildern nur in München eine Chance zu haben. Aber das kann ich wirklich vergessen. Da wird jetzt bestimmt nichts mehr draus. Ohne die richtigen Beziehungen,

ohne Galeristen, die mich unterstützen, ist es aussichtslos, als unbekannte Künstlerin aus dem Allgäu seinen eigenen Weg zu machen." Nach kurzem Nachdenken fuhr sie fragend fort: „Was würden Sie denn an meiner Stelle machen?"
„Ich will ganz ehrlich mit Ihnen sein: Ich weiß es nicht, wirklich nicht. Allein die Tatsache, dass Sie auch hier stehen und sich offensichtlich ebenfalls die Frage stellen, ob es nicht besser wäre, ein Ende zu machen, zeigt doch klar, was immer Sie sich von dieser Stadt erträumt hatten, ging nicht in Erfüllung. Dann kam vielleicht noch die eine oder andere deprimierende Erfahrung für Sie hinzu und schon geht es nicht mehr weiter in der erhofften Richtung. Aber eines wissen Sie so gut wie ich …"
„Ja?" Eine Spur von Hoffnung war in Katharinas Stimme zu hören.
„Auch für Sie ist es nicht zu spät, einen neuen Weg zu wählen, gleichgültig, wohin Ihre zukünftige Reise Sie im Leben auch hinführen mag. Jede Krise ist doch auch eine Chance, seinem Lebensweg eine neue Richtung zu geben."
„Meinen Sie wirklich?", fragte sie unsicher und doch irgendwie hoffnungsvoll.
„Ja, das heißt, ich hoffe es. Und ich denke, den Versuch ist es zumindest wert, nicht wahr? Und es hilft oft, wenn man diese Reise nicht alleine macht. Es gibt so viele artverwandte Seelen."
Sie sah ihn mit großen Augen an, ohne ihn wirklich zu sehen, denn so viele Fragen gingen ihr plötzlich durch den Kopf: Sollte sie es wirklich versuchen? Sollte sie um ihr Leben kämpfen? Könnte ihr dieser Mann von der Polizei vielleicht helfen, noch einmal mit heiler Haut davon zu kommen?
In einem Punkt hatte er auf jeden Fall recht: Einen Versuch war es zumindest wert. Der Rest würde sich schon zeigen.

Sie sah ihn forschend an, fragte sich, wie er reagieren würde, wenn sie ihm von Rolf und seinen Kumpanen erzählen würde. Auf seine eigene Art sah dieser Mann verletzlich und stark zugleich aus.
Sollte sie ihm tatsächlich ihre Geschichte mit Rolf erzählen? Ja, sie sollte es zumindest versuchen, um einen neuen Anfang zu machen.
Bedächtig nickte Katharina Wegner zu, schaute dann lange zwischen den engen Felswänden hinauf zum Himmel: Es gab weit über ihnen einen sehr engen Spalt, durch den einige funkelnde Lichtstrahlen sickerten.

Irgendwann im Nebel der Vergangenheit

Freitagnacht, 02.49 Uhr
Sie weiß, sie wird sterben.
Eine rasche Folge von Szenen aus ihrem kurzen Leben blitzen unkontrolliert durch ihren Kopf: Die schreiende Mutter. Der Lateinlehrer. Ihr Nachbar. Die Abiturfeier. Der Vater auf dem Speicher. Der Besitzer der Diskothek.
Diese unzusammenhängenden Bilder entstehen wie Sternschnuppen am Himmel und im nächsten Moment verglühen sie bereits wieder jenseits ihres Bewusstseins. Und dann, ganz plötzlich, sind auch mit einem Mal diese Bilder der Erinnerungen verschwunden und es bleibt nichts als eine von ihr nie gekannte Stille.
Deutlich spürt sie, wie sie sich von ihrem Körper löst, wie sie von ihm wegdriftet, wie sie ihn weit unter sich zurücklässt, wie sie immer tiefer in dieses Nichts fällt, in eine Leere, die keine Grenze kennt.
Der Abgrund der Ewigkeit. Ein Abgrund, in dem sie jetzt auf ein blendendes, gleißendes Licht zuhält.
Ihre körperlose Gestalt fällt in dieses Licht, das Licht der Erkenntnis. In ihrem leeren Bewusstsein die klare, sich stets selbst wiederholende Erkenntnis: Nichts ist so, wie es erscheint. Nichts war so, wie es erschien. Nichts wird so sein, wie es erscheinen wird. Nichts ist so, wie es erscheint.
Und immer so weiter …
Sie versteht: Das ist das Morsealphabet der Ewigkeit: Nichts ist so, wie es erscheint. Nichts wird so sein, wie es erscheinen wird. Nichts war so, wie …

Und dann stürzt dieses Licht des Friedens von einem Moment auf den anderen in einen einzigen pulsierenden Punkt zusammen.
Aus dem Nichts greifen Schatten nach ihrer formlosen Gestalt, reißen, zerren sie in die ewige Finsternis. Für einen Moment verschmilzt ihr leeres Bewusstsein mit diesen Schatten, die sie mit einer unsagbaren Kälte erfüllen. Eine gewaltige Welle der Angst bricht über ihrem klaren Bewusstsein zusammen, eine gigantische Woge, die alles mit sich in diese ewig währende Finsternis fortreißt.
Irgendwas in ihr weiß, sie darf dies nicht zulassen, sonst ist sie für immer verloren. Mit dem letzten Rest des willentlichen Bewusstseins befreit sie sich von dem Schatten, treibt dann in diesem weichen Nebel weg von ihm.
Ihr formloser Geist versteht: Es ist noch nicht ihre Zeit des ewigen Erlöschens. Ihr bleibt die Aufgabe, die Menschen zu warnen, zu warnen vor diesen Schatten.
Nein, es ist noch nicht das Ende …

März 2008

04. März 2008, 14.43 Uhr, gesicherter Chatraum

Tizian betritt den Raum
Rubens betritt den Raum

Rubens: Wir sollten einige Punkte klären.
Tizian: Das ist ganz in meinem Sinn.
Rubens: Um es kurz zu machen: Sie waren in der Vergangenheit für die Organisation ein zuverlässiger Mann, aber einen weiteren Totalausfall wie bei Katharina Scheible, die Ihnen einfach so entkommen ist, können wir uns nicht noch einmal leisten. Haben Sie eigentlich inzwischen irgendwelche Hinweise, wo Frau Scheible sich aufhalten könnte?
Tizian: Nein, bisher nicht.
Rubens: Na schön. Ihnen stehen weiter alle Mittel der Organisation zur Verfügung, um sie zu finden. Und noch einmal, damit es keine Missverständnisse gibt: Wir brauchen genau diese Frau! So gut ich Ihren Wunsch nach Rache für Ihr verlorenes Auge auch verstehe, Sie werden sich in diesem Fall zurückhalten! Die Interessen der Organisation gehen absolut vor! Es ist wichtig, gerade jetzt nach Segmeiers Ausscheiden und unserer völligen Neuorientierung auf den Kunstmarkt. Und dafür brauchen wir diese Frau lebend und unversehrt. Ist das klar so weit?
Tizian: Ja, es ist mir durchaus bewusst, dass meine persönlichen Gefühle zurückstehen müssen. Derzeit.
Rubens: Ganz frei kann ich Sie auch nicht von Schuld sprechen in diesem Zusammenhang. Persönlich fand ich es keine so gute Idee von Ihnen, irgendwelche Zuhälter mit in

dieses Spiel zu bringen. Das war doch ganz und gar nicht in unserem Sinne.
Tizian: Ist mir inzwischen auch völlig bewusst. Ich wollte nur mehr Druck auf Frau Scheible ausüben, denn freiwillig hätte sie nie gemacht, was wir von ihr erwarteten.
Rubens: Und Sie sind sich ganz sicher, Frau Scheible wusste nicht, wozu wir sie wirklich einsetzen wollten? Es wäre gerade zu diesem Zeitpunkt der Umorientierung in der Organisation ein Desaster, wenn sie gewisse Dinge ausplaudern würde.
Tizian: Nein, bestimmt nicht. Ich ließ Frau Scheible im Glauben, ich bräuchte sie als Mädchen für den Vermittlungsservice, um mit bestimmten Leuten Geschäfte zu machen.
Rubens: Wie auch immer, so etwas darf sich auf keinen Fall wiederholen. Ich denke da konkret an … Sie wissen schon! Kempten Bühl! Frau von Auerberg. Wie weit sind denn Ihre Bemühungen inzwischen gediehen? Sie wissen doch genau, alles steht und fällt mit dieser Person. Wenn Frau von Auerberg sich auch in den nächsten Jahren eher im Hintergrund halten muss, weil ihr Name im Kunstbereich viel zu kompromittiert ist, dürfte sie doch diejenige sein, die außer ihrem Mann im Kunstgewerbe die notwendigen Erfahrungen und die entsprechenden Beziehungen und Kenntnisse besitzt, und zwar auf nationaler wie auf internationaler Ebene.
Tizian: So weit hatte ich das bereits verstanden. Es dürfte meiner Meinung nach nur noch eine Frage der Zeit sein, bis wir sie endgültig für die Organisation verpflichten können.
Rubens: Na gut. Trotzdem, es bleibt uns nicht ewig Zeit. Sie sollten zusehen, dass wir da zu einem raschen und vor allem erfolgreichen Abschluss kommen. Wie gewohnt stellen wir die betreffende Person dann zunächst mit einigen fingierten Aufträgen auf die Probe, schließlich müssen wir uns ihrer Loyalität erst völlig sicher sein, bevor sie eine Lei-

tungsaufgabe in der Organisation übernehmen kann. Sie sind doch da einer Meinung mit mir, oder?
Tizian: Völlig! Ich möchte nur, dass Frau von Auerberg selbst die Entscheidung trifft, auf uns zuzukommen. Das würde unsere Verhandlungsposition wesentlich stärken, wenn es um das Aushandeln der konkreten Bedingungen für die geschäftliche Zusammenarbeit geht. Die entsprechenden Schritte habe ich bereits unternommen, damit Frau von Auerberg mit mir in der nächsten Zeit Kontakt aufnimmt.
Rubens: Ließe sich das irgendwie beschleunigen?
Tizian: Durchaus denkbar. Allerdings sollte ich die Schraube nicht zu eng drehen, damit mir nicht wieder das Gleiche passiert wie bei Frau Scheible, Sie wissen schon. Vielleicht wäre es da auch besser gewesen, wenn ich mir noch etwas Zeit mit ihr gelassen, und ich sie behutsamer an ihre neuen Aufgaben herangeführt hätte.
Rubens: Um in unserem Zeitplan zu bleiben, wäre es unbedingt erforderlich, Frau von Auerberg noch in diesem Monat zu verpflichten. Ist das machbar?
Tizian: Ein Monat ist viel zu knapp, um ihre absolute Zuverlässigkeit abschließend klären zu können. In dieser Hinsicht sollten wir kein unnötiges Risiko eingehen.
Rubens: Na schön, dann sechs Wochen, allerhöchstens zwei Monate. Das sollte aber ausreichen. Ich will Ihnen auch nicht verschweigen, wie wenige Alternativen uns zu dieser Person bleiben, falls diese Verpflichtung schieflaufen sollte.
Tizian: Ich bin da anderer Meinung. Wir könnten die für Frau von Auerberg vorgesehenen Aufgaben auf andere Personen übertragen. Ich hatte Ihnen ja schon eine Liste zukommen lassen.
Rubens: Habe ich mir angesehen, aber Ihre Vorschläge wären eine absolute Notlösung. Auch Ihre Anregungen der Umstrukturierung sehe ich eher skeptisch. Ich bin im-

mer noch der Meinung, es wäre das Beste, die einzelnen Bereiche in der Leitung der Organisation streng getrennt voneinander zu halten.

Tizian: Es wäre ja nur für den Fall, wenn die Zielperson sich nicht bewähren sollte. Weiß sie übrigens, dass ihr Mann bei uns untergetaucht ist?

Rubens: Nein, und dabei sollten wir es auch vorläufig belassen. Je weniger Leute wissen, wer alles bei unseren Projekten mitmacht, desto weniger Risiko besteht, dass Informationen weitergegeben werden oder sonstwie durchsickern. Deswegen habe ich Sie auch aus dem Schussfeld genommen. Ich meine nach dieser Geschichte … als Sie verletzt wurden. Die Vermittlungsagentur wird auch ohne Ihre direkte Beteiligung ausgezeichnet geführt, wenn Ihnen das ein Trost ist. Als Fassade wird die Organisation diese Einrichtung auf jeden Fall weiter betreiben.

Tizian: Diese Lösung finde ich auch gut. Zur Anwerbung und der Vermittlung von Personen in den unterschiedlichsten Bereichen der Organisation ist die Agentur nach wie vor eine ausgezeichnete Anlaufstelle.

Rubens: Genau! Ich denke, was Sie betrifft, werden Sie weiter bei der selbstständigen Leitung der Inneren Sicherheit bleiben. Genio macht im technischen Bereich gute Arbeit, aber bei der Führung dieser Abteilung sind Sie genau der richtige Mann. Das ist doch in Ihrem Sinn?

Tizian: Auf jeden Fall.

Rubens: Also gut. Ich denke, wir hören demnächst voneinander. Und bringen Sie bitte umgehend etwas mehr Bewegung in die laufenden Angelegenheiten, und zwar sowohl was die Suche nach Frau Scheible betrifft als auch Ihre Bemühungen um die Anwerbung von Frau von Auerberg.

Tizian: Versteht sich von selbst. Ich melde mich über diesen Chatraum wieder bei Ihnen.

Rubens: Und enttäuschen Sie mich nicht noch einmal. Es würde mir leid tun, mich nach jemand anderem für die Leitung der INS umschauen zu müssen.
Tizian: Sie können sich ganz auf mich verlassen. Keine Sorge! Bis dann!

Rubens verlässt den Raum
Tizian verlässt den Raum

24. März 2008, 08.13 Uhr
Bettina von Auerberg war beim Gedanken daran, für eine Vermittlungseinrichtung zu arbeiten, seit Monaten hin- und hergerissen. Oft war sie nachts schweißgebadet aufgewacht, wenn sie wieder diesen Traum hatte, irgendwie missbraucht worden zu sein. Niemals würde sie sich auf so etwas einlassen, gleichgültig, wie dringend sie das Geld brauchte.
Dazu war sie fest entschlossen.
Dann kamen aber wieder Tage, an denen ihr ein anspruchsvoller Begleitservice als verlockende Chance erschien, ein neues Leben zu beginnen. Wenn sie erst einmal ein bestimmtes Startkapital hätte, könnte sie ja selbst auf dem Kunstmarkt ihre Dienstleistungen anbieten, möglicherweise über Mittelsmänner. Aber ohne Kapital konnte sie diesen Plan vergessen.
Sie schob die Entscheidung ständig vor sich her, denn immer noch rechnete sie damit, dass ihr international von der Polizei gesuchter Ehemann sich bei ihr melden würde oder dass sich ihre finanzielle Lage auch ohne ihr Zutun lösen könnte, schließlich war das Geld bisher ihr hinterher gelaufen und nicht umgekehrt. Warum sollte das plötzlich anders sein?

Und dann zerplatzten mit einem Mal alle ihre Hoffnungen, ihre Probleme könnten sich auf wundersame Weise von selbst lösen. Dieses Mal schien ihr Glück endgültig ein Ende zu haben. Dabei hatte es sich zum Jahresende doch zunächst wieder recht gut angelassen: Ein angeblicher Bekannter ihres Mannes hatte ihr in den vergangenen Monaten ohne größere Rückfragen immer wieder kleinere Geldsummen geliehen, aber jetzt wollte er Knall auf Fall sein ganzes Geld zurückhaben.

Wie sich am Vortag herausgestellt hatte, war sie da unbemerkt einem Kredithai der übelsten Sorte aufgesessen. Unverblümt hatte dieser Mann ihr damit gedroht, seine Leute zu schicken, wenn sie bis zum Ende des Monats nicht das ausgeliehene Kapital zuzüglich horrender Zinsen und Zinseszinsen zurückgezahlt hätte.

Viele Alternativen standen ihr nicht mehr offen. Der Gedanke an diesen Vermittlungsdienst kam ihr immer öfter. Die Nummer, die ihr Sabine vor Weihnachten gegeben hatte, war seitdem auf ihrem Handy gespeichert. Drei-, viermal hatte sie an diesem Morgen bereits die Nummer aufgerufen, aber am Ende hatte sie das Gerät dann doch wieder unentschlossen in ihre Handtasche gesteckt. Minuten später hatte sie das Gerät bereits erneut in der Hand. „Wenn es sich als eine weitere Sackgasse herausstellen sollte, dann kann ich ja immer noch Nein sagen", versuchte sie sich selbst zu diesem Schritt zu ermutigen.

Der Geldverleiher hatte sich auch wieder gemeldet, um zu fragen, ob sie das Geld inzwischen aufgetrieben hätte. Als sie verneinte, hatte er nur aufgelegt, was für sie noch schlimmer gewesen war, als wenn er ihr mit ein paar gebrochenen Fingern gedroht hätte.

Was blieb ihr anderes übrig? Sie rief die Nummer erneut auf und drückte auf den Knopf. Beim siebten oder achten Frei-

zeichen wollte sie bereits enttäuscht auflegen, als sich doch eine Männerstimme meldete.
Der Herr am Telefon stellte sich als Frank Schmidt, Juniorpartner von Herrn Werder, vor. Frau von Auerberg konnte ja nicht ahnen, dass Rolf Werder über die Mithöranlage jedes Wort mitbekam. Noch verwunderter wäre sie gewesen, hätte sie erfahren, dass Werder bereits seit einigen Tagen sehnlichst auf ihren Anruf wartete.
Skrupellos hatte Werder in den vergangenen Monaten wieder einmal seine Fäden gezogen, hatte die Schraube über Mittelsmänner der Organisation nach und nach immer fester angezogen, bis ihr keine Alternativen mehr blieben. Für die erfolgreiche Umstrukturierung brauchte die Organisation unbedingt Frau von Auerberg, aber spätestens seit der Geschichte mit Katharina Scheible war Werder gewarnt. Mit viel Verständnis für ein weiteres Scheitern durfte er in der Leitung der Organisation, vor allem bei Rubens, beim nächsten Mal nicht rechnen.
Der angebliche Juniorpartner zeigte sich auf jeden Fall sehr zuvorkommend, sehr höflich am Telefon: „Herr Werder ist im Moment leider verhindert, aber natürlich können wir uns gerne einmal unterhalten, Frau von Auerberg. Ich habe da alle erforderlichen Befugnisse. Aber ich muss Sie im Voraus warnen: Es könnte durchaus sein, dass Sie möglicherweise trotz eines vereinbarten Termins etwas warten werden müssen. Sie verstehen sicher. In einem jungen, dynamischen Unternehmen wie dem unseren kommen oft dringende Angelegenheiten dazwischen."
„Das ist doch kein Problem." Gottlob konnte der Mann ja nicht sehen, wie sie ihre Augen verdrehte. Sie war es nicht gewohnt, dass man sie warten ließ. Aber was wollte sie machen, die Zeiten waren wirklich nicht die besten, zumindest was ihre Person anging.

„Gut, dass Sie dafür Verständnis zeigen", sagte die höfliche Stimme am anderen Ende der Leitung. „Wann wäre es Ihnen denn möglich, bei uns vorbeizukommen?"
„Wäre es heute noch denkbar?", fragte Frau von Auerberg, die an die Drohung des Kredithais denken musste. Viel Zeit blieb ihr nicht mehr.
„Heute schon?", fragte Herr Schmidt erstaunt.
„Nur wenn es keine Unannehmlichkeiten bereitet, aber ich wäre heute zufällig in München", beeilte sich Frau von Auerberg zu antworten. „Es wäre natürlich auch in den nächsten Tagen denkbar, wenn es Ihnen dann gelegener käme."
„Terminlich ist es gerade sehr eng, aber lassen Sie mich einen Blick in meinen Terminkalender werfen. Ja, ich sehe. Sie scheinen Glück zu haben. Herr Severin hat seinen Termin für heute abgesagt. Das heißt, ich könnte Sie tatsächlich noch berücksichtigen. Sagen wir heute um halb zwölf. Würde das bei Ihnen gehen, Frau von Auerberg?"
Bettina von Auerberg überschlug schnell im Kopf die Situation: In drei Stunden in München? Wenn Sie sofort zum Bahnhof aufbrach, müsste das zu machen sein. „Halb zwölf, sagen Sie? Ja, das würde bei mir gehen, Herr Schmidt."
„Also gut. Bleiben wir bei halb zwölf, aber wie schon gesagt, es könnte sein, dass Sie sich etwas gedulden müssen."
Während Frau von Auerberg die genaue Adresse in der Nähe des Englischen Gartens aufschrieb, konnte sie nicht ahnen, dass sie sich nicht zu beeilen brauchte, denn eine gehörige Wartezeit war aus rein strategischen Gründen von Werder eingeplant …

24. März 2008, 15.43 Uhr

Nachdem das Telefon nicht aufhören wollte zu läuten, nahm Wegner unwillig den Hörer: „Ja?"

„Wegner, ich bin es, deine Schwester."
„Und was gibt es?"
„Ich bin ein wenig beunruhigt."
„Nicht notwendig."
„Doch, du bist so anders, seitdem das mit Marion letzten Monat passiert ist."
Der Kriminalkommissar schüttelte unwillig seinen Kopf, ballte eine Faust. Es war früher nicht oft vorgekommen, dass seine Schwester ihn einfach anrief, aber nachdem er seine eigene Tochter, Marion, erschossen hatte, rief sie ständig an, machte sich sichtlich Sorgen um ihn.
Begriff sie denn nicht? Er wollte nicht darüber reden, wollte sich nicht zum x-ten Mal anhören, dass es nicht seine Schuld gewesen war. Sicher, sie meinte es gut, aber er wollte, er konnte nicht darüber sprechen …
„Bist du noch dran, Wegner?"
„Ja doch! Worum geht's denn überhaupt? Wenn du schon wieder mit alten Geschichten anfangen willst, sage ich dir gleich, dass ich nicht …"
„Jetzt beruhige dich doch wieder. Es geht um etwas anderes. Ich wollte dich nur um deinen Rat fragen." Wegner konnte deutlich heraushören, dass seine Schwester gerade dabei war, über ein anderes, unverfänglicheres Gesprächsthema nachzudenken. Da er nicht schon wieder ihr Gespräch beenden wollte, indem er den Hörer einfach auflegte, fragte er resigniert: „Na schön. Was gibt es denn so Dringendes?"
„Wegner, ich weiß nicht, ob es dringend ist. Es ist wegen Lisa. Ich habe dir doch erzählt, dass sie in diesem Internat in Füssen an verschiedenen Arbeitskreisen teilnimmt. Ist so eine Art Freizeitbeschäftigung, damit die Schüler nicht auf falsche Gedanken kommen."
„Ja und? Ich kann immer noch nicht sehen, was ich dir da helfen könnte. Wenn du also so gut sein würdest und zur

Sache kämst." Es war ihm deutlich anzuhören, wie wenig er an dieser Ablenkung interessiert war.

„Wegner, du bist manchmal unmöglich. Also, Lisa hat angefangen, Programme für das Internet zu schreiben. Der Herr Direktor Lichtstein scheint etwas beunruhigt zu sein, weil sie ständig am Surfen ist."

Für einen Moment zögerte Wegner, ob er nicht einfach auflegen sollte, dann fragte er doch seufzend nach. „Und wo genau ist da das Problem?"

„Ich weiß nicht recht, ob es ein Problem ist. Lisa ist doch noch so jung, ist doch gerade erst dreizehn Jahre alt geworden. Man hört doch jetzt so viel, dass die jungen Leute davon süchtig würden. Gerade weil sie für diesen Bereich so begabt zu sein scheint, bin ich als Mutter etwas in Unruhe. Man weiß ja gar nicht, mit wem sie da alles im Internet in Kontakt kommt. Ich will schließlich nicht, dass sie da in etwas reingezogen wird und sie am Ende auf die schiefe Bahn kommt."

„Ich glaube nicht, dass du dir da Sorgen machen musst, schließlich gibt es viele junge Leute, die sich mit Informatik gut auskennen, aber wenn es dich beruhigt, werde ich mich bei eurem nächsten Besuch hier in Kaufbeuren mit ihr einmal über ihr neues Hobby unterhalten. Ansonsten kannst du dich ja von diesem Lichtstein auf dem Laufenden halten lassen. Gibst mir dann Bescheid, wenn ich etwas Konkretes für deine Tochter tun kann."

Drei Minuten später hatte Wegner sein Versprechen schon wieder vergessen, schließlich hatte er ganz andere Probleme.

24. März 2008, 17.32 Uhr

Bettina von Auerberg wartete in einem komfortablen Wartezimmer. Von einer adretten Sekretärin bekam sie Zeit-

schriften und Kaffee und jedes Mal die freundliche Erklärung, dass es jetzt bestimmt nicht mehr lange dauern könnte, es sei Herrn Schmidt wegen unvorhergesehener Geschäftsbesprechungen leider etwas dazwischen gekommen.
Erst nach einer Weile fiel Bettina von Auerberg die unheimliche Stille in diesem Warteraum auf. Wahrscheinlich besonders schallisoliert. Auf dem Boden ein dicker, teuer aussehender Teppich. Sie ließ ihren Blick erneut umherwandern. Es gab keine Fenster, sodass kein Lärm von dem geschäftigen Schwabinger Stadtviertel zu hören war. Zwei mit Kunstleder verkleidete Türen, eine ging auf den Gang, die andere zu einer luxuriös eingerichteten Toilette.
Die ganze Zeit musste Frau von Auerberg alleine warten. Sie bekam nichts mit, was in diesen Büroräumen vor sich ging. Hinzu kam nach kurzer Zeit schon der Eindruck, ständig von Minikameras beobachtet zu werden, ohne dass sie einen Anhaltspunkt fand, wo diese versteckt sein konnten. Es war einfach nur ein Gefühl, die ganze Zeit irgendwie wie eine Maus im Versuchslabor beobachtet zu werden.
Inzwischen konnte Frau von Auerberg sich des Gedankens nicht erwehren, dass dieses Unbehagen, wie in einem goldenen Käfig gefangen zu sein, und die ungebührlich lange Wartezeit strategisch geschickt eingeplant waren, um sie schon vor den eigentlichen Verhandlungen richtig mürbe zu machen. Immer wieder stand sie entschlossen auf, um durch ihr Gehen zu beweisen, wie wenig sie, eine Frau von Auerberg, bereit war, sich auf solche infamen Spiele einzulassen. Bei dem Gedanken an ihre hoffnungslose finanzielle Situation und bei der Erinnerung an den morgendlichen Anruf des Kredithais ließ sie sich jedoch immer gleich wieder auf ihren Stuhl zurücksinken. Eine Viertelstunde würde sie diesen sauberen Herrschaften noch geben, aber dann würde sie endgültig gehen.

Trotz der Vorsätze blieb sie, schließlich fehlten ihr, nachdem ihr Mann sich nicht mehr bei ihr gemeldet hatte, realistische Alternativen, um aus ihrer akuten Finanzmisere herauszukommen.
Gegen halb sieben nahm das Spiel eine völlig neue Wendung. Die Sekretärin kam noch einmal, bereits mit Mantel und Hut gekleidet, ins Wartezimmer herein: „Es tut mir furchtbar leid, Frau von Auerberg, aber Herr Schmidt lässt Ihnen ausrichten, dass derzeit doch kein Bedarf für ältere Bewerberinnen wie Sie besteht." Mit einem vielsagenden Blick von oben bis unten betonte die Sekretärin die Wendung „ältere Bewerberinnen".
Für Frau von Auerberg brach eine Welt zusammen. Der Schock saß so tief, dass sie nicht einmal mehr nachfragte, ob sie vielleicht zu einem späteren Zeitpunkt noch einmal fragen könnte.
Sie war wütend und verzweifelt: Das konnte jetzt doch nicht wahr sein! Trotz der Wartezeit von über sieben Stunden hatte sie sich einige Hoffnungen auf eine Aufnahme in der Vermittlungsdatei gemacht, wenn sie auch bei ihren Honorarforderungen in den vergangenen Stunden einige erhebliche Abstriche gemacht hatte.
Und jetzt diese endgültige Absage!
Sie zog sich ihren Wintermantel an, den sie am Mittag auf einem Bügel aufgehängt hatte, nahm mit einem tiefen Seufzer ihre Handtasche und schlich niedergeschlagen zum Ausgang. Es kam ihr vor, als wenn der Gang sich wie ein Kubus unendlich vor ihr ausstreckte.
„Sie wissen schon, dass wir seit sechs Uhr geschlossen haben?", sprach sie eine Männerstimme von hinten an. Langsam drehte sie sich um. In einer Tür stand ein etwa fünfunddreißigjähriger Mann, den sie noch nie vorher gesehen hatte. Ihr geschulter Blick bemerkte gleich, dass sowohl

Schuhe als auch Anzug maßgeschneidert sein mussten. Die dunkle Augenklappe über dem linken Auge schien irgendwie nicht zu der sonstigen Eleganz dieses Mannes zu passen. Frau von Auerberg schluckte mühsam, bevor sie mit trockener Stimme antworten konnte. „Entschuldigen Sie bitte, aber ich hatte gegen Mittag eigentlich einen Gesprächstermin mit Herrn Schmidt, wegen einer Aufnahme in Ihrer Vermittlungsdatei. Im Moment bin ich nämlich … auf der Suche nach einer Beschäftigung. Aber man ließ mir über die Sekretärin gerade ausrichten, derzeit gäbe es keine Möglichkeiten einer Vermittlung."

„Das erklärt natürlich einiges." Als wäre es ihm gerade eingefallen, wechselte der Mann rasch das Thema: „Jetzt hätte ich es fast ganz übersehen, mich Ihnen vorzustellen. Sehen Sie es mir bitte nach. Mein Name ist Rolf Werder und ich bin der Geschäftsführer dieser Personal Consulting GmbH. Die laufenden Geschäfte sowie die Aufnahme in unsere Vermittlungsdatei obliegen aber tatsächlich meinem Juniorpartner."

„Freut mich sehr, Ihre Bekanntschaft zu machen", beeilte sich Frau von Auerberg zu sagen.

Werder ging mit ausgestreckten Händen auf sie zu, als müsste er einen Staatsgast begrüßen. Nach einem kräftigen Händedruck sagte er mit einem leichten Lächeln: „Entschuldigen Sie bitte, aber Ihr Gesicht kommt mir irgendwie bekannt vor. Wie war Ihr werter Name noch einmal?"

Für einen Moment überlegte sich Frau von Auerberg, ob sie ihren richtigen Namen nennen sollte, entschied sich aber dann doch dafür, weil Sie unter diesem Namen ja auch die Terminvereinbarung mit Herrn Schmidt getroffen hatte. „Entschuldigung meinerseits, aber ich hatte noch nicht die Gelegenheit, mich vorzustellen: Bettina von Auerberg ist mein Name."

Der Gesichtsausdruck des Mannes veränderte sich mit einem Schlag und aus gelangweilter Ablehnung wurde Überraschung und unverhohlenes Interesse. „Doch nicht etwa die ‚Bettina von Auerberg', die Frau des bekannten Kunsthändlers? Wenn ich das der Presse richtig entnommen habe, haben sie ja auch einigen Einfluss in diesem Bereich."
Frau von Auerberg nickte verunsichert, aber ihre Stimme klang überraschend selbstsicher, als sie seine Annahme bestätigte: „Doch, genau die bin ich. Seit einigen Monaten lebe ich allerdings etwas zurückgezogen in Kempten." Wohlweislich verzichtete sie darauf, nähere Erklärungen abzugeben, dass dieser Rückzug nicht ganz freiwillig war, aber das konnte sich dieser Mann selbst denken, wenn er den Berichten der Presse gefolgt war.
„Das ist mir jetzt aber sehr peinlich, Frau von Auerberg. Wir befinden uns derzeit in einer Umstrukturierungsphase, die eine Menge Arbeit mit sich bringt. Alles geht ein wenig drunter und drüber, sodass ich gar nicht mitbekommen hatte, dass sie mit uns einen Vorstellungstermin vereinbart hatten. Ich hoffe, man ließ Sie nicht allzu lange warten."
Diese selbstsicher vorgetragene Mischung aus tatsächlich gegebenen Fakten und frei erfundenen Details ließen keine Zweifel an der Glaubwürdigkeit seiner Aussage. Seine minutiöse Planung und die geschickte Vorbereitung zahlten sich für ihn aus.
Wieder ganz Dame von Welt lächelte ihn Frau von Auerberg nachsichtig an: „Aber ich bitte Sie. Der Termin war auf mein Drängen vielleicht auch ein wenig zu kurzfristig vereinbart worden. Herr Schmidt sagte bereits am Telefon, wie eingespannt Sie derzeit sind. Umso mehr war ich überrascht, dass Sie jetzt doch keinen personellen Bedarf haben."
„Wahrscheinlich war es meinem Juniorpartner gar nicht so bewusst, mit wem er es mit Ihnen tatsächlich zu tun hatte.

Er ist bei der organisatorischen Abwicklung eine unschätzbare Hilfe, glauben Sie mir, aber er ist leider noch ein klein wenig unerfahren, vor allem wenn es um bekannte Leute wie Sie geht. Ich bitte noch einmal um Ihr Verständnis und Ihre Nachsicht, Frau von Auerberg."
Als wenn er nicht selbst dafür verantwortlich gewesen wäre, fragte er gleich im geschäftsmäßig ernsten Ton weiter: „Darf ich mir die Frage erlauben, wie Sie gerade auf unser Unternehmen gekommen sind?"
„Eine gemeinsame Bekannte hat mir Ihre Consulting Firma empfohlen."
„Wer, wenn ich mir die Frage erlauben darf?"
„Aber sicher dürfen Sie. Es war Sabine Ahlen aus Kempten. Ich vermute zumindest, dass Sie sich dem Namen nach kennen."
„Und ob. Natürlich. Ich habe mit der Firma ihres Mannes bereits so manche Geschäftsbeziehung gepflegt. Aber kommen Sie doch kurz mit in mein Büro, wir brauchen ja nicht hier auf dem Gang herumzustehen. Kommen Sie nur!" Er wies mit der rechten Hand auf die Tür einige Schritte hinter sich.
Selbstbewusst wie ein Mann, der stolz sein eigenes Reich zeigen darf, ging er in sein Büro vor und Frau von Auerberg folgte ihm in gebührendem Abstand. Ihr Blick huschte mit Kennermiene über die gediegene Einrichtung. Da zeigte sich durchaus die Handschrift eines Mannes, der seinen Besuchern deutlich machen wollte, wie gut seine Geschäfte gingen. Für ihren persönlichen Geschmack war es etwas zu viel gewollter Aufwand. Wahre Vornehmheit äußerte sich für sie oft in einer diskreten Zurückhaltung, einer schlichten Einfachheit. Die Farbgebung der Wände schien ihr etwas zu kühl, zu distanziert. Die aufgehängten Bilder waren etwas zu willkürlich zusammengewürfelt, offensichtlich nur

dazu bestimmt, nachhaltigen Eindruck bei den Besuchern zu hinterlassen.

„Sie verstehen sicher, alles ist bei uns noch im Aufbau", sprach Werder sie von hinten an, nachdem er ihr Zeit gelassen hatte, die Kunstwerke verschiedenster Epochen und Stilrichtungen zu bewundern. „Ich hatte leider im letzten Jahr einen kleinen Unfall, sodass die Gestaltung der Räume noch nicht ganz zu Ende gebracht werden konnte."

„Ich hoffe, der Unfall war nichts Ernstes", sagte Frau von Auerberg mit einer Spur von unverhohlener Neugier. Sie musste sich zwingen, nicht auf seine Augenklappe zu starren.

„Vor Weihnachten eine … eine etwas unangenehme Angelegenheit", wich Werder der direkten Beantwortung der Frage aus. „Kann ich Ihnen etwas zu trinken anbieten? Kaffee? Tee? Oder lieber doch etwas Härteres? Wir haben ja bereits Abend. … Nein? Wirklich nicht? Warten Sie, ich helfe Ihnen mit Ihrem Mantel … Geht es so?"

Für einen Augenblick verwandelte sich Rolf Werder ganz in einen höflichen Gastgeber, dem nichts mehr als das Wohl seines Gastes am Herzen lag. „Nehmen Sie doch bitte dort Platz. Fühlen Sie sich ganz wie bei Ihnen zu Hause."

Er wies mit der Hand auf eine Gruppe von weißen Lederfauteuils um einen niedrigen Tisch mit Glasplatte. Erst nachdem sie Platz genommen hatte, setzte er sich ihr gegenüber.

„Ein wenig Musik vielleicht?"

„Danke, nein. Ich will Sie eigentlich auch nicht lange aufhalten, Herr Werder. Der Name meines Mannes scheint Ihnen ja nicht ganz unbekannt zu sein. Darf ich Sie fragen, ob Sie auch Geschäfte mit ihm gemacht haben?"

Mit gespielter Bescheidenheit erhob Werder bedauernd beide Hände: „Ich fürchte, die Preise für die gehobene Kunst, mit der Ihr Gatte zu handeln pflegte, gehen dann doch ein wenig über meine bescheidenen Verhältnisse hinaus, aber wir arbeiten in der Tat mit einigen einflussreichen Leuten zusammen, mit denen Ihr Mann in geschäftlicher Verbindung stand. Er genießt in gewissen Kunstkreisen ein sehr hohes Ansehen."

Bewusst zog er die beiden Wörter „gewissen Kunstkreisen" auseinander, sodass Frau von Auerberg nicht einschätzen konnte, was ihr Gesprächspartner genau damit andeuten wollte. Spielte Werder tatsächlich auf einige der Kunstgeschäfte an, die nicht ganz im Rahmen der Legalität abgelaufen waren?

„Ich will mit Ihnen gleich ganz offen sein, Frau von Auerberg. Mit Ihren Beziehungen und Fähigkeiten könnten Sie genau das sein, was ich gerade suche. Eine so gut aussehende Frau wie Sie, die sich in der internationalen Kunstwelt wie keine andere auskennt, und die es so ausgezeichnet in den letzten Jahren verstanden hat, das Haus von Auerberg auf allerhöchster Ebene zu repräsentieren. Was könnte ich Besseres für meine international angesehenen Geschäftspartner finden? Nicht vielleicht doch etwas zu trinken? Ich habe da einen ausgezeichneten Whisky. Nein? Na gut, wir können ja vielleicht später noch einmal darauf zurückkommen."

Eine Weile verlor er sich in Überlegungen über die allgemein schwierige Lage für manche Kunstrichtungen auf dem Markt, bevor er auf die eigene Firmenphilosophie zu sprechen kam.

Frau von Auerberg glaubte zu verstehen. Wahrscheinlich hatte er die Zeit des Smalltalks gebraucht, um die eigene Gesprächsstrategie noch einmal zu überdenken. „Wissen Sie, Frau von Auerberg, zu unseren Kunden zählen sehr erfolgreiche Geschäftsleute, die es sich schon etwas kosten lassen, sich kompetent in Sachen Kunst beraten zu lassen. Viele der Herrschaften suchen das Gespräch, um sich über bestimmte Entscheidungen Klarheit zu verschaffen."

Frau von Auerberg schüttelte leicht den Kopf. „Vor dem Hintergrund meiner persönlichen Geschichte könnte ich derzeit allerdings nicht selbst … Sie verstehen sicher, worauf ich hinaus will, Herr Werder?"
Ohne auf die Details einzugehen, nickte Werder. „Das ist mir durchaus bewusst. Sie würden selbstverständlich im Hintergrund arbeiten müssen, wenn ich das einmal so salopp formulieren darf."
„Wie kann ich das genau verstehen?"
„Konkret bedeutet dies, dass Sie mit Ihrem profunden Fachwissen die Ihnen zugewiesenen Personen detailliert in die Materie einarbeiten und entsprechend ihrer Aufgaben instruieren würden. Sie werden ja mit Sicherheit viele unserer Kunden und ihre Vorlieben kennen, bei anderen haben Sie sicherlich die Möglichkeit, Näheres über ihre Bekannten herauszufinden."
„Wären es vornehmlich junge Frauen, mit denen ich dann zusammenarbeiten würde?", fragte sie mit hörbarem Interesse.
„Nun ja, gegebenenfalls können es natürlich auch attraktive junge Männer sein. Vielleicht könnten Sie uns ja auch entsprechend beraten, welche Art von Mitarbeiterinnen beziehungsweise Mitarbeiter wir in den konkreten Fällen einsetzen könnten."
„Das klingt sehr interessant, aber ich muss Sie darauf hinweisen, wie wenig ich von konkreten Geschäften verstehe", gestand Frau von Auerberg ein wenig verlegen. „Bei mir ging es in der Vergangenheit mehr oder weniger um die Kunst und deren Kenner. Mein Mann hat sich ausschließlich um die konkreten Geschäftskonditionen gekümmert."
„Da kann ich Sie ganz beruhigen, Frau von Auerberg. Detaillierte kaufmännische Kenntnisse sind in dem für Sie vorgesehenen Bereich auch gar nicht erforderlich. Da haben wir bereits unsere Spezialisten, die sich um den geschäftlichen

Ablauf kümmern. Was ich damit sagen will, unsere Kunden suchen den anspruchsvollen Austausch, eine entspannte Atmosphäre, um ihre Geschäfte zu machen. Die von uns ausgesuchten Begleiter müssen über einschlägiges Wissen verfügen, um sich über bestimmte Kunstwerke, Epochen, Verfahren und solche Dinge stilsicher unterhalten zu können. Ich vermute, Sie sprechen verschiedene Sprachen, Frau von Auerberg?"
„Englisch und Französisch beherrsche ich sehr gut, Herr Werder. Mit meinem Mann bin ich sehr viel in Europa herumgekommen. Mein Italienisch und Spanisch genügen wohl für die allgemeine Verständigung und für den Bereich klassische und moderne Kunst."
„Davon bin ich fest überzeugt. Ich fragte nur sicherheitshalber, weil viele der von uns eingesetzten Frauen und Männer der deutschen Sprache nicht ganz mächtig sind. Es handelt sich schließlich um den internationalen Kunstmarkt, in dem die Ihnen zugewiesenen Personen arbeiten."
„So weit es die von mir benannten Sprachen betrifft, dürfte die Verständigung bei der Vorbereitung für diese Geschäfte keinerlei Problem darstellen. Die entsprechenden Fachkenntnisse besitze ich schließlich und viele Begriffe in der Kunstwelt sind international. Ich kann sogar auf ein eigenes fachbezogenes Studium verweisen, was ich selbstverständlich auch abgeschlossen habe." Eine Weile sprachen die beiden über Frau von Auerbergs fachliche Qualifikationen, bevor Werder ohne große Überleitung auf die finanzielle Seite zu sprechen kam. „Wenn ich Ihnen kurz unsere üblichen Geschäftsbedingungen erklären dürfte, Frau von Auerberg."
„Ja, selbstverständlich, ich bitte sogar darum."
„Sie würden in der Anfangszeit als Selbstständige bei uns arbeiten, damit Sie zu jeder Zeit selbst entscheiden können, inwieweit Sie mit der Aufgabenstellung zurechtkommen.

Sie könnten selbstverständlich auch unsere Nachfragen ablehnen, wenn Ihnen ein Auftrag nicht ausreichend lukrativ erscheinen würde. Das versteht sich wohl von selbst."
„Mit welcher Art von Aufträgen müsste ich da genau rechnen?"
„Sehen Sie, Frau von Auerberg, auch das gehört zu unserer Firmenphilosophie: Um sicherzugehen, dass wir mit den richtigen Geschäftspartnern zusammenarbeiten, geht es, wie in allen anderen Wirtschaftsbereichen, erst einmal um zweierlei." Mit einem Blick zum hohen Fenster seines Büros ließ er Frau von Auerberg bewusst Zeit, die entsprechenden Fragen zu stellen.
Diese ließen auch nicht lange auf sich warten. „Könnten Sie mir das detaillierter erklären, Herr Werder?"
„Selbstverständlich! Zunächst handelt es sich um die Klärung, in welchem Bereich unsere Mitarbeiterinnen und Mitarbeiter auf Dauer am effizientesten eingesetzt werden können."
„So eine Art Belastungsprüfung?", fragte Frau von Auerberg aus einem spontanen Impuls heraus.
„Ich würde es vorziehen, wenn wir es ‚Aufbau von wechselseitigem Vertrauen' nennen könnten."
Für einen Moment war sich Bettina von Auerberg ganz sicher, was das bedeutete: Es musste erst geklärt werden, wie sehr diese Mitarbeiter auch bereit wären, Aufträge zu übernehmen, die sich nicht im strengen legalen Rahmen bewegten. Aber da sie mit Mutmaßungen kaum weiterkommen würde, fragte sie ihn direkt: „Na schön, nennen wir es einmal ‚Aufbau von wechselseitigem Vertrauen'. Und wie würde das dann von der praktischen Seite aussehen?"
Offensichtlich war Werder überrascht, wie schnell Frau von Auerberg es von sich aus auf den Punkt brachte. Für ihn blieb die Frage, wie offen er in einem ersten Gespräch sein durfte. Deshalb sagte er zunächst einmal vorsichtig sondie-

rend: „Nun ja, am Anfang würden wir natürlich mit eher kleineren, überschaubaren Projekten anfangen, schon um Ihnen die Möglichkeit zu geben, sich in bestimmte Themenbereiche einzuarbeiten."
Auch Frau von Auerberg verstand sich auf das strategische Manövrieren. „Das ist ja auch ganz gut nachvollziehbar, aber um ehrlich zu sein, kann ich mir im Moment noch kein klares Bild machen, worauf unsere Geschäftsbeziehung konkret hinauslaufen würde."
„Die Art und Dauer eines Auftrags ist sehr unterschiedlich", wich Werder weiter einer klaren und direkten Beantwortung der Frage aus. „Rein zeitlich gesehen dürften sich kleinere Geschäfte wohl an einem Wochenende, allerhöchstens in einer Woche abwickeln lassen. Da Sie ja nur im Hintergrund arbeiten, dürfte es jedoch genügen, wenn Sie für die eingesetzte Person für Rückfragen und weitere Instruktionen zur Verfügung stünden. Ihre Aufgabe besteht also mehr in der strategischen Planung, Vorbereitung und Einweisung der von uns gemeinsam ausgewählten Person."
„Und was könnte ich mir genauer darunter vorstellen, wenn ich mir die Frage erlauben darf?"
„Frau von Auerberg, ich will mit Ihnen ganz ehrlich sein."
Nach Jahren im Vermittlungsgeschäft konnte Werder so etwas sagen, ohne auch nur einen Augenblick den Verdacht zu erregen, er könnte etwas anderes meinen als er sagte. „Ich habe ganz klein mit einer ganz normalen Hostess-Vermittlung angefangen. Sie verstehen sicherlich. Wohlsituierte Damen und Herren, die meist geschäftlich hier in München zu tun hatten. In Einzelfällen auch Leute, die hier ansässig waren."
„Und das hat sich jedoch, wenn ich Sie richtig verstanden habe, grundlegend geändert?" Der selbstsichere Ton verriet, wie sehr Frau von Auerberg sich in ihren Vermutungen

gerechtfertigt sah, dass dies alles wenig mit dem normalen Geschäftsgebaren auf dem Kunstmarkt zu tun hatte. Da waren Leute am Werk, die weit mehr wollten, als ein paar Kunstwerke an entsprechend betuchte Interessenten zu verkaufen.

Werder unterbrach sie in ihren Gedanken. „Diese Art von Vermittlungen im Hostessbereich machen wir selbstverständlich immer noch. Ich brauche ja wohl nicht näher darauf einzugehen, dass da meist jüngeres Personal nachgefragt wird, Personen also, die ein bestimmtes Entgegenkommen zeigen. Sie verstehen sicher, an welche Art von Vermittlung ich da denke."

„Ich denke schon, aber Sie sagten, es gäbe da andere Geschäftsbereiche, wo andere Akzente zum Tragen kämen."

Geschickt hatten die beiden es bisher geschafft, die Dinge nicht bei ihrem Namen zu nennen.

„Frau von Auerberg, Sie wissen ja selbst, bei den vielen Mitbewerbern auf dem Markt muss sich jeder seine eigene profitable Nische suchen. Wir und unsere Geschäftspartner bauen derzeit verstärkt auf den Kunstbereich, während wir das Hostessen-Geschäft mehr und mehr unseren Mitbewerbern überlassen. Aber ganz werden wir nicht davon Abschied nehmen, schließlich geht es uns ja auch um einen Pool von Mitarbeiterinnen – und selbstverständlich auch Mitarbeitern – mit sehr vielseitigen Qualifikationen."

„Ich muss gestehen, Herr Werder, Sie verstehen es, mich neugierig zu machen", sagte Frau von Auerberg mit einem charmanten Lächeln. „Ich verstehe, dass es Ihnen nicht möglich ist, über die jeweiligen Details zu sprechen, aber es wäre schon interessant, mehr über Ihre Arbeit und Ihre Interessen im Kunstbereich zu erfahren."

Einen Moment zögerte Werder, dann schien er sich entschlossen zu haben, die Sache doch eingehender zu klären.

Notfalls würden seine Leute von der Inneren Sicherheit später dafür sorgen, dass Frau von Auerberg die Informationen nicht an die falschen Leute weitergab. Seine Leute hatten da so ihre eigenen überzeugenden Argumente.

„Bei Bewerberinnen bin ich normalerweise aus guten Gründen zurückhaltender, Frau von Auerberg, aber da ich weiß, wie ausgezeichnet Sie sich in der Geschäftswelt Ihres Mannes bereits auskennen, kann ich bei Ihnen eine Ausnahme machen. Ich brauche Ihnen ja nicht ausdrücklich zu sagen, wie wichtig die Vertraulichkeit ist."

„Selbstverständlich. Sie können getrost davon ausgehen, dass die Informationen in diesem Raum bleiben. Ansonsten danke ich Ihnen für das mir entgegengebrachte Vertrauen."

„Ich bitte Sie, Frau von Auerberg. Um es kurz zu machen: Die Zeiten, in denen jeder sein eigenes Süppchen kochte, sind doch längst vorbei. In diesen schwierigen Zeiten ist eine intensive Zusammenarbeit zwischen Künstler, Experten und dem Verkaufsbereich wichtiger denn je. Deswegen läuft die Idee auf eine Intensivierung der Kooperation zwischen den einzelnen Bereichen hinaus."

„Wollen Sie damit sagen, Sie arbeiten für eine Art Organisation, die den Kunstbereich mehr steuern will, Herr Werder?"

„Ich würde sagen, wir als Vermittlungsbüro sind in der Tat eine Art Dienstleister für eine übergreifende Organisation. Das heißt, wir bringen verschiedene Menschen aus Kunst, Politik und Wirtschaft zusammen. Nicht alle erkennen allerdings gleich zu Beginn die gemeinsamen Vorteile einer intensiven Zusammenarbeit."

Ein verstehendes Lächeln huschte über die Lippen von Frau von Auerberg. „Darf ich raten, worin Ihre Dienstleistung besteht?"

„Ja, bitte, tun Sie sich nur keinen Zwang an: Raten Sie nur drauf los! Solange Sie nicht erwarten, dass ich Ihnen konkrete Beispiele nenne oder vertrauliche Einzelheiten weitergebe."

„Also gut! Dann versuche ich es einmal mit Raten: Kann es sein, dass Ihre Mitarbeiterinnen oder Mitarbeiter ein wenig … wie soll ich sagen, bei der Entscheidungsfindung nachhelfen sollen, wenn sich die angesprochenen Herrschaften nicht spontan für die Beteiligung und Durchführung bestimmter profitabler Kunstprojekte entscheiden können? Etwas in der Art?"

Auch über Werders Gesicht huschte ein komplizenhaftes Lächeln. „Ich sehe schon, dass Sie tatsächlich sehr erfahren in Sachen Kunst sind. Genau darauf läuft es nämlich hinaus. Sie glauben gar nicht, wie wichtig im richtigen Moment der Rat eines anderen sein kann, vor allem wenn er mit einem gewissen Nachdruck gegeben wird."

Frau von Auerberg hörte wohl deutlich heraus, dass es doch um weit mehr ging als um geschäftliche Beratung, denn dafür standen den Firmen und politischen Entscheidungsträgern entsprechende Beratungsfirmen zur Verfügung. Wahrscheinlich könnten die meisten dieser sogenannten ‚Entscheidungshilfen' die betroffenen Personen einige Jahre ins Gefängnis bringen. Um sicherzugehen, inwieweit sie mit ihrer Vermutung richtig lag, fragte sie direkt: „Und was würde von mir konkret erwartet werden, immer vorausgesetzt, ich stimme einer Zusammenarbeit überhaupt zu?"

Werder verzog das Gesicht, als hätte er gerade in eine Zitrone gebissen. Seine umschreibende Formulierung wollte auf jeden Fall so gar nicht zu seiner Antwort passen: „Gut, dass Sie es so direkt ansprechen, Frau von Auerberg. Was getan werden muss, entscheiden nämlich die Mitarbeiter vor Ort immer selbst, natürlich wenn möglich in Rücksprache mit Ihnen als Koordinatorin. Wir verlassen uns da ganz auf Sie, schließlich geht es darum, unsere Kunden dauerhaft an uns zu binden."

„Das war eine Bikini-Antwort, Herr Werder“, lächelte Frau von Auerberg, der es unwahrscheinlich schien, dass sie keine festen Vorgaben bekommen sollte.
„Bikini-Antwort? Wie meinen Sie das?“, fragte Werder ein wenig irritiert.
„Oh, entschuldigen Sie. Mein Mann nannte das immer so, wenn eine Antwort ein wenig die Hintergründe ahnen ließ, aber das Wesentliche verbarg. Reden wir ein wenig Klartext: Uns beiden ist doch völlig bewusst, dass zwar ein gewisses – sagen wir mal – Entgegenkommen Ihrer Mitarbeiterin helfen könnte, dass der Kunde eine bestimmte Entscheidung trifft, aber kein Geschäftsmann von Bedeutung wird seine Entscheidungen davon abhängig machen, ob unsere Mitarbeiterin bereit ist, sich bei bestimmten Fragen erkenntlich zu zeigen. Da braucht es heutzutage doch deutlich mehr an Nachdruck, oder?“
„In diesem Punkt muss ich Ihnen rückhaltlos zustimmen, Frau von Auerberg, aber Sie verstehen sicherlich auch, wie diskret ich sein muss, wenn es um die Auswahl der Mittel geht, die uns zur Verfügung stehen.“
„Es wäre trotzdem schön, wenn ich eine ungefähre Vorstellung bekommen könnte, was von mir erwartet wird“, beharrte Frau von Auerberg auf eine Klärung.
„Na schön. Sagen wir es einmal so: Viele unserer Kunden und natürlich auch Kundinnen besetzen Spitzenfunktionen in Wirtschaft, Politik, Wissenschaft und Verwaltung auf regionaler, nationaler wie internationaler Ebene, wie Sie sich wahrscheinlich bereits denken können. Dementsprechend groß und bedeutend sind auch die Projekte, von denen wir hier sprechen.“
„Klingt sehr interessant, aber …“
„Mehr als interessant, würde ich meinen“, unterbrach Werder, der das Gespräch weiter auf seine Art kontrollieren

wollte. „Wenn ich mir den Hinweis erlauben darf, war dies auch der Grund, warum Ihr Mann einer unserer wichtigsten Geschäftspartner … war. Sie wissen selbst, wie viel sich mit Kunst bewegen lässt."

Bei diesem mehr als zweideutigen Hinweis auf die Tätigkeit ihres Mannes und bei der zögerlichen Verwendung der Vergangenheitsform flackerten ihre Augen kurz auf, aber dann entschied Frau von Auerberg sich doch, dieses Thema nicht zu vertiefen. Stattdessen fragte sie möglichst beiläufig: „Und was ist Ihre konkrete Aufgabe bei der Realisierung dieser Projekte?"

„Als einer der … sagen wir einmal ‚Dienstleister' dieser bedeutenden internationalen Organisation bin ich dafür verantwortlich, mit allen Entscheidungsträgern eine zuverlässige Zusammenarbeit anzustreben und dauerhaft zu sichern. In heiklen Situationen vermittle ich Personen und Dienstleistungen, um möglichst zu einem raschen und befriedigenden Abschluss für alle zu kommen. In diesem Rahmen sollten Sie auch Ihr mögliches Arbeitsfeld sehen." Dass er zudem für die Innere Sicherheit der Organisation verantwortlich war, ließ er unerwähnt.

„Und diese Zusammenarbeit wäre auch im Sinne der betroffenen Kunden?", fragte Frau von Auerberg, obwohl ihr klar war, dass dies kaum der Fall sein konnte, sonst bräuchte man ja keine Hilfe von so zwielichtigen Leuten wie diesem Werder.

„Aber ganz und gar." Werder sagte das in einem Ton, als würde sich die Berücksichtigung aller Interessen von selbst verstehen. „Sehen Sie, Frau von Auerberg, es geht um die Wahrung dauerhafter, wechselseitiger Interessen, wenn Sie verstehen, was ich meine. Da müssen auch schon einmal Einzelinteressen kurzfristig zurücktreten, aber ich kann Ihnen versichern, dass niemand von unseren Kunden bei unse-

ren Regelungen auf lange Hand zu kurz kommt. Schließlich sind wir, um ein Beispiel zu nennen, alle an einem zuverlässig voraussagbaren Trend im Kunstsektor interessiert, damit sich Investitionen auch dauerhaft lohnen. Schließlich wollen sich ja viele Investoren nicht auf ein Glücksspiel einlassen."
Die Angesprochene nickte, obwohl alles andere als geklärt war, wie weit die Hintermänner tatsächlich zu gehen bereit waren, wenn sich jemand offen widersetzte, mit der Organisation zusammenzuarbeiten.
Es überkam sie ein ungutes Gefühl, aber allzu viele Alternativen hatte sie derzeit nicht und es wäre später immer noch Zeit, die Angelegenheit neu zu überdenken oder einzelne Aufträge nicht zu übernehmen, wenn sie sich als zu heikel herausstellen sollten. Bei ihrer derzeitigen Entscheidung ging es ihr weniger um moralische Bedenken als um die offenkundige Gefahr, wie ihr Mann von der Staatsanwaltschaft in ganz Europa verfolgt zu werden.
Was sollte sie machen?
Als Werder ihr Zögern sah, fuhr er gleich in seiner üblichen geschäftsmäßigen Art fort: „Und die Provisionen entsprechen ganz dem, was Sie Ihrer gesellschaftlichen Stellung als Dame der besseren Gesellschaft schuldig sind. Wir bezahlen hervorragende Erfolgshonorare. Lassen Sie mich eine durchschnittliche Summe für einen Einsatz nennen."
Er widmete sich den vor ihm liegenden Papieren, als handele es sich um einen Staatsvertrag. „Zum Beispiel hier: Frau Langer – ich habe den Namen natürlich frei erfunden, um ihre Anonymität zu wahren – hat es nach vier Tagen zu einem erfolgreichen Abschluss geschafft. Sie verstehen sicher, wenn ich hier nicht auf die näheren Hintergründe eingehen kann. Die Prämie des gesicherten Geschäfts betrug 23.455 Euro, das entspricht einem Prozentsatz von achtzehn Prozent." Geschickt vermied Werder, näher darzulegen, auf was genau sich

dieser Anteil bezog und welche Mittel diese Frau anwenden musste, damit es zu diesem Geschäftsabschluss kam.
„Beeindruckend", nickte Frau von Auerberg, die wusste, wie wenig Sinn es machte, an dieser Stelle nachzuhaken, denn Einzelheiten würde sie sowieso nicht herausfinden können. Im Übrigen konnte es ihr auch ziemlich gleichgültig sein.
Werder nickte selbstzufrieden und legte die Unterlagen wieder beiseite. „Ja, sehr effizient, unsere Frau Langer. Auf jeden Fall ist die Honorierung nicht schlecht für vier Tage Arbeit, oder? Hinzu kommt natürlich, dass Frau Langer selbstredend an allen Folgeverträgen beteiligt sein wird. Das versteht sich von selbst."
So wie er das sagte, schien es Frau von Auerberg alles andere als selbstverständlich zu sein, aber das sollte im Augenblick ihr kleinstes Problem darstellen. Sie konnte nicht anders, als neidisch daran zu denken, dass sie mit einem einzigen solchen Abschluss im Moment wieder aus dem Gröbsten heraus wäre.
Werder ließ ihr keine Zeit, kritisch Für und Wider abzuwägen. Rasch fasste er die wesentlichen zwei Punkte zusammen: „In der Regel geht es also A um die Durchführung eines aktuellen Projekts und B, und das ist mindestens genauso wichtig, um die dauerhafte vertrauensvolle Zusammenarbeit sowohl mit den Kunden als auch mit unseren Mitarbeiterinnen und Mitarbeitern. Ihnen als Geschäftsfrau brauche ich es ja nicht ausdrücklich zu erklären, wie wichtig gerade heutzutage die Nutzung von Synergieeffekten ist. Die Zeiten, als jeder noch allein versuchte, sich auf dem Kunstmarkt durchzusetzen, sind längst vorbei."
„Das sehe ich auch so", bestätigte Frau von Auerberg.
„Kann ich also davon ausgehen, dass Sie an einer solchen für alle Seiten profitablen Zusammenarbeit interessiert wären?"
Frau von Auerberg hatte genug geschäftliche Erfahrung,

um zu verstehen, wie wichtig es war, jetzt ein wenig Bedenkzeit zu bekommen. „Würde es Ihnen etwas ausmachen, wenn ich jetzt doch eine Kleinigkeit trinken würde?“

„Einen Sherry vielleicht?“

„Nein danke, ein Mineralwasser würde es für meinen trockenen Hals im Moment schon tun.“

„Aber selbstverständlich.“ Während er geschäftig in einer wuchtig wirkenden Globusbar nach Gläsern und Getränken fischte, überlegte Frau von Auerberg kühl, wie weit sie mit ihren Forderungen gehen könnte.

Nachdem sie mehrere Schlucke getrunken hatte, sagte sie schließlich: „Grundsätzlich könnte ich mir eine Zusammenarbeit mit Ihrem Haus sehr gut vorstellen – immer vorausgesetzt, wir können uns bei den geschäftlichen Bedingungen verständigen – , aber ich kann immer noch nicht sehen, wie wir das zu einer langfristigen Kooperation ausbauen könnten. Sie verstehen sicher, wie wenig ich auf Dauer interessiert sein kann, auf einer untergeordneten Ebene arbeiten zu müssen.“

„Ich sehe, Sie sind eine Frau mit gesunden Prinzipien. Auch für uns ist nur eine längerfristige Verpflichtung unserer Mitarbeiter interessant, schon um die Kosten und den Aufwand ständiger Neueinarbeitungen zu vermeiden.“

Zustimmend nickte Frau von Auerberg, obwohl sie überzeugt war, dass es dabei noch um ganz andere Interessen ging, schließlich konnte der Organisation kaum daran gelegen sein, dass sich bestimmte Informationen an der falschen Stelle rumsprachen.

„Ich könnte mir ein dreistufiges Vorgehen vorstellen“, fuhr Werder selbstsicher fort, schließlich war er auf eine solche Frage vorbereitet. „In der ersten Zeit würden Sie, wie bereits gesagt, zunächst kleinere Aufgaben übernehmen, bevor wir umfangreichere und ergiebigere Projekte miteinander angehen, wo es dann auch um längerfristige Bindungen und komplexere Aufgabenstellungen gehen wird.“

„Und die dritte Stufe würde dann wie aussehen?“, setzte Frau von Auerberg nach.

„Eine Frau mit Ihren Erfahrungen und Qualifikationen ist eigentlich für die reine Abwicklung von Projekten viel zu wichtig.“ Er schaute sich seine wohl manikürten Fingernägel lange an, als würde er dort die Antwort auf eine verborgene Zukunft finden können.

Der ruhige Blick, mit dem Frau von Auerberg ihm beim Betrachten seiner Finger zusah, klärte ausreichend, dass sie sich eine konkretere Antwort erwartete.

Tief seufzte Werder, als müsste er seinen eigenen Prinzipien untreu werden: „Also schön! Ich dachte für Sie natürlich an eine Leitungsfunktion in der Organisationsspitze, wenn … ich betone ausdrücklich, ‚wenn‘ Sie sich bewähren sollten. Es versteht sich wohl von selbst, dass Sie dann auch nicht mehr als selbstständige Dienstleisterin auftreten würden. Aber darüber reden wir, wenn die Möglichkeiten einer dauerhaften Zusammenarbeit hinlänglich abgeklärt wurden.“

Mit einem solch vagen Hinweis wollte sich Frau von Auerberg jedoch nicht zufrieden geben. „Ich bin mir sicher, Sie haben da bereits etwas Konkretes im Hinterkopf, oder?“

Sein anerkennendes Lächeln zeigte ihr, wie richtig sie mit ihrer Vermutung lag. Vage zuckte er mit den Schultern: „Es ist derzeit eigentlich noch etwas zu früh, weil wir uns erst auf der Ebene der Ideenfindung befinden, was den weiteren Auf- und Ausbau einiger notwendiger interner Einrichtungen betrifft. Sie wissen ja selbst, wie aufwendig eine solide Planung für die längere Zukunft sein kann.“

„Und damit wollen Sie was genau sagen?“, fragte Frau von Auerberg, die wieder einmal nur bewunderte, wie geschickt Werder in Gemeinplätze ausweichen konnte.

Etwas zu theatralisch seufzte Werder: „Was immer man Ihnen für kleine Fehler nachsagen könnte, Mangel an Hartnäckigkeit gehört bestimmt nicht dazu."
„Was keine Antwort auf meine Frage darstellt."
„Also gut, Sie könnten – wenn ich mir den Hinweis auf Ihre Reife erlauben darf – durchaus Ihre einschlägigen Erfahrungen im Kunstbereich an Multiplikatoren weitergeben, die ihrerseits die Ausbildung an der Basis übernehmen. Wir diskutieren derzeit über eine Einrichtung, in der Sie ja möglicherweise die Leitung übernehmen könnten. Nach meinem ersten positiven Eindruck könnte ich mir das zumindest sehr gut vorstellen. Immer vorausgesetzt, wir werden uns handelseinig und Sie bewähren sich zunächst bei den unterschiedlichen Anfangsprojekten."
Als Frau von Auerberg das gesunde rechte Auge des Mannes abschätzend auf sich gerichtet sah, hatte sie den sicheren Eindruck, sie wäre bereits längst bei diesem Spiel mit eingeplant.
Noch war Zeit, Nein zu sagen.

Jahre nach jener Nacht

Was die Hintergründe jener Nacht anging, hatte sie immer mit gutem Grund geschwiegen: Sie wollte ihre Gerechtigkeit nicht der Polizei überlassen. Dem ermittelnden Kommissar, der von Zeit zu Zeit im Krankenhaus und später in den verschiedenen Reha-Einrichtungen vorbeischaute, erzählte sie etwas von „mitten in der Nacht per Anhalter gefahren". Ansonsten hielt sie sich strikt an die Tatsachen: Gescheiterter Fluchtversuch. Eskalierende Gewalttat, bei der sie nur überlebt hatte, weil die völlig durchgeknallten Täter von einer Zeugin gestört worden waren. Aber auch an diese Frau habe sie keine konkreten Erinnerungen.

Die Beschreibungen der drei Jugendlichen und deren Auto hielt Burgel bewusst vage: Sie hatte keine Ahnung von Automarken und auf das Nummernschild hatte sie auch nicht geachtet.

Kurz, angeblich konnte sie sich an nichts mehr erinnern. Der Kommissar von der Kemptener Kriminalpolizei hatte ihr dies geglaubt. Retrograde Amnesie – teilweiser Gedächtnisverlust – war bei traumatischen Erlebnissen nicht selten. Außerdem, welche Gründe könnte die junge Frau auch haben, etwas über die rücksichtslosen Täter verheimlichen zu wollen.

Er hatte ja nicht ahnen können, dass diese unbedarft wirkende Frau ihr Wissen nutzen würde: Zwei der drei jungen Männer mussten die Erfahrung machen, welch gute Jägerin sie war. Innerhalb von fünf Jahren bezahlten sie ihre Tat mit ihrem Leben. Einer nach dem anderen. Gut geplante „Unfälle". Maxi ertrank bei einem Badeurlaub auf Sylt. Franz wurde in einen tödlichen Autounfall verwickelt. Niemand

hatte jemals Verdacht geschöpft. Niemand brachte diese traumatisierte Frau mit deren Tod in Verbindung.
Oder besser gesagt, fast niemand: Hannes hatte wohl gerade noch rechtzeitig mitbekommen, wie wenig es sich dabei um wirkliche Unfälle gehandelt hatte, vor allem nachdem er selbst einem Brandanschlag in seiner Immenstädter Wohnung nur knapp entkommen konnte. Seitdem war er untergetaucht … Aber auf ihrer Liste war er nicht vergessen.
Sie nahm es mit einer gewissen Gelassenheit, denn ihr war klar: Eine Jägerin musste eben Geduld haben. Und dann blieb ihr auch noch ihre Arbeit. Sie verdiente gut, gab aber auch sehr viel Geld aus. Nachdem ihre Mutter ebenfalls durch einen „tragischen Unfall“ ums Leben gekommen war, kam sie zu einer nicht unerheblichen Erbschaft.
Aber Geld war für sie seit dem Unfall nur ein Mittel zum Zweck. Sie wollte mehr, weit mehr.

Oktober 2008

05. Oktober 2008, 16.39 Uhr
Oh, wie sehr diese Orgelmusik von Sebastian Bach in das barocke Ambiente der Klosterkirche in Irsee passte. Bewundernd ließ sie ihren Blick über das hohe bemalte Gewölbe schweifen. Stuckarbeiten von unsäglicher Schönheit. Wessobrunner Kunst. Es gab nur wenige Barockkirchen im Allgäu, die sich mit dieser Prachtentfaltung messen konnten. Die Benediktinerkirche in Ottobeuren oder die Wieskirche. Für viele Menschen nicht gerade der passende Ort für ein geschäftliches Treffen, aber sie hatte sich bewusst dafür entschieden, als sie dieser Mann am Morgen anrief …
„Herr Werder, Ihr Vertrauen in mich ehrt mich, aber ich glaube nicht, Ihnen in irgendeiner Weise dienlich sein zu können."
So hatte sie zunächst versucht, den Mann abzuwimmeln.
„Ich hätte eine sehr lukrative Aufgabe für Sie. Ich bin mir ganz sicher, Sie wären mit Ihren Qualifikationen als Journalistin, die sich auf Kunst spezialisiert hat, genau die Richtige, Frau Fuchs."
„Wie können Sie das wissen?"
„Ich bitte Sie, welche Frage! Es gibt kaum einen Artikel im Kunstbereich, den ich von Ihnen nicht gelesen hätte."
Sie mochte diese plumpen Schmeicheleien nicht besonders gerne. Dementsprechend harsch war auch ihre Reaktion: „Herr Werder, ich fürchte, ich habe nicht viel Zeit …"
„Das ist kein Problem. Ich verspreche Ihnen, es wird nicht lange dauern. Eine Viertelstunde, höchstens. Und Sie können selbstverständlich entscheiden, wo und wann wir uns treffen. Ich mache gerade ein paar Tage Urlaub im Allgäu. Verfügen Sie ganz über mich."

Sie hatte gezögert, hatte überlegt und dann hatte sie sich für die Kirche in Irsee entschieden.
Er hatte nicht gezögert. Wahrscheinlich wäre er auch mit einem Treffen im Löwenkäfig des Augsburger Zoos einverstanden gewesen. „Die Klosterkirche in Irsee? Selbstverständlich können wir uns dort treffen. Darf ich fragen, warum dort?“
„Außergewöhnliche Gespräche erfordern außergewöhnliche Orte. Aber es gibt auch einen praktischen Grund“, hatte sie rasch hinzugefügt.
„Sie schreiben einen Artikel über barocke Kunst?“, hatte er aufs Geratewohl gefragt.
„Nein, es gibt heute dort ein Orgelkonzert von Sebastian Bach, seit Wochen freue ich mich schon darauf.“
„Und wann können wir dann miteinander sprechen?“
„Das Konzert wird wohl bis halb fünf dauern. Sagen wir um fünf Uhr, dann sind wir auf der sicheren Seite. Ich werde in der Kirche auf Sie warten.“
Auch für die halbe Stunde Pause hatte sie sich bewusst entschieden, denn sie brauchte Zeit, wollte nachdenken, wollte sich erinnern, wollte …
Ihre Augen blieben in ihrer Erinnerung an dieses morgendliche Telefongespräch an der wunderschönen Orgel hängen, während ihre Gedanken sich wieder einmal weit in ihre Vergangenheit verloren …
Schon immer begabt für Sprachen studierte sie in Eichstätt Journalismus, arbeitete dann als freie Journalistin. Sie studierte im Fernstudium noch einmal Kunst und spezialisierte sich beim Schreiben auf diesen Bereich. Und dies mit zunehmendem Erfolg. Ihre Artikel waren nicht nur in Fachkreisen gefragt.
Als Rolf Werder eine halbe Stunde später in der Klostergaststätte versuchte, sie mit lukrativen Einnahmen zu ködern,

reagierte sie entsprechend abweisend: „Herr Werder, Sie sind nicht der Erste, der versucht, mich, oder besser gesagt meine Meinung als Journalistin zu kaufen. Wenn Geld Ihr einziges Argument bleibt, dann betrachten Sie unser Gespräch bitte hiermit als beendet. Ich ging eigentlich davon aus, Sie hätten sich besser auf unser Gespräch vorbereitet."
„Ich sehe, Sie sind eine Frau mit Prinzipien", hatte er sie kühl angelächelt, ohne auf den versteckten Vorwurf einzugehen. „Sicherlich kein einfaches Leben als alleinstehende Frau."
„Wenn Sie glauben, Sie können mich einschüchtern, dann …"
„Aber nein! Wer redet von Einschüchtern. Ich dachte nur, in Ihrer Lage wären Sie vielleicht ganz froh, wenn wir Ihnen bei der ein oder anderen Aufgabe behilflich sein könnten."
„Danke für Ihr Angebot, aber ich komme ganz gut allein zurecht, Herr Werder." Sie wusste, dass er sich so leicht nicht abweisen lassen würde, aber sie wollte es ihm auch nicht zu einfach machen.
„Davon gehe ich ebenfalls aus. Ich dachte ja nur, es könnte nicht schaden, wenn wir Ihnen helfen, Kontakt zu bestimmten Leuten aufzunehmen."
„Dafür brauche ich kaum Ihre Unterstützung, Herr Werder."
„Sagen Sie das nicht. Es gibt da ganz bestimmte Leute, die untertauchen mussten …"
Es war nicht erforderlich, auf nähere Details einzugehen. Sie hatte sich getäuscht, als sie annahm, Werder hätte seine Hausaufgaben vor ihrem Gespräch nicht gemacht. Er musste Bescheid wissen – zumindest in groben Zügen – und verstand es geschickt, sie dies auch wissen zu lassen.
Aus reiner Neugier, wie er reagieren würde, fragte sie: „Und wenn ich doch bei meiner Absage bleiben würde?"
„Hören Sie, Frau Fuchs! Wir sind an einer langfristigen und vor allem einvernehmlichen Zusammenarbeit interessiert.

Natürlich verfügen wir über ausreichende Informationen, um Sie unter Druck zu setzen."
„Was für Informationen denn?"
„Nichts, was wir wirklich benutzen wollten. Nur so viel: Wir teilen doch alle das gemeinsame Interesse, neue Akzente im Kunstbereich zu setzen, nicht wahr? Da haben Sie doch schon einige Erfahrungen gesammelt und Ihr Schaden war es, nach allem was man hört, auch nicht."
Da es keinen Sinn machte, das Spiel weiterzuspielen, lenkte sie ein: „Also gut. Ich könnte mir eine Zusammenarbeit unter zwei Bedingungen vorstellen. Wenn ich bei Ihnen mitmache, dann nur auf einer selbstständigen Basis. Ich bin es nicht gewohnt, einfach nur das durchzuführen, was andere mir anschaffen."
„Und was wollen Sie genau?"
„Eigener Aufgabenbereich."
„Lässt sich bei Ihrer Qualifikation durchaus denken. Müsste allerdings erst Rücksprache halten. Und die zweite Bedingung?"
„Da fragen Sie noch? Sie vergessen, was Sie über mich herausgefunden haben."
Er nickte. „Wir werden in Zukunft die Probleme dieser Art gemeinsam angehen, wenn Sie sich bewähren."

31. Oktober 2008, 19.23 Uhr

Die stillende Frau schreckte wie gewöhnlich heftig aus ihren Gedanken auf, als sie das unerwartete Geräusch an der Haustür hörte. Ihre Hand suchte leicht zitternd in der Tasche ihrer Küchenschürze nach der kleinen Pistole, die sie immer dabei hatte, aber im nächsten Moment entspannten sich ihre Züge bereits wieder, als sie das Drehen des Schlüssels im Schloss und den vertrauten Gang auf dem Flur hörte.

„Schön, dass du kommst, Alois!", sagte sie gleich erleichtert, als der alte Mann die Tür zur behaglich warmen Wohnzimmerküche aufdrückte. Das strahlende Lächeln auf dem Gesicht der knapp dreißigjährigen Frau zeigte ihm gleich, wie ehrlich sie das meinte.
„Hallo Kathi, wie geht's dir? Was macht der Kleine?" Der Alte wies mit dem Kopf auf das Baby.
„Uns beiden geht es doch immer gut, wenn du kommst. Mit den Zähnchen hat Hanno ein wenig Probleme, aber es geht schon wieder." Ihr liebevoller Blick blieb auf dem flaumigen Kopf ihres Kindes hängen, als sie es von der Brust nahm, und ihm mit einer Stoffwindel sanft über sein Mündchen strich, während sie mit der anderen Hand ihre rote Umhängeschürze und die weiße Bluse wieder in Ordnung brachte. Deutlich war Katharina Scheibles glücklichem Lächeln anzusehen, dass sie nichts mehr in der Welt liebte als ihren Sohn, wenn es auch immer wieder Probleme in den vergangenen Monaten mit ihm gegeben hatte. Alois hatte ihr bei der Geburt hier auf dem verlassenen Hof geholfen, weil sie es nicht gewagt hatte, sich offen an einen Arzt oder an eine Hebamme zu wenden. Es war gut gegangen, aber sie wollte nicht wissen, was sie machen würde, wenn Hanno wirklich einmal ernstlich krank werden sollte.
„Alois, setz dich doch! Ich mach gleich etwas zu essen für uns. Ich hatte gar nicht mit dir gerechnet. Du hast ja am Mittag am Telefon gesagt, du wärst heute wieder unterwegs, da habe ich schon damit gerechnet, den Freitagabend allein hier verbringen zu müssen."
„Daheim in Kempten ist mir die Decke auf den Kopf gefallen, da dachte ich, fahr doch mal rasch rüber zur Kathi und lass uns ein wenig über die alten Meister reden."
„Das war eine gute Idee von dir. Ich freu mich wirklich, dass du hergekommen bist." Als wäre ihr gerade was eingefallen,

schaute sie ihn fragend an. „Was ist mit der Vernissage im Kunsthaus in Kaufbeuren? Wolltest du da nicht eigentlich hin? Du verpasst doch sonst kaum etwas, wenn deine Allgäuer Kollegen sich treffen."

Der etwa siebzigjährige Mann seufzte und winkte müde mit der Hand ab. „Mehr und mehr beneide ich dich, wie du hier so zurückgezogen im Allgäu mit deinem Kleinen leben kannst. Dieser ganze Kunstkrempel wird mir langsam zu viel. Immer dieselben Sprüche." Er setzte eine Kennermiene auf und sagte mit künstlich hoher Stimme: „Sehr avantgardistisch, sehr lichtbetont, die Farben allerdings etwas zu grell. Findest du nicht auch, mein lieber Alois?"

Sie belohnte seine gekonnte Schauspieleinlage mit einem fröhlichen Lachen.

„Du hast gut lachen, aber ich kann dieses künstliche, nichtssagende Gerede manchmal nicht mehr hören."

„Kann ich gut verstehen, aber einer von uns beiden muss sich ja um die Kontakte bemühen und ich kann mich wohl kaum mehr irgendwo sehen lassen, wenn mir mein Leben noch etwas wert ist."

„Weiß ich doch, Kathi. Aber in letzter Zeit kommt mir immer häufiger der Gedanke, meine Wohnung in Kempten aufzugeben und ganz zu dir zu ziehen. Ich bin ja sowieso die halbe Zeit hier bei dir."

Katharina Scheible nickte begeistert: „Das habe ich dir doch schon immer vorgeschlagen. Deine Nachbarn in Kempten werden sich doch sowieso schon wundern, wo du ständig unterwegs bist."

„Mitten in der Stadt? Meine Nachbarn dort dürften kaum die Leute sein, die wissen wollen, wohin ein alter Mann wie ich ständig unterwegs sein könnte. Andererseits geht es auch keinen etwas an, dass ich ein Einsiedlerhaus hier ganz in der Nähe von Wildpoldsried habe, wo ich mit der

bezaubernsten Künstlerin des ganzen Allgäus zusammenarbeiten darf."
„Alois, du sollst mich nicht immer so auf den Arm nehmen."
„Tue ich doch gar nicht. Das Problem ist nur, hierhin kann ich niemanden mitbringen. Es soll dich ja schließlich niemand sehen."
„Na ja, die Wohnung in Kempten kannst du ja trotzdem als Fassade für deine Kunstgeschäfte behalten. Apropos Geschäfte: Sobald ich Hanno ins Bett gebracht habe, muss ich unbedingt mit dir in Ruhe reden. Mir gehen da bestimmte Dinge in letzter Zeit einfach nicht mehr aus dem Kopf."
„Du meinst, wegen unserer Bilder, unserer gemeinsamen Arbeit, Katharina?" Er nannte sie nur dann Katharina, wenn es um irgendwelche offiziellen Sachen wie ihre künstlerische Zusammenarbeit ging, ansonsten blieb er bei einem liebevollen „Kathi".
„Ja, auch über unsere Arbeit, aber zuerst muss ich diesen Nimmersatt hier ins Bett bringen, sonst bekommen wir den ganzen Abend keine Chance, ungestört zu reden." Sie knuddelte das Baby fest an sich und hielt es dann dem alten Mann entgegen. „Gib Onkel Alois ein Küsschen."
Als sich das bärtige Gesicht des Mannes dem Gesichtchen näherte, gluckste der Kleine vor Vergnügen. Der Alte gab dem Kind mit spitzen Lippen ein Küsschen auf die Stirne was den Kleinen begeistert aufkrähen ließ und der Mutter ein zufriedenes Lachen entlockte.
„Es scheint euch beiden ja sehr gut zu gehen", brummte der Alte.
„Und ob! Du glaubst gar nicht, Alois, wie froh ich bin, Hanno trotz allem zur Welt gebracht zu haben. Nach dieser Geschichte mit Rolf wollte ich ihn ja eigentlich zuerst, du weißt schon …"

„Das wäre auch keine wirkliche Lösung gewesen. Der Kleine kann ja überhaupt nichts dafür, was sein Vater gemacht hat." Einen Moment sah der alte Mann Katharina fragend an. „Glaubst du nicht doch, Rolf könnte etwas von seinem Kind wissen?"

Katharina machte eine wegwerfende Handbewegung: „Vergiss es! Wenn Rolf etwas von dem Kleinen geahnt hätte, hätte er mich auf der Stelle gezwungen, es wegzumachen. Ich kann von Glück sagen, dass ich Leute wie dich und Wegner getroffen habe, sonst wäre ich nie mit heiler Haut davongekommen."

„Wieso meinst du?"

„Na ja, Wegner und du seid ganz anders als dieser Typ. Ihr beiden denkt nicht immer nur an euch."

„Es gab einmal eine Zeit, da warst du ganz glücklich mit Rolf, trotz der Dinge, die ganz am Schluss passierten."

Eher unbewusst ballte sie ihre Hand zur Faust. „Erinnere mich bloß nicht daran! Ich begreife heute noch nicht, wie ich überhaupt auf jemanden wie ihn reinfallen konnte. Jede Wette, dass er von Anfang an nichts anderes vorhatte, als mich für seine schmutzigen Geschäfte zu benutzen."

Der Alte schien kurz in sich hineinzuhorchen, bevor er zustimmend nickte: „Da hast du wahrscheinlich recht, allerdings scheint sich seither einiges verändert zu haben."

Mit einem Ruck wandte sie sich ihrem väterlichen Freund zu. „Du hast ihm doch nicht etwa hinterherspioniert?"

„Doch, habe ich."

„Aber …"

„Lass mal gut sein, Kathi", sagte er mit einer beschwichtigenden Handbewegung. „Es kann nicht schaden, wenn man den Gegner etwas im Auge behält. Ich habe übrigens auch nur einige Erkundigungen einziehen lassen. Keine Angst! Ganz diskret. Wegner hat mir ein wenig dabei geholfen."

„Und? Was ist dabei herausgekommen? Nun rede doch endlich und spanne mich nicht so auf die Folter!"
„Nur mal langsam mit den jungen Pferden, meine Liebe! Nach der Geschichte mit dir war Rolf wohl einige Monate im Krankenhaus. Man hat die Verätzungen im Gesicht so weit wieder hinbekommen. Das linke Auge konnten sie allerdings nicht retten."
„Wahrscheinlich hat einer der Pinsel das Auge verletzt."
„Gut möglich. Es heißt, Rolf würde ständig eine Augenklappe tragen."
„Geschieht ihm ganz recht! Hätte die Finger von mir lassen sollen. Und was ist mit seinem Vermittlungsservice?" Katharina war über sich selbst erstaunt, wie sie nach dem seither fast vergangenen Jahr immer noch so heftig reagieren konnte, wenn die Rede von ihrem Exfreund war.
„Kathi, soweit ich das verstehe, hat er sich etwas aus dem direkten Geschäft zurückgezogen. Es heißt, jetzt sollen andere für ihn die Vermittlung leiten. Er selbst scheint ganz diskret die Fäden im Hintergrund zu ziehen. Keine Ahnung. Alles nur Gerüchte. Genaueres weiß man nicht." Vage zuckte Alois die breiten Schultern.
„Und was erzählt man sich sonst so?", setzte Katharina nach.
„Rolf soll inzwischen ganz abgetaucht sein. Wahrscheinlich fällt er mit dieser Augenklappe auch zu sehr auf. Wie es heißt, vermittelt er bestimmte Leute, die … Ach, ich weiß auch nicht recht … Irgendwelche Unterweltgeschichten, aus denen man sich besser heraushält. Auf jeden Fall müssen wir davon ausgehen, dass er noch am Leben ist. Und das ist für dich keine besonders gute Nachricht."
Beide starrten sie gedankenverloren vor sich hin, wobei Katharina dem Baby auf die Schulter klopfte, damit es ein Bäuerchen machte.

„Meinst du, er ist immer noch auf der Suche nach mir?“, fragte sie nach einer Weile.
„Ich weiß es nicht. Wirklich nicht. Aber besser, wir gehen einfach davon aus, dass er ein Gedächtnis wie ein Elefant hat. Wir haben keinen Grund, unvorsichtig zu sein.“
„Denkst du, ich bin hier wirklich sicher?“ Ihr ängstlicher Blick huschte durch den Raum, als könnte sie bereits jemand insgeheim beobachten.
„Es gibt einige Dinge, die dafür sprechen, dass du dir keine Sorgen zu machen brauchst. Außer mir und Wegner weiß niemand, dass ich dich mit deinem Kind hier unter falschem Namen untergebracht habe.“
„So abgelegen wie der Hof hier liegt, wird es hoffentlich auch eine Weile so bleiben.“
„Wie auch immer, Kathi, ich an Rolfs Stelle würde auch eher annehmen, du hättest dich irgendwo im Ausland in Sicherheit gebracht, nachdem seine Leute dich ja bei deinen Eltern in Marktoberdorf nicht gefunden haben. Er wird kaum glauben, du seist unter diesen Umständen in Bayern geblieben. Und es gibt auch keinerlei Verbindung zwischen dir und mir, von der jemand außer Wegner wissen könnte. Und der wird nichts weiter verraten. Ganz sicher nicht …“
„Wart mal, Alois! Ich glaube, Hanno ist gerade eingeschlafen. Ich lege ihn in seine Wiege, die du für ihn gebaut hast. Wir reden dann danach weiter.“ Im nächsten Moment war sie bereits mit dem Kleinen über der Schulter ins Nachbarzimmer verschwunden.
Alois dachte für einen Moment an die Eröffnung der Albrecht-Dürer-Ausstellung im Kunsthaus in Kaufbeuren. Er konnte kaum ahnen, dass ihn die aktuellen Ereignisse dort trotz seiner Abwesenheit für längere Zeit beschäftigen würden.

31. Oktober 2008, 20.12 Uhr

Wochenlang hingen bereits die Plakate mit der Aufschrift „Albrecht Dürer – Meisterwerke der Renaissance“ in und um Kaufbeuren, um auf die Ausstellung bis Anfang Februar des folgenden Jahres aufmerksam zu machen. So lange waren auch schon die minutiösen Planungen für einen spektakulären Kunstraub am Laufen.

Dass gerade die Ausstellungseröffnung für den Coup vorgesehen war, hatte gute Gründe. In den vergangenen Wochen war die Polizei mehrmals durch gut inszenierte Fehlalarme vergeblich im Kunsthaus angerückt. Eine vermeintlich technische Ursache, die allerdings trotz intensiver Bemühungen nicht geklärt werden konnte.

Deswegen hatten sich Leitung und Vorstand entschlossen, während der Eröffnungsfeier die Alarmanlage, die die Bilder sicherte, einfach auszuschalten, schließlich wollte sich niemand zum Gespött im ganzen Allgäu machen, wenn der Alarm wieder einmal völlig sinnlos ausgelöst wurde. Diese Entscheidung wurde auf höchster Ebene von allen für gut befunden oder zumindest gebilligt, weil eine Entwendung eines Kunstwerks während der Ausstellungseröffnung nicht denkbar war. An den beiden Ausgängen hatte man umsichtig zwei Sicherheitsbeamte platziert, damit man sich später keine unnötigen Vorwürfe machen musste, irgendwelche Sicherheitsmaßnahmen übersehen zu haben.

In einem Punkt hatte der Vorstand aber von Anfang an unrecht: Die kleinen Sicherheitslücken blieben nicht geheim, dafür arbeiteten einfach zu viele Teilzeitkräfte in dieser kleinen Einrichtung, die an einem lukrativen Nebenverdienst nicht uninteressiert waren. Dementsprechend war alles gut vorbereitet …

Fünf dunkel gekleidete Männer hatten sich im ersten Stock des Kunsthauses in Kaufbeuren unter die etwa achtzig gela-

denen Besucher gemischt. Ein weiterer zu dieser Bande von Kunstdieben gehörender Mann hatte sich im Foyer scheinbar intensiv in die Lektüre ausliegender Dürer-Bücher vertieft. Von Zeit zu Zeit sah er nervös auf seine Uhr und dann vom Bücherregal zur Tür, als würde er ungeduldig auf jemanden warten. Dass er dabei Anweisungen in seinen Hörstöpseln lauschte, war weder dem Fräulein hinter der Kasse noch den beiden Sicherheitsbeamten an den Türen aufgefallen.
Hin und wieder warf er auch einen verstohlenen Blick hinter die Kassentheke, aber die junge Dame schien den Überwachungsmonitoren nur ein sehr oberflächliches Interesse zu widmen, da ihr das intensive Studium ihres Nagellacks viel mehr am Herzen zu liegen schien. Der Mann war sich nicht sicher, ob die Dame möglicherweise für ihre offenkundige Nachlässigkeit honoriert wurde.
Alle Männer hätten auf Anfrage eine Einladung vorzeigen können, die sowieso nur aus einem kopierten Brief von der Leitung des Kunsthauses bestand, aber niemand hatte sie ausdrücklich danach gefragt. Die Herren hatten sorgsam darauf geachtet, damit sie nicht von den Pressefotografen aufgenommen wurden, schließlich war keiner der routinierten Kunsträuber daran interessiert, sein Gesicht in den nächsten Tagen in der Zeitung zu finden.
Während einige Besucher ihre ungeteilte Aufmerksamkeit der Eröffnungsrede der Museumsleiterin und des geladenen Oberbürgermeisters widmeten, schielten die Herren im ersten Stock bereits zu den bedeutendsten Kunstwerken der Ausstellung herüber. Nur durch besondere Beziehungen war es gelungen, die beiden weltbekannten Kupferstiche „Der heilige Hieronymus im Gehäus“ und „Melancholie“ als Leihgaben zu bekommen.
Alles war in den vergangenen Tagen auf das Beste vorbereitet worden. Bei dem hektischen Hin und Her des Auf-

baus in den vergangenen Tagen war es gelungen, mit den anderen Exponaten eine zusätzliche Kiste ins Kunsthaus zu schmuggeln. Die leicht zu öffnende Kiste lag seitdem in einem überfüllten Regal in einem Lagerraum, der unmittelbar neben dem Ausstellungsraum im ersten Stock lag.
Die Kunsträuber brauchten eine gute halbe Stunde Geduld, bevor sich die Besucher hinter der Leiterin des Kunsthauses in langer Prozession in den zweiten Stock begaben, um dort weitere ausgewählte Werke des Renaissance-Künstlers anzuschauen. Einer der Räuber folgte dem Zug, blieb aber auf der schmalen Wendeltreppe scheinbar unentschlossen stehen. Diese Vorsichtsmaßnahme schien den erfahrenen Tätern erforderlich, falls sich einer der Besucher doch entscheiden sollte, seinen Aufenthalt zu verkürzen.
Die anderen Kunstdiebe taten so, als wären sie an den kulinarischen Köstlichkeiten des Büffets weit mehr interessiert als an den Exponaten im Obergeschoss. Einer hatte nur ein kurzes Wort in sein Handy geflüstert. Daraufhin bewegte sich der Mann im Foyer mit einem der ausliegenden Dürer-Bücher in der Hand zur sichtlich gelangweilten jungen Frau hinter der Kassentheke.
Beide Sicherheitsbeamten an den weit auseinanderliegenden Türen schauten herüber, sahen aber nur, wie dieser dunkel gekleidete Mann, der den ganzen Abend schon auf jemanden zu warten schien, in eine langatmige Fachdiskussion über das Buch mit der jungen Angestellten vertieft schien. Da der kunstinteressierte Herr einige Fragen zu den abgedruckten Bildern stellte, fand die junge Frau auch gar keine Zeit, zu den Monitoren der Überwachungskameras zu schauen.
Im ersten Stock verschwanden zwei der dunkel gekleideten Männer in dem Lagerraum, während die anderen beiden zu den echten Kupferstichen gingen, um sie abzuhängen.

Es war zwar nicht ihre persönliche Bestzeit, aber sie lagen deutlich unter einer Viertelminute, um die zwei echten Dürer-Bilder mit den zwei inzwischen aus dem Lagerraum gebrachten Fälschungen zu vertauschen.
Unten an der Kassentheke fragte der Mann die junge Frau nach der Uhrzeit, die dafür umständlich ihr Smartphone bemühte und es so vorsichtig bediente, als wäre es aus reinem Glas.
„Was, schon so spät?" Nach diesen Worten war der Mann dann der Erste, der das Kunsthaus verließ. Die anderen fünf mischten sich nach getaner Arbeit unter die anderen geladenen Besucher, um die Kunstwerke im zweiten Stock anzuschauen und dem kalten Büffet zuzusprechen. Nach und nach verließen sie getrennt die Ausstellungseröffnung, ohne das Interesse des zusätzlich bestellten Wachdienstes zu erwecken.
Der Rest war nicht mehr ihr Problem.
Gegen eine großzügige, wenn auch nicht übertriebene Bezahlung, brachte der Hausmeister persönlich in den nächsten Tagen eine von der letzten Ausstellung versehentlich stehen gebliebene Kiste nach Augsburg. Er konnte ja nicht ahnen, dass er auf Schritt und Tritt beobachtet wurde, damit er die kostbare Fracht nicht versehentlich an der falschen Adresse ablieferte.
Erst im Rahmen von Restaurierungsmaßnahmen im Jahr 2010 wurde entdeckt, dass es sich bei dem Werk „Melancholie" um eine Fälschung handelte. Diese Entdeckung war eher eine der seltenen Ausnahmen, denn auf ähnliche Weise hatten die Täter hunderte Male auf der ganzen Welt Kunstwerke von unschätzbarem Wert für die Organisation gestohlen, ohne dass später Fragen gestellt wurden. Ohne Frage gab es da im Hintergrund einen genialen Kopf, der sich einiges einfallen ließ.

Die besagte Fälschung „Melancholie" stammte übrigens von einem Mann, dessen Identität die Kriminalpolizei nicht kannte und von dem nur einer der an dem Raub beteiligten Männer zu glauben wusste, dass es sich bei diesem genialen Fälscher um einen alten Allgäuer handelte, der auf den Namen Alois hörte.
Dieser erfuhr erst nach der Entdeckung durch Fotos in der Presse, was aus seinem Kupferstich geworden war, ohne jedoch jemals zu erfahren, dass er sich zum Zeitpunkt des Tausches seiner Fälschungen mit einer jungen Frau nicht einmal fünfzig Kilometer entfernt von Kaufbeuren unterhalten hatte …

31. Oktober 2008, 21.12 Uhr

Erst nach dem gemeinsamen Abendessen nahm Alois das angefangene Gespräch wieder auf. „Kathi, weil wir ja vorhin von deiner Sicherheit gesprochen haben. Hier auf dem abgelegenen Hof bist du relativ geschützt, aber du solltest dich trotzdem in den nächsten Jahren fest an bestimmte Regeln halten. Sicher ist sicher. Du trägst doch immer die Pistole, die ich besorgt habe, bei dir, oder?"
„Klar!", sagte Katharina, wobei sie auf die rechte Tasche ihrer Umhängeschürze klopfte. „Wenn jemand von Hanno oder mir was will, werde ich sie auch ohne Bedenken benutzen, darauf kannst du dich verlassen."
Alois lächelte ihr zu: „Gut so! Und was die Kunst betrifft, bleibt es bei unserer Vereinbarung. Niemand erfährt, dass wir die Bilder zusammen malen. Auf jeden Fall nicht von mir."
„Gut, dass du selbst damit anfängst. Genau darüber wollte ich mich mit dir schon lange unterhalten. Glaubst du wirklich nicht, dass die Polizei uns früher oder später auf die Spur kommen könnte? Ich meine, bei den Gemälden,

Zeichnungen und Kupferstichen, die wir …", sie zögerte, bevor sie einen Moment später den angefangenen Satz verlegen zu Ende führte, „na ja, die wir zusammen … herstellen. Es geht da doch um riesige Summen."

Aus irgendeinem unerfindlichen Grund scheute Katharina davor zurück, einfach das Wort „fälschen" zu verwenden, was für Alois ganz und gar nicht galt, denn er sagte gleich: „Das Risiko ist relativ gering für uns. Selbst wenn einmal ein Bild als gefälscht enttarnt würde, was ich nicht wirklich glaube, wird niemand es auf mich … äh … auf uns zurückverfolgen können."

Katharina stemmte herausfordernd beide Hände in die Taille. „Ich weiß nicht, wie du dir da so sicher sein kannst."

Entschlossen ging er auf sie zu und streichelte ihr beschwichtigend über den rechten Arm. „Aber Katharina! Jetzt hör mal! Wer auch immer diese Leute sind, die diese ganze Kunstgeschichte aufgezogen haben, sie verstehen etwas davon. Da kannst du sagen, was du willst."

Ihre Augen suchten ängstlich bei ihm Rat. „Ich weiß, wie gut du und diese Leute im Hintergrund in dem Geschäft sind, aber trotzdem …" Ihre Stimme versiegte, bis sie wenig später erneut einen Anlauf nahm. „Manchmal werden auch Organisationen von der Polizei unterlaufen, oder jemand trinkt zu viel, oder … irgendein Kunstkenner, ein Restaurator vielleicht … Was weiß ich, was da alles passieren kann. Wir wären nicht die Ersten, die auffliegen würden."

Behutsam streichelte er weiter über ihren Arm. „Mach dir keine Gedanken. Niemand hat die geringste Ahnung in dieser Organisation, dass ich in letzter Zeit die Bilder nicht alleine mache. Und genauso wenig weiß ich, mit welchen Experten, Händlern, Auktionshäusern und Galerien diese Leute zusammenarbeiten. Ist auch besser so. Glaub mir! So kann keiner viel über die anderen verraten."

„Du hast mir niemals erzählt, wie du Kontakt zu dieser Organisation hältst."
„Kannst du ruhig wissen, ist schließlich kein Geheimnis. Mit codierten Anzeigen teilen sie mir in einer bestimmten Fachzeitschrift für den Kunsthandel mit, was sie aktuell konkret suchen und was sie bereit sind, dafür zu zahlen und wann sie die Arbeit spätestens haben müssen. Sie haben da eine versierte Journalistin an der Hand, die ihr Handwerk versteht. Mehr brauchst du für den Moment auch nicht darüber zu wissen."
Alois war sensibel genug, ihren fragenden Blick zu verstehen: „Für den Fall, dass mir etwas passieren sollte … ich meine, in meinem Alter kann man ja nie wissen, habe ich dafür gesorgt, dass du die konkreten Einzelheiten dann erfährst. Du kannst dich darauf fest verlassen. Wegner wird in diesem Fall auf dich zukommen. Er bewahrt einen Umschlag mit allen Informationen, die für dich wichtig sind. Aber das ist nur für den Fall der Fälle."
„Weiß Wegner, dass wir … dass du … Ach, du weißt schon?"
„Nein, ganz bestimmt nicht! So weit geht unsere Freundschaft dann doch nicht. Aber ich bin sicher, der wird den Umschlag nie aufmachen. In der Beziehung ist absolut Verlass auf ihn."
Katharina schenkte beiden etwas Wein nach, bevor sie das Thema wechselte: „Und das mit dem Geld, ich meine, den Honoraren für die Bilder, hat bisher immer gestimmt? Gab es da nie irgendwelche Probleme?"
„Und ob das Geld stimmt. Auf den Cent genau! Die wollen ja schließlich auch noch weiter mit uns, äh … mit mir zusammenarbeiten."
„Wie funktioniert das?"
„Liechtensteiner Nummernkonto! Ich bin mir auch relativ sicher, dass wir beiden nicht die einzigen Künstler sind, die

für diese Organisation arbeiten. Ich werde mich aber hüten, mich allzu neugierig zu zeigen. Bin doch nicht verrückt!"
„Du meinst, die würden … Sie könnten …?"
„Die würden sicher auf die eine oder andere Weise klarstellen, dass ihre Geschäfte ungestört weitergehen können."
„Und dann?"
„Weiß ich nicht. Niemand kann wissen, wie weit sie gehen würden, wenn sie ihre Geschäfte gefährdet sehen."
„Und du weißt wirklich nicht, wer alles dahinter steckt?"
„Wenn ich es dir doch sage: Nein! Wozu sollte mich das auch interessieren? Die Vermarktungsdetails sind mir sowieso egal! Ich will denen gar nicht in ihr Handwerk pfuschen. Wir machen die Bilder und die kümmern sich darum, dass die Ware als echt an die Käufer kommt."
Katharina schaute ihn etwas hilflos an. „Aber … Ich finde, es ist nicht ganz ehrlich, was wir da machen."
Alois zuckte nur vage mit den Schultern. „Sicher ist es das nicht, aber den meisten Kunden geht es doch gar nicht um Kunst. Sie wollen nur eine Kapitalanlage, die sie am Ende mit Profit an den nächsten weiterverkaufen. Hauptsache, jeder macht dabei seinen Gewinn. Für sie ist es doch nur wichtig, dass sie eine profitable Kapitalanlage gekauft haben."
Irgendwie glaubte Katharina aus seiner belegten Stimme herauszuhören, dass es ihm trotz der gegenteiligen Aussage doch nicht so gleichgültig war, aber sie kannte ihn inzwischen auch lange genug, um zu wissen, wie wenig er das jemals zugeben würde.
„Und du glaubst, diese Organisation wird uns immer weiter Aufträge dieser Art zukommen lassen?"
„Aus Loyalität sicher nicht, aber diese Leute werden kaum jemanden in Europa finden, der es besser macht als wir beide. Wenn sich jemals zwei Kunstfälscher gesucht und

gefunden haben, dann sind das doch wir. Was die Kunst betrifft, sind wir einfach ein Traumpaar."
„Ach du … Weiß übrigens sonst jemand von unserer … äh … Zusammenarbeit?"
„Du meinst, dass wir Bilder nachmachen? Nein! Das weiß wirklich niemand. Wenn eines der Bilder aufgeflogen wäre, hätte ich das sicher erfahren. Es sind schließlich bekannte Künstler, die wir da in Umlauf bringen, aber ich denke, die Leute, mit denen wir arbeiten, sorgen schon dafür, dass keine Fragen offen bleiben." Eine Weile sprach Alois noch über Echtheitszertifikate und eine lückenlose Provenienz, die die Herkunft eines Kunstwerkes klärten oder zumindest klären sollten. Sie nippte zwischendurch immer wieder an ihrem Glas, schien offensichtlich zu überlegen, ob sie die nächste Frage überhaupt stellen sollte, schließlich gab es auch bei ihrer innigen Freundschaft Grenzen. „Darf ich dich einmal etwas sehr Persönliches fragen?", sagte sie schließlich.
Er lächelte ihr aufmunternd zu. „Darf ich mal raten? Du willst wahrscheinlich wissen, warum ich das eigentlich mache, nicht wahr?"
Hörbar verlegen bestätigte sie seine Vermutung. „Ja … ich meine … im Gegensatz zu mir bist du ja mit deinen eigenen Bildern auch sehr erfolgreich. Ich meine, finanziell müsstest du, so bescheiden du insgesamt lebst, sicherlich nicht solche Bilder machen." Nachdenklich nickte er vor sich hin. „In diesem Punkt hast du sicherlich recht. Es hat tatsächlich keinen finanziellen Grund. Für mich selbst habe ich schon längst genug Geld, und außer dir und Hanno gibt es niemanden, für den ich sorgen müsste, aber das könnte ich auch ohne unsere gemeinsame Arbeit."
Sanft lächelte sie ihn an: „Danke, dass du das mit mir zusammen machst, aber das klärt noch nicht, warum wir ständig neue Aufträge von dieser Organisation annehmen."

Sinnierend ging er ein paarmal in der Wohnküche vor dem Kachelofen hin und her, bevor er wieder vor ihr stehen blieb. „Gute Frage, Kathi. Warum mache ich das, obwohl die Leute sehr gut für meine eigenen Bilder bezahlen? Lass es mich einmal so sagen: Es gab einen Punkt in meinem Leben, an dem ich begriffen habe, dass ich zwar mit meinen eigenen Bildern sehr gut in der Malerei bin, aber ein Genie, ich meine, ein überragendes Genie bin ich nur beim Fälschen."

Er sagte es mit einem solchen Pathos, dass sie ein wenig lachen musste. „Soweit ich das beurteilen kann, stimmt das wirklich. Da gibt es keine Details, an die du nicht denken würdest. Du hast in diesem Bereich wirklich eine bahnbrechende Begabung. Es ist fast ein wenig schade, dass niemals jemand davon erfahren wird. Niemand."

„Nein, wahrscheinlich nicht, oder hoffen wir das einmal." Auch er lachte kurz, bevor er hinzufügte: „Aber inzwischen bin ich so alt, dass es mir völlig egal ist, was die Leute von mir halten und glauben. Für mich geht es längst nicht mehr darum, als Künstler oder genialer Fälscher in aller Munde zu sein."

„Und worum geht es dir dann?", fragte sie hörbar überrascht.

„Eine Fälschung ist für mich weit mehr als nur das Abmalen irgendeines Bildes, egal wie genau man sich an die Vorlage hält. Das können viele andere auch ganz gut. Da gibt es eine ganz andere, viel tiefere Dimension."

Sanft lächelte sie ihm aufmunternd zu. „Da bin ich aber mal gespannt."

„Es ist ganz einfach, Kathi. Jedes Bild, was ich von jemand anderem male, ist auch immer eine Entdeckungsreise, eine Art tiefe Begegnung mit einem Menschen, den ich niemals gekannt habe. Und weißt du, was das Erstaunliche ist?"

„Nein! Was?", fragte sie mit neugierigem Blick.

„Dieses Gefühl der Begegnung mit einem längst verstorbenen Künstler über alle Zeiten hinweg hat um ein Vielfaches zugenommen, seitdem ich mit dir zusammenarbeite, seitdem ich mit dir darüber sprechen kann. Nein! Schüttele bitte nicht mit deinem Kopf! Verstehe mich bitte nicht falsch! Es ist kein leeres Lob für deine ebenfalls außergewöhnlichen künstlerischen Fähigkeiten. Unsere Zusammenarbeit hat dieser Entdeckungsreise in das Leben eines anderen Künstlers noch eine weitere Dimension gegeben. Ich weiß nicht recht, wie ich das jetzt ausdrücken soll. Natürlich habe ich mich auch schon früher intensiv mit dem Leben der Künstler auseinandergesetzt, deren Bilder ich gemalt habe, aber dieses Einleben in den entsprechenden Künstler ist mit dir viel intensiver, irgendwie viel tiefer geworden."
Katharina wandte sich ab, wischte sich verstohlen ein paar Tränen von den Wangen. Es war erstaunlich. Obwohl sie seit Jahresbeginn hier in diesem abgelegenen Haus zusammen mit ihm arbeiten durfte, hatten sie beide nie so ausdrücklich darüber gesprochen. Sie waren niemals ein Liebespaar gewesen und er hatte es auch nicht ein einziges Mal versucht. Und trotzdem hätte sie sich keinem Liebhaber näher fühlen können als diesem alten Mann. Wahrscheinlich hätte sie es auch niemals so gut ausdrücken können wie er, aber auch für sie war diese Arbeit eine Begegnung, eine Begegnung mit ihm und eine Begegnung mit einem Menschen, den es nur noch durch seine hinterlassenen Kunstwerke gab. Und dieses Erlebnis war wunderschön. Und jedes Mal neu.
Als wollte er ihrem Gespräch eine unverfänglichere Wendung geben, sagte Alois mit einem matten Lächeln: „Aber du bist auch wirklich gut in dem, was du machst."
„Ach du …", wehrte sie verlegen ab. „Die ganzen Kniffe, das ganze Wissen hast du mir erst beigebracht. Ohne dich könnte ich das niemals."

„Vergiss es! Das ist nur Technik und Wissen, wie die Künstler früher gearbeitet haben, welche Vorlieben sie hatten, wenn sie ihre Farben selbst herstellten. Viele von diesen Hintergründen hättest du auch in Bibliotheken finden können. Da gibt es inzwischen sogar Bücher, wie man Bilder nachmacht, schließlich sind wir beide ja nicht die ersten Fälscher in der Geschichte der Kunst. Das Fälschen hat eine sehr lange Tradition. Da gab es schon in der Antike Leute, die es verstanden, Werke so geschickt nachzumachen, dass es ihren Zeitgenossen nicht aufgefallen ist."

„Und viele Dinge wurden damals, wie bei uns beiden, vom Meister an den Schüler weitergegeben", lachte Katharina ausgelassen. Sie bemerkte, wie sie vom Wein inzwischen einen kleinen Schwips bekam.

Alois blieb mit einem Mal erstaunlich ernst, als er seinen künstlerischen Standpunkt weiter erklärte: „Jeder gute alte Meister hatte nur einen einzigen Schüler."

„Aber viele hatten doch mehr davon, als ein Allgäuer Hund Flöhe hat."

„Ja schon, aber ich meine, jeder Meister hatte nur einen einzig wahren Schüler, so eine Art Lieblingsschüler. Dem vertraute er dann sein ganzes Wissen an, alles, was er im Laufe seines Lebens selbst in der Kunst entdeckt hatte."

„So wie du mir alles gezeigt hast."

„Ja, so wie bei uns beiden. Und der schönste Dank für den Meister ist, dass eine geniale Schülerin wie du sich an einem bestimmten Punkt selbstständig macht. Es ist schön, wie diese Vorzugsschüler ihren eigenen Weg entdecken, dann beginnt der Meister, von seinem Schüler zu lernen. Und nach nur einem knappen Jahr sind wir beide bereits an diesem Punkt angekommen. Ich habe inzwischen angefangen, von dir zu lernen. Und das macht unsere Arbeit so schön."

„Ja, es ist einfach herrlich, mit dir diese gemeinsame Entdeckungsreise machen zu dürfen."
Abwehrend erhob er beide Hände. „Lass mich das gerade noch zu Ende sagen. Das Wichtigste ist nur, nie zu gierig zu werden, zufrieden zu sein mit dem, was man hat, was man kann. Es genügt, wenn wir in Zukunft im Jahr einige Bilder zusammen machen. Das Geld brauchen wir sowieso nicht unbedingt. Auf diese Weise können wir uns beide jedenfalls bei unserer gemeinsamen Entdeckungsreise viel mehr Zeit lassen. Und wir beide hätten dann auch mehr Zeit, unsere eigenen Sachen zu machen. Ich finde deine Bilder … ja, einfach genial."
„Da waren sie in München ganz anderer Meinung."
„Was nicht notwendigerweise etwas mit der Qualität deiner Bilder zu tun haben muss. Der Erfolg eines Künstlers wird durch einen undurchsichtigen Markt gemacht, wahre Kunst dagegen wird nur von einem genialen Künstler geschaffen."
„Schön, wie du so etwas sagen kannst. Aber das hilft Künstlerinnen wie mir, die auf dem Markt nicht ankommen, auch nicht viel weiter."
„Da weiß ich einen Trost für dich. Früher oder später wirst du es mit deinen eigenen Bildern schon schaffen. Mit dem Verkaufen deiner eigenen Werke hat es keine Eile. Beim Geldverdienen verlassen wir uns lieber noch auf unsere Fälschungen. Wenn wir auch nur einen kleinen Bruchteil von ihrem Verkaufserlös bekommen, dann genügt das, damit Hanno und du in Zukunft im Überfluss leben können."
An ihrem veränderten Gesichtsausdruck konnte Alois sehen, dass der Name ihres Kindes Katharina erneut in die Realität zurückgebracht hatte. „Hanno? Was wird mit Hanno? Ich meine, wenn er erst einmal größer ist? Er kann doch nicht eine Ewigkeit hier in der Einsamkeit des Allgäus leben."
„Kathi, ich weiß es auch nicht. Kommt Zeit, kommt Rat.

Einen Rat hätte ich aber schon."
„Und der wäre?"
„So schwierig deine derzeitige Situation auch sein mag, lass dich nicht von deinen selbst gemachten Sorgen ablenken, und auch nicht von dem, was früher einmal war, oder von dem, was vielleicht eines Tages kommen wird. Der einzig wichtige Moment ist immer nur jetzt. Du machst doch hoffentlich deine Übungen, wie ich sie dir gezeigt habe, oder?", fragte er mit hochgezogener Augenbraue.
„Neben Hanno, dir und der Malerei sind diese Übungen das Einzige, was mir derzeit wirklich wichtig ist."
„Gut, bleib dabei!"
„Sicher. Inzwischen glaube ich ein wenig verstanden zu haben, was du meinst. Leere ist Form, und Form ist Leere. Aber erklären kann ich das nicht, dafür meditiere ich wahrscheinlich noch nicht lange genug."
„Darüber brauchst du dir auch keine Gedanken zu machen. Da gibt es nichts zu erklären. Es ist ganz einfach: Wenn du bei Hanno bist, sei ganz bei ihm, und wenn du malst, sei ganz in dem Maler, an dessen Werk du gerade arbeitest. Gedanken, was du irgendwann einmal machen wirst, wenn sie … wenn sie einmal kommen sollten, die kannst du dir auch dann noch machen, wenn sie da sind. Sich darüber Sorgen zu machen wäre, als wenn du versuchen würdest, heute die Suppe zu essen, die du morgen erst kochen wirst."
„Ja, Alois, das habe ich inzwischen ganz verstanden. Es würde nichts an alldem ändern, wenn ich mir jetzt bereits darum Sorgen machen würde, aber es ist nicht immer einfach, nicht an Rolf und seine Leute zu denken, an damals, an jenen Abend, als er …"
„Hör auf, Katharina! Bitte!" Sein Ton war mit einem Mal hart und unnachgiebig. „Diese Herausforderung, die dir das Leben selbst stellt, verstehe sie als gute Übung! Werde

nicht wie er! Er wird dich niemals vergessen! Er wird dir niemals verzeihen!"
Statt etwas zu sagen, nickte Katharina ihm nur zustimmend zu. Hilflos und voller Kraft zugleich.
„Ich sehe, du verstehst", fuhr Alois fort. „So schwer es auch für dich sein mag, aber das Leben selbst gibt dir die große Chance, ihn zu vergessen, vielleicht auch, ihm zu verzeihen. Eines Tages."
„Ich weiß nicht, ob ich das kann …"
„Auch das ist nicht wichtig zu wissen", unterbrach er sie sofort. „Wichtig ist nur, dass du es jedes Mal versuchst, wenn du an ihn denkst, wieder sofort in die Gegenwart, in diesen Augenblick zurückzukehren. Immer wieder und wieder. Zerstör dein Leben nicht mit dem Hass auf ihn."

19. November 2008, Tagebucheintrag

Der Durchbruch ist geschafft. Dank meiner genialen Pläne und meines bisher unbeirrten Vorgehens. Viele fragen sich natürlich inzwischen, ob es eine so gute Idee war, mich mit ins Boot zu nehmen.
Diese Ewiggestrigen wollten doch erst einmal alle wissen, für wen sie jetzt überhaupt arbeiten, aber es ist besser, die neue Leitung arbeitet ganz im Hintergrund, zieht von dort die Fäden. Schon aus Sicherheitsgründen.
Zudem ist es auch nicht notwendig, dass die Leitung öffentlich agiert, denn es gibt genug ehrgeizige Handlanger, die sich darum streiten, diese Aufgaben in der Öffentlichkeit zu übernehmen. Lass sie einfach bei Events, Partys und Vernissagen ihre Rolle genießen. Solange sie wissen, was sie zu tun, aber vor allem, was sie zu lassen haben, liegt das ganz in der Ordnung der Dinge.

Warum sollten die Leute auch erfahren, vor welchen Wagen sie da gespannt werden und worauf das alles schließlich hinauslaufen muss? Wahrscheinlich müssten wir im entscheidenden Augenblick dann bei dem ein oder anderen doch mehr Druck ausüben. Das, was diese Leute wissen müssen, werden sie früher oder später schon erfahren. Dafür werde ich selbst sorgen.
Schwer zu glauben, dass einige in der Organisation nicht akzeptieren konnten, dass inzwischen ein ganz neuer Wind weht. Erst nachdem einige Posten neu besetzt wurden, verstanden die anderen, wie wenig sich Neugier und Widerstand gegen meine Absichten auszahlen. Leute, die Konkretes über mich wussten, mussten natürlich ganz aus dem Spiel genommen werden. Eigentlich schade, aber das ließ sich nun mal nicht vermeiden.
Es ist allerdings noch zu früh, der Basis jetzt schon klarzumachen, worauf dieses neue Spiel wirklich hinausläuft. Wenn einmal drastischere Maßnahmen ergriffen werden müssen, um die Menschen aufzuwecken, werden die meisten ins Netz der Organisation so verwickelt sein, dass ihnen nichts anderes übrigbleiben wird, als zu machen, was ich von ihnen erwarte. Bis dahin werden allerdings noch einige Jahre vergehen müssen, denn längst reichen die zur Verfügung stehenden Mittel – so bedeutend sie auch inzwischen schon sein mögen – nicht aus, um in die neue Aktionsphase zu treten.
Sollten wir in unserem Kampf gegen die Schatten, die die Welt beherrschen, eine Chance haben, dann müssen wir auf globaler Ebene ganz neue Wege gehen. Kein Zweifel, dass viele sich sträuben werden, wenn sie gezwungen werden, ihre bisherigen Irrwege zu verlassen. Das werden sie nur, wenn sie sich vor die unveränderbaren Tatsachen gestellt sehen.
Für diesen endgültigen Kampf war die Neustrukturierung der Organisation unbedingt erforderlich. Es war damit zu rechnen, dass es am Anfang Probleme geben würde. Inzwischen

beginnt sich die Umorientierung auf den Kunstmarkt richtig bezahlt zu machen.
Probleme? Ja, gerade bei der Rekrutierung neuer Mitglieder gab es die ein oder andere erhebliche Panne. Ich denke da vor allem an Katharina Scheible, deren Kunstwerke ich sehr schätze. Mit der entsprechenden Marketingarbeit hätte sie bei ihrem Talent in wenigen Jahren zu den arrivierten Künstlern Deutschlands avancieren können und wir hätten die Kontrolle über sie gehabt. Und jetzt?
Es wurden zugegebenermaßen einige Fehlentscheidungen getroffen. Druck auf die Münchner Galeristen auszuüben, ihre Werke nicht auszustellen, war sicherlich nicht notwendig. Der entscheidende Fehler war aber, die Typen von der Inneren Sicherheit da mit hereinzuziehen und ihr mit Prostitution zu drohen.
Man hätte dieser Scheible ganz einfach sagen sollen, dass man sie als unbekannte Künstlerin zu einer nationalen Größe machen wollte. Ihre Bilder hatten auf jeden Fall das gewisse Etwas, das es für einen durchschlagenden Erfolg brauchte. Unser Plan sah aber irrtümlicherweise vor, dass sie sich mit bestimmten Aufträgen zuerst kompromittieren sollte, sodass man sie fest unter Kontrolle hatte, wenn sie einmal berühmt war.
Fehler über Fehler. Das Projekt Scheible endete in einem riesigen Desaster. Die Leute von der Inneren Sicherheit waren beauftragt, diese Frau zu suchen. Bisher erfolglos. Aber selbst wenn man diese talentierte Malerin findet, dürfte es nicht einfach sein, sie jetzt zu zwingen, bei unseren Plänen mitzumachen, ohne Widerstand zu kooperieren.
Wie auch immer, mit solchen Ausfällen muss man einfach leben. Auf jeden Fall weiß diese Scheible viel zu wenig über die Organisation und ihre Arbeitsweise, um tatsächlich zu einem Problem zu werden, und falls sie doch den Fehler machen sollte, bei den falschen Leuten auszupacken, dann wird die Orga-

nisation davon erfahren. Die Leute von der Inneren Sicherheit werden dann schon dafür sorgen, dass sie nicht zu einem richtigen Problem wird.

Aber wofür sollten wir ihr hinterherweinen? Es gibt viele andere Talente, die bereit sein werden, auf unserer Seite zu arbeiten. Dieser Fehlschlag ist wirklich kein Grund zum Jammern, denn alles in allem waren wir in letzter Zeit sehr erfolgreich. Wir konnten uns auf die eine oder andere Weise die Zusammenarbeit mit vielen Spezialisten im Kunstbereich sichern: Darunter sind sehr arrivierte Künstler und vielversprechende Nachwuchstalente, erfahrene Fälscher für Bilder und Skulpturen, international anerkannte Kunstexperten, auf deren Urteil man sich verlässt, Kuratoren für nationale und internationale Kunstfestivals und Events, bekannte Galeristen in der ganzen Welt, Auktionatoren und freie Kunsthändler für die Vermarktung unserer Werke, Kritiker von bedeutenden Fachzeitschriften im Bereich Kunst, zahlungskräftige Kunstsammler, auch einige Einkäufer für international bekannte Museen, Sponsoren und Förderer aus Politik und Wirtschaft, Investoren für das Kunst-Aktien-Geschäft sowie Werbefachleute, um nur die Wichtigsten zu nennen.

Die Weichen auf Erfolg sind zweifelsfrei gestellt.

Prinzipiell können wir jetzt die Trends auf dem Kunstmarkt entscheidend mitbestimmen, ohne dass unser Einfluss bemerkbar wird. In diesem System lassen sich ohne Probleme auch „verloren geglaubte Kunstwerke" platzieren, die aus der Werkstatt unserer Fälscher kommen. Deshalb werden wir auch nur mit den besten Spezialisten in diesem Bereich arbeiten, denn es wäre nicht auszudenken, wenn der ein oder andere Galerist in einen schlechten Ruf käme, nur weil eine Fälschung bei ihm entdeckt würde.

Wir haben für diesen Bereich wirklich einmalige Spezialisten verpflichten können, aber der beste ist meiner Meinung nach

immer noch Alois Krautner. Für meinen Geschmack könnte er etwas mehr liefern, aber was die Qualität seiner Werke angeht, muss man schon sagen: Allererste Sahne!
Ich hatte sogar beim letzten Werk irgendwie den Eindruck, dass sein Bild jünger, dynamischer wirkte als die vorangegangenen. Wir sollten allerdings nicht aus dem Auge verlieren, dass er schon ein bestimmtes Alter erreicht hat, sodass sich kaum voraussagen lässt, wie lange er noch zuverlässig für uns arbeiten kann. Vielleicht können wir auf dem internationalen Markt noch das ein oder andere vielversprechende Talent in diesem Bereich verpflichten. Unser Schaden würde es sicher nicht sein.
Wie auch immer, meine Entscheidung, sich auf den Kunstmarkt zu spezialisieren, war richtig. Seitdem wir diesen neuen Weg einschlugen, wächst und wächst die Organisation und damit die uns für den finalen Kampf zur Verfügung stehenden Mittel. Inzwischen arbeiten mehr als zweihundert handausgelesene Leute in wichtigen Schlüsselstellungen für uns und es werden ständig mehr. Hinzu kommen immer neue Geldgeber von denen alle ein hohes Interesse daran haben, dass sie ohne große Risiken in dem von uns geförderten Kunstbereich investieren können. Solange wir die Regeln dort bestimmen können, lässt sich schließlich klar voraussagen, welche Kunstwerke es sich zu kaufen lohnt und von welchen man besser in Zukunft die Finger lässt.
Der Erfolg kommt jedoch nicht von ungefähr. Im Wesentlichen dürfte das auf folgenden Gründen basieren: Wir haben die richtigen Leute an den richtigen Stellen und ich selbst habe die notwendigen genialen Ideen, um sie in immer neuen Projekten zur Wirkung zu bringen.
Da fragt man sich doch, warum viele vom alteingesessenen Personal den früheren Zeiten nachweinen. Die wenigsten haben doch damals bemerkt, wie überholt sowohl der Handel mit Drogen als auch mit Organen war.

Und dieser Segmeier hatte nie mitbekommen, dass er längst nichts mehr war als eine Marionette für meine Pläne. Er war – wie viele in der alten Organisation – in den entscheidenden Dingen viel zu unflexibel, um wirklich auf Dauer profitbringende Geschäfte zu machen. Diese Leute konnten einfach nicht über ihren Tellerrand hinwegschauen.
Dabei hatte ich ihnen doch goldene Brücken gebaut, hatte ihnen jede Menge gute Gründe geliefert, die Richtung entscheidend zu ändern und aus den alten Geschäftsbereichen auszusteigen. Am Ende hat es nicht viel genützt, dass ich diesen Bachmeier gegen unsere Organisation aufgehetzt hatte, um Segmeier unter Druck zu setzen.
Und jetzt? Welche Veränderungen in einem einzigen Jahr. Die alte „abgetretene" Garde aus der Führung würde ihre Organisation heute nicht wiedererkennen, so viel musste umorganisiert oder neu strukturiert werden. Es war wirklich notwendig. Die Zuständigkeiten mussten einfach geklärt werden, sodass nur ich als einzige Person übrigblieb, die noch einen Gesamtüberblick in dieser komplexen Organisation hat.
Wer wüsste sonst, wie jedes Rad ins andere greift?
Wer hätte es gerade mir zugetraut, dass ich einmal diese einflussreiche Organisation übernehmen könnte?
Aber ich werde nicht dieselben Fehler wie diese Leute machen, denn ich werde mich im Hintergrund halten. Muss ja schließlich niemand wissen, wer ich tatsächlich bin. Solange ich über das von der Organisation erwirtschaftete Kapital und über die Infrastruktur der Organisation für den endgültigen Kampf verfügen kann, braucht niemand zu wissen, wer ich wirklich bin.
Und den Spezialisten in der Inneren Sicherheit, die nach wie vor die brisanteren Jobs machen müssen, wird es ziemlich egal sein, für wen sie arbeiten, solange die Aufträge sich für sie lohnen. Und das tun sie nach wie vor. Dafür sorge ich.

Die meisten sind zuverlässig, solange sie gut bezahlt werden. Meine Hand würde ich trotzdem für niemanden ins Feuer legen, aber solange unsere innere Sicherheitsabteilung ein Auge auf die neuralgischen Stellen – vor allem im Leitungsteam – hat, wird es keine unlösbaren Probleme geben. Inzwischen werden die zentralen Stellen ja mitbekommen haben, wie wenig Spaß ich verstehe, wenn jemand gegen die Interessen der Organisation arbeitet.
Wir haben da ein zuverlässiges System. Der Kreis der Leute, der sich für die Innere Sicherheit zuständig zeichnet, ist verhältnismäßig klein, überschaubar, aber mit sehr kompetenten Leuten besetzt, die ihr „Handwerk" verstehen. Und mit den sensibleren Aufgaben werden wir uns auf jeden Fall in der Leitung nicht die Finger schmutzig machen müssen.
Warum auch, solange wir doch genug Leute kontrollieren, die das ganz in unserem Sinne erledigen? Und wenn einmal jemand aus der Inneren Sicherheit erwischt wird, der nicht die notwendige Zuverlässigkeit erkennen lässt, stellt das für uns inzwischen kein wirkliches Problem mehr dar. Es gibt nicht viel, was diese Leute über mich und meine Pläne aussagen könnten, denn ich werde mich hüten, die Innere Sicherheit über die Details und Hintergründe ins Bild zu setzen. Zumindest nicht, bis es wirklich so weit ist.
Außerdem haben wir nicht umsonst bei der Polizei und Staatsanwaltschaft unsere „Freunde", die notfalls die Dinge in unserem Sinne regeln können.
Alles in allem hat sich der Aufwand bei der Umstrukturierung gelohnt. Zumindest für mich. Sofern die angeworbenen Leute zuverlässig machen, was von ihnen erwartet wird, kann ich weiter im Hintergrund bleiben, kann ich selbst in Ruhe weiter die Fäden ziehen und die nächste Phase vorbereiten …

Juli 2010

17. Juli 2010, 06.34 Uhr

Als Professor Franz Silbermann aufwachte, sickerte bereits helles Tageslicht durch die Lamellen der nicht ganz herabgelassenen Rollläden in der Ferienwohnung in Hopfen am See. Ihm wurde mit einem deutlichen Unbehagen nur langsam bewusst, was auf der Vernissage in der vornehmen Galerie in der Nähe des Hohen Schlosses in Füssen am Vorabend alles passiert war:

Während er sich am Büffet bediente, hatten sich zwei dunkel gekleidete Männer an ihn herangemacht. Sie hatten mit auf solchen Kunstveranstaltungen üblichen, vollmundigen, aber letztendlich nichtssagenden Sprüchen angefangen, hatten von einer gelungenen Veranstaltung und sehr expressiven Bildern gesprochen. Eigentlich nichts Ungewöhnliches. Später, in einem der vielen Nebenräume, als sie unter sich waren, hatten sie ihn sehr offen gedrängt, er solle sich doch als Juror dafür einsetzen, dass dem ausgestellten Nachwuchskünstler Maximilian Köberle für sein auf dem Wettbewerb eingereichtes Bild „Katzenjammer in Blau“ in diesem Jahr der allgäuerische Kunst- und Kulturpreis zugesprochen würde.

Er hatte sich zurückhaltend gezeigt. Aus gutem Grund. Sicher, der von vielen Seiten in jüngster Zeit protegierte Künstler besaß zweifelsfrei handwerkliches Können und eine Reihe von ungewöhnlichen künstlerischen Ideen, was man längst nicht von allen Künstlern sagen konnte, die ihre Werke Jahr für Jahr unermüdlich für den Wettbewerb einreichten. Er hatte als einer der anerkanntesten Kenner der Malerei des 20. Jahrhunderts in einem zunächst noch sehr sachlichen Ton unmissverständlich erklärt, er wür-

de sich auf keinen Fall für dieses Bild verwenden. Seiner Meinung nach fehlte dem besagten Künstler und gerade diesem Bild einfach das genial Innovative, was die ganz große Kunst und einen damit verbundenen Preis ausmachen sollte.
Dass solche Bitten von Leuten dieser Art an ihn herangetragen wurden, war bestimmt nicht das erste Mal, aber bisher hatte man sich darauf beschränkt, ihm bedeutende Summen oder „großzügige Geschenke“ für seine entgegenkommende Zusammenarbeit anzubieten, was er jedes Mal kategorisch abgelehnt hatte.
Im Allgäu gab es seit einiger Zeit Gerüchte, bestimmte Kollegen seien von dieser Art von Leuten massiv erpresst worden, weil sie früher Geld oder wertvolle Geschenke für scheinbar unbedeutende Gefälligkeiten oder falsche Gutachten angenommen hatten. Wenn er selbst einmal nachgab, würde es auch bei ihm nicht bei diesem einen Mal bleiben. In diesem Punkt war er sich ganz sicher.
Es wäre seinerseits allerdings auch am Vorabend in der Galerie nicht notwendig gewesen, einen dieser Männer lauthals als „Haderlumpen“ zu beschimpfen. Nicht das erste Mal, dass er sich in der Öffentlichkeit nicht beherrschen konnte, aber sein Jähzorn war nun mal seine Achillesferse, die besonders auffiel, weil er sonst als sehr zurückhaltend galt, aber er konnte in bestimmten Situationen einfach nicht mit einem undurchdringbaren Pokerface reagieren, vor allem, wenn einmal eine bestimmte Grenze überschritten war, wobei im Übrigen am Vorabend ein paar Gläser Sekt zu viel zu seinem Wutausbruch beigetragen hatten.
Auf dem nächtlichen Weg von der Galerie zu seinem Hotel in der Nähe des Bahnhofs hatten ihn dann genau diese beiden Männer, die ihm unbemerkt gefolgt waren, in einer verlassen liegenden Nebenstraße mit Messern bedroht.

Wer weiß, was ihm alles passieren hätte können, wenn nicht plötzlich ein recht neu aussehendes Auto mitten auf der Straße scharf gebremst hätte und eine etwa vierzig-, allerhöchstens fünfzigjährige Frau wild gestikulierend und schreiend aus dem Auto gesprungen wäre. Die offensichtlich über die Hilfeschreie erschrockenen Männer waren im nächsten Moment bereits in Richtung Füssener Bahnhof verschwunden.

Professor Silbermann schüttelte der Frau dankbar die Hand, wobei sie sich gegenseitig vorstellten. Die recht attraktiv wirkende Frau nannte den Namen Burgel Fuchs.

Silbermann stutzte: „Doch nicht DIE Burgel Fuchs? Die Kunstjournalistin?"

„Wenn es unter uns bleibt, dann kann ich es ja zugeben."

„Dann sind wir ja Kollegen. Mein Name ist Silbermann."

„Ich weiß, Herr Professor. In meinem Artikel in der Welt ‚Die Kunst im Spiegel der Geschichte' habe ich mich ja etwas gegen Ihre These ausgesprochen, Kunst sei notwendigerweise auch immer ein Ausdruck der zeitgeschichtlichen Geschehnisse. Nichts Persönliches gegen Sie, Herr Professor."

„So habe ich Sie auch nicht verstanden. Ganz im Gegenteil. Jenseits unserer unterschiedlichen Positionen fand ich Ihre Sichtweise sehr anregend. Wie kommt es, dass wir uns noch nicht früher kennengelernt haben?"

„Ich ziehe es normalerweise vor, im Hintergrund zu bleiben. Ich schaue mir die Ausstellungen lieber als anonymer Besucher an, und nicht dann, wenn sich alle Welt um einen Platz am Büffet einer Vernissage streitet."

„Darf ich Sie fragen weshalb, Frau Fuchs?"

„Bei dem ganzen Kunstrummel steht mir viel zu viel der Künstler im Vordergrund. Diese ganzen Vernissagen und Kunstevents, wie diese heute Abend, verkommen mehr und mehr zu Bühnenereignissen, wo sich die Kunstwelt selbst für die Presse inszeniert und die Künstler sich selbst zelebrieren."

„Es ist doch wohl eher so, dass sich die Künstler selbst inszenieren müssen. Klappern gehört eben einmal zum Kunstmarkt, der immer undurchschaubarer wird."

„Mag sein, aber diese oberflächlichen Veranstaltungen nehmen auch etwas von der Unbefangenheit, mit der ich persönlich gerne an ein Kunstwerk herantrete. Ich brauche niemanden, der mir souffliert, was ich darüber schreiben soll."

„Ich glaube ich verstehe, was Sie meinen, Frau Fuchs. Sie gehören zu den Leuten, die sich selbst eine Meinung bilden wollen. Aber hier mitten auf der Straße stehen wir nicht besonders günstig, um uns über Kunstwerke zu unterhalten. Darf ich Sie vielleicht in der Bar meines Hotels zu einem kleinen Drink einladen? Irgendwie muss ich mich ja auch noch für Ihre couragierte Hilfe bedanken."

„Ich weiß nicht …"

„Ach, kommen Sie! Es ist hier ganz in der Nähe, aber wir können selbstverständlich auch woanders hingehen, wenn Sie wollen."

Sie schien einen Moment zu zögern, bevor sie sagte: „Das mit einem gemeinsamen Drink fände ich auf den Schrecken nicht schlecht. Allerdings wäre es mir lieber, wenn wir das in meiner Ferienwohnung machen könnten."

„Das wäre auch eine Möglichkeit, aber ich bin mir nicht sicher, ob ich Sie zu dieser Zeit noch stören darf." Seine unruhig flackernden Augen verrieten, wie verunsichert er war. Auf der einen Seite verlockte ihn der Gedanke, es könnte sich etwas mehr daraus entwickeln als ein anregendes Fachgespräch zwischen Kollegen. Andererseits ging es ihm aber etwas zu schnell. Was, wenn er da in eine Falle lief? Was, wenn sie zu diesen Leuten gehörte?

Sie schien seine unausgesprochenen Bedenken verstanden zu haben. „Natürlich können wir auch woanders hinfahren, aber ich hätte es vorgezogen, wenn wir nicht zusammen gesehen würden. Sie wissen ja, wie das geht. In der Beziehung ist die Kunstwelt ein Dorf, gerade hier im Allgäu."
„So ganz verstehe ich nicht, Frau Fuchs, worauf Sie jetzt konkret hinauswollen?"
„Na ja, ich könnte mich in Zukunft nicht mehr fachlich kontrovers mit Ihrer Position auseinandersetzen. Wenn ich beim nächsten Artikel einmal Ihren Standpunkt teile, dann heißt es gleich, ist ja auch kein Wunder. Die stecken alle unter einer Decke. Und was meine Ferienwohnung betrifft, für den Notfall hätte ich auch ein unbenutztes Gästezimmer für den Rest der Nacht anzubieten, falls es nicht bei einem Glas bleiben sollte."
Da sich in diesem Moment ein Auto näherte und laut hupte, damit Frau Fuchs die Straße freimachte, stimmte der Professor ihrem Vorschlag kurz entschlossen zu und stieg in ihr komfortables Fahrzeug.
Erst im Auto teilte sie ihm mit, dass sie nicht in Füssen, sondern in Hopfen am See für eine Woche eine nicht ganz billige Ferienwohnung angemietet hatte. Ein Detail war ihm da bereits aufgefallen: Vor den Rücksitzen stand ein zusammengefalteter Rollstuhl. Als er sie darauf ansprach, verwies sie auf irgendeine Freundin, aber da sie nicht näher darauf einging, ließ er es darauf beruhen, schließlich wollte er nicht als indiskret gelten.
Bei einem gemeinsamen Single Malt unterhielten sie sich zwanzig Minuten später im Wohnzimmer der Ferienwohnung, warum bei einigen Bildern von Georg Baselitz – einem Künstler, den sie beide sehr schätzten – die Welt auf dem Kopf zu stehen schien. Sie war sehr bewandert, was die Kunstgeschichte im Allgemeinen und diesen Künstler im

Besonderen betraf, aber vieles, was er als Professor mit einem analytischen Sachverstand anging, betrachtete sie eher intuitiv.

An der Art, wie sie sich bewegte, wie sie sprach, wurde mehr als deutlich, sie würde nichts dagegen haben, wenn sie sich auch „menschlich" etwas näherkamen. Ein kollegiales Du hatten sie sich bereits während der Fahrt angeboten. Aber trotzdem ließ ihn eine warnende innere Stimme nicht mehr los. Es könnte alles von Anfang an genau so geplant gewesen sein. In den Klatschspalten der Boulevardpresse war mehr als einmal sein Name im Zusammenhang mit sehr attraktiven Frauen genannt worden. Die Spekulationen bestanden, das musste er zugeben, nicht ganz zu Unrecht.

Eine innere Stimme ließ Professor Silbermann keine Ruhe: Burgel könnte durchaus mit diesen dubiosen Leuten von der Vernissage zusammenarbeiten, aber selbst dann konnte er nicht sehen, wie diese Leute eine Nacht mit ihr zusammen gegen ihn verwenden wollten. Er nahm sich in seiner Ehe bestimmte Freiheiten heraus und seine Frau hielt dies genauso. Auf jeden Fall würde sie kein großes Drama daraus machen, wenn sie von einem Seitensprung ihres Mannes in Hopfen am See erfahren würde. Erpressen würde man ihn damit so leicht nicht können.

Natürlich war es nicht bei einem Glas Single-Malt-Whisky geblieben, was seinen dicken Kopf beim Erwachen, zumindest zum Teil, erklärte aber er hatte auch wiederum nicht so viel getrunken, dass deutliche Lücken in seinem Gedächtnis geblieben wären. Der regelmäßige Atem neben ihm klärte, wie wenig die nackte Frau im Moment daran dachte, ihn um eine Fortsetzung ihrer gemeinsamen nächtlichen Erfahrungen zu bitten.

Viel später sagte der Professor sich selbst, es müsse ihn der Teufel geritten haben, ihren Tiefschlaf auszunutzen, aber ihre Handtasche stand so provokant auf dem Wohnzimmertisch, dass er der Versuchung nicht widerstehen konnte, ob etwas auf eine Zusammenarbeit mit diesen Leuten hinweisen würde. Ein vages Gefühl sagte ihm, ein Blick in ihre Handtasche würde sich lohnen.

Er fand einen Schwerbehindertenausweis aG auf den Namen Burgel Fuchs. Professor Silbermann wusste von einer gehbehinderten Studentin, dass „aG“ für „außergewöhnliche Gehbehinderung“ stand. Im Zusammenhang mit dem Rollstuhl, den er im Auto gesehen hatte, machte das durchaus einen Sinn. Er selbst hatte nämlich den ganzen Abend von einer solchen Behinderung nichts bemerkt. Offensichtlich spielte diese Journalistin bisweilen die Rolle einer Körperbehinderten. Möglicherweise spielte sie neben der Rolle der behinderten Rollstuhlfahrerin noch einige andere.

Er hätte Rembrandts „Nachtwache“ gegen eine Kinderzeichnung verwettet: Diese Frau gehörte zu diesen Leuten, die so begierig auf seine Kooperation waren.

Trotz des anfänglichen Schreckens musste er anerkennend nicken. Diese Frau ließ sich wirklich einiges einfallen und sie scheute offensichtlich keinen Aufwand, um ihn zur Zusammenarbeit zu bewegen. Wenn seine Schlussfolgerung stimmte, war es sicherlich auch kein Zufall, wenn diese Frau sich so eingehend mit seinem Lieblingskünstler, Georg Baselitz, auskannte. Alles was recht war, diese Frau war wirklich gut informiert und ausgezeichnet vorbereitet.

Wer konnte wissen, was sie oder die mit ihr zusammenarbeitenden Leute sich sonst alles noch einfallen lassen würden, um ihn unter ihre Kontrolle zu bringen.

So einfach würde er es ihnen nicht machen. Besser, er verschwand so schnell wie möglich. Er grapschte nach seinen Anziehsachen, die über einem Designersessel hingen, und ging ins Bad, um sich dort anzuziehen und zurechtzumachen. Er durfte auf keinen Fall warten, um herauszufinden, welche anderen Überraschungen sich diese Leute sonst noch einfallen lassen hatten, um ihn zum Einlenken zu bewegen. Er hätte nicht sagen können, ob sie den Tiefschlaf nur vorgetäuscht hatte, aber als er aus dem Bad kam, stand sie hellwach an der Tür, so als wolle sie ihn diskret darauf aufmerksam machen, er könne nicht ohne eine Erklärung die Wohnung verlassen.

Sanft lächelte sie ihn mit einem Nicken auf ihre offene Handtasche an. „Aber Franz, es lässt sich doch über alles reden, oder?"

„Ich wüsste nicht, über was? Oder soll ich dir in deinen Rollstuhl helfen?", fragte er sarkastisch.

„Ach, du weißt? Ich konnte wirklich jahrelang nicht laufen."

„Ich bin nicht an weiteren Geschichten interessiert."

Sie zuckte nachlässig ihre Schultern. „Wir können trotzdem über die Möglichkeiten reden, wie wir in Zukunft zusammenarbeiten können. Gemeinsam wären wir in der Lage, auf dem Kunstmarkt doch einiges zu bewegen. Meinst du nicht auch?"

Vielleicht wäre es alles nicht passiert, wenn sie ihn dabei nicht noch angelächelt hätte. Als hätte jemand einen Hebel in seinem Kopf umgelegt, stürzte er auf sie zu und schlug mitten in dieses Lächeln.

Dann riss er die Wohnungstür auf, während er schrie: „Das hast du dir selbst zuzuschreiben, du Schlampe!!"

17. Juli 2010, 11.24 Uhr

Es war nicht das erste Mal, dass Alois Krautner als Fälscher aus der Organisation aussteigen wollte, aber als er herausfand, was diese Leute mit den von ihm gelieferten Bildern tatsächlich machten, war er fest entschlossen, keine weiteren Aufträge von dieser Organisation anzunehmen.

Katharina hatte ihn zwar immer wieder zu diesem Schritt gedrängt und er hatte ihren Argumenten rückhaltlos zugestimmt, aber beide hatten sie trotzdem immer weitergemacht. Bestimmt nicht wegen des Geldes oder wegen der Befürchtungen, wie die Organisation auf Alois' Aussteigen möglicherweise reagieren könnte. Es war auch nicht die Angst, von der Polizei aufgespürt zu werden, es war noch nicht einmal wegen der euphorischen Erfahrungen, wenn sie beide zusammen vor einem gemeinsam fertiggestellten Werk standen, was zumindest den Suchtcharakter ihrer künstlerischen Arbeit erklärte. Und bei allen Vorbehalten – künstlerisch waren ihre abgelieferten Bilder ohne Ausnahme Meisterwerke der Fälscherkunst.

Warum hatten sie also nicht schon längst aufgehört, für diese Organisation zu arbeiten?

Wahrscheinlich war es nichts als die Gewohnheit, einen einmal eingeschlagenen Weg einfach weiterzugehen, wenn das Schicksal einen selbst nicht dazu zwang, die Richtung zu ändern. Sicher, Alois war diesen Weg in den letzten Jahren nicht unbeirrt mit Katharina zusammen gegangen, denn immer waren den beiden auch selbst Bedenken gekommen. Aber dieses Mal war es ernster. Eigentlich war Alois an der regelmäßigen Lektüre der Tageszeitung normalerweise wenig interessiert, aber da ihm die Wartezeit bei seiner Kemptener Zahnärztin doch zu lange wurde, hatte er halbherzig angefangen, die im Wartezimmer ausliegenden Zeitschriften und die Tageszeitung durchzublättern. Sein Blick blieb an einem Kupferstich von Dürer hängen, den er sehr genau kannte. Seine Augen hasteten über den kurzen Artikel, bei dem es um ein konkretes Beispiel der offensichtlich zunehmenden Kunstfälschungen im Allgäu ging. Dieser weltbekannte Kupferstich, hieß es, sei erst vor Kurzem von einem namhaften Restaurator als Fälschung enttarnt worden. Eine recht zufällige Entdeckung, schrieb der Berichterstatter, von der das LKA noch nicht sagen konnte oder wollte, in wieweit sie zu einigen anderen ungeklärten spektakulären Kunstdiebstählen in Bayern passten.

Das war allerdings bereits im Februar gewesen. Ohne sich selbst erklären zu können warum, hatte Alois daraufhin diskret Nachforschungen über das tatsächliche Original angestellt. Seine hartnäckigen Recherchen waren jedoch immer wieder im Sande verlaufen. Das von ihm nachgemachte Bild war vor der Entdeckung der Fälschung viele Jahre in den verschiedensten Ausstellungen immer wieder einer interessierten Öffentlichkeit vorgestellt worden, ohne dass bisher Zweifel an seiner Echtheit aufgekommen waren. Es hatte ihm keine Ruhe mehr gelassen und er war der Sache weiter nachgegangen, wobei er nach einiger Zeit Folgendes herausgefunden hatte: Bei der in einigen Zeitungen und Zeitschriften abgebildeten Fälschung handelte es sich zweifelsfrei um seine und Katharinas Arbeit.

Unklar blieb für den alten Künstler allerdings für lange Zeit, wie und wann seine Fälschung mit dem Original ausgetauscht wurde. Es war ihm bisher unbekannt gewesen, dass diese Organisation echte Kunstwerke mit ihren Fälschungen austauschte. Mit diesen verbrecherischen Machenschaften hätten sich beide niemals einverstanden erklärt.

Seitdem blieb er beharrlich bei seinen Nachforschungen, was diese Organisation mit ihren anderen Fälschungen gemacht hatte. Erst nach einem knappen halben Jahr verkaufte ihm jemand gegen eine erhebliche Summe die Information, wie zwei echte Dürer-Kupferstiche gegen Fälschungen im Kaufbeurer Kunsthaus bei einer Ausstellungseröffnung ausgetauscht worden waren.

„Wer sagt mir, dass Ihre Information mein Geld wert ist?“, hatte Alois Krautner misstrauisch seinen Informanten gefragt.

„Wieso ich das weiß? Ich war selbst bei diesem Tausch der Bilder dabei!“
„Wann war das genau?“, hakte Alois skeptisch nach.
„Warten Sie mal! Das muss Ende Oktober 2008 gewesen sein.“
Alois konnte sich auf einmal wieder erinnern, wie in diesem Zeitraum tatsächlich eine Dürer-Ausstellung in Kaufbeuren angefangen hatte. Unverdrossen bohrte der alte Kunstfälscher weiter bei seinem Informanten nach: „Und wer sagt mir, dass Sie mir da nicht einen ausgemachten Schmarrn erzählen?“
Der Mann verzog sein Gesicht, schien in seiner Ehre als Ganove verletzt zu sein. „Sie scheinen wirklich nicht zu wissen, was diese Leute fast regelmäßig mit Ihren Fälschungen machen.“
In der nächsten Viertelstunde erzählte der Kunsträuber von elf konkreten Beispielen, wie Krautners Fälschungen mit den originalen Kunstwerken vertauscht worden waren. Die Originale waren offenbar bei irgendwelchen vermögenden Sammlern verschwunden, die Preise weit über den tatsächlichen Marktwert bezahlt hatten, Summen, von denen Katharina und er nur einen unbedeutenden Bruchteil für ihre Arbeit bekommen hatten. Die Angaben waren alle so konkret, dass es keinen Zweifel an ihrer Richtigkeit geben konnte.
Alois Krautner war entsetzt. Er hätte selbst nicht genau sagen können, was ihn an diesen Machenschaften so störte, schließlich wusste er, dass die Organisation seine Fälschungen als Originale auf den Markt brachte. Aber Raub? Das war doch noch eine andere Dimension der Kriminalität, mit der er nichts zu tun haben wollte. In so etwas wollte er sich auf keinen Fall hineinziehen lassen.
Seine Reaktion hatte nicht auf sich warten lassen. Bei seiner letzten Lieferung hatte er einen kurzen Brief auf der Rückseite eines bestellten Van Goghs befestigt, in dem er seinen Abnehmern deutlich erklärte, dass er unter keinen Bedin-

gungen bereit wäre, weitere Fälschungen zu liefern. Eine eingehendere Begründung für seine Entscheidung hatte er nicht gegeben.
Für ihn war die Sache mit dieser Absage endgültig erledigt, aber er war dann doch ein wenig überrascht, als er die nächsten Wochen keinerlei Reaktion auf seine Ankündigung bekam, denn eigentlich hatte er fest damit gerechnet, sie würden versuchen, ihn zum Weitermachen zu überreden.
„Meinst du, diese Leute haben einfach unseren Ausstieg akzeptiert?", fragte er Katharina, mit der er inzwischen angefangen hatte, Bilder nur für sich selbst zu malen.
„Das sage nur mal nicht so schnell. Ich habe da ein ungutes Gefühl, als würden wir von diesen Leuten noch eine Menge zu hören bekommen."
Katharina sollte Recht behalten, wenn es auch noch weitere drei Wochen brauchte, bis die Organisation reagierte: An diesem alles entscheidenden Morgen hatte Alois seine Absage als für endgültig erledigt gehalten. Er hatte in der Innenstadt Kemptens neue Farben und Leinwände für sich und Katharina eingekauft. Als er das erworbene Material in sein Auto packen wollte, bemerkte er einen Zettel unter dem Scheibenwischer. Zunächst hatte er sich geärgert, weil er ihn für einen Strafzettel hielt, aber als er das gefaltete Blatt aufmachte, sah er auf den ersten Blick, dass es sein eigener Brief an die Organisation war, in Zukunft keine weiteren Fälschungen mehr zu liefern.
Aber unter seinem Text hatte jemand mit einer offensichtlich alten Schreibmaschine einige Worte hinzugefügt.

Ein Geschäft: Sie machen mit Ihrer Kollegin weiter und Rolf Werder wird Katharina Scheible und ihren Sohn Hanno auch in Zukunft in Ruhe lassen.

Nichts weiter! Kein Datum, keine höfliche Anrede, keine „Freundlichen Grüße“ und schon gar keine Unterschrift. Die wenigen Worte hatten aber auch so das Wesentlichste geklärt: Bestimmte Leute in der Organisation wussten von Katharina und warum sie sich mit ihrem Sohn seit Jahren in einem einsam gelegenen Bauernhof im Allgäu versteckt hielt.

Hastig schaute Alois sich um. Es gab ein paar Passanten auf beiden Seiten der Straße, aber niemand erweckte den Eindruck, sich eingehender für ihn zu interessieren. Sein Blick glitt mehrmals hastig über die Häuserfassade. Alle Fenster schienen wie tausend düstere Augen auf ihn herabzustarren.

Katharina! Er musste es ihr erzählen. Sofort!

Er griff nach seinem altmodischen Handy und begann, mit zittrigen Händen Katharinas Nummer einzugeben. Mitten im Wählen schüttelte er entschieden den Kopf. Nicht mit dem Handy. Es gab Dinge, die musste man direkt sagen.

Mit einer fahrigen Bewegung schloss er die Autotür auf und setzte sich hinter das Lenkrad. Nochmals huschte sein Blick über die hinzugefügten Zeilen, wobei er an dem Wort „Rolf“ hängenblieb. Schockiert warf er den Zettel auf den Beifahrersitz und fuhr mit quietschenden Reifen los.

Katharina war gerade mit Hanno dabei, im eingezäunten Garten eine Schar Hühner zu füttern, als Alois in den Hof des abgelegenen Bauernhofs fuhr.

Bereits die Art, wie er sich über den Hof dem Garten näherte, beunruhigte sie. „Stimmt etwas nicht?“, fragte sie.

Statt ihr zu antworten, wandte sich Alois an Hanno. „Hallo Hanno. Kannst du gerade auf mein Handy aufpassen?“

Einen Moment ging Hannos Blick unschlüssig zwischen dem Gerät und seiner Mutter hin und her, bevor er schließlich gierig nach dem Handy griff. „Du musst wohl wieder allein mit Mama sprechen, oder?“, sagte er altklug.

Im nächsten Moment war er, wie von Alois erwartet, in der angrenzenden Scheune mit dem Gerät verschwunden.
„Ist was passiert?“, fragte sie, als Hanno hinter der Scheunentür verschwunden war.
„Lies selbst!“
Sichtlich verunsichert nahm Katharina das Blatt. Nur langsam schien sie die wenigen Worte zu begreifen, die da standen. Ihre Hände fingen deutlich an zu zittern, ihr Atem ging schnell und stoßweise. „Das … das kann doch nicht sein“, sagte sie schließlich.
„Ich fürchte doch. Keine Ahnung wie lange schon, aber diese Leute wissen Bescheid, dass du mit Hanno hier bist und dass wir beide zusammenarbeiten.“
„Du meinst, ihnen ist auch klar, warum ich mich hier versteckt halte? Sie wissen von … Rolf?“
„Ich fürchte schon.“
„Aber … aber wieso?“
„Es sieht ganz so aus, als wären diese Leute mir unbemerkt gefolgt, nachdem ich ihnen mitgeteilt habe, in Zukunft nicht mehr mitzumachen.“
„Gefolgt?“
„Ja doch, um herauszufinden, wie sie mich unter Druck setzen können, weiterzumachen.“ Er schaute sich unsicher um, zuckte dabei hilflos mit den Schultern. „Aber wer weiß. Vielleicht haben sie es auch schon lange gewusst und haben uns bloß an der langen Leine gehalten, solange wir keine Probleme machten.“
„Und Rolf?“ Ihre Stimme klang seltsam entfernt und brüchig.
„Keine Ahnung, Kathi. Wahrscheinlich mischt er auf ihrer Seite mit.“
„Glaubst du wirklich? Aber wenn er von meinem Versteck wüsste, wäre er doch längst hier gewesen … Nachdem, was damals in München geschehen ist.“

„Weiß nicht recht. Ist ja denkbar, dass diese Leute erst jetzt ihre eigenen Nachforschungen angestellt und dabei entdeckt haben, wo wir unsere Schwachstelle haben. Jedenfalls haben sie sich mit ihrer Antwort ziemlich Zeit gelassen. Wie auch immer, das hier ist eine unverblümte Drohung. Entweder wir machen weiter wie bisher, oder Rolf taucht mit seinen Leuten hier auf, um alte Geschichten zu klären."

„Dann wissen diese Leute vermutlich auch … ?" Sie schluckte, konnte nicht mehr weitersprechen.

„Dass wir zusammen die Bilder fälschen?" Als sie nickte, überlegte er einen Moment. „Auf jeden Fall wissen sie es jetzt."

„Wenn sie es schon länger wussten, warum haben sie dann nicht schon längst reagiert?"

„Warum sollten sie? Bei Bedarf konnten sie zu jeder Zeit die Schraube anziehen, doch solange wir brav mitgespielt haben, bestand für sie keinerlei Bedarf, uns auszuspionieren und uns unter Druck zu setzen."

Nach einem längeren Gespräch waren Katharina und Alois sich in den wesentlichen Punkten einig: Offensichtlich hatten sie die Organisation bis jetzt unterschätzt. Dieses Syndikat wurde von ebenso kompetenten wie skrupellosen Leuten geleitet und zweifelsfrei standen Erpressung, Nötigung, Körperverletzung und Mord am Ende einer langen Reihe von variablen Möglichkeiten, die sie auch bedenkenlos einsetzten, wenn es um die Verfolgung ihrer eigenen Ziele ging. Für beide war es ein Schock, mit dem keiner gerechnet hatte. Und es blieb eine Menge an Fragen: Wieso hatten sie das bisher nicht gesehen? Hatten sie es einfach nicht sehen wollen?

Zwei Dinge waren damit völlig klar: Sie beide waren nichts weiter als zwei kleine Teile in einer gewaltigen Maschinerie des kriminellen Kunstgeschäfts.

Einfach Aussteigen war nicht vorgesehen …

20. Juli 2010, 10.12 Uhr

Er hatte einen Fehler gemacht und diese Leute würden es auf die eine oder andere Weise zu nutzen verstehen. Er hätte Burgel nicht schlagen dürfen. Daran bestand mittlerweile für Professor Silbermann keinerlei Zweifel, aber mit dem Super-GAU, der gerade wie ein Orkan auf ihn zubrauste, hatte er in dieser Form nicht rechnen können.

Er ahnte bereits nichts Gutes, als er den unbeschrifteten Briefumschlag aus dem Briefkasten seiner vornehmen Villa in Memmingen-Steinheim zog. Er riss ihn hastig auf. Im Briefumschlag befand sich nur ein kurzer Artikel, der aus einer Tageszeitung herausgeschnitten war. Der fettgedruckte Titel bestand nur aus drei Worten: Kunstjournalistin schwer verletzt.

In einem kurzgehaltenen Zeitungsartikel wurde beschrieben, wie die Polizei am Samstag in den frühen Morgenstunden die Kunstjournalistin Burgel Fuchs verletzt in einer Ferienwohnung in Hopfen am See aufgefunden hatte. Da die vergewaltigte Frau immer noch unter einem schweren Schock stehen würde, hätte sie bisher noch keine Aussage zum Täter oder zum genauen Tathergang machen können. Mögliche Zeugen wurden gebeten, sich umgehend bei der Polizei oder jeder anderen Dienststelle zu melden.

Obwohl es nur diesen Zeitungsausschnitt ohne jede weitere Bemerkung gab, verstand Professor Silbermann sofort, warum man gerade ihm diesen Presseartikel zukommen ließ. Diese Leute schlugen ihm offensichtlich ein Geschäft vor: Burgel würde weiter vortäuschen, sich nicht genau an den Mann erinnern zu können. Ein partieller Gedächtnisverlust kam bei Gewalttaten bisweilen vor oder wurde von den Opfern selbst vorgetäuscht, vor allem wenn sie Angst vor der Rache bestimmter Leute hatten.

Das Spiel war leicht zu durchschauen: Sollte er sich dem Willen dieser Leute widersetzen, würde Burgel diese vorgetäuschte Amnesie überwinden und konkrete Hinweise auf seine Person geben. Und wenn er sich einmal kompromittiert hatte, würde er auch nicht mehr aufhören können, mit ihnen zusammenzuarbeiten. Eine nicht gerade sehr innovative Methode, wie man bei vergleichbaren Fällen mit Prominenten sehen konnte. Alles in allem jedoch ein sehr wirkungsvolles Vorgehen.
Natürlich dachte Silbermann für eine gute Weile daran, sich der Kriminalpolizei zu stellen, um zumindest den Verdacht der schweren Körperverletzung auszuräumen. Vielleicht würde es ihm auch helfen, auf diese Ungereimtheiten mit der angeblichen Gehbehinderung hinzuweisen.
Aber nach eingehenderen Überlegungen ließ er diesen Gedanken wieder fallen. Burgels Aussage würde deutlich gegen seine Behauptung sprechen. Auch sein Hinweis, dass sie ihn in ihre Wohnung eingeladen hatte, würde ihm wenig helfen. Er hatte sie ja tatsächlich geschlagen, und es war nicht auszuschließen, dass dies auch deutlich zu sehen war. Wahrscheinlich sorgten diese Leute auch für Zeugen in den anderen Ferienwohnungen des Hauses, die aussagen würden, sie hätten eine lautstarke Auseinandersetzung gehört. Dann fiel ihm noch ein, was er beim Verlassen der Ferienwohnung geschrien hatte: „Das hast du dir selbst zuzuschreiben, du Schlampe!“ „Weithergeholte Schutzbehauptung“, würde Burgels Anwalt sagen, wenn er behauptete, sie hätte ihn in eine Falle gelockt, um ihn als Kunstexperten zu illegalen Geschäften zu bewegen.
Da würde seine Aussage gegen ihre stehen und sie könnte leicht den Spieß umdrehen. „Kunstjournalistin wird von Kunstprofessor zur Zusammenarbeit gezwungen“. So oder so ähnlich würde die Schlagzeile dann lauten.

Außerdem war es kaum wahrscheinlich, dass er nach diesem Skandal jemals wieder als anerkannter Experte arbeiten könnte. Sein Ruf wäre auf jeden Fall für immer ruiniert, selbst wenn die Staatsanwaltschaft mangels Beweisen die Anklage gegen ihn fallen lassen würde.
Plötzlich lief ihm ein kalter Schauer den Rücken herunter. Er hatte bisher die Sache noch nicht konsequent zu Ende gedacht: Entsprechend den Angaben des Artikels hatten diese Leute möglicherweise bei den Verletzungen noch etwas nachgeholfen, oder was wahrscheinlicher war, ein Arzt hatte die Dinge dramatischer dargestellt, als sie tatsächlich waren. Wie auch immer, die prinzipielle Bereitschaft zur Gewalt machte ihm nur zu deutlich, es gäbe für ihn selbst weit Schlimmeres als fünf Jahre Gefängnis, wenn er es darauf anlegte, diesen offensichtlich gut organisierten Leuten den Fehdehandschuh hinzuwerfen. Sollte es für diese Organisation nicht zu einer profitablen Zusammenarbeit kommen, dann wäre er, da er das Geheimnis von Burgel kannte, nur ein gefährlicher Mitwisser. Er brauchte nicht allzu viel Fantasie, um sich auszumalen, dass sie ihn dann für immer verschwinden lassen müssten.
Er setzte sich sofort an seinen Computer. Er schrieb:
Der Nachwuchskünstler Maximilian Köberle läutet die Wende des Neo-Symbolismus ein …
Diesen Artikel sandte er an mehrere bekannte deutsche Kunstzeitschriften. Diese Leute von der Organisation würden verstehen, dass er ihnen damit seine Verhandlungsbereitschaft signalisierte. Es blieb ihm auch keine andere Wahl. Zunächst ging es nur einmal darum, den Super-GAU noch rechtzeitig zu vermeiden.
Es musste ja noch nicht unbedingt das letzte Wort sein. Vielleicht gab es ja eine Schwachstelle in dieser Organisation, dann würde er seine Chance nutzen. Bis dahin würde

er weiter so tun, als wenn er ihrem Druck endgültig nachgegeben hätte.
Schecks mit zum Teil exorbitanten Vergütungen ließen ihn aber in den darauffolgenden Monaten seine Entschlossenheit vergessen, sich gegen diese Leute zu wehren. Noch nie vorher war seine Arbeit als Kunstexperte so profitabel gewesen.

21. Juli 2010, 13.21 Uhr

Katharina schreckte aus ihrem Schlaf auf, schaute sich verdutzt für einen Moment in ihrer Wohnküche um, ohne zu verstehen. Sie musste nach dem gemeinsamen Mittagessen mit Hanno kurz eingenickt sein.
Kein Wunder: In der vergangenen schwül-warmen Nacht hatte sie lange gebraucht, bis sie in einen unruhigen Schlaf gefallen war. Schweißnass war sie aufgewacht, hatte wieder einmal diesen Traum gehabt: Rolf stand in der Tür. Hinter ihm die grobschlächtigen Konturen seiner Kumpane. „Katharina, schau mal wen ich hier habe!" In den Armen hielt er den sich windenden und laut schreienden Hanno. „Wir haben doch noch eine offene Rechnung", grinste er sie an.
Sie hatte diesen Traum nicht zum ersten Mal. Er kannte sehr unterschiedliche, meist einschüchternde Enden, die sie danach stundenlang wach liegen ließen. Dann horchte sie ängstlich in die Nacht hinaus, ob nicht doch jemand um das Haus schlich.
Jetzt am Mittagstisch fiel ihr wieder die Version der letzten Nacht ein. Rolf hatte sich mit einem furchtbaren Lachen umgedreht und war mit Hanno in den Armen fortgegangen. Sie selbst konnte ihnen nicht folgen, weil sie nackt an ihrem Bett gefesselt war. Hilflos musste sie mit anhören, wie ein Auto den Hof verließ.

Widerwillig schüttelte sie den Kopf. Um diese Erinnerungsbilder wieder loszuwerden, begann sie, die gebrauchten Teller und Schüsseln vom Tisch zu räumen. Schluss jetzt mit diesen alten Geschichten! Ihr Blick blieb auf der Pendeluhr hängen. Fast halb zwei.

Sie hatte Hanno versprochen, gemeinsam ein kleines Drachenboot zu bauen. Da ihr Sohn nicht genau wusste, wie ein solches Spielzeugschiff aussah, hatte sie es ihm vor dem Mittagessen auf ein herumliegendes Blatt Papier gemalt. „Aber wir fangen erst an, wenn wir gegessen haben."

„Mama, gell, das Schiff wird so groß", hatte Hanno beim Mittagessen gefragt, wobei er seine Arme so weit wie möglich ausgestreckt hielt.

„Mindestens, wenn nicht so groß." Lachend hatte sie selbst beide Arme mächtig nach beiden Seiten ausgestreckt.

„Und womit bauen wir es?", hatte Hanno nicht lockergelassen.

„Nun ja, die richtigen Drachenschiffe sind ja aus Wolken gemacht, aber wir nehmen Holz aus dem Schuppen."

„Kann ich schon mal Holz holen?"

„Auf keinen Fall, mein Freund! Zuerst wird einmal aufgegessen, damit du auch ganz stark zum Bauen bist."

„Kommt Onkel Alois, um uns zu helfen?"

„Ich glaube, er hat gesagt, er käme erst am Abend vorbei."

„Oh ja, oh ja!", jubelte der Kleine. „Dann kann er mit mir zum Weiher zum Schwimmen gehen. Und das Drachenboot nehmen wir auch mit. Juhu, juhu! Aber du musst mir helfen, ja?"

„Natürlich helfe ich dir, aber nur wenn du mir danach auch brav hilfst, den Tisch wieder abzudecken."

Wahrscheinlich hätte Hanno ihr auch versprochen, das Haus umzubauen, wenn sie darauf bestanden hätte. Ja, der Junge hing schon sehr an ihr. Laut gähnend und sich streckend schaute sie sich um.

Hanno? Wo war er eigentlich? Es war schon ein Wunder, dass er sie trotz seiner Aufregung überhaupt kurz schlafen gelassen hatte. Hier in der Wohnküche war er auf jeden Fall nicht.

Sie horchte. Alles um sie schien ihr bedrückend still. Selbst die allgegenwärtigen Fliegen schienen im Mittagsschlaf erstarrt. Gleich waren da wieder die Bilder ihres nächtlichen Traums: Was, wenn Rolf tatsächlich wusste, dass sie auf diesem verlassenen Hof mit ihrem Sohn die meiste Zeit allein war?

Rolf würde gleich begreifen, dass Hanno ihre Schwachstelle war. Er würde den Jungen einfach mitnehmen. Er würde …

Die Szenen vergangener Träume huschten wie Blitze durch ihren Kopf. Ihr Herz begann heftig zu hämmern, ihre Hände zitterten. Sie nahm ein Glas, füllte es zittrig am alten Spülstein mit Wasser und stürzte es herunter.

„Hanno? Hanno?" Ihre Stimme hörte sich eher wie ein heiseres Krächzen an.

Wo war Hanno nur? Er musste doch irgendwo sein.

Sie rannte im ganzen Haus herum, schrie seinen Namen. Immer lauter, immer verzweifelter.

Nichts.

Sie riss Türen auf, lief Treppen rauf und Treppen wieder herab. Sie suchte im Keller und auf dem Speicher vergeblich.

Was, wenn sie ihn tatsächlich entführt hatten?

Sie lief in den Hof, versuchte seinen Namen zu rufen. Noch nicht einmal ein Krächzen war jetzt noch von ihr zu hören. Ihr Mund war staubtrocken. Mitten im Hof blieb sie stehen, schloss die Augen, lauschte.

Nichts!

Ihr Herz schlug schnell und unregelmäßig.

Deutlich fühlte sie, wie sie wieder einmal von einer dieser Panikattacken überwältigt wurde. Sie litt seit der damaligen

Nacht in München immer wieder daran: Die Furcht näherte sich wie eine gewaltige Woge, brach bereits im nächsten Moment unerbittlich über ihr zusammen. Ihr Atem ging schnell und unregelmäßig. Der Boden unter ihr wölbte sich auf und brach gleich wieder in sich zusammen, um sich dann wieder erneut unter ihr zu erheben.
Ein ständiges Auf und Ab.
Als würde sie sich von weit oberhalb selbst beobachten, sah sie, wie ihre Arme und Beine angefangen hatten zu zittern. Ihr ganzer Körper kribbelte, als würde er unter einer statischen Ladung stehen. Andere Teile ihres Körpers fühlten sich im Kontrast taub und leer an. Abwechselnd liefen heiße und kalte Schauer über ihren ganzen Körper.
„Mama! Mama!", hörte sie plötzlich wie von weit weg die Stimme Hannos rufen. Im nächsten Moment gaben ihre Füße unter ihr nach.
Sie konnte nicht sagen, wie lange sie da lag, als sie Hannos erschrockene Stimme über sich hörte: „Mama! Mama!"
Langsam öffnete sie ihre Augen. Ihr Sohn beugte sich über sie, streichelte über ihre Wange. „Mama! Was hast du?"
„Schon gut, mein Kleiner." Mühsam richtete sie sich auf, machte eine müde Handbewegung: „Passt schon, mein Junge. Bin nur hingefallen."
„Ach so. Dann ist ja gut."
„Wo warst du?" Es klang etwas zorniger und ungeduldiger als sie wollte.
„Im Holzschuppen! Schau mal, was ich gefunden habe. Meinst du, wir können das für unser Drachenboot nehmen?" Er hielt ihr ein altes morsches Brett entgegen.
„Schauen wir mal, was wir damit anfangen können. Und das nächste Mal, mein Junge, sagst du Bescheid, bevor du wieder verschwindest, ohne deiner Mama beim Abräumen zu helfen."

„Aber du warst doch eingeschlafen. Da habe ich gedacht, ich kann schon einmal mit unserem Drachenschiff anfangen."
In diesem Moment kam unerwarteterweise Alois Krautner mit seinem Auto die holprige Straße heraufgefahren.
„Mama! Mama! Onkel Alois kommt! Juhu!"
Bevor sie ihn am Arm festhalten konnte, war Hanno dem Auto bereits mit wild winkenden Händen entgegengelaufen. Sie schaute ihrem Sohn hinterher, wischte sich verstohlen eine Träne von der Wange. Sie fragte sich, ob sie Alois erzählen sollte, dass sie schon wieder einen Panikanfall hatte …

Dezember 2014

15. Dezember 2014, 10.16 Uhr

„Hören Sie, Herr Zehntner!“ Alois Krautner hatte alle Mühe ruhig zu bleiben. „Ich bezahle Sie gut. Dafür erwarte ich von Ihnen Diskretion.“

„Das versteht sich für eine Privatdetektei von selbst, aber wie bei einem Anwalt sollte ich zumindest in groben Umrissen die Hintergründe der von uns durchgeführten Ermittlungen kennen. Verstehen Sie mich bitte nicht falsch, Herr Bittner. Ohne Ihnen zu nahe treten zu wollen, aber wir sind ein seriöses Unternehmen. Wir können uns doch kaum für möglicherweise nicht ganz legale Geschäfte einspannen lassen.“

„Was lässt Sie denken, ich könnte Sie für etwas Illegales missbrauchen wollen?“, fragte Alois irritiert. Er hatte sich aus Sicherheitsgründen als Herr Bittner vorgestellt.

Verlegen hüstelte der Privatdetektiv. „Wie schon gesagt, es ist nicht persönlich gemeint, aber es ist dennoch erstaunlich, wie oft wir in den letzten Jahren um Recherchen im Kunstbereich gebeten wurden, wobei in manchen Fällen die Hintergründe mehr als fragwürdig waren. Und auch in Ihrem Fall sind es wieder sehr persönliche Informationen, an die wir nicht herankommen können, ohne massiv in den Privatbereich dieser Personen einzudringen.“

„Ist das nicht Ihr übliches Geschäft als Privatdetektiv?“, fragte Alois.

„Sicher kann es das auch einmal sein, aber umso wichtiger erscheint mir die moralische Vertretbarkeit solcher Nachforschungen. Natürlich können wir überprüfen, mit wem Professor Silbermann geschäftliche Kontakte pflegt, aber wer sagt mir, ob diese Informationen später nicht benutzt werden, um diesen Mann zu erpressen oder um unlautere Geschäfte zu machen. Nur um zwei durchaus denkbare Beispiele zu nennen."

„Ihre Bedenken ehren Sie, aber wenn ich Ihnen keine näheren Informationen gebe, dann geschieht dies zu meiner und auch zu Ihrer Sicherheit." Als Alois den skeptischen Blick des alternden Detektivs sah, fügte er gleich hinzu: „Letztendlich müssen wir im wechselseitigen Vertrauen arbeiten."

„Sie glauben doch nicht etwa, ich würde gegen Bezahlung Herrn Professor Silbermann Informationen geben, dass Sie Nachforschungen über ihn und seine geschäftlichen Verbindungen anstellen?"

„Wo denken Sie hin, Herr Zehntner, ich bin von der Diskretion Ihrer Detektei völlig überzeugt, sonst würde ich mich ja wohl kaum an Sie gewendet haben, aber …"

In diesem Sinne ging es noch eine Weile hin und her, aber am Schluss war der rechtschaffene Privatdetektiv doch bereit, sich auf Krautners Bedingungen einzulassen, wobei der Vorschuss für die intensiven Ermittlungen erheblich war, aber daran war der alte Künstler inzwischen hinreichend gewöhnt.

Alois fuhr erleichtert in Richtung Kempten zu seiner Wohnung. Der Vorfall war für ihn nichts Neues, denn in den letzten Jahren musste er öfter mit skeptischen Privatdetektiven und Anwälten arbeiten, aber die meisten hatten einfach ohne große Nachfragen die oft ungewöhnlichen Aufträge durchgeführt, solange sie sich vorher bei den geschäftlichen Bedingungen einigen konnten und eine ordnungsgemäße Zahlung der oft überhöhten Rechnungen gewährleistet war.

Während der alternde Künstler auf der A7 in Richtung Kempten fuhr, fragte er sich wie so oft, ob es nicht doch eine andere Möglichkeit gegeben hätte, als dieses doppelte

und nicht ganz ungefährliche Spiel, was er im Moment zusammen mit Katharina betrieb.
Nachdem sie im Sommer 2010 von der Organisation erpresst wurden, hatten Katharina und er zunächst an eine gemeinsame Flucht mit Hanno nach Lateinamerika gedacht. Die Anden hatten sie beide schon immer interessiert und über ein ansehnliches Vermögen verfügten sie auch. Trotzdem hatten sie sich nach einigen eingehenden Diskussionen anders entschieden. Die Gründe lagen auf der Hand: Die Organisation würde sicher mit einem Fluchtversuch rechnen und ihn gegebenenfalls auch zu verhindern wissen.
„Du hast recht, Alois. Besser, wir wiegen diese Leute erst einmal durch ein geduldiges Nachgeben in Sicherheit. Nicht auszudenken, was sie mit Hanno machen würden, wenn sie uns irgendwo in Bolivien aufspüren würden."
Hatten sie es sich nur eingebildet oder hatten diese Leute sie tatsächlich eine gute Zeit beobachtet? Keiner von beiden hätte es mit Sicherheit sagen können, aber besser, sie gingen davon aus.
Als sie einmal zaghaft auf einem mitgelieferten Zettel darauf verwiesen, die Anzahl der Aufträge hätte sich deutlich erhöht und sie könnten unmöglich die geforderte Qualität in Zukunft gewährleisten, wurde ihnen dieser Zettel innerhalb einer Woche wieder zurückgeschickt.

Sie arbeiten doch zu zweit und Hanno kann doch schon selbst auf sich aufpassen.

Ja, diese Leute verstanden es, den Druck mit dem Hinweis auf Hanno aufrechtzuerhalten.
Während Alois an der Autobahnausfahrt Altusried vorbeifuhr, fiel ihm wieder die häufig geführte Diskussion mit Katharina ein …

„Alois, das kann doch unmöglich ein ganzes Leben so weitergehen. Es gibt keine Nacht, in der ich nicht mehrmals aus dem Schlaf aufschrecke und befürchte, sie schlichen gerade um das Haus."
„Meinst du, ich mache mir nicht jeden Tag Gedanken, wie wir da rauskommen könnten?"
„Und ist dir etwas eingefallen?"
„Ja und nein." Bevor sie nachhaken konnte, fuhr er von sich aus fort: „Wir wissen einfach noch nicht genug über die Organisation."
„Meinst du, es würde uns weiterhelfen, wenn wir mehr über sie wüssten?"
„Kann ich nicht sagen, aber jede Organisation hat mindestens eine schwache Stelle, und wenn wir eine Chance haben wollen, dann müssen wir genau dort ansetzen."
„Irgendwie verstehe ich nicht, wovon du redest."
„Konkret weiß ich es auch noch nicht. Vielleicht können wir sie irgendwie auffliegen lassen. Keine Ahnung …" Alois zuckte nur vage mit den Schultern. „Ich könnte mir ganz gut einen Handel mit der Polizei vorstellen."
„Redest du von dem Personenschutzprogramm, von dem du mir neulich erzählt hast? Aber wenn diese Leute so gut sind wie wir glauben, werden sie bei der Polizei und der Staatsanwaltschaft ihre bezahlten Helfer haben, die sie rechtzeitig warnen werden. Zumindest sollten wir von einer solchen Möglichkeit ausgehen, um nicht unvorhergesehene Überraschungen zu erleben." Alois nickte zustimmend. „Ein Grund mehr, erst dann Schritte zu unternehmen, wenn wir genau wissen, aus welchen Maschen ihr Netzwerk besteht."
„Und du glaubst wirklich, wir kommen an solche Informationen ran?"
„Heute und morgen sicher nicht, denn die Organisation wird ohne Zweifel auch mit einem solchen Schritt unserer-

seits rechnen. Aber mit etwas Geduld und Beharrlichkeit werden wir schon das eine oder andere über sie herausfinden. Wir sind doch beide kluge Köpfe."

Lange hatten sie geschwiegen, hatten dem allgäuerischen Regen zugehört, der gegen die Fenster schlug. Hanno war nach einer Weile außer Atem hereingekommen. „Onkel Alois, hilfst du mir die Hühner füttern?"

„Klar doch!"

Katharina war gleich wieder in ihrer geliebten Mutterrolle. „Aber nur, wenn du dir deine Stiefel und deinen Anorak anziehst."

„Onkel Alois hat auch noch keine Stiefel an."

„Dann ziehen wir sie uns doch am besten gemeinsam an", lachte der Alte.

Hanno war gleich im Gang verschwunden, wo seine Regensachen waren. Katharina hatte Alois kurz am Arm festgehalten. Mit einem kaum merklichen Nicken ihres Kopfes in Richtung offenstehender Tür hatte sie geflüstert: „Alois, ich habe so furchtbare Angst vor diesen Leuten. Wegen ihm."

Erst nach einer angemessenen Zeit hatten sie dann mit den ersten Nachforschungen über die Organisation angefangen. Es war tatsächlich ein Spiel, das sehr viel Geduld erforderte, denn sollte die Organisation den Verdacht bekommen, sie würden versuchen, sich ihrer Kontrolle zu entziehen, dann würden diese Leute dafür sorgen, dass dies der letzte Versuch blieb. Und ihr schwacher Punkt hieß Hanno.

Nach vier Jahren diskreten Nachforschens hatten sie einen nicht unerheblichen Teil ihres Vermögens aufgewendet, verfügten aber inzwischen über nicht unbedeutende Informationen. Beide fassten sie am Monatsende immer die Ergebnisse ihrer Nachforschungen zusammen. Sie schrieben alles säuberlich mit der Hand auf, weil sie sich nicht sicher

waren, ob diese Leute nicht möglicherweise Zugang zu ihrem Computer hatten.
Je ein Exemplar steckten sie in mit dem entsprechenden Datum versehene Briefumschläge. Alois gab am selben Tag noch persönlich ein Kuvert an Wegner weiter. Dieser stellte als wahrer Freund keinerlei Fragen und würde sich auch sonst zuverlässig an ihre Vereinbarungen halten. Sollte ihnen irgendetwas zustoßen, würde Wegner die inzwischen sehr hohe Zahl an ungeöffneten Umschlägen an das LKA Bayern weitergeben.
Wegner war nur informiert, nicht der Einzige zu sein, der diese Informationen von Krautner besaß. Nicht zu Unrecht tippte Wegner auf einen Allgäuer Anwalt, die ja von Berufswegen mit solchen Aufträgen betraut wurden. Wie auch immer: Sollte Alois sich am Ende eines Monats nicht bei Wegner melden, dann würden die bisherigen Informationen auch automatisch durch eine zweite Quelle an die Allgäuer Zeitung gehen. Auf diese doppelte Absicherung hatte Katharina bestanden.
Wie Alois zu seinem eigenen Erstaunen gestehen musste, hatten sie beide – unter dem enormen Druck der Erpressung – die Fähigkeiten von geduldigen Jägern entwickelt, aber es war unzweifelhaft Katharina, die die kreative Begabung besaß, sich – trotz noch so vieler fehlender Puzzleteile – zumindest die wesentlichen Züge des Gesamtbilds vorzustellen. Von ihr kamen in der Regel auch die Ideen, wie sie mit ihren Recherchen weitermachen sollten.
Alois lächelte hinter dem Steuer, als er an ihre Fortschritte in jüngster Zeit dachte. Ihre Bemühungen hatten sich wirklich ausgezahlt. Vertraut war ihnen inzwischen auf jeden Fall die grobe Struktur der Organisation, die sich in den vergangenen Jahren nach und nach die Zusammenarbeit mit allen möglichen Arten von Experten im Kunstbereich

gesichert hatte. Um die Kontrolle über diese Leute zu behalten, bediente sich die geheime Leitung einer internen Sicherheitsabteilung.
Wenn sie beide das richtig verstanden hatten, dann hatte die Leitung für diese Abteilung viele Bandenmitglieder einer früheren Mafiaorganisation verpflichtet, in der Regel Leute, die keine großen Fragen stellten, und die auch vor heimtückischem Mord als letztem Mittel nicht zurückschreckten, vorausgesetzt, die Bezahlung stimmte. Die Organisation machte im Kunstbereich ihre Geschäfte – wie ein multinationaler Konzern – in der ganzen Welt, aber die Leitung agierte – völlig geheim – aus dem Hintergrund. Ihr Sitz war hier irgendwo im Allgäu. Soweit Alois beurteilen konnte, bestand diese Führungsspitze aus drei, wahrscheinlich sogar aus vier Personen.
Während Alois fast unbewusst bei der Ausfahrt Kempten von der A7 abbog, dachte er an das diesbezügliche Gespräch mit Katharina vor knapp einer Woche.
„Alois, du kannst sagen was du willst, aber es gibt über dieser Leitung noch eine Graue Eminenz, die alle Fäden zieht."
„Hast du da nicht zu viele Kriminalromane gelesen?"
„Kann schon sein, aber trotzdem sieht mir alles nach einem sehr kreativen Kopf im Hintergrund aus. Ich habe auch keine Ahnung, ob die anderen die Identität dieser Person kennen, aber es muss sie geben." Katharina hatte einen Moment gezögert, bevor sie fortfuhr. „Wahrscheinlich wirst du mich jetzt für verrückt halten, aber ich hatte gerade eine ungewöhnliche Idee."
„Da bin ich aber mal gespannt, es wäre ja auch nicht das erste Mal. Rede schon!"
„Also gut: Wer immer diese Person ist, sie spielt auch ein doppeltes Spiel mit dieser Organisation."
„Du hast recht, Kathi. Ein wenig verrückt ist deine Idee schon. Warum sollte sie ein doppeltes Spiel mit allen treiben?"

„Ich denke, diese Graue Eminenz will weit mehr als die Kontrolle des Kunstmarkts. Du hältst ja nichts von einem sechsten Sinn, aber mich lässt das Gefühl nicht los, dass alles auf eine finale Katastrophe hinausläuft."

20. Dezember 2014, 08.14 Uhr

Vielleicht wären Alois Krautner und Katharina auch noch einige Zeit in gewohnter Weise ihren privaten Ermittlungen gefolgt, wenn es nicht Samstagmorgen gewesen wäre, der Anfang eines Wochenendes, an dem er nicht mit seiner Kollegin arbeiten musste. So ließ er sich sowohl mit dem Frühstück als auch mit der Lektüre der Allgäuer Zeitung alle Zeit der Welt. Nur so ließ es sich erklären, wie er auf der letzten Seite seinen Blick über die Todesanzeigen gleiten ließ, was er sonst tunlichst vermied, um nicht selbst ständig an die eigene Sterblichkeit erinnert zu werden. Außer einer Danksagung für einen bekannten Architekten gab es an diesem Tag eigentlich nur eine eher unscheinbare Todesanzeige, über die sein Blick zunächst ohne besonderes Interesse huschte, wobei sein Gehirn selbstständig seine gewohnten Kommentare abgab.

Professor Dr. … (Na schön, auch ganz Gescheite müssen gehen.)

… 1938 (mein Jahrgang …)

Rieden, 18. Dezember (Wahrscheinlich das zwischen Kaufbeuren und Bad Wörishofen, wo Wegner wohnt.)

… nach kurzer Krankheit. (Kann ich mir für mich selbst auch nur wünschen, wenn es mal so weit ist.)

Ich vermisse dich sehr:

Ignaz … (Nicht gerade viele, die da ihre Anteilnahme zeigen.)

Trauerfeier mit anschließender Beisetzung Dienstag, 23. Dezember, 14.00 Uhr … (Aber ohne mich … Ist sowieso langsam Zeit, mich auf den Weg zu machen.)

Alois war bereits dabei, die Zeitung wieder zusammenzufalten, um sie achtlos neben sich auf dem Frühstückstisch abzulegen, als dieser Name ihn ansprang, den er beim ersten flüchtigen Lesen nicht registriert haben musste.
Professor Dr. Franz Silbermann
Wieso war ihm dieser Name nicht gleich aufgefallen? Wahrscheinlich hatte sein Unterbewusstsein sich geweigert, ihn richtig wahrzunehmen.
Dabei kannte er den Namen sehr gut. Franz und er hatten zur selben Zeit an der Akademie der Kunst in München studiert. Die Münchner Kunstszene war damals noch klein genug, sodass sie sich in ihrer gemeinsamen Münchner Zeit immer mal wieder über den Weg gelaufen waren. Malerkollegen waren sie gewesen, Freunde nie. Selbst Malerkollege war fast zu viel gesagt. Franz hatte schon während des Studiums immer einen Hang zum endlosen Diskutieren über Farbkompositionen und Stilrichtungen. Er hatte es ja dann in kurzer Zeit zu etwas gebracht, der Herr Professor. War seit Zeiten anerkannter Kunstsachverständiger, der sogar auf internationaler Ebene von sich reden machte, oder besser gesagt, gemacht hatte.
Nicht zum ersten Mal wurde Alois aber in letzter Zeit an den Kunstkenner erinnert, denn es war einer der Namen, den er auf einer Liste gefunden hatte, die ihm ein beauftragter Privatdetektiv übergeben hatte. Ein Datenabgleich hatte dessen intensive Zusammenarbeit mit bestimmten verdächtigen Kunstgalerien nachgewiesen, was allerdings in gleicher Weise auf zwei Dutzend anderer Personen zutraf: Künstler, Händler, Kuratoren, Kunstsachverständige, kurz Leute, die man auf einer solchen Liste erwartete, wenn auch nicht notwendigerweise so häufig in derselben Zusammensetzung.
Silbermanns Tod musste nichts Bemerkenswertes zu sagen haben, denn sechsundsiebzig Jahre, wie er selbst, war sicher

ein Alter, bei dem man längst damit rechnen musste, aus dem Leben zu scheiden, ohne dass dabei nachgeholfen wurde. Trotzdem …

Alois wurde mit einem Mal das dumpfe Gefühl nicht mehr los, mit Silbermanns Tod ginge etwas nicht mit rechten Dingen zu. Könnte es nicht sein …?

Alois ging die Totenanzeige aufs Neue durch. Nach kurzer Krankheit. Sicher, so stand es da, aber da würde ja auch kaum stehen „Nach dem Eindringen zweier Kugeln über der Nasenwurzel".

Auf jeden Fall würde er mit Katharina darüber reden müssen, und vielleicht würde sich doch einmal die Teilnahme an einer Trauerfeierlichkeit lohnen, zumal es sich ja nicht um die eigene Bestattung handelte.

23. Dezember 2014, 14.35 Uhr

Wenn auch der Kalender auf Winter hinwies, das Wetter tat es bestimmt nicht. Mit 15 Grad – plus wohlgemerkt – hatte Alois Krautner hier im Allgäu selbst im Juni schon kältere Temperaturen erlebt. Noch nicht einmal Regen. Doch eigentlich kein Wetter für eine Beerdigung, wie es sich hier im Allgäu gehört hätte.

Alois hatte wieder seinen Dickkopf durchsetzen müssen, als es darum ging, ob er überhaupt daran teilnehmen sollte. „Wozu?", hatte Katharina immer wieder gefragt. Er hatte keine konkrete Antwort gewusst, hatte nur gemeint, es wäre doch ganz normal, wenn er von einem ehemaligen Kollegen Abschied nehmen wollte.

„Als wenn du jemals deshalb bei einer Beerdigung gewesen wärst", hatte Katharina gesagt, die seine Abneigung gegenüber Trauerfeierlichkeiten kannte.

„Genügt ja normalerweise auch, wenn man bei seiner eigenen dabei sein muss. Aber mal im Ernst, irgendwie ist das schon seltsam mit diesem angeblichen Unfall, bei dem er gestorben sein soll."

Die Todesursache hatte Alois sehr schnell geklärt.

„Ein Grund mehr für dich, nicht hinzugehen." Nach einem ängstlichen Blick in seine Augen winkte Katharina mit einer Hand resigniert ab. „Ich sehe schon. Du hast längst die Entscheidung getroffen, aber ... bitte, sei vorsichtig, ja?"

Als Alois sich unter den Trauergästen umsah, musste er zugeben, selbst nicht so recht zu wissen, was er sich von seiner Teilnahme an dem Begräbnis erwartete. Die meisten kannte Alois, aber es gab auch drei auffällig dunkel gekleidete Männer, die so gar nicht zu den übrigen Künstlern passen wollten. Am offenen Grab sprach gerade ein nicht mehr ganz nüchterner Künstlerkollege von dem großen Verlust für die Kunstwelt, aber in keinem der Gesichter der doch recht zahlreich erschienenen Künstlerkollegen konnte Alois eine ehrliche Trauer über das Ableben von Professor Silbermann erkennen. „Anerkannt, aber nicht notwendigerweise beliebt", war Alois' Fazit.

Bei einigen wenigen ein neugieriges Interesse wie bei der Vernissage eines Künstlers, der zum ersten Mal ausstellte. Die meisten wirkten verunsichert. Oder kam es ihm selbst nur so vor, weil er sich recht unwohl fühlte?

Einen hageren Mann, vielleicht knappe fünfzig, der ganz nahe am Sarg stand, erkannte Alois als Sohn des Verstorbenen wieder. Um sich von melancholischen Gedanken über den Tod abzulenken, versuchte Alois sich zu erinnern, wie er hieß. Ignaz? Ja, Ignaz Silbermann hatte doch in der Sterbeanzeige gestanden. In diesem Punkt war Alois sich ziemlich sicher, schließlich war er die halbe Nacht über dieser Anzeige düsteren Gedanken an den Tod gefolgt.

Während die Gesichter vieler anderer eher durch eine stille Resignation gezeichnet waren, die man dem Tod eines älte-

ren Kollegen entgegenbrachte, wirkte Ignaz wirklich tief betroffen von dem Tod seines Vaters. Unruhig huschten Ignaz' Augen immer wieder vom einen zum anderen Trauergast. Seine Hände zitterten deutlich.
Alkohol? Angst? Trauer?
Alois hätte es nicht zu sagen gewusst. Nur ein Gefühl blieb tief in ihm, als er seinen Blick weiter über die Anwesenden schweifen ließ: Er war sichtlich nicht der Einzige, der daran zweifelte, es hätte sich tatsächlich nur um einen tragischen Unglücksfall gehandelt.
Vielleicht konnte ihm ja Ignaz etwas mehr über die näheren Umstände dieses Unfalls erzählen. Vielleicht würde er ja einen Hinweis auf die Organisation finden.
Drei Stunden später klingelte Alois Krautner an der Haustür von Professor Silbermanns Sohn, dessen Adresse er in einem Telefonbuch gefunden hatte. Seine Geduld wurde ziemlich in Anspruch genommen, bevor die Tür ein wenig geöffnet wurde. Im Spalt erschien Ignaz' Kopf.
„Was kann ich für Sie tun?", fragte Ignaz eher ängstlich als abweisend, wobei er die Haustür ein wenig mehr aufmachte, sodass Alois in den Hausgang blicken konnte.
„Kann ich mit Ihnen kurz sprechen, Herr Silbermann? Ich war ein Kollege Ihres Vaters und es gäbe da noch einige Dinge, die ich gerne mit Ihnen klären würde."
„Nein, tut mir leid, nicht jetzt."
Im nächsten Moment war die Haustür schon wieder geschlossen, aber Alois hatte auch so genug gesehen. Im Gang hinter Ignaz war kurz ein Mann aufgetaucht, der mit Sicherheit keiner der Künstlerkollegen des Verstorbenen war. Ganz offensichtlich einer der auffällig formal gekleideten Männer, die ihm bereits auf dem Friedhof aufgefallen waren. Auf jeden Fall war dieser Mann keiner der Künstlerkollegen.

Ignaz' verängstigte Reaktion hatte zudem mehr gesagt als viele Worte: Von wegen „nach kurzer Krankheit". Wie immer Professor Silbermann gestorben war, es war sicherlich kein normaler Unglücksfall.
Diese Annahme fand Alois auch bestätigt, als er die Wirtin in einem Nachbardorf auf diesen plötzlichen Todesfall ansprach.
„Diesen Professor, der immer wegen der Kunstwerke in der Zeitung stand, meinen Sie? Sicher habe ich davon gehört. Spricht derzeit doch jeder hier im Dorf davon. Von der Tenne soll der herabgefallen sein."
„Ein Unfall? Sind Sie sicher?"
„Aber ja, wenn ich es Ihnen doch sage. Sein Sohn, der Ignaz, soll ihn in der Scheune am Ende einer Leiter tot aufgefunden haben."
„Weiß man wie? Ich meine … niemand fällt doch so ohne guten Grund von einer Tenne herunter?"
„Die Leute im Dorf sagen, er soll wieder einmal betrunken gewesen sein." Sie beugte sich über den Tresen, als müsse sie Alois etwas ganz besonders Vertrauliches erzählen. „Wissen Sie, früher soll der Professor ja nie einen einzigen Schluck getrunken haben. Vom einen auf den anderen Tag, heißt es, habe er er mit dem Trinken angefangen."
„Klingt ja wirklich ungewöhnlich."
„Wenn ich es Ihnen doch sage." Sie deutete vielsagend mit ihrem Zeigefinger auf ihre Stirn. „Mit seinem Kopf soll da etwas nicht gestimmt …"
„Du, Klara, komm doch einmal her!", unterbrach sie der Wirt, der gerade in der Tür der Küche aufgetaucht war. Seine Stimme klang herrisch, keinen Widerspruch duldend.
„Komm ja schon!", sagte seine Frau hörbar eingeschüchtert.
„Ich glaube nicht, dass du Gerüchte über die Probleme anderer Leute verbreiten solltest. Am besten, du gehst in die

Küche und kümmerst dich um die Schweinshaxen." Dann wandte er sich mit einer brüsken Bewegung Alois zu. „Und Ihnen kann ich nur raten, so schnell wie möglich von hier zu verschwinden. Niemand hier im Dorf ist daran interessiert, sich von Ihnen in solche Geschichten hineinziehen zu lassen. Ich glaube wir haben uns da klar verstanden, oder? Und jetzt pfiat di!"

Der Wirt drehte sich um, um deutlich zu machen, dass für ihn damit das Gespräch zu Ende war. Alois ahnte aus Erfahrung trotzdem, wie sich hinter dieser Maske des unverhohlenen Ärgers eine große Angst verbarg.

Es passierte Alois nicht zum ersten Mal …

23. Dezember 2014, 17.16 Uhr

Als Alois Krautner auf der B12 in Richtung Kempten fuhr, wurde er das Gefühl nicht los, von zwei Autos verfolgt zu werden. Auf Höhe Marktoberdorf war sein Verdacht zur absoluten Gewissheit geworden. Es waren zwei fast gleich aussehende Autos: BMW 4er Gran Coupé, beide dunkelblau und beide mit Augsburger Kennzeichen. In jedem saßen zwei dunkel gekleidete Männer. Ob es dieselben wie am Grab waren, konnte Alois nicht deutlich erkennen. Da beide Beifahrer ein Handy am Ohr hielten, war es mehr als wahrscheinlich, dass sie dabei waren, sich gegenseitig abzusprechen.

Inzwischen machten sie auch keinen Hehl mehr daraus, ihn in die Zange zu nehmen. Sie machten eine Art gefährliches Spiel daraus, bei dem sie den Abstand zu seinem Auto immer wieder variierten. Manchmal ließen sie vor und hinter ihm kaum mehr als zehn, höchstens zwanzig Meter Platz. Bei gut hundert Stundenkilometern war das ein unmissverständlicher Versuch, ihn einzuschüchtern. Vor der Abzweigung nach Obergünzburg erwog Alois, überraschend abzufahren, ließ dann aber den Gedanken gleich wieder fallen. Wahrscheinlich war es genau das, was sie von ihm wollten. Wie auch immer, er würde sie kaum für lange abhängen können, denn mit ihren rasanten Autos würden sie jedes Wettrennen mit ihm für sich entscheiden können. Es wäre dann ein Leichtes, ihn zwischen den Dörfern auf einer einsamen Nebenstrecke zum Anhalten zu zwingen, und für das, was ihm dort blühen konnte, bedurfte es kaum der Fantasie eines Krimiautors. Sie würden ihn nicht ermutigen, mit seinen Nachforschungen einfach weiterzumachen. Offen blieb für Alois allerdings, wann sie auf seine verdeckten Ermittlungen aufmerksam geworden waren. Er konnte von Glück sagen, wenn das erst in Rieden bei der Beerdigung geschehen war.

Seine Hände verkrampften um das Steuerrad, weil seine Finger begonnen hatten zu zittern. Auf seiner Stirn bildete sich ein dünner Schweißfilm, als er an die Methoden dachte, mit denen sie ihn zum Reden zwingen könnten. Er wäre fast von der Fahrbahn abgekommen, als er an seine schwächste Stelle dachte: Hanno. Und auch Katharina. Viel wirkungsvoller als alle Schmerzen, die sie ihm möglicherweise zufügen konnten, war der Gedanke, was sie mit den beiden anstellen konnten.

Und … diese Männer wussten mit Sicherheit, wo Hanno und Katharina zu finden waren.

Kurz vor Kempten geschah dann etwas völlig Unerwartetes. Während er weiter in Richtung Stadt fuhr, bogen beide Sportwagen auf die A7 Richtung Ulm ab. Alois gab sich keiner Illusion hin: Sicher nur eine Feuerpause, denn sie würden es kaum bei diesem unmissverständlichen Hinweis bewenden lassen, wer letztendlich in diesem tödlichen Spiel das Sagen hatte. Es war ein gemeines Katz-und-Maus-Spiel,

wobei Katharina, Hanno und er die tragenden Rollen der hilflosen Nager zugewiesen bekamen.
An einer Tankstelle in Kempten machte er Halt. Nach einem kurzen Zögern nahm er sein Handy und wählte aus der Telefonliste die Nummer von Katharina.
„Schön, dass du anrufst“, meldete sich gleich ihre Stimme. Sicherlich hatte sie auf ihrem Display seine Nummer erkannt. „Wie ist es auf der Beerdigung gegangen?“
„Durchwachsen, würde ich sagen.“ Statt ihr gleich von seinen Verfolgern zu erzählen, erzählte er ihr etwas langatmig von Silbermanns Sohn und dessen verunsichertem Verhalten.
Katharina hörte ihm geduldig zu, stellte nur kurze, gezielte Zwischenfragen, wenn sie etwas nicht ganz verstanden hatte.
Es dauerte eine gute Weile, bis Alois zur Sache kam. „Wenn du mich fragst, sieht alles so aus, als wenn unsere Freunde bei Silbermanns Tod nachgeholfen hätten.“
Katharinas Stimme klang hart, als sie zu ihrem eigenen Urteil kam. „Womit ein für alle Mal geklärt wäre, wie wenig Skrupel diese Leute auch bei gemeinem Mord kennen. Hast du eine Vorstellung, warum sie … Ich meine, es muss ja einen konkreten Grund geben, wenn diese Leute mit Professor Silbermann nicht mehr weiterarbeiten wollten oder konnten.“
„Davon gehe ich auch aus, aber die Hintergründe sind mir noch nicht klar. Wie auch immer, wir lagen wohl richtig mit unserer Annahme, Silbermann hätte bereits seit Jahren mit ihnen zusammengearbeitet. Fakt ist dann auch, dass der Professor sich in den letzten Jahren geradezu auffällig für bestimmte junge Künstler eingesetzt hat, die inzwischen – nicht zuletzt durch seine hilfreiche Unterstützung – zur Avantgarde in Deutschland zählen. Das passt alles gut zu-

sammen, denn genau diese Künstler werden ebenfalls von Galerien und Kunsthändlern protegiert, die wir im Verdacht haben, ebenfalls mit der Organisation zusammenzuarbeiten."

„Genau das, was ich die ganze Zeit sage." Nach einem kurzen Zögern schien ihr der Widerspruch selbst aufzufallen. „Irgendwie schon seltsam. Eine solche erfolgreiche Zusammenarbeit wäre doch eher ein Grund gewesen, weiterzumachen. Same procedure as every year."

„Genau das habe ich mir auch schon überlegt. Kein Allgäuer Bauer würde eine Kuh schlachten, solange sie Milch gibt. Ich meine, vor allem da diese Leute doch einige Möglichkeiten haben, ihre Verbündeten von dem Gedanken abzubringen, einfach so mal auszusteigen. Trotzdem, für mich gibt es wenig Zweifel, wer hinter diesem angeblichen Unfall steckt."

„Das sehe ich ganz genau so wie du, Alois. Bei uns haben sie es ja auch geschafft, dass wir bei der Stange bleiben. Bleibt die Frage, warum die Organisation in diesem Fall einen Schlussstrich gezogen hat."

„Gute Frage. Da kann ich selbst nur Vermutungen anstellen. Es heißt, Silbermann hätte in den letzten Jahren angefangen, über den Durst zu trinken. Überleg doch mal! Wir haben früher über ihn gelacht, weil er fast immer der Einzige war, der kaum einmal einen über den Durst getrunken hat. Und am Ende seines Lebens fällt er auf, weil der ständig zu viel trinkt."

„Verstehen könnte ich es schon. Er ist wohl ziemlich unter Druck gekommen, und dann reagieren viele, indem sie zu viel trinken, aber das erklärt immer noch nicht, warum er umgebracht wurde."

„Richtig, Katharina, vielleicht ist er irgendwie zu einem Sicherheitsrisiko für die Organisation geworden."

„Du meinst, er hat im betrunkenen Kopf zu viel aus dem Nähkästchen erzählt?“
„Wäre doch gut möglich. Übrigens schienen mir sein Sohn und einige Leute, die ich befragt habe, ziemlich eingeschüchtert zu sein. Wahrscheinlich wissen sie auch mehr, als sie eigentlich wissen sollten. Sie werden wohl nicht ganz zu Unrecht befürchten, sie könnten in der nächsten Zeit ebenfalls Opfer eines tragischen Unfalls werden.“
Auf ihre ausdrückliche Nachfrage erzählte er ihr von seinem kurzen Besuch bei Ignaz Silbermann und seinem Erlebnis mit dem Wirt. Beim Sprechen bemerkte Alois selbst, wie sehr er sein eigentliches Problem ganz gegen seine sonstige Gewohnheit vor sich herschob. Aber er brauchte irgendwie Zeit, um zu entscheiden, ob er ihr am Telefon von den beiden Verfolgerautos erzählen sollte. Mit einem tiefen Seufzen entschied er sich dann doch, es ihr gleich zu sagen. „Hör mal, Katharina, ich fürchte, da gibt es noch eine andere Sache, die ich dir unbedingt erzählen muss.“
„Da bin ich aber mal gespannt, was du mir noch alles verheimlichst … Warte kurz … Da ist irgendjemand im Gang …“
Im Hintergrund hörte Alois die ächzenden Dielen, als Katharina durch die Küche eilte, wie sie die Tür aufriss und völlig verstört schrie: „Was machen Sie … Sie denn mit meinem Sohn?“
Alois hörte harte und herrische Männerschritte. Dazwischen Hannos weinerliche Stimme, die nach seiner Mama rief. Dazwischen die erstickte Stimme von Katharina, die sich offensichtlich erfolglos gegen einen Angreifer wehrte. Ein kurzes, heftiges Gerangel. Schließlich eine männliche Stimme, die ihn direkt ansprach: „Herr Krautner?“
„Ja …? Was?“
„Sie haben genau dreißig Minuten Zeit. Sollten Sie in dieser Zeit nicht hier auftauchen, könnte es sehr gut sein, dass Sie

von diesem hübschen Haus nichts mehr als Asche finden. Vielleicht wird man Sie dann fragen, wer dieses kleine Kind war …"
„Sie werden doch nicht …?", krächzte Alois.
„Ach? Wirklich nicht?", fragte die Stimme kalt. „An Ihrer Stelle würde ich es nicht darauf ankommen lassen. Und keine Angst! Ihrer hübschen Freundin Katharina wird nichts passieren. Sie soll schließlich auch in Zukunft für uns arbeiten. Also: Eine halbe Stunde und zwar allein. Und keine Dummheiten! Glauben Sie mir, was fiese Tricks angeht, sind wir Ihnen haushoch überlegen!"
Dann war die Verbindung von einem Moment auf den anderen weg. Alois starrte mit entsetzten Augen sein Handy an: Wieso hatte er nicht begriffen, was diese Männer vorhatten, als sie in Richtung Ulm abbogen?
War doch ein naheliegender Gedanke.
Im nächsten Moment war es so, als fiele er in einen endlosen tiefen Schacht …

23. Dezember 2014, 18.21 Uhr

Alois Krautner stieß die Haustür heftig auf, hielt aber mitten in der hektischen Bewegung inne, als er den dunkel gekleideten Mann im hell erleuchteten Hausflur bemerkte. Höchstens dreißig. Groß. Kräftig. Durchtrainierter Sportlertyp.
Der Mann war allein. Zumindest konnte Alois sonst niemanden im Hausflur sehen. Wahrscheinlich hatte der Mann die sich nähernden Scheinwerfer von Alois' Auto schon von Weitem gesehen, denn er schien keineswegs überrascht über Krautners plötzliches Auftauchen.
„Wo sind Katharina und Hanno?", keuchte Alois ganz außer Atem, weil er über den Hof zum Wohnhaus gelaufen war.
„Kommen Sie doch erst einmal herein, Herr Krautner",

sagte der Mann in einem Ton, als handelte es sich um ein vereinbartes Geschäftstreffen und es ginge nur noch um die Regelung einiger Details.

„Ich will wissen, wo sie sind“, beharrte Alois auf der Beantwortung seiner Frage, wobei er allerdings zögernd der Aufforderung nachkam und ins Haus trat. Die Haustür zog er gewohnheitsmäßig hinter sich zu.

„Sie brauchen sich wirklich keine Sorgen zu machen, Herr Krautner. Sobald wir mit unserem Gespräch fertig sind, können Sie sich gerne davon überzeugen, wie ausgezeichnet es den beiden geht.“ Der formal-höfliche Ton stand im deutlichen Kontrast zu Krautners verärgerter Stimme.

„Bevor ich weiter mit Ihnen rede, will ich die beiden sehen“, fauchte Krautner wütend.

Der Mann schüttelte scheinbar bedauernd den Kopf. „Ich fürchte, Sie müssen sich im Moment an unsere Spielregeln halten, wenn Sie die beiden überhaupt jemals wiedersehen wollen. Und jetzt kommen Sie in die gute Stube, damit wir beide uns in Ruhe unterhalten können.“ Ganz der versierte Gastgeber, wies der Mann einladend mit der Hand auf die Tür der Wohnküche.

Wütend stierte Alois ihn an, holte dann aber tief Luft und ließ die Schultern resignierend sacken. „Na schön! Spielen wir nach Ihren Regeln, aber sollte Katharina und Hanno etwas passiert sein, dann …“

„Was dann? Herr Krautner, Sie dürften kaum in der Position sein, nach den Fehlern, die Sie in der letzten Zeit gemacht haben, Drohungen auszusprechen. Wenn Sie nicht sofort hereinkommen und anfangen sich wie ein zivilisierter Mensch zu verhalten, ist das Gespräch für mich beendet, bevor es richtig angefangen hat. Haben wir uns da verstanden?“ Bei den letzten Sätzen hatte eine unverhohlene Warnung der geschäftlichen Höflichkeit Platz gemacht.

Alois ging in die gut geheizte Wohnküche. Während er – wie so oft vorher – auf seinem Stuhl am Küchentisch Platz nahm, blickte er sich hastig um. Außer ihm und diesem Mann war niemand da. Wahrscheinlich wurden Hanno und Katharina irgendwo im Haus von anderen Männern bewacht.

Der Mann spielte wieder den vollkommenen Gastgeber, nahm erst gegenüber Krautner Platz, als dieser bereits saß. Es fehlten nur noch die zu einem geschäftlichen Treffen üblichen Floskeln, etwa in der Art: „Wie war die Fahrt?" oder „Kann ich Ihnen etwas zu trinken anbieten?"

Stattdessen kam der Mann gleich zur Sache, allerdings hatte der Ton kaum noch etwas Geschäftsmäßiges. „Jetzt mal im Ernst, Herr Krautner! Was haben Sie sich eigentlich gedacht, warum wir in Kempten auf die Autobahn abgebogen sind? Um eine kleine Allgäu-Tour zu machen vielleicht? War Ihnen wirklich nicht klar, wen wir da besuchen wollten?"

Statt einer ausdrücklichen Antwort begnügte sich Alois mit einem hilflosen Achselzucken.

Ein weiterer Fehler, denn das ließ dem Mann ihm gegenüber weiter die Initiative. „Jetzt mal zum Mitdenken für alte Leute wie Sie. Glaubten Sie wirklich, die ganze Angelegenheit wäre mit unserem kleinen Spiel erledigt gewesen?" Seine Stimme schlug so plötzlich in eine aggressive Tonlage um, dass Alois heftig zusammenzuckte.

„Ich meinte … dachte eigentlich", fing Krautner an zu stottern.

„Sie dachten?" Der Mann zog erstaunt die Augenbrauen hoch. In seinem spöttisch-herablassenden Ton war nichts von der anfänglichen formalen Höflichkeit geblieben. „So, so. Ich hatte bisher bei Ihnen eher den Eindruck, Denken wäre nicht ganz so Ihre Stärke. Sie hatten doch bereits vor Jahren die gelbe Karte gezeigt bekommen. Oder wie haben

Sie unsere Antwort damals interpretiert, als Sie beide aussteigen wollten?"
Er ließ einige Augenblicke verstreichen, aber als Alois nicht antwortete, fuhr er mit einem schneidenden Ton fort. „Wir hatten doch unmissverständlich unser kleines Abkommen klargemacht: Sie arbeiten weiter mit uns zusammen, ohne noch einmal große Probleme zu machen, und wir halten Rolf Werder davon ab, sich Ihre Malerkollegin vorzunehmen. Grund genug hat er ja wohl, etwas nachträglich zu …"
„Ich verstehe nicht ganz ", versuchte Alois zu unterbrechen.
„Krautner, jetzt spielen Sie nicht auch noch den völlig Ahnungslosen. Solange Sie gute Arbeit leisten, können Sie in Ihrem Privatleben vögeln, wen Sie wollen. Wir halten uns aus Ihren Angelegenheiten heraus und dafür stecken Sie nicht Ihre Nase in Angelegenheiten, die Sie nichts angehen."
Zum ersten Mal hatte Alois den Eindruck, der Mann hätte ein wenig die Kontrolle verloren, denn die Reaktion hatte jetzt auch den letzten Rest an gespielter Gelassenheit verloren.
„Ich weiß wirklich nicht, worauf Sie hinaus wollen", blieb Alois bei der einmal eingeschlagenen Taktik.
„Na schön, wie Sie wollen, Krautner. Sie haben uns ja dankenswerterweise ein wenig Zeit gelassen, uns schon einmal mit Ihrer reizenden Malerkollegin zu unterhalten. Sie werden es nicht glauben, aber der Name Rolf Werder kam ihr sehr bekannt vor."
„Dann wissen Sie ja bereits alles." Alois wunderte sich selbst, wie ruhig er reagierte.
„Sagen wir fast alles. Es soll da laut Ihrer Kollegin eine Menge Informationen geben, die Sie beide über uns in letzter Zeit gesammelt haben. Ihre Schnüffeleien in Rieden haben wir ja selbst mitbekommen. Ihre sogenannten ‚Nachforschungen' waren ja auch nicht gerade sehr diskret." Er betonte das

Wort „Nachforschungen“, als würde es sich dabei um etwas sexuell Abartiges handeln. „Ihre liebe Freundin konnte uns aber nicht sagen, wer außer Ihnen beiden noch im Bilde ist. Ich gehe davon aus, dass sie es wirklich nicht weiß. Würden Sie also jetzt die Freundlichkeit besitzen, oder muss ich den Kleinen erst aus dem Keller holen lassen?“

„Das Kind weiß doch von nichts“, sagte Alois. Seine oberflächliche Ruhe machte sichtbar sofort einer panischen Angst Platz.

„Was Sie nicht sagen. Sie würden mir wahrscheinlich gar nicht glauben, was Kinder so alles mitbekommen. Man braucht sie nur richtig zu fragen und schon fallen ihnen bestimmte Dinge gleich wieder ein. Also, ich frage Sie jetzt ein allerletztes Mal.“ An dieser Stelle ließ er eine bedeutungsvolle Pause, bevor er drohend fragte: „Sagen Sie mir nun, an wen Sie die von Ihnen gesammelten Informationen weitergegeben haben, oder muss ich tatsächlich erst den Jungen danach fragen?“

Alois fühlte, wie er am ganzen Körper zu schwitzen begann, denn er wusste, in welcher Zwickmühle er jetzt saß. Mit seiner Information würde er wahrscheinlich den Anwalt und Wegner zum Tod verurteilen, aber er wusste auch, es war keine leere Drohung, Hanno zu holen. Diese Leute würden auch bei einem kleinen Kind keine Skrupel kennen, wenn es um ihre Interessen ging. Und dumm waren diese Leute bestimmt nicht. Ihnen war völlig klar, dass Hanno seine und Katharinas schwächste Stelle war.

Wahrscheinlich hatten sie auf diese Weise auch Katharina gezwungen, ihnen über ihre gemeinsamen Ermittlungen zu berichten. Schon ein Wunder, dass Katharina ihnen nicht gleich die Informationen über den Anwalt und Wegner gegeben hatte, aber sie hatte wahrscheinlich glaubhaft beteuert, dass ihr alter Freund diese Informationen aus Sicherheitsgründen für sich behalten hätte.

Der dunkel gekleidete Mann, offensichtlich der Leiter dieser Aktion, griff in seine Jackentasche und zog ein Handy hervor. Er drückte auf eine Taste, wartete einen Moment, bevor er in das Gerät sprach. „Der Alte ist ein wenig uneinsichtig. Könnt ihr den Jungen …"
„Warten Sie!", unterbrach ihn Alois.
„Moment mal!", sagte der Mann in das Gerät. „Der Alte scheint doch noch zur Vernunft zu kommen. Lass das mal mit dem Jungen! Ich melde mich wieder, wenn der Alte doch noch Probleme machen sollte."
Im nächsten Moment war das Handy wieder in seiner Tasche verschwunden. Dann wandte er sich abrupt an Alois. „Und jetzt zu uns beiden. Allerletzte Chance für die große Beichte. Jeden Monat habt ihr also alle erschnüffelten Informationen zusammengeschrieben. Stimmt das so weit?"
Da die schneidende Stimme keinerlei Zweifel ließ, dass der Mann seine Fragen nicht geduldig wiederholen würde, nickte Alois, ließ dabei seinen Blick verstohlen in der Wohnküche umherschweifen.
„Krautner, falls das jetzt ein Versuch werden soll, aus dieser Nummer herauszukommen, dann war es das. Also, was ist? Den Rest laut und deutlich! Und ein wenig zügig, wenn ich bitten darf!" Wäre der Mann nicht so siegessicher gewesen, wäre ihm vielleicht das Flackern in Alois' Augen aufgefallen, denn dem war in diesem Moment tatsächlich was eingefallen.
„Also gut, Sie bekommen alles zu hören", gab Alois sich scheinbar geschlagen. „Es existieren tatsächlich schriftliche Informationen. Ich habe sie drüben im alten Stall versteckt. Kommen Sie, ich zeige sie Ihnen!"
Ohne zu warten stand er auf und ging Richtung Küchentür. Der Mann reagierte schnell. Einen Augenblick später hielt er Alois bereits am Ärmel fest. „Moment mal! Ich bin immer noch derjenige hier, der sagt, wann …"

Weiter kam er nicht, denn genau damit hatte Alois gerechnet. Mit einer Schnelligkeit, die man ihm in seinem Alter gar nicht mehr zugetraut hatte, warf er sich mit seinen fast neunzig Kilo auf den Mann.

Wahrscheinlich wäre ihm sein Überraschungsangriff gelungen, wenn er es mit einem weniger trainierten Mann zu tun gehabt hätte. Es hätte Alois eigentlich auffallen müssen, dass dieser Mann weder mit einem gezückten Messer noch mit einer Pistole drohte. Das war keinesfalls Nachlässigkeit, denn dieser Mann brauchte tatsächlich nichts, sein Körper war eine lebende Waffe.

Als Beauftragter der Inneren Sicherheitsabteilung unterrichtete er regelmäßig die ihm unterstellten Leute in diversen Nahkampf-Sportarten, die er selbst als Söldner in den unterschiedlichsten militärischen Ausbildungslagern gelernt hatte. Er selbst hielt sich in akuten Notsituationen an keine festgelegten Regeln, sondern sein Körper reagierte reflexartig auf jeden Angriff. Rein instinktiv war sein Kampfstil darauf ausgerichtet, den Gegner so schnell wie möglich kampfunfähig zu machen, eine Technik, die ihm bei mehreren bewaffneten Gegnern schon einige Male das Leben gerettet hatte.

Entsprechend war seine Reaktion auf den plötzlichen Angriff sehr schnell und hart. Der alte Mann hatte nicht den Hauch einer Chance gegen einen solchen gut ausgebildeten und trainierten Gegner. Mit einer unglaublichen Geschwindigkeit wich der Mann zunächst ein, zwei Schritte schräg nach hinten aus. Die ganze Energie von Alois' Angriff lief ins Leere. Der alte Künstler, des Kämpfens völlig ungeübt, kam sofort ins Straucheln.

Mit kampfbereit erhobenen Händen sprang der Mann einen Schritt vor. Während Alois sich noch vergeblich um das eigene Gleichgewicht bemühte, schlug sein nahkampf-

erprobter Gegner schon auf ihn ein. Der Handkantenschlag gegen den Hals ließ den alten Mann auf der Stelle zusammenbrechen.
Alois merkte bereits nicht mehr, wie eine Hand an seinem Hals vergeblich nach dem Puls fühlte.

Von: Rubens@fgn.de
Datum: 23/12/2014, 20:54:34
An: Tizian@fgn.de

An die Leitung Innere Sicherheit,
die Sache mit dem Leonardo-Projekt ist ganz aus dem Ruder gelaufen. Die Anweisungen waren doch eigentlich unmissverständlich. Das Problem bestand nur darin, dass Leonardo zu viele neugierige Fragen stellte. Dank Ihrer Observation konnten Sie ja bereits die ersten Sicherheitsmaßnahmen unternehmen. Eine angemessene Bestrafung, die allerdings seine weitere Zusammenarbeit mit uns nicht gefährdet hätte, hätte ausreichend genügt.
Ziel unserer aktuellen Intervention sollte es eigentlich nur sein, auf Leonardo einen „positiven Einfluss" zu nehmen, sich in Zukunft ausschließlich auf seine eigene künstlerische Arbeit mit seiner Kollegin zu konzentrieren.
Sie schreiben, Leonardo hätte zuerst angegriffen und letztlich sei es nur ein bedauerlicher Unfall gewesen. Das mag so sein, Fakt bleibt jedoch, mit dem Tod von Leonardo entsteht ein gravierender personeller Engpass. Mit dem Ausfall dieses Künstlers kann dieses Projekt erst wieder in seiner vollen Kapazität weitergeführt werden, wenn wir einen angemessenen Ersatz für ihn gefunden haben.
Diese Notwendigkeit gilt selbstverständlich auch für den Verlust des Professors, dessen Ausscheiden – zugegebener-

maßen – auf dem Hintergrund der erheblichen Sicherheitsrisiken der vergangenen Monate unvermeidbar war.
Unsere Infrastruktur – ich verweise nur auf die zunehmende Anzahl von Galerien und Auktionshäusern – konnte schon bisher nicht die bestehende hohe Nachfrage an nachgemachten Werken decken.
Sicherlich haben Sie mit Ihrem Argument recht, wir würden derzeit weit lukrativere Projekte als das mit Leonardo verfolgen, aber gerade dieser jetzt nicht voll genutzte Bereich ist nach wie vor eine tragende Säule in unserem ganzen System. Zumindest mittelfristig steht doch zu befürchten, dass es zu erheblichen Umsatzeinbußen kommen könnte, denn einige unserer Beziehungen werden sich dauerhaft nur halten lassen, wenn wir auch einen entsprechenden Nachschub an echten und nachgemachten Kunstwerken zuverlässig gewährleisten können.
Die erforderlichen Maßnahmen liegen also klar auf der Hand: Unsere gesamte Infrastruktur muss sofort genutzt werden, um einen angemessenen Ersatz für Leonardo zu finden. Es dürfte allerdings nicht einfach sein, Künstler mit seiner Qualifikation zu finden. Wegen der wichtigen strategischen Bedeutung dieses Projekts brauche ich ja wohl nicht ausdrücklich zu betonen, dass dafür alle erforderlichen Mittel zur Verfügung gestellt werden.
Konkret bedeutet dies im ersten Schritt: Die Künstlerin, die bisher mit Leonardo gearbeitet hat, muss unter allen Umständen dazu bewegt werden, weiter für uns zu arbeiten.
Gleichzeitig sollten wir aber auch zuverlässige und künstlerisch begabte Fachkräfte rekrutieren. Solange wir noch Lieferprobleme haben, müssen eben auch die von uns protegierten Künstler den ein oder anderen Auftrag übernehmen.
Sollten Sie mögliche weitere Personen gefunden haben, mit denen wir diesen Bereich personell aufstocken können,

möchte ich unverzüglich davon in Kenntnis gesetzt werden. Selbstverständlich wäre es in allen Fällen vorzuziehen, wenn wir auf die vertrauensvolle, „freiwillige“ Zusammenarbeit bei den von uns ausgewählten Künstlern bauen könnten. Dies gilt natürlich auch für die oben erwähnte Künstlerin, mit der wir bisher nur über Leonardo zusammengearbeitet haben.

Sollte dies bei der Künstlerin aus Gründen, die weit zurück in der Vergangenheit liegen, nicht möglich sein, dann müssen wir bei der Rekrutierung leider auf andere bewährte Mittel zurückgreifen. Ich bitte aber dringend darum, davon erst Gebrauch zu machen, wenn alle anderen Möglichkeiten ausgeschöpft wurden. Damit keine Missverständnisse aufkommen, betone ich es noch einmal in aller Deutlichkeit: Persönliche Rachegefühle müssen wie bisher unbedingt hinter den gemeinschaftlichen Interessen unserer Organisation zurückstehen. Nicht ohne Grund haben wir uns alle bisher in dieser Sache in Zurückhaltung geübt.

Dies muss auch unbedingt so bleiben!

Ein weiterer Ausfall, zum Beispiel, weil wir die falsche Art von Druck auf die Dame ausgeübt haben, können wir uns in der aktuellen Situation nicht leisten.

Ein wesentliches Problem scheint mir auf der Ebene der Qualität der gelieferten Kunstwerke zu bestehen. Zweifellos hätten wir eine breite Auswahl von Künstlern, die unbedeutende Kunstwerke nachahmen können, aber derzeit sehe ich vor dem Hintergrund unserer jahrelangen guten Erfahrung nur diese eine Künstlerin, die technisch und künstlerisch an die Möglichkeiten von Leonardo herankommt. Sie kann nicht nur täuschend echt die ganze Palette der bekanntesten und derzeit so gefragten Renaissance-Künstler liefern, sondern auch die Impressionisten, deren Werke derzeit ebenfalls sehr in Mode sind.

Ich brauche wohl kaum darauf hinzuweisen, dass es in den vergangenen Jahren der Zusammenarbeit mit Leonardo – d. h. gleichzeitig auch mit ihr – zu keinerlei Reklamationen oder gar kriminaltechnischen Ermittlungen gekommen ist, und das, obwohl wir durch ihre Mitarbeit sehr bedeutende, verlorengegangen geglaubte Werke wieder auf den Kunstmarkt bringen konnten. Ungeklärt ließen wir aus guten Gründen bisher, inwieweit die Künstlerin an all diesen Werken beteiligt war. Wir gehen aber sicher nicht mit Unrecht von einem sehr hohen Anteil aus, weil Leonardo wohl nie allein so viele Werke liefern hätte können.
Selbstverständlich kann die entsprechende Person weiter in ihrem vertrauten Rahmen – d. h. in der Zurückgezogenheit des Allgäus – die von uns vorgegebenen Werke schaffen. Entsprechende Expertisen und Dokumente zur Provenienz übernehmen wie gehabt unsere Fachleute. Nachdem wir die Druckerei aus sicherheitstechnischen Gründen auch in die Nähe von Altusried verlegen konnten, dürften aus dieser Richtung keinerlei Reklamationen zu erwarten sein.
Konkret bedeutet dies: Wie in der Vergangenheit übernimmt unsere Organisation mit der bereits bestehenden Infrastruktur die Vermarktung, sodass diese Künstlerin sich ganz auf ihr künstlerisches Schaffen konzentrieren kann. Den ursprünglichen Plan, sie als eigenständige Künstlerin in München aufzubauen, wie wir das vor Jahren geplant hatten, haben wir allerdings aufgegeben, da es unter den gegebenen Umständen besser ist, wenn diese Frau weiter in der Anonymität bleibt. Außerdem haben wir in diesem Bereich derzeit hinlänglich junge Künstler, die wir „protegieren" können, bis sie internationale Anerkennung genießen.
Was die Vergütung angeht, können wir ihr weiter die üblichen lukrativen Bedingungen anbieten. Wichtig wäre derzeit allerdings, auf einen schnellen Abschluss der Geschäfts-

beziehung zu drängen, sobald die besagte Künstlerin sich von ihrem Schock erholt hat. Ich dachte da an ein Zeitfenster von einer Woche, maximal von zwei. Mehr lässt die derzeitige Auftragslage nicht zu. Auf diese Weise könnte es spätestens nach der Weihnachtspause in bewährter Weise weitergehen.
Ihrem Vorschlag, zwischenzeitlich unseren Qualitätsmaßstab etwas herabzusetzen, möchte ich aus guten Gründen nicht entsprechen. Sie wissen selbst, wie aufwendig es wäre, für diesen Geschäftsbereich eine neue angemessene Infrastruktur aufzubauen, wenn unsere Mitarbeiter oder bestimmte Häuser durch qualitativ mangelhafte Ware in Misskredit geraten würden. Gerade im sensiblen Kunstbereich kommt es schließlich sehr viel auf Vertrauen in die Experten und Auktionshäuser an, was wieder eine hohe Anforderung an die Qualität der Werke stellt.
Selbstverständlich wird es erforderlich sein, die neuen Werke der besagten Künstlerin eingehend von unseren Spezialisten überprüfen zu lassen, bevor wir sie auf dem Markt weitergeben.
Da sie nach dem Ausfall ihres Künstlerkollegen für die nahe Zukunft ein hohes Sicherheitsrisiko darstellt, sind entsprechende Vorkehrungen unumgänglich. Auch wenn dies zunächst erhebliche Kosten mit sich bringt, werden wir die Künstlerin über die nächsten Monate streng überwachen müssen. Die Leute, die den Professor überwacht haben, sind ja jetzt für diese neue Aufgabe frei. Leiten Sie die erforderlichen Schritte sofort ein.
In diesem Zusammenhang denke ich auch an die Informationen, die Leonardo und seine Kollegin über die Organisation zusammengetragen haben. So etwas darf sich nicht mehr wiederholen, aber diesen Punkt haben wir ja bereits ausreichend geklärt. Sie sorgen für die entsprechenden per-

sonellen Veränderungen. Wir können wirklich von Glück sagen, dass sich die Hintergründe – trotz des Zwischenfalls – durch die Aussagen der Künstlerin restlos klären ließen. Die Angelegenheit mit dem Anwalt, der die schriftlichen Informationen an die Presse weitergeben sollte, haben Sie ja zur allseitigen Zufriedenheit klären können. Da bleibt nur noch dieser ehemalige Kommissar, der über die Duplikate verfügt. Ansonsten hat Leonardo seine Nachforschungen sehr diskret durchgeführt, sodass unsere Organisation weiter verdeckt ihre Aufgaben verfolgen kann, ohne dass wir unliebsame Mitwisser befürchten müssten.
Ich kann Ihren bewährten Händen wohl trotz der anstehenden Weihnachtsunterbrechung die Lösung folgender Probleme vertrauensvoll überlassen:

1. Sicherung der weiteren zuverlässigen Zusammenarbeit mit der besagten Künstlerin und
2. Klärung der angesprochenen Sicherheitsfragen mit dem ehemaligen Kommissar.

Halten Sie mich auch über die Weihnachtstage in diesem Chatsystem bitte auf dem Laufenden.
Ganz sicher wird sich die Notwendigkeit für weitere personelle Veränderungen bei der Leitung unserer Inneren Sicherheitsabteilung nicht ergeben. Es wäre wirklich schade, wenn wir diesen Bereich personell ganz neu besetzen müssten. Sie verstehen sicher, worauf ich hinaus will.

Mit freundlichen Grüßen
Rubens

23. Dezember 2014, 21.12 Uhr
Rolf Werder sah in den Spiegel. Er trug immer noch die Augenklappe, die ihn ständig daran erinnerte, was ihm vor

sieben Jahren fast auf den Tag genau mit dieser „Künstlerin“ passiert war. Seit inzwischen mehr als sechs Jahren wusste er von den Leuten der Inneren Sicherheit, wo sich diese Frau im Allgäu mit ihrem sogenannten „Künstlerfreund“ verkrochen hatte. Natürlich wäre es ihm ein Leichtes gewesen, sich tausendmal an ihr für die erlittene Schmach zu rächen. Aber es gab Dinge, die waren stärker als seine Wut auf diese Frau. Viel wichtigere Dinge!

Der Tag der Abrechnung würde aber auch für Katharina kommen. Bis dahin musste sie allerdings für die Organisation weiterarbeiten. Wenn sie sich weigerte, wäre es für ihn ein Vergnügen, all diese blutigen Fantasien auszuleben, die bisher nur ein fader Ersatz für seine tatsächliche Rache waren.

Während er sein Auto aus der Garage fuhr, um sich auf den Weg zu Katharina Scheible zu machen, dachte er an den Jungen, mit dem diese Schlampe auf dem abgelegenen Bauernhof lebte. Vielleicht könnte er ihr ja an ihrem Kind zeigen, wie es ist, ein Auge zu verlieren …

Entschieden schüttelte er seinen Kopf: „Persönliche Rachegefühle müssen – wie bisher – unbedingt hinter den gemeinschaftlichen Interessen unserer Organisation zurückstehen.“ Das war eine unmissverständliche Anweisung von ganz oben, von Rubens selbst, gewesen.

Ja, es gab wichtigere Dinge. Dieses Kind war ein gutes Druckmittel. Aber wenn dieses Aas weiter in der gewohnten Qualität für die Organisation arbeiten sollte, dann musste es genau abschätzen, wie und wann der Junge eingesetzt werden sollte. Wie ein geschickter Schafkopfspieler musste er ihr ständig zu verstehen geben, dass er diesen Trumpf auf der Hand hielt und er ihn zu jeder Zeit einsetzen konnte.

Geduld!

Der Tag der Abrechnung würde kommen und dann würde er diesen Trumpf noch brauchen. Sieben Jahre hatte er bereits auf seine Rache gewartet, aber es würde mit Gewissheit keine weiteren sieben Jahre dauern, bevor sie und ihr Bastard erfahren würden, was wirkliche Macht ist. Dann würde er keine Sekunde zögern, diesen Trumpf endlich auszuspielen …

23. Dezember 2014, 22.21 Uhr

Gleich bei seiner Ankunft in dem einsam gelegenen Bauernhof machte Rolf klar, wer jetzt das Sagen im Hause hatte. Sein Ton gegenüber den Leuten der Einsatzgruppe der INS war höflich, aber bestimmt. „Schneider, bis zur vollständigen Klärung der Angelegenheit sind Sie von der Führungsarbeit der Gruppe befreit."

„Aber es war ein Unfall", sagte Schneider blass wie ein Leichentuch.

„Ich bin sicher, es wird sich alles klären lassen. Winkelmann, Sie übernehmen bis auf Weiteres die Aufgaben von Schneider."

„Was ist mit der Frau und dem Jungen?", fragte der Angesprochene.

„Sie sind mir für die Sicherheit von beiden verantwortlich. Es darf unter keinen Umständen weitere Unfälle dieser Art geben." Er warf einen vielsagenden Blick auf Schneider. Dann wandte er sich wieder dem neuen Einsatzleiter zu. „Ich hoffe, ich habe mich unmissverständlich ausgedrückt."

„Selbstverständlich."

„Wo kann ich mich mit der Frau ungestört unterhalten?"

„In der Wohnküche ist es warm."

„Gut! Dann bringen Sie die Frau sofort dorthin."

„Versteht sich von selbst. Gibt es sonst noch was, was ich für Sie tun könnte?"

„Nein. Und noch einmal: Wenn ich die Hilfe von jemandem brauche, dann werde ich das ausdrücklich so sagen. Wenn ich sage ungestört, dann meine ich genau das."

Katharina Scheible wurde zwei Minuten später von zwei Männern gebracht, die aber den Raum sofort wieder verließen. Für einen Moment starrte die junge Frau Rolf fassungslos an.
„Du … du, Rolf?“, brachte sie nur mit trockener Stimme hervor.
„Ja, ich. So trifft man sich wieder.“ Dem Zucken in seinem Gesicht war deutlich anzusehen, wie schwer es ihm fiel, ruhig und sachlich zu bleiben, wie er es sich auf der Fahrt vorgenommen hatte.
„Seit wann weißt du … Ich meine … “
„Dass du hier untergekrochen bist, du …? Schon Jahre!“ Ohne ihre Reaktion abzuwarten, erklärte er gleich den Sachverhalt. „Du wirst dich vielleicht fragen, warum ich dich heute das erste Mal hier bei dir besuche, wenn ich schon seit Jahren weiß, wo du dich versteckt hältst.“
Als sie ihm offensichtlich gegen ihren eigenen Willen zunickte, fuhr er gefühllos fort: „Es ist mir all die Jahre wirklich schwer gefallen, mich zurückzuhalten, aber bei uns in der Organisation herrschen feste Regeln. Das Geschäft geht über meine persönlichen Gefühle dir gegenüber, sonst wärst du schon längst tot.“
„Feine Geschäfte!“, stieß sie geringschätzig hervor.
„Geschäfte, von denen du und der Alte bisher sehr gut gelebt habt.“
„Du sollst ihn nicht ‚der Alte‘ nennen. Er hatte in einem Finger mehr Anstand und Würde, als du jemals mit deinen verdammten Geschäften haben wirst.“
„Letzte Warnung, Katharina.“ Seine Stimme klang eisig und schneidend. „Wir brauchen dich, aber wir brauchen nicht diesen kleinen Scheißer. Soweit ich mitbekommen habe, gibt es deinen Jungen gar nicht offiziell. Ihr beide habt damals bei der Geburt ja ‚vergessen‘, dies den Behörden zu

melden. Mit anderen Worten bist du die einzig Lebende, die überhaupt von seiner Existenz weiß. Für dich also noch einmal zum Mitdenken: Entweder, du arbeitest brav mit uns zusammen, oder wir … Na ja, wir könnten ihn zum Beispiel ganz einfach mitnehmen, damit du in Ruhe über deine Situation nachdenken kannst."

„Das könnt ihr … ihr doch nicht ma… machen."

„Sicher könnten wir das. Am Ende hält der Junge dich doch nur von deiner künstlerischen Arbeit ab und das wollen wir doch beide nicht, oder?"

Ihre Hände zitterten, ihr Gesicht war fahlweiß. „Was könnte es euch bringen, wenn … wenn ihr ihn mit…nehmt?"

„Wenn du meine persönliche Meinung wissen willst, wäre das die sicherste Möglichkeit, damit du nicht auf falsche Gedanken kommst."

Es war für Katharina deutlich herauszuhören, dass dies für ihn tatsächlich nur eine rein praktische Frage darstellte. Dennoch wollte sie sich nicht so schnell geschlagen geben. „Damit werdet ihr nie durchkommen. Ich werde … Ihr werdet schon sehen."

Rolf zog verächtlich die Augenbraue seines gesunden Auges hoch, machte eine wegwerfende Handbewegung. „Du meinst die Polizei? Mach dich doch nicht lächerlich. Wie glaubst du, werden die reagieren, wenn du daherkommst und die Entführung eines Kindes anzeigst, das es offiziell gar nicht gibt? Wenn du solche fantastischen Geschichten erzählst, wirst du noch im Bezirkskrankenhaus in Kaufbeuren enden. Du solltest wissen, dass wir Leute bei der Polizei haben, die dafür sorgen, dass dies keine leere Drohung bleibt."

„Ich könnte eure ganze verdammte Organisation auffliegen lassen."

„Für die du mit deinem Busenfreund jahrelang Bilder gefälscht hast? Falls du gerade an eine Kronzeugenregelung

denken solltest, kannst du diese Idee gleich vergessen. Du warst ja so freundlich, unseren Leuten den Namen dieses Anwalts zu nennen.“
„Deine Freunde hatten gedroht, Hanno etwas anzutun.“
„Du brauchst dir keine Gedanken zu machen, Katharina. Wir haben inzwischen die schriftlichen Unterlagen, die ihr monatlich bei ihm deponiert habt. Bei uns geht so etwas ganz schnell, wenn es sein muss.“
„Was ist mit Herrn Kramer?“, fragte Katharina kaum hörbar.
„Vergiss ihn! Du solltest dir mehr um dich selbst Sorgen machen. Alle Spuren könnten darauf verweisen, dass du an seinem Tod nicht ganz unschuldig warst. Unsere Leute sind da ganz geschickt. Da lässt sich auch im Nachhinein noch das ein oder andere arrangieren. Wir haben da zum Beispiel unsere Beziehungen zur Polizei, wie schon gesagt.“
„Ihr verdammten Schweine.“
Rolf lächelte kalt. „Aber, aber … Wer wird denn da gleich so hysterisch werden? Es gibt doch noch ganz andere Probleme, die wir lösen sollten. Gemeinsam, versteht sich.“
„Was für Probleme denn?“
„Eines dieser Probleme heißt Wegner und wohnt bei seiner Schwester in Bad Wörishofen. Kurklinik, soweit ich informiert bin. Übrigens kein schlechter Schnitzer. Da ließe sich sicherlich eine Zusammenarbeit mit uns einrichten, wenn er sich einsichtig zeigen sollte. Mit marktorientierten Skulpturen könnten geschickte Leute wie er über uns ein Vermögen verdienen.“
„Vergiss es! Er würde sich nie darauf einlassen.“
„Sag das nicht! Wenn so nette Leute wie du ihn bitten würden, doch so freundlich zu sein, mit uns zusammenzuarbeiten, dann würde er den Vorschlag sicherlich gründlich überdenken.“

„Du glaubst doch selbst nicht, dass ich Wegner wirklich darum bitten würde."

„Katharina, es ist mir unverständlich, wie uneinsichtig du sein kannst. Da mache ich dir trotz massiver Bedenken", er wies mit dem Zeigefinger auf seine Augenklappe, „ein wirklich lukratives Angebot, und was machst du? Soll dieser Mann etwa genauso enden wie euer Anwalt, für den wir leider keinerlei Verwendungszwecke hatten? Lass uns doch einmal zusammen vernünftig überlegen, wie du uns da helfen könntest."

„Freiwillig bestimmt nicht."

„Aber Katharina, du solltest mir wirklich mehr entgegenkommen, schließlich bist du mitverantwortlich, wenn Wegner jetzt Unterlagen besitzt, die er nicht haben sollte. Also?"

„Da gibt es für mich nichts zu überlegen. Ich werde ihn da nicht weiter hineinziehen. Und damit basta!"

Rolf schüttelte gespielt genervt seinen Kopf. „Dann denke ich eben für dich mit nach. Du brauchst nicht viel für uns zu tun."

„Ich werde gar nichts für euch machen!"

„Sei nicht so uneinsichtig, Katharina!", sagte er mit gespielter Geduld. „Du erinnerst dich doch sicherlich an Herrn Professor Silbermann. Dein Partner und du wart ja offensichtlich sehr an seinem Fall interessiert. Ich meine, wie schnell wird man Opfer eines tragischen Unglücksfalls. Du willst doch sicherlich nicht, dass Wegner was passiert, oder sehe ich das falsch?"

„Als ehemaliger Polizist wird das bei ihm nicht so einfach sein, vor allem wenn ich …" Im letzten Moment bemerkte Katharina ihren Fehler.

Zu spät! Rolf hatte ihn auch bereits bemerkt. „Falls du gerade auf den Gedanken gekommen bist, ihn zu warnen, kannst du das gleich vergessen. Erstens wirst du in nächster

Zeit weder Handy noch einen Computer haben, um ihn zu verständigen. Telefon gibt es, wie ich hörte, hier sowieso nicht. Das Auto von deinem Kollegen hast du auch nicht zur Verfügung. Wir kümmern uns darum, dass es hier nicht nutzlos herumsteht. Und die beiden Herren, die ich bis zur zufriedenstellenden Lösung der Angelegenheit hier bei dir lasse, werden dich auch nicht ermutigen, unkontrollierten Kontakt mit deinem Polizeifreund aufzunehmen."

„Es gibt mehr Ideen, als ihr denkt", sagte sie herausfordernd.

„Aber nicht doch! Hanno wäre gar nicht begeistert, wenn du es trotzdem irgendwie versuchen solltest, vor allem wenn wir dich auf frischer Tat dabei erwischten."

„Wenn Wegner nichts von uns hört, wird er von selbst vorsichtig sein."

„Kein Problem. Du wirst ihm einen kleinen Brief schicken. Damit du nicht zu viele Fehler machst, werde ich dir beim Schreiben gerne behilflich sein. Am besten, wir fangen gleich damit an."

Sie schien einen Moment zu überlegen, bevor sie fragte: „Und was soll ich ihm deiner Meinung nach schreiben?"

Rolf war entschlossen, ihr klar zu zeigen, wie wenig Alternativen sie hatte. „Was sollst du denn schon schreiben? Vielleicht, dass wir ganz nett zu dir und deinem Sohn sind, und dass dies auch so bleiben wird, solange er uns hilft, einige Missverständnisse zu klären."

Rolf wartete, damit seine unverhohlene Drohung auch bei ihr die gewünschte Wirkung zeigen konnte. Dann fuhr er mit einem Lächeln fort: „Aber jetzt mal im Ernst. Wir werden Herrn Wegner nicht mit schlechten Nachrichten beunruhigen. Ist ja schließlich auch nicht mehr der Jüngste. Nicht, dass er noch einen Herzinfarkt bekommt. Aber da fällt uns beiden bestimmt etwas ein."

„Kann ich Hanno sehen?", fragte sie unvermittelt.

„Im Moment nicht. Er ist gerade so schön am Schlafen, und dabei wollen wir ihn doch nicht stören, oder?“
Sie konnte ihm ansehen, wie sehr er seine Macht über sie genoss, als sie gemeinsam den Brief schrieben.

Mittwoch, 23. Dezember 2014

Lieber Herr Wegner,
bitte erschrecken Sie nicht, aber ich muss Ihnen mitteilen, unserem gemeinsamen Freund, Alois Krautner, geht es derzeit gesundheitlich nicht sehr gut. Da ihm der Arzt absolute Ruhe verordnet hat, kann er sich leider am Ende des Monats nicht wie üblich mit Ihnen treffen und leider können Sie ihn auf seinen eigenen Wunsch hin auch derzeit nicht besuchen, da er Zeit braucht, in Ruhe über einiges nachzudenken.
Wahrscheinlich ist diese Nachricht auch ein schwerer Schlag für Sie. Häufig muss ich daran denken, wie ich Sie unter äußerst ungewöhnlichen Bedingungen in der Breitachklamm vor mehr als sieben Jahren kennenlernen durfte. Einen Satz, den Sie damals sagten, habe ich nie vergessen: Jede Krise ist auch eine Chance, seinem Leben eine neue Wendung zu geben.
In diesem Sinne möchte ich in Alois’ Namen diesen regelmäßigen Termin am Ende des Monats selbst wahrnehmen. Sowohl Alois als auch ich gehen davon aus, inzwischen über genügend Informationen zu verfügen, um die seit Langem notwendigen Schritte zu unternehmen. Deshalb soll ich mit Ihnen gemeinsam in seinem Sinne so schnell wie möglich handeln. Allerdings ist er der festen Überzeugung, es sei besser, wenn Sie nicht im Alleingang vorgehen, sondern mit mir zusammen, zumal ich auch über alle Informationen verfüge. Deswegen sollten wir uns demnächst einmal persönlich treffen, um über unser gemeinsames Vorgehen zu sprechen.

Um einen möglichst optimalen Handlungsspielraum zu haben, lässt er Sie bitten, die von Ihnen verwahrten Informationen auf keinen Fall weiterzugeben. Sie sollten das von Ihnen in seinem Auftrag gesammelte Material zu unserem Treffen mitbringen, damit wir es gemeinsam systematisch auswerten können.
Haben Sie bitte auch Verständnis, wenn ich Ihnen aus Sicherheitsgründen erst kurzfristig mitteilen kann, wann und wo wir uns genau treffen können.

Mit seinen und meinen freundschaftlichen Grüßen
Katharina Scheible

27. Dezember 2014, 14.25 Uhr
Wegner las den Brief immer wieder, so als suche er eine verborgene Information. Schon bei den ersten Zeilen wusste er, wie wenig er den tatsächlich gegebenen Informationen trauen durfte. Zwar nannte ihn alle Welt bei seinem Nachnamen „Wegner", aber mit Katharina Scheible war er schon seit Jahren per Du. Auch der ganze formale Stil passte so gar nicht zu der jungen Künstlerin. Das klang ganz so, als wenn ihr jemand die eine oder andere formale Wendung diktiert hätte. Alois? Nein! Bestimmt nicht.
Wegner ließ noch einmal seinen Blick über den Brief huschen. Die Schrift konnte schon von ihr sein, Stil und Inhalt eher nicht. Der Hinweis auf ihre erste Begegnung war das einzig Authentische an diesem Brief. Alois und er hatten sich in den vergangenen Jahren oft bei ihr im Haus getroffen. Er hatte die verzweifelte junge Frau damals seinem Freund Alois vorgestellt, und der hatte sie in seinem Atelier in Kempten versteckt, bis der alternde Künstler für sie dieses verlassene Haus im Allgäu gekauft hatte. Sein Freund hatte damals alle Kosten, die mit ihrer Unterbringung und

Versorgung verbunden waren, selbst ohne lange Rücksprachen übernommen, denn als Hauptkommissar in München konnte er sich solche erheblichen Auslagen nicht leisten.
Sie waren alle drei über die Jahre gute Freunde geblieben. Wegner konnte sich noch gut erinnern, wie er Katharina in der Breitachklamm kennengelernt hatte. Sie war damals gerade dabei, ihrem Leben ein Ende zu setzen, weil ein Mann – wie hieß er noch gleich … War es Wender? Nein, es war wie dieser Fußballverein … Werder, ja, Werder, Rolf Werder – sie damals in irgendwelche dubiosen Machenschaften verwickeln wollte. Sie hatte ihn bei ihrer Flucht schwer verletzt und war ihm gerade noch einmal so entkommen.
Rolf Werder? War das die Person, auf die Katharina ihn hinweisen wollte? Das schien ihm mit einem Mal sehr wahrscheinlich. Auf jeden Fall ging es aber um diese Unterlagen, die sie ihm zur Verwahrung anvertraut hatten. Ihre Absprache war von Anfang an eindeutig, unmissverständlich: Wenn Alois oder Katharina irgendetwas passierte, dann sollte er das kompromittierende Material sofort vervielfältigen und an mehrere zuverlässige Pressestellen weitergeben. Dies galt auch für den Fall, wenn sich Alois am Monatsende nicht mit ihm in Verbindung setzen würde.
Die beiden hatten ihm nur eine recht vage Vorstellung davon gegeben, worum es bei diesen Unterlagen tatsächlich ging. Irgendwelche breit angelegten Machenschaften in der Kunstwelt hatten sie erwähnt. Weil sie nicht von selbst mehr erklärten, hatte er nicht weiter nachgefragt, hatte aber schon immer den leisen Verdacht gehabt, die beiden könnten selbst auf irgendeine Weise darin verwickelt sein, andernfalls hätten sie ja frei darüber sprechen können.
Und jetzt hatten sich die beiden doch ganz plötzlich anders entschieden. Rasch suchte er die entsprechende Textstelle im Brief, an der er schon beim ersten Lesen hängengeblie-

ben war: *Um einen möglichst optimalen Handlungsspielraum zu haben, lässt er Sie bitten, die von Ihnen verwahrten Informationen auf keinen Fall weiterzugeben.*
Und „mitbringen sollte er das Material“.
Spätestens hier gingen bei Wegner wirklich alle Alarmlichter an. Warum meldete sich Alois nicht selbst?
Wenn sein Freund mit Katharina dies tatsächlich abgesprochen haben sollte, dann hätte er zumindest einen persönlichen Gruß dazu geschrieben, selbst wenn er krank wäre.
Nein, die ganze Sache war von vorne bis hinten oberfaul. Das sagte ihm sein kriminalistisches Bauchgefühl.
Was war tatsächlich passiert?
Alles sah doch danach aus, als hätte jemand Katharina gezwungen, diesen Brief zu schreiben. Es gehörte auch kein Übermaß an Fantasie dazu, um eine direkte Beziehung zu diesen Unterlagen und über die Jahre gesammelten Informationen herzustellen.
Sollte er diese Papiere gleich, wie sie ursprünglich ausgemacht hatten, an die Presse weitergeben?
Während er aus seinem Fenster auf die kleine Kurstadt Bad Wörishofen herabschaute, dachte er nach, was er machen sollte. Waren die beiden in Gefahr?
Nach einigem Nachdenken setzte er sich an seinen Schreibtisch. Wie er das schon während seiner Laufbahn als Kommissar bei der Polizei immer wieder gemacht hatte, wenn er etwas gründlich durchdenken musste, nahm er ein Blatt Papier und notierte sich die sich für ihn ergebenden Möglichkeiten:

1) *Katharina und Alois sind verwickelt in diese Machenschaften. Folgerung: Eine Veröffentlichung könnte sie in erhebliche rechtliche Schwierigkeiten bringen.*
2) *Katharina und Alois werden von irgendwelchen Leuten, über die sie Ermittlungen eingezogen haben, bedroht. Folge-*

rung: Ihr Leben könnte in größter Gefahr sein, wenn nicht gemacht würde, was sie geschrieben hat.

3) Rolf Werder gehört zu diesen Leuten, die Druck auf Katharina und Alois ausüben. Folgerung: Eine hochexplosive Mischung. Dieser Mann hat allen Grund, Katharina zu hassen. Er schreckt vor nichts zurück …

Für einen Moment huschten Erinnerungen an Hanno durch seinen Kopf. An den hatte er die ganze Zeit überhaupt nicht gedacht, obwohl er ihn fast wie einen eigenen Enkel liebte.
Wie Wegner es drehte und wendete, er konnte die Papiere nicht einfach an die Presse weitergeben. Dafür waren zu viele Dinge ungeklärt und das Risiko zu groß. Die Unterlagen allerdings einfach zurückzugeben und so tun, als wäre nichts gewesen, konnte er auch nicht machen. Er musste zuerst herausfinden, was da genau für ein Spiel aufgezogen wurde.
Also was blieben ihm dann noch für Möglichkeiten?
Die einfachste Lösung war zu ihrem Haus zu fahren, um die beiden selbst zu befragen. Der direkte Weg vielleicht, aber war es wirklich eine gute Idee? Sollten tatsächlich irgendwelche Leute Katharina gezwungen haben, ihm diesen Brief zu schreiben, dann rechneten sie auch damit, er könnte einfach dort auftauchen, um nach dem Rechten zu sehen. Dieser Gedanke lag schließlich auf der Hand. Er sollte nicht den Fehler machen, diese Leute zu unterschätzen.
Wütend schnaubte Wegner, schlug mit der Faust auf den Tisch. Nein! Er würde diesen Ganoven nicht einfach in die Hände laufen.
Die Sorgen um seine beiden Freunde ließ ihm keine Ruhe mehr. Sollte er nicht doch auf eine andere Weise versuchen, Kontakt mit Katharina und Alois aufzunehmen?
Aber wie genau?

In den nächsten Stunden hatte er dies immer wieder versucht, aber außer der Mailbox und dem Anrufbeantworter in Kempten hatte sich weder bei Katharina noch bei Alois jemand gemeldet.
Inzwischen hatte Wegner begriffen: Selbst wenn er einen der beiden erreicht hätte, würde ihn das wenig weiterbringen. Im Gegenteil. Wenn seine Theorie tatsächlich stimmte, dann würden die beiden streng überwacht und sein Anruf würde diese Leute – wenn seine Schlussfolgerungen richtig waren – nur darauf aufmerksam machen, dass er Verdacht geschöpft hatte.
Nein! Wenn Katharina wieder Kontakt zu ihm aufnehmen würde, um ihm mitzuteilen, wann und wo sie sich träfen, müsste er ganz so tun, als würde dies alles ganz seine Richtigkeit haben.
Aber was konnte er sonst tun, um seinen Freunden zu helfen? Er hatte es die ganze Zeit irgendwie geahnt, aber er hatte den Gedanken nicht zu Ende denken können, denn es schien ihm einen Vertrauensbruch darzustellen, die ihm in Verwahrung gegebenen Umschläge einfach zu öffnen und das darin enthaltene Material zu sichten.
Sollte er jetzt …?
Nein! Er konnte doch nicht einfach … Andererseits …
Wie ein gefangenes Tier in seinem engen Käfig lief Wegner in seinem Zimmer in der Bad Wörishofener Klinik stundenlang hin und her, setzte sich immer wieder mit dem Brief in der Hand an die Fenster, las erneut Wort für Wort, machte sich erneut Notizen. Dann sah er auf das weihnachtlich beleuchtete Wörishofen herab, dachte an Katharina, dachte an Hanno, dachte an seine Frau, die sich in München vor die S-Bahn geworfen hatte, und dachte schließlich an Marion, seine Tochter, die er … die er im Gymnasium in Kaufbeuren erschossen hatte, weil er sie für einen bewaffneten und

äußerst gefährlichen Einbrecher hielt, der ihn in der Dunkelheit mit einer Waffe bedrohte.
Mit der Handfläche wischte er sich die Tränen aus den Augen. Er wollte nicht noch einmal am Tod von Menschen schuld sein, die er so mochte. Entschlossen nahm er den Zettel, knüllte ihn zusammen und warf ihn in den Papierkorb. Bei dem Gedanken an seine Tochter Marion war ihm eine Idee gekommen. Aber sollte er wirklich?
Schluss mit Zaudern und Zögern!
Ja, es musste sein …

31. Dezember 2014, 23.03 Uhr

Frau Dr. Lechner schob sich durch die dicht gedrängten Kurgäste ihrer Klinik. Gut gelaunt blieb sie immer wieder einmal bei einer Gruppe stehen, machte ein paar ihrer üblichen Silvesterscherze, stieß mit ihrem Sektglas an, nippte und ging zur nächsten Gruppe.
Als sie ihren Bruder mit ihrer Tochter in einer Ecke allein herumstehen sah, steuerte sie auf sie zu. „Lisa! Wegner! Was ist mit euch beiden los? Ihr seht beide so aus, als würdet ihr eine Silvesterverschwörung planen."
Ihre knapp zwanzigjährige Tochter schüttelte wieder einmal nur genervt den Kopf: „Mama, passt schon. Geh du zu deinen Gästen. Wir kommen gleich nach."
„Und was ist mit dir, Wegner? Fehlt dir was?"
„Nein, alles bestens", log er. Er fühlte sich seit dem Essen hundeelend. „Warum fragst du?"
„Nur so, hast schließlich auch schon fröhlicher ausgesehen."
„Mama, lass Onkel Klaus in Ruhe, ja?"
Nach einem kurzen „Du warst aber auch schon einmal besser gelaunt" und „Ich geh ja schon", drehte Frau Dr. Lechner sich um und ging auf Dr. Krüger, ihren neuen Assistenz-

arzt zu, um ihn in ein Gespräch über die noch anstehende Silvester-Tombola nach Mitternacht zu verwickeln.
Sie hörte noch, wie ihre Tochter zu ihrem Bruder sagte: „Sei nur vorsichtig, denn wenn …"
Tatsächlich hatte sie die beiden dabei überrascht, wie sie einmal mehr über ihr Vorgehen sprachen, falls sich diese Leute melden sollten. „Wichtig ist nur, dass du sofort aus der Schusslinie verschwindest, wie wir es abgesprochen haben", zischte Wegner Lisa zu.
„Geht klar. Kannst dich ganz auf mich verlassen."
„Das wäre gut. Wenn mich nicht alles täuscht, dürften sie uns hier in der Klinik seit Tagen beobachten."
„Du meinst, einer der Gäste könnte …?"
„Wer weiß? Es wäre ja nicht das erste Mal. Wie auch immer, sie werden dich als meine Schwachstelle längst ausgemacht haben."
„Wie du das wieder sagst … Einfach nett, Onkel Wegner."
„Ist mein Ernst. Sollte mir etwas passieren, dann machst du mit dem Material genau das, was wir vereinbart haben."
„Dein Zeug hast du auch?", fragte sie mit einem Zwinkern.
„Liegt bereits ganz sicher im Auto auf dem Rücksitz. Kein Pro … Problem."
Plötzlich wurde es ihm ein wenig schwindlig und er fühlte sich schummrig, obwohl er sich den ganzen Abend tapfer an die in der Küche frisch gepressten Säfte gehalten hatte. Als sein Blick einen freien Stuhl suchte, um sich einen Moment zu setzen, meldete sich sein Handy, das er trotz der gegenteiligen Bitte seiner Schwester, Frau Dr. Lechner, aus gutem Grund angelassen hatte.
„Ja, Wegner. Was kann ich für Sie …"
„Dreiundzwanzig Uhr fünfundvierzig. Viertel vor zwölf! Spittelmühlkreuzung in Kaufbeuren", unterbrach ihn eine harte männliche Stimme.
„Wie?", brachte Wegner mit einiger Mühe hervor.

„Dreiundzwanzig Uhr fünfundvierzig. Auf die Minute! Spittelmühlkreuzung in Kaufbeuren. Keine Polizei! Keine Tricks!"
„Wie werde ich Sie erken… ?" Wegner brach mitten im Satz ab, als er am Klicken hörte, wie der Anrufer die Verbindung bereits unterbrochen hatte. Er schaltete sein Gerät ebenfalls aus und steckte es in seine Jackentasche.
„Waren sie das?", fragte Lisa nervös.
Statt ihr eine ausführliche Antwort zu geben, nickte Wegner ihr nur kurz bestätigend zu. Lange Erklärungen waren nicht erforderlich. Lisa war dieses Mal sein Sicherheitsnetz. Seine Nichte war die Einzige, die er in den letzten Tagen ins Vertrauen gezogen hatte, nur für den Fall …
Mit einem hastigen Blick schaute Wegner auf seine Uhr. 23.11 Uhr. Das war, wenn er gleich aufbrach, bis nach Kaufbeuren rechtzeitig zu schaffen. Wenn die Vorbereitungen nicht schon getroffen worden wären, hätte er jetzt keine Zeit, spezielle Maßnahmen zu treffen. Diese Leute waren wirklich gut. Profis in jeder Hinsicht. Zuerst hatten sie ihn vier Tage warten lassen, und jetzt hatten sie ihn ohne jede Vorwarnung über den Treffpunkt informiert. Dass die Organisation dieses Mal Katharina nicht dazwischen geschaltet hatte, machte eines klar: Sie wussten, dass er Bescheid wusste.
„Ich geh dann mal", sagte Wegner, wobei er seiner Nichte sanft über die Wange streichelte. Verlegen wandte er sich von ihr ab, wollte hastig davoneilen.
„Onkel Klaus?"
„Ja?"
Im nächsten Moment lagen sie sich schon in den Armen. Eine ungewöhnliche Geste für den sonst so rauen Urallgäuer. Er neigte sonst nicht gerade dazu, die körperliche Nähe von Menschen zu suchen. Im Gegenteil. Bewusst versuchte

er auch bei seiner Schwester und seiner Nichte immer eine gewisse Distanz zu wahren.
Aber als sie sich jetzt so innig in den Armen lagen, musste er zugeben, wie gut ihm ihre körperliche Wärme tat. Er genoss den sanften Druck ihres Körpers gegen seinen.
Es war wunderschön …
Für einen Moment dachte er an den Tag vor über einem Jahr, als er seine Nichte hier im Keller gefesselt gefunden hatte. Da hatten sie sich zum ersten Mal in den Armen gelegen, aber damals war er es, der ihr ein wenig Halt und Trost gegeben hatte.
Mit einer entschiedenen Geste machte er sich los. „Lisa, ich muss fahren."
„Ich weiß. Mach's gut!"
„Und du machst, was wir besprochen haben."
„Aber klar … Und …?"
„Ja?"
„Nichts weiter … Pass auf dich auf."
„Mach dir keine Sorgen." Er hörte selbst, wie leer sich das alles anhörte. Er hatte Probleme sich zu konzentrieren, aber er musste schauen, dass er losfuhr … Bei den Wetterbedingungen … Bei dem Verkehr, mit dem in Kaufbeuren in der Silvesternacht zu rechnen war …
Was würde nur werden?
Gab es jemanden, der ihn beobachtete, der ihm folgte?
Er konnte nur hoffen, dass sie sein geplantes Spiel mitspielten, sonst …

31. Dezember 2014, 23.34 Uhr

Vor Kaufbeuren kam Wegner auf der B16 ein Schneepflug entgegen. Für Allgäuer Verhältnisse gab es zwar keine Schneekatastrophe, aber immerhin ausreichend Neuschnee, um den Straßendienst ständig auf Trab zu halten.

Befürchtungen, Ängste huschten durch Wegners Gedanken. Unwillig schüttelte er seinen Kopf: Besser, sich aufs Fahren zu konzentrieren. Würde gerade noch fehlen, irgendwo in den Straßengraben zu rutschen. Und dann dieser verdammte Verkehr.

Scheiß Silvester!

Im Kreisverkehr vor Kaufbeuren fuhr Wegner einmal unentschlossen eine Runde, bevor er sich entschloss, geradeaus direkt in die Stadt hineinzufahren. Eigentlich egal. Es würde sicher ein Problem werden, in der Stadt einen Parkplatz zu finden.

Auf den Bürgersteigen fuhr Wegner immer häufiger an Gruppen von Menschen vorbei. Viele winkten ihm mit ihren Sektflaschen grölend zu. Diese Deppen! Wollten wahrscheinlich alle zur Spittelmühlkreuzung, um dort gemeinsam Silvester zu feiern. Hunderte werden gerade dorthin unterwegs sein. Trotz Schnee. Trotz Kälte. Narren! Nur um sich mehr oder weniger betrunken ein frohes, neues Jahr zu wünschen. Wieder ein Jahr vorbei. Mein dreiundsechzigstes. Ist es das bereits gewesen, mein Leben?

Der Knall einer Leuchtrakete riss Wegner aus seinen Gedanken. Der Himmel war einen Moment erhellt von einer explodierenden Farbenpracht, Funken, die gleich wieder im Nichts der Nacht verglühten. Im nächsten Moment holten ihn seine nächtlichen Ängste wieder ein.

Der Anrufer hätte wirklich keinen günstigeren Zeitpunkt für ihr Treffen wählen können. Wegner hatte sich am Abend unter den Kurgästen in der Klinik seiner Schwester ganz sicher, sogar für einen Moment geborgen gefühlt. Der Anrufer hatte ihm wieder gezeigt, wie dünn, wie zerbrechlich das Eis war, auf dem er sich nach Svensens Tod befand. Er hatte sich damals einige mächtige Feinde gemacht.

Wer auch immer hinter diesem anonymen Anrufer steckte, feststand, diese Person verstand ihr Handwerk. Geschickt spielte sie mit seiner Angst. Seit Tagen, wahrscheinlich sogar seit Wochen. Sie ließ ihn beobachten, aber so, dass es ihm auffiel, auffallen musste, wie er ständig verfolgt wurde, sobald er die Klinik verließ. Er hätte es sich denken müssen, dass sein Kampf längst nicht vorbei war, wahrscheinlich nie vorbei sein würde.

Die Fahrzeuge vor ihm wurden langsamer, hielten schließlich an. Ein Stau, der sich nur ruckweise in Richtung Stadt bewegte! Und das mitten in der Nacht. Das hatte gerade noch gefehlt! Ein wild hupendes Auto vor ihm. Zu Fuß wäre er um einiges schneller gewesen.

Wegner versuchte es nervös hinter dem Lenkrad seines Polos mit einer wegscheuchenden Handbewegung, machte dabei lautstark seinem Ärger Luft, als würden die Halbwüchsigen im Auto vor ihm seine Verzweiflung hören können: „Fahrt schon, ihr Blödhammel!"

Das hatte ihm gerade noch gefehlt. Jetzt, wo es auf jede Minute ankam. Nervös trippelte Wegner auf dem Gas herum, ließ den Motor mehrmals aufheulen. Als ginge es dann schneller. Wenn sich dieser Anruf als richtig herausstellte, dann …

Angst. Angst, die sich immer mehr aufblähte. Seine kleine Wegnerwelt war voll von Angst. Der Drahtzieher dieser Organisation wusste dies, plante seine Angst bewusst mit ein. Dieses Wissen machte Wegners Angst allerdings nur noch schlimmer.

Himmel! Gerade heute! Gerade an Silvester!

Schon beim Aufstehen war ihm übel gewesen. Es war ihm wieder einmal schwindlig geworden, als er zerschlagen von einer fast schlaflosen Nacht zum Bad geschlurft war.

Und da waren jetzt auch wieder diese verdammten Schmerzen im Oberbauch. Auch nichts Neues. Hatte er schon seit Wochen. Immer mal wieder.

Da hätte er wirklich nicht die gut gemeinten medizinischen Ratschläge von Frau Dr. Lechner gebraucht: Sodbrennen? Schwindelgefühle? Er konnte noch ihre besorgte Stimme hören: *Wegner, solche Signale solltest du ernster nehmen!*
Typisch seine Schwester. Als Leiterin eines Sanatoriums in Bad Wörishofen kannte sie sich aus mit stressbedingten Krankheiten, schließlich war dies ihr Spezialgebiet in der alternativen Medizin. Er hatte ihr bis auf dieses eine Mal nichts von den immer wiederkehrenden Symptomen erzählt. Franziska hätte ihm gar keine Ruhe mehr gelassen, wenn er ihr alles von den inzwischen täglich auftretenden Schmerzen erzählt hätte. *Du musst das unbedingt abklären!*
So – oder so ähnlich – hätte seine Schwester ihn auf jeden Fall ständig gedrängt, bis er nachgegeben hätte. Wenn es um seine Gesundheit ging, konnte sie noch sturer sein als er.
Unsinn!
Seine Schwester hatte gut reden. Als wenn er Lust hätte, wochenlang im Krankenhaus zu liegen, um dort ausreichend Zeit zu haben, sich noch mehr Gedanken, noch mehr Sorgen über diese „kleinen Anzeichen" zu machen, dass auch sein Leben nicht ewig währte.
Natürlich ging es ihm gesundheitlich seit der Entführung von Lisa, der Tochter seiner Schwester, nicht besonders gut. Und dann hatte er vor einem Jahr noch Riesenglück, bei einem Blitzschlag in den Bergen mit dem Leben gerade so davongekommen zu sein.
War das wirklich schon wieder über ein Jahr her?
Die vorläufige Klärung von Lisas Entführung hatte ihm keine große Erleichterung gebracht, zumindest nicht, was seine angeschlagene Gesundheit betraf. Kein Wunder. Nachdem die Hintergründe in allen Zeitungen und in der Regenbogenpresse über Wochen breitgetreten worden waren, waren seine Befürchtungen gewachsen. Sie krochen tief in seinen

unruhigen Altmännerschlaf, verfilzten sich dort mit seinen bedrückenden Erinnerungen.
Er hatte tapfer gegen seine Ängste angekämpft, aber für jeden Kopf, den er der Hydra abschlug, wuchsen gleich zwei neue nach. Seitdem er bemerkte, wie er ständig in Bad Wörishofen beschattet wurde, war ihm klar, wie recht er mit seinen Befürchtungen hatte, dass nicht nur sein Körper einen Machtkampf gegen ihn angefangen hatte.
Wahrscheinlich gab es sogar in der Klinik immer wieder Patienten, die ihn im Auge behielten.
Nein, für die Suche nach den Ursachen seines angeschlagenen Gesundheitszustandes brauchte er keine Ärztin, und eine wohlmeinende Schwester schon gar nicht. Sakrament noch mal! Als wenn er nicht selbst gut genug wüsste, dass sein Körper Ruhe brauchte, eine Ruhe, die es für ihn nicht gab, nicht mit diesen anderen Gegnern, die dabei waren, ihn beständig zu belauern.
Das wird schon wieder. Nur eine Frage der Zeit. Das versuchte er sich zumindest seit Wochen immer wieder einzureden. Es war aussichtslos! Auch das wusste er selbst. Die Ängste in ihm waren stärker, entzogen sich mehr und mehr seiner Kontrolle, übernahmen immer wieder die Herrschaft in seinem Kopf, bevor er es richtig bemerkte.
Und jetzt noch dieser verdammte Anruf! Sicher, der Zeitpunkt, eine knappe Stunde vor dem neuen Jahr, war von diesen Leuten strategisch geschickt ausgewählt. Die Kontaktaufnahme kam für Wegner nicht wirklich unerwartet, vielmehr gab sie seinen Befürchtungen nur eine konkrete Form und klare Inhalte.
„Himmel, grüner wird's nicht!“ Wegner schlug mehrmals mit der flachen Hand auf die Hupe, gestikulierte wild dem Fahrer vor sich. „Schleich dich! Herrschaftszeiten! Worauf wartest du denn noch? Eine göttliche Eingebung vielleicht?“

Der andere hupte ebenfalls. Worauf ein anhaltendes Hupkonzert folgte. Die jungen Leute im Auto vor ihm fuchtelten mit den Armen, lachten, grölten. In ein paar Stunden würden sie noch nicht einmal mehr dazu fähig sein. Aber um dies vorauszusehen, musste Wegner wirklich kein Prophet sein.

Wegners Gedanken huschten ungewollt zurück zum Telefongespräch in Bad Wörishofen. *Die brauchen mich. Was immer sie auch vorhaben.*

Die Anweisungen waren präzise: *Dreiundzwanzig Uhr fünfundvierzig. Viertel vor zwölf! Spittelmühlkreuzung in Kaufbeuren. Allein! Keine Polizei! Keine Tricks, sonst …*

Wahrscheinlich würde man ihn warten lassen, bis der Platz voller Leute war.

Wegner warf einen nervös-hastigen Blick auf seine Armbanduhr: Nur noch sieben Minuten.

Verdammt!

Er musste noch das Auto irgendwo abstellen. Dann im Laufschritt zur Spittelmühlkreuzung. Das wird eng, wenn er es bis dreiundzwanzig Uhr fünfundvierzig schaffen wollte.

„Na endlich, du Schlaumeier!", brummte Wegner grantig, als sich die Autos vor ihm in Bewegung setzten.

Er wird es denen schon zeig…

Ein Mann torkelte betrunken vor ihm vom Bürgersteig auf die Straße. Ganz plötzlich!

Hat der denn keine Augen im Kopf?

Jäh stieg Wegner auf die Bremse, riss das Steuer herum. Sein Polo schlitterte an dem Mann vorbei.

Verdammt knapp!

Wütend wandte Wegner den Kopf nach hinten, machte mit dem Zeigefinger einen Vogel. „Verdammter Idiot! Bist wohl wahnsinnig, oder was?"

Und dann geschieht es ganz ohne Vorwarnung: Ein heftiges Ziehen im linken Arm lässt seine Hand abrupt sinken. Sein Herz wummert, jagt, überschlägt sich. Ein feuchter, schmieriger Film auf seinem ganzen Gesicht. Kalter Schweiß. Wegner schnappt nach Luft, hört sich selbst röcheln.
Gedankenfetzen in seinem Kopf, Gedankensplitter von ungewohnter Klarheit: Ist er so? Der Tod?
Nein! Er will nicht sterben!
Todesangst.
Sie bäumt sich in ihm mächtig auf, brandet im nächsten Augenblick bereits wie eine gewaltige Woge an seine entsetzte Hilflosigkeit, überschwemmt rasch sein ganzes Bewusstsein, reißt all seine Gegenwehr mit sich fort. Unaufhaltsam! Seine Brust wird von einer eisernen Faust fest zusammengepresst. Langsam. Unbarmherzig. Immer mehr. Immer fester.
Sieht er so aus, der Tod? Sein Tod?
Nein, er will nicht! Er kann nicht … Er muss doch … diese Leute …
Sein verschwommener Blick fällt vor ihm auf die Straße.
Was?
Ein riesiger Schatten türmt sich unmittelbar vor ihm auf. Er begreift, versteht: Das Ende! Sein Ende!
Nein! Nein, bit…
Geräusche, verstärkt wie durch Lautsprecherboxen: Ein durchdringendes Bersten, Krachen. Dann das explodierende Geräusch des Airbags, der sich aufbläht.
Bilder wie in Zeitlupe: Der riesige Schatten schiebt die Motorhaube seines Autos wie eine Ziehharmonika zusammen.
Gefühle, Empfindungen, Sinneseindrücke verstärkt in einer bisher nicht bekannten Stärke und Eindringlichkeit: Die Wucht des Aufpralls reißt ihn aus seinem Sitz, schleudert ihn mit dem Gesicht nach vorne in den Airbag. Sein Brust-

raum wird noch mehr zusammengedrückt. Sein Gesicht voller brennender Krater.

Gleichzeitig Erinnerungsszenen, die sich überstürzen, sich ineinander schieben: Sein Leben in Bildern. Alles rasend schnell. Wie eine außer Kontrolle geratene Filmspule …

Seine Schwester. Sie legt ihre Hand um seine Schulter, hält ihn fest. Am Grab seiner Frau. Warum? Warum hatte sich seine Frau vor die S-Bahn geworfen? Sinnlos. Warum?

Marion. Seine Tochter. Sie schreit ihn an: Du bist schuld! Du! Du! Du hast nie Zeit für sie gehabt. Nie! Immer nur deine Verbrecher. Deine …

Ohne Übergang: Katharina, die ihn auf der Brücke der Breitachklamm anlächelt. Danke!

Gleich nächste Szene: Gut gemacht, Wegner! Die kräftig zudrückende Hand Obermayrs, sein jahrelanger Dienstleiter in München. Gut gemacht, Wegner! Die beste Aufklärungsquote in der Polizeiinspektion 43 in München. Seit Jahren!

Bilder von Katharina und ihm zwängen sich zwischen diese Szene: Über ihnen die Sterne. Jeder auf seiner eigenen Insel der Träume. Alois wird auf dich aufpassen. Das Leben geht weiter!

Wieder Obermayr: Wegner, bei uns bei der Polizei ist wichtig, dass Sie an Ihr Bauchgefühl glauben. Und an sich selbst. Wegner, wir brauchen Leute wie Sie!

Weihnachtswunsch seiner Schwester (erst eine Woche her): Es wäre schön, wenn wir alle menschlicher miteinander umgingen. Vor allem menschlicher mit uns selbst! Wegner, pass besser auf dich auf! Du siehst gar nicht gut aus!

Diese stechend scharfen Bilder der Erinnerungen mischen sich mit denen seines Wunschtraums: Vergessen! Die Gesichter der Armut. Die Gesichter der Gewalt. Die Gesichter der Hoffnungslosigkeit.

Noch einmal: Katharina und er. Unter den Sternen. Abschied. Für immer? Sie wissen es nicht!
Wie von weit entfernt hört Wegner das Scheppern einer Stoßstange, die auf die Straße fällt.
Danach: Eine unwirkliche Stille …
Sehr lange.
Dann Menschen, die von allen Seiten näher kommen …
Die Passanten. Neugierig. Hitzig debattieren sie miteinander. Viele bereits hörbar betrunken oder angetrunken. Wegner hört alles wie von weit weg:
„Wir müssen ihn da rausholen. Seine Karre kann jeden Moment Feuer fangen."
„Sein Gesicht ist ja ganz fahl."
„Ich bekomm diese verdammte Tür nicht auf!"
„Ich habe gerade mit meinem Handy einen Krankenwagen gerufen. Sie sind unterwegs."
„Und? Wie lange soll das dauern?"
„Höchstens sieben Minuten, sagen sie."
„Das wäre verdammt schnell bei diesem Dreckswetter!"
„Keine Ahnung … Sie sind auf jeden Fall unterwegs."
„Und was ist mit der Poli… ?"
„Schau mal! Der hat sich bewegt."
„Quatsch! Wenn du mich fragst, dann ist der längst hin."
Wegner begreift: Sie reden über ihn, aber ganz anders als die im Polizeipräsidium in München.
„Der Wegner gibt nie auf. Vorbildlich!" Obermayr, als er noch Leiter war, als er noch lebte.
„Profilneurotiker" Fischer, ein neidischer Kollege vom Einbruch und Diebstahl, mit dem er sich nie verstanden hatte.
Erinnerungen, die wie die Funken der Raketen vorhin verglühen … Irgendwo im Nichts!
Die Stimmen um Wegner scheinen bereits wie von weit weg:
„Erste Hilfe, meinst du? Klar hab ich so einen Schein."

„Aber erst müssen wir ihn da rausholen. Sofort!"
„Bei inneren Verletzungen sollte man das Unfallopfer nicht bewegen. Glaub ich wenigstens."
„Die Tür geht nicht auf! Verklemmt. Scheiße!"
„Armes Schwein …! Ich muss aber weiter … Hab Gäste daheim. Hier kann ich sowieso nichts für ihn tun."
„Bist wohl zu Fuß? … So einen Dusel muss man haben. Ich stecke natürlich mit meiner Karre hier mittendrin fest. Frohes Jahr dann noch!"
Wegner fällt ganz in sich zurück. Irgendwo in ihm: Schmerzen. Vage. Dumpf. Unwirklich. Irgendwie inzwischen alles weit entfernt. Er weiß nicht genau wo, spürt jedoch, dass die wirklich großen Schmerzen auf den Moment lauern, in dem sie ihn unter sich begraben werden.
Was, wenn er …?
Wieso sollte ihn das überhaupt noch interessieren? Er will eigentlich nur noch seine Ruhe … Ruhe.
Und nach was sehnt er sich noch?
Er sieht sich wieder am Grab seiner Mutter. Die Hand seines Vaters ist warm, gibt Halt. Ja. Wärme! So einfach ist das. Danach sehnt er sich. Nichts als Wärme. Immer! Eigentlich sehnte er sich sein ganzes Leben lang nach Wärme.
Von draußen hallen die Stimmen erneut zu ihm hinein:
„Wann kommt dieser verdammte Krankenwagen endlich?"
„Das kann noch dauern!"
„Bei dem Wetter … kein Wunder."
„Die Spittelmühlkreuzung ist derzeit gesperrt. Müssen wahrscheinlich den Umweg machen."
„Auf dem Rückweg am Friedhof vorbei. Wäre sehr passend für den da."
„Sie haben wohl keinen Respekt vor nichts?"
„Du musst was sagen, Alter."

Die da draußen fangen an, sich zu streiten und Wegner verliert sich erneut in seiner Erinnerungswelt: Einmal machten die Teilnehmer eines Seminars eine Übung: Tiefenentspannt sollten sie sich vorstellen, was die Menschen in ferner Zukunft von ihnen einmal sagen würden. Auf welche Erfolge konnten sie dann nach fünfzig arbeitsreichen Jahren verweisen? Was würden sie in ihrem Leben dann erreicht haben?

Das war damals … nur eine Übung.

Und die Antwort?

War sein Leben sinnlos?

Nein … das Leben ist nicht sinnlos.

Das hatte Kathi bei ihrem Abschied gesagt. Jeder kann, muss seinem Leben nur einen eigenen Sinn geben.

Auch das hatte Kathi gesagt.

Kathi. Sie ist eine starke Frau, eine Frau, die weiß, was sie will.

Dann erreichen Wegner wieder die Stimmen von draußen …

„Müssten wir nicht ein Warndreieck aufstellen?"

„Haben Sie vielleicht eines dabei?"

„Natürlich, hinten im Kofferraum. Wieso? Sie etwa nicht?"

„Nee, hab ich irgendwo stehengelassen. Keine Ahnung."

Eine warme, haltende Hand. Katharinas Hand beim Abschied.

Beide sagten sie nichts, standen nur eine Weile händehaltend in der Nacht, jeder versunken in dieses Gefühl, einmal nicht alleine auf dieser Welt zu sein. Wärme gebend. Halt gebend.

Dann trennten sich ihre Wege …

„Langsam könnte der Krankenwagen aber kommen."

„Wenn wir ihn überhaupt noch brauchen."

„Stimmt! Sieht nicht gut aus mit dem da!"

„Und wenn wir ihn …? Ich meine, wir können doch nicht einfach hier rumstehen und zuschauen … wie er …"

„Haben Sie einen besseren Vorschlag?"
Im Hintergrund irgendwo der durchdringende Doppelton eines näher kommenden Martinshorns.
„Die sind sowieso gleich da."
Irgendetwas in Wegner lauscht auf diesen verheißungsvollen Klang. Er scheint noch weit, weit weg. Dieses Mal gilt der Ruf der Sirene ihm.
Früher zuckte er nur gleichgültig die Schultern, wenn er eine Sirene hörte. In seinem Beruf als Polizeikommissar in München kam das recht häufig vor. Da war es jedoch nicht sein Problem! Versuchte er sich zumindest immer einzureden.
Aber auch dieser Gedanke verliert für ihn gleich wieder seine Bedeutung. Wie eine verglühende Sternschnuppe …
Es ist Zeit. Für ihn.
Langsam lässt er sich davontreiben, davontragen. Er versteht, begreift: Es ist Zeit für das Grenzenlose.
Immer rascher treibt er davon … immer rascher.
Er weiß, was auf ihn wartet, jenseits dieser Grenze, was er sein Leben nannte: Nichts als eine haltende Hand …

31. Dezember 2014, 23.53 Uhr

„Hast du das Material?", fragte Rolf Werder von der Rückbank des BMW, als der dunkel gekleidete Mann die Beifahrertür aufmachte und sich gewandt auf den Sitz gleiten ließ. Der Mann nickte nur, klopfte mit der Hand auf seinen dunklen Mantel, der sich auf Brusthöhe merklich wölbte.
„Irgendwelche Probleme?" Werder fragte mehr aus Routine als aus Sorge, es könnte wirklich etwas schiefgelaufen sein, schließlich hatte er den besten Mann für diese Aufgabe gewählt, den sie in der Inneren Sicherheit für solche Spezialaufträge hatten. Bei Diebstählen und Einbrüchen gab es keinen besseren als diesen Mann.

„Alles bestens“, murmelte der Mann nur. Während der ebenfalls dunkel gekleidete Mann hinter dem Steuer den Blinker setzte und auf die leicht mit Schnee bedeckte Fahrbahn fuhr, zog der gerade eingestiegene Mann einen dicken Umschlag unter dem Mantel hervor und reichte ihn nach hinten zu Rolf Werder. Werder schaltete die Deckenbeleuchtung an. Mit einem kräftigen Riss öffnete er den Umschlag und nahm die Papiere heraus, blätterte sie rasch durch. Sein Gesicht nahm zunächst eine fragende, dann eine wütende Miene an.
„Scheiße!“
„Was gibt's?“, fragte der Mann, der den Umschlag aus Wegners Auto geholt hatte. Einen Moment schien es so, als wollte Werder den Umschlag dem Fragenden einfach an den Kopf werfen. Dann holte er tief Luft und sagte sichtlich um Ruhe bemüht: „Wegner ... Er hat uns reingelegt. Nichts als leeres Papier.“ Als wenn er es selbst noch nicht glauben könnte, blätterte er hastig weiter durch den Stapel. „Halt, da gibt es einen Brief!“ Der Einbruchexperte war viel zu beschlagen, um zu fragen, was darin stand. Langjährige Erfahrung lehrte ihn, seine Nase nicht ungefragt in Angelegenheiten zu stecken, die nur die interne Leitung der Organisation anging. Sie würden einfach aufhören, ihm Aufträge zu geben, und keine Aufträge mehr zu bekommen, hieß auch immer für den Betreffenden, von seinem Leben Abschied nehmen zu müssen. Schon um kein unnötiges Sicherheitsrisiko einzugehen. Werders Blick lief rasch über die Zeilen des Schreibens, die er halblaut vorlas:

Sehr geehrte Damen und Herren,
ich bitte Sie um Verständnis, dass ich die Notwendigkeit sah, das Material auszutauschen. Bei der Durchsicht der Unterlagen wurde mir bewusst, dass die von Herrn Alois Krautner gesammelten Informationen viel zu viel Schaden anrichten

könnten, wenn sie in die falschen Hände gerieten. Aus Sicherheitsgründen habe ich das gesammelte Material auf Band gesprochen. Ich schlage hiermit einen kleinen Handel unter Geschäftsleuten vor: Sie lassen Hanno, Katharina Scheible und Alois Krautner im Austausch gegen diese Informationen frei. Sollte den Genannten etwas zustoßen, dann wird ein von uns beauftragter Computerexperte die Tonaufnahme ins Internet stellen.
Ich bin ganz sicher, wir können auch für die Zukunft Lösungen finden, die dem Sicherheitsbedürfnis beider Seiten in vollem Umfang gerecht werden.

Mit freundlichen Grüßen
Klaus Wegner

PS: Ein Hinweis: Der Computerexperte hat das System so eingerichtet, dass die Tonaufnahme automatisch ins Internet hochgeladen wird, wenn nicht regelmäßig ein Blockier-Code eingegeben wird.

Werders erster spontaner Impuls war, den Brief einfach zusammenzuknüllen und dem Mann vor ihm an den Kopf zu werfen. Stattdessen las er den Text noch einmal leise, nachdem er mehrmals tief durchgeatmet hatte. Wenn er ehrlich war, war dieses Desaster auch seine Schuld. Er hätte sich eigentlich eine gut geplante Reaktion von einem ehemaligen Kommissar denken können, nein, sogar müssen.
Wütend zog er sein Handy aus der Tasche und gab die Nummer der Kontaktperson in der Klinik ein. Einen Moment später hörte Werder bereits deren Stimme im Hörer: „Helmut Meyers."
Dieses Mal gab sich Werder nicht die Mühe, seinen Ärger zu kontrollieren. „Innere Sicherheit. Werder!", bellte er in

das Gerät. „Warum haben wir Sie eigentlich in die Klinik eingeschleust, um diesen Wegner zu überwachen? Ich dachte, Sie würden uns informieren, wenn unser Mann mit irgendjemandem Kontakt aufnimmt."

Der Mann auf der anderen Seite schien einen Moment zu zögern, bevor er mit deutlich verunsicherter Stimme sagte: „Er hat ganz sicher keinen Kontakt außer zu seiner Schwester oder zu seiner Nichte gehabt."

„Nichte?"

„Ja, Lisa Lechner. Das ist die junge Frau, die im letzten Jahr entführt wurde. Stand doch wochenlang in der Zeitung."

„Und wo ist die jetzt?", knurrte Werder, ohne auf die alte Geschichte näher einzugehen, die ihm tatsächlich hinlänglich bekannt war.

„Sie war den ganzen Abend hier auf dem Fest, aber sie ist kurz nachdem ich Wegner mit dem Handy über den Treffpunkt informiert habe auch gegangen."

„Und Sie sind ihr nicht hinterhergegangen?" Inzwischen war Werders Stimme noch lauter und aggressiver geworden.

„Ich dachte zuerst, sie wäre nur mal kurz für kleine Mädchen. Zudem gab es für mich ja keine Veranlassung, ihr hinterherzulaufen, schließlich bestand mein Auftrag nur … Ach, Sie wissen schon … Hat das mit dem Mittel, das ich dem Alten ins Glas getan habe, etwa nicht geklappt?"

„Das ist im Moment nicht unser Problem. Wir erwarten Sie auf der Stelle zur Berichterstattung. Persönlich! Sagen wir in einer Stunde."

„Bei dem Wetter könnte …"

„In einer Stunde! Bis dann." Bevor der Mann noch etwas sagen konnte, hatte Werder auch schon auf den Ausknopf seines Handys gedrückt.

Es gab jetzt wahrlich wichtigere Probleme als diesen Idioten …

Januar 2015

03. Januar 2015, 09.34 Uhr, gesicherter Chatraum

Monet betritt den Raum
Tizian betritt den Raum
Rubens betritt den Raum
Botticelli betritt den Raum

Botticelli: Da ihr ja schon alle da seid, können wir gleich anfangen. Wer macht heute die Gesprächsleitung?
Monet: Rubens ist dran.
Rubens: Also gut. Bevor wir anfangen, konkrete Schritte zu unternehmen, sollten wir uns über das Ausmaß der derzeitigen Krisensituation erst einmal klar werden.
Tizian: Gute Idee!
Rubens: Also für mich stellt sich die Lage derzeit so dar: Frau Scheible und Herr Krautner haben vor Monaten angefangen, systematisch Informationen zu sammeln. In diesem Zusammenhang kam es zu einer Verkettung von Fehleinschätzungen und falschen Entscheidungen, teils hier bei uns in der Leitung der Organisation, teils bei unserer Inneren Sicherheitsabteilung. Sind wir uns bis dahin einig?
Tizian: Als Leitung der Abteilung Innere Sicherheit kann ich diese Meinung nicht ganz teilen. Hinterher sind wir alle klüger, aber wir haben das Beste aus der Situation gemacht.
Rubens: Tatsache bleibt, Tizian, Ihre Abteilung hat von den privaten Recherchen der beiden erst viel zu spät etwas mitbekommen. Solche Initiativen müssen bereits im Keim erstickt werden.

Tizian: In der Theorie stimmt das, aber die beiden sind bei ihren Nachforschungen sehr vorsichtig vorgegangen. Sie haben u. a. immer die Privatdetekteien geändert, die für sie ermittelt haben. Es bestand für uns keinerlei Anlass, die beiden unter besondere Beobachtung zu stellen und für eine Rundumüberwachung aller unserer Partner fehlen uns einfach die Mittel.
Rubens: Das mag schon sein, aber es war eine Fehlentscheidung der INS, sie einfach weitermachen zu lassen, als wir davon Wind bekamen.
Tizian: Nachdem wir entdeckten, wie die beiden spionierten, wollten wir erst klären, wer in diese Nachforschungen alles verwickelt war. Da blieb uns ja kaum viel mehr übrig, als sie erst einmal weitermachen zu lassen. Es war ja nicht auszuschließen, dass auch andere Künstler, die für uns arbeiten, verwickelt waren. Das hätte ja einen richtigen Erdrutsch geben können.
Botticelli: Falsch war auf jeden Fall, erst zu reagieren, als Krautner anfing, über den Tod von Professor Silbermann Recherchen anzustellen.
Tizian: Botticelli, ich dachte Rubens hat heute die Gesprächsleitung.
Botticelli: Ich kann doch wohl trotzdem meine Meinung schreiben.
Rubens: Dann erklären Sie uns, Tizian, bitte, was vorfiel, damit wir die Entwicklung sachlich beurteilen können.
Tizian: Die Geschichte mit Krautner brauche ich ja wohl nicht mehr auszuführen. Sein Ausfall war ein bedauerlicher Unglücksfall. Da wir ihn eine Weile verfolgt haben, erfuhren wir von seinem Kontakt zu einem Anwalt in Leutkirch, einem Dr. Schneider, und zu einem Mann namens Wegner in Bad Wörishofen. Wegner und Krautner kannten sich noch aus der Zeit, als Wegner in München bei der Kripo als

Kommissar arbeitete. Krautner lernte die Scheible übrigens über die Vermittlung von Wegner kennen. Der Alte sollte ihr bei ihrer Karriere als Künstlerin helfen. Wegner hatte übrigens keine Ahnung von Krautners künstlerischer Arbeit für uns.

Monet: Inzwischen wissen wir ja alle, dass Krautner und Scheible ihren beiden Kontakten (Dr. Schneider und Wegner) jeweils am Monatsende verschlossene Briefumschläge mit den neu gesammelten Informationen zukommen ließen. Welche Schritte hat der INS in dieser Hinsicht eingeleitet?

Tizian: Zunächst haben wir Kontakt zu Dr. Schneider aufgenommen. Wir konnten ihn leider nicht von der Notwendigkeit einer Zusammenarbeit mit uns überzeugen. Aber bevor er Abschied von uns nahm, konnten wir ihn zumindest – nach anfänglicher Weigerung – davon „überzeugen", uns die Papiere zu überlassen. Unsere bewährten Leute haben da gute Arbeit geleistet.

Rubens: Tizian, ich würde es vorziehen, wenn wir uns derzeit auf die wesentlichen Fakten konzentrieren könnten.

Tizian: Kein Problem, Rubens. Aus den Kopien dieses Anwalts wissen wir, wie viele höchst sensible Informationen über unsere Arbeit in den vergangenen Monaten und Jahren von Scheible und Krautner gesammelt werden konnten. Die beiden haben offensichtlich sehr professionelle Arbeit geleistet. Möglicherweise haben sie den ein oder anderen Tipp von diesem Kommissar bekommen.

Botticelli: Womit wir bei diesem Wegner wären. Auch diese Angelegenheit wurde ja nicht gerade optimal von der INS abgewickelt.

Rubens: Botticelli, darf ich Sie noch einmal bitten, etwas zurückhaltender bei vorschnellen Schlussfolgerungen zu sein.

Tizian: Danke, Rubens. In der konkreten Situation hatten wir wenig Alternativen. Eine Untersuchung seiner Lebens-

geschichte zeigte uns, wie gefährlich Wegner für uns werden konnte, wenn wir ihn leben ließen. Er ist heute noch in seiner Münchner Dienststelle eine Legende. Er hatte oft die beste Aufklärungsquote.
Botticelli: Wenn Sie das wussten, war das ein Grund mehr, vorsichtig gegen ihn vorzugehen.
Tizian: Sicher, aber niemand konnte etwas von den Vorkehrungen ahnen, die Wegner getroffen hatte. Ich kann auch nicht erklären, wie das möglich war, denn wir hatten vorsichtshalber sogar Leute in der Klinik stationiert, um ihn ständig im Auge zu behalten.
Monet: Wobei sich die Frage stellt, warum die INS ihn die ganze Zeit überwacht, wenn wir dann mit solchen Überraschungen rechnen müssen.
Rubens: Monet, Botticelli … Darf ich Sie noch einmal daran erinnern, wer die Gesprächsleitung heute innehat. Der Brief von Herrn Wegner an uns ist ja inhaltlich jedem bekannt, da die INS uns ja wegen des Inhalts kurzfristig um unsere Stellungnahme bat. Tizian: Wie ist der neueste Stand? Konnte die INS herausfinden, wo sich derzeit die Unterlagen von Herrn Wegner befinden?
Tizian: Ja, das ließ sich von unseren Leuten vor Ort kurzfristig klären. Die Informationen sind derzeit im Besitz von Lisa Lechner. Die junge Frau ist die Nichte von Herrn Wegner.
Rubens: Wissen wir, wo sie sich zur Zeit aufhält?
Tizian: Bedauerlicherweise wissen wir das nicht. Unsere Leute sind aber immer noch dabei, die junge Frau zu suchen. Wir erwägen derzeit die Möglichkeit, uns an ihre Mutter zu halten. Vielleicht weiß sie ja etwas über ihren derzeitigen Aufenthaltsort.
Rubens: Wir sollten nicht weiter den Fehler machen, unsere Gegner zu unterschätzen. Es ist äußerst unwahrscheinlich,

dass Frau Doktor Lechner über irgendwelche Informationen verfügt, wo sich ihre Tochter versteckt hält. Wir müssen davon ausgehen, dass die beiden an eine solche Möglichkeit gedacht haben.
Monet: Stimmt. Wir sollten äußerst vorsichtig vorgehen. Wir können nicht abschätzen, welche Sicherheitsmaßnahmen die beiden für einen solchen Fall eingeplant haben. Nach den derzeitigen Ereignissen könnten wir mit einem falschen Schritt eine Lawine auslösen, unter der wir leicht selbst alle begraben werden könnten.
Tizian: Diese Ansicht wird auch von der INS geteilt. Aber selbst wenn wir Lisa Lechner finden, ist es mehr als fragwürdig, ob wir die von Herrn Wegner in seinem Brief angedrohte Veröffentlichung der Informationen im Internet verhindern können. Ich habe mich da kundig gemacht. Diese Lisa Lechner hat schon mit dreizehn Programme für das Internet geschrieben. Wegners Drohung, das Material im Internet zu veröffentlichen, ist möglicherweise nicht so weit hergeholt.
Monet: Tizian, soll das heißen, wir müssen diesen Forderungen nachkommen?
Rubens: Ein Schritt nach dem anderen! Zuerst sollten wir uns sachlich überlegen, was im schlimmsten Fall passieren könnte, wenn es tatsächlich zu einer Verbreitung dieser Informationen käme. Was sagt die Innere Sicherheit zu dieser Möglichkeit?
Tizian: Unsere Leute hatten ja in den vergangenen Tagen bereits Zeit, das sehr umfangreiche Material zu analysieren. Die Einschätzung ist unmissverständlich. Da viele Namen konkret in den Unterlagen genannt werden, müssten wir auf der Stelle die meisten unserer Kunstbereiche unverzüglich aufgeben. Praktisch alle Ebenen sind betroffen: Beschaffung, Herstellung und Vermarktung. Wie weit sich die von

uns protegierten Künstler in ihrer Position halten lassen, ist mehr als fraglich. Auf jeden Fall müssten wir auch in diesem Sektor mit erheblichen Einbußen durch den Imageverlust rechnen.

Rubens: Wie lange würde es dauern, etwas Neues aufzubauen? Botticelli: Sie sind ja für den Aufbau der Strukturen verantwortlich. Was ist Ihre Meinung dazu?

Botticelli: Ein absoluter Neubeginn erscheint mir persönlich ausgeschlossen. Überlegen Sie nur selbst! Neue Künstler, ganz neue Vermarktungswege, die nicht auf die derzeitigen Strukturen verweisen. Fast ein Ding der Unmöglichkeit. Aber selbst wenn, würden wir mindestens fünf bis zehn Jahre brauchen, um den derzeitigen Stand wieder zu erreichen. Immer vorausgesetzt, wir würden das Land wechseln. Die USA oder Schweden würde ich in einem solchen Fall empfehlen.

Monet: Ich persönlich würde bei einem Länderwechsel nicht mehr weiter die Leitung bei der Ausbildung und Führung des Personals übernehmen wollen. Meine Arbeit war sehr von meinen persönlichen Kontakten zu den unterschiedlichen Ebenen geprägt. Ich spielte sowieso mit dem Gedanken, mich in absehbarer Zukunft aus dem Geschäft zurückzuziehen.

Rubens: Das klingt nicht gerade sehr optimistisch. Tizian, wie schätzen Sie die Entwicklung aus Sicht der INS ein, falls es tatsächlich zum Äußersten kommt?

Tizian: Auf die Veröffentlichung dieser Informationen wird es eine Woge von Ermittlungsprozessen gegen unsere Organisation geben. Das ist sicher. Außerdem wäre es nur eine Frage der Zeit, bis alle vier wirklichen Namen der Leitung ermittelt sind. Mein persönlicher Vorschlag für diesen Fall wäre, die Organisation unverzüglich aufzulösen. Noch ist ausreichend Zeit unterzutauchen. Die INS hat ja schon vor

Jahren – übrigens auf Ihre Anregung hin, Rubens – für einen solchen Notfall die entsprechenden Vorkehrungen getroffen. Pässe. Konten. Fluchtmöglichkeiten. Geheime Unterkünfte. Alles ist seit Langem vorbereitet.
Rubens: Beruhigend zu wissen, aber ich schlage vor, wir verschieben die Besprechung dieser Fluchtpläne erst einmal, denn es bleibt uns zunächst noch die Frage zu klären, was wir in der derzeitigen Situation tun könnten, um die angedrohte Veröffentlichung im Internet verhindern zu können.
Tizian: Guter Vorschlag, schließlich hat die INS immer noch Frau Scheible und ihren Jungen in der Hand. Wenn wir da etwas Freiraum geben, könnten wir zumindest kurzfristig das Schlimmste verhindern.
Monet: In dieser Hinsicht bin ich eher skeptisch. Der Vorschlag von diesem ehemaligen Kommissar geht doch wohl eher davon aus, dass auch Krautner und er selbst wohlbehalten blieben. In diesem Punkt haben uns die Ereignisse inzwischen längst überholt.
Botticelli: Ja, davon sollten wir zumindest ausgehen, wenn es auch nicht so ausdrücklich in seinem Brief formuliert war.
Tizian: Trotzdem wird Lisa Lechner nicht Hanno und Frau Scheible opfern, wenn wir auf ihren Vorschlag eingehen und alle in Ruhe lassen.
Rubens: In Ruhe lassen? Wie würde das konkret aussehen?
Tizian: Wir würden uns aus dem Haus von Frau Scheible zurückziehen. Es würde dadurch zunächst eine Art Pattsituation entstehen. Wir würden dann darauf verzichten, weiter Druck auszuüben, aber die Gegenseite könnte die Informationen auch nicht veröffentlichen, weil sie dadurch ihr eigenes Druckmittel verlieren und das Leben der beiden gefährden würde.
Botticelli: Aber auf lange Hand bringt das doch keine der beiden Seiten wirklich weiter, oder?

Tizian: Sagen Sie das nicht! Beide Seiten gewinnen Zeit.

Monet: Zeit, die diese beiden Frauen nutzen könnten, um eine neue Strategie gegen uns auszuarbeiten.

Rubens: Genau das war wohl von Anfang an ihre Absicht. Sie wollen Zeit! Sie gehen da allerdings von falschen Voraussetzungen aus. Erstens nehmen sie an, es ginge uns darum, für ewig und immer auf dem einmal eingeschlagenen Weg mit der Organisation weiterzumachen. Das könnte ein Vorteil für uns sein, denn sie haben bisher nicht begriffen, dass alles, was wir machen, nur Mittel zu einem höheren Zweck ist.

Monet: Rubens, schreiben Sie da wieder von dem „endgültigen Kampf", von dem Sie von Anfang an immer gesprochen haben?

Rubens: Ja. Ich habe doch immer klargemacht, dass die Organisation nur Mittel zu diesem einen Zweck sein kann.

Monet: Ich ging aber immer davon aus, wir würden damit noch eine Weile warten.

Rubens: Sicherlich wäre es besser gewesen, für den endgültigen Kampf noch mehr Macht und finanzielle Mittel zu sammeln, schließlich werden wir gegen einen mächtigen Gegner antreten. Aber falls es tatsächlich zu einer Zerschlagung der Organisation kommen sollte, müssen wir vorher handeln. Das Schicksal selbst zwingt uns in diesem Fall, möglichst rasch in die entscheidende Phase unseres Kampfes zu treten.

Monet: Das würde konkret „WAS" für unsere aktuelle Beschlussfassung heißen?

Rubens: Wir geben zunächst ihren Forderungen nach, leiten aber sofort alle für den endgültigen Kampf erforderlichen Schritte ein.

Botticelli: Tizian, wie groß stellen Sie sich unser Zeitfenster für den endgültigen Kampf vor?

Tizian: Der erste von uns gemeinsam geplante Schritt könnte schon sehr bald in Angriff genommen werden. Für den Fall, dass wir schnell handeln müssen, habe ich bereits vor Jahren die INS angeordnet, entsprechende Vorkehrungen zu treffen.
Rubens: Wir müssen genau planen, was wir nach unserem Erstschlag tun. Ich betone noch einmal, das Schicksal selbst zwingt uns zu diesem Präventivschlag. Wir können nicht warten, bis unsere Feinde uns die Möglichkeiten zum endgültigen Kampf genommen haben. Ich gehe sogar davon aus, dass sie hinter unserer derzeitigen Misere stecken.
Tizian: Was geschieht in diesem Fall mit Frau Scheible? Sie wissen, es gibt da immer noch eine persönliche Geschichte zwischen ihr und mir.
Rubens: Schon klar, aber auch unabhängig davon verdient sie eine angemessene Strafe, weil sie mitverantwortlich ist, dass wir uns jetzt in dieser schwierigen Lage befinden. Wenn sie nicht direkt zu unseren Feinden gehört, arbeitet sie doch zumindest mit ihnen zusammen. Ich mag es nicht, wenn andere bestimmen, was ich zu tun habe.
Tizian: Und was schlagen Sie vor, was mit ihr geschehen soll?
Rubens: Damit sie nicht ungeschoren davonkommt, werden wir Frau Scheible bei unserem Erstschlag strategisch mit einplanen. Natürlich auf eine Weise, dass sie unsere weiteren Schritte nicht behindern kann. Ich habe da auch schon meine Ideen. Als Mutter hat sie ja eine richtig ausgeprägte Schwachstelle.
Monet: Wird sie keine Schwierigkeiten machen, mit uns zusammenzuarbeiten?
Rubens: Sie wird es auf jeden Fall versuchen, aber solange wir ihren Sohn als Druckmittel haben, dürfte das kein größeres Problem darstellen. Wenn es einmal so weit ist, können sie ja ruhig die von ihnen gesammelten Informatio-

nen veröffentlichen. Das wird uns dann nicht mehr stören, denn die Ermittlungsbehörden werden dann ganz andere Probleme mit uns haben.
Botticelli: Wäre es nicht doch besser, sich langfristig um die Sicherheit der Organisation zu bemühen? Unter geschäftlichen Gesichtspunkten lief es doch nie besser als bisher. Wir sind doch erst dabei, die Ernte einzubringen, für die wir jahrelang unsere Zeit und unsere Mühen investiert haben.
Rubens: Wozu so lange zögern? Lassen wir ihnen zu viel Zeit, dann könnte auch unser Endsieg über unsere Feinde gefährdet sein. Darauf dürfen wir es auf keinen Fall ankommen lassen. Wir müssen so schnell wie möglich unseren gemeinsamen Kampf beginnen. Ich komme mehr und mehr zu der Einsicht, dass die derzeitigen Ereignisse einen klaren Hinweis des Schicksals darstellen, in die aktive Phase des Kampfes zu treten.
Monet: Mit einem Anschlag auf die Kulturschätze des Allgäus werden wir in einem Hornissennest herumstochern. Wir sollten uns zumindest ausreichend Zeit für die Planung lassen.
Tizian: Wir könnten vielleicht falsche Spuren zu terroristischen Gruppen legen. Ich denke da an radikale Rechte oder Linke, Fundamentalisten, welcher Glaubensrichtung auch immer.
Rubens: Worüber habe ich mich eigentlich die ganzen Jahre mit euch ausgetauscht? Warum seid ihr so kleingläubig? Wir müssen uns mutig zu unserer Tat bekennen, denn erst in der Stunde der Krise werden die Menschen die Chance haben, zu entscheiden, auf welcher Seite sie in Zukunft kämpfen werden: Auf unserer Seite oder auf der Seite unserer Feinde.
Monet: Das müssen wir ja nicht gleich entscheiden.
Rubens: Aber bald. Und noch ein unmissverständlicher Hinweis an alle Kleingläubigen: Wir müssen jeden, der in

dieser entscheidenden Stunde nicht auf unserer Seite steht, als Feind betrachten.

Monet: Meinen Sie damit auch einen von uns?

Rubens: Dies betrifft alle, die erwägen, die Organisation einfach im entscheidenden Kampf im Stich zu lassen. Nur jemand, der bereits von unseren Feinden kontrolliert wird, kann seine Freunde im Krieg verlassen. Ich denke, ich habe mich da unmissverständlich ausgedrückt. Können wir uns also auf die besprochene Vorgehensweise einigen?

Tizian: Ich bin dafür.

Monet: Ich bin dafür, zuerst einmal Zeit zu gewinnen, um die nächsten Schritte gründlich zu planen.

Botticelli: Ich bin auch dafür, aber nur, wenn man uns keine andere Wahl lassen sollte und es tatsächlich zur Veröffentlichung dieses Materials kommt.

Rubens: Dann ist der Vorschlag angenommen. Tizian: Weisen Sie die INS an, die entscheidenden Schritte für den endgültigen Kampf einzuleiten. Frau Scheible und ihren Sohn werden Sie vorläufig in Ruhe lassen. Wir verlassen uns da ganz auf Sie. Enttäuschen Sie uns nicht!
Ich wünsche allen noch ein schönes neues Jahr.

Rubens verlässt den Raum
Tizian verlässt den Raum
Botticelli verlässt den Raum
Monet verlässt den Raum

03. Januar 2015, 13.43 Uhr

Katharina Scheible und Rolf Werder hatten sich am Esstisch in der Wohnküche lange schweigend gegenübergesessen, jeder verloren in seine eigenen aber auch in ihre gemeinsamen Erinnerungen. Wenn es ein Spiel war, wer am hartnäckigsten schweigen konnte, dann wurde es von Werder verloren. „Katharina, wir sollten noch einmal miteinander reden." Die junge attraktive Frau sah ihn herausfordernd an. „Ich wüsste nicht, was es zwischen uns beiden noch groß zu reden gäbe."

„Solange wir noch keine Lösung gefunden haben, sollten wir danach suchen." Als sie ihn nur verständnislos anstarrte, fügte er schnell hinzu: „Gemeinsam!"

„Was? Gemeinsam? Bisher habe ich wenig davon gemerkt."

„Klar ist doch wohl …"

„Klar ist nur, dass ihr mich mit eurer Organisation zwingen könnt, aber freiwillig werde ich bei euch nicht mitmachen." Sie sah seinen verkrampften Händen an, wie schwer es ihm fiel, ruhig zu bleiben. Aber er gehörte auch nicht zu den Männern, die sich von ihren Gefühlen einfach so treiben ließen. Tief holte er mehrmals Luft, bevor er in einem sachlich-geschäftlichen Ton sagte: „Du solltest mich zu Ende reden lassen, Katharina. Ich gebe ja zu, es sind in der Vergangenheit einige Dinge passiert, die nicht hätten sein dürfen. Aber wir haben einiges daraus in der Organisation gelernt. Eine Künstlerin wie du wird niemals Höchstleistungen bringen können, wenn sie dazu gezwungen wird. Deswegen wollen wir ja auch einen … sagen wir Waffenstillstand schließen."

„Ihr wollt was? Das ist doch jetzt nicht dein Ernst?"

„Natürlich ist es das. Wir lassen dir ein, zwei Jahre Zeit, einfach in Ruhe unser Angebot der Zusammenarbeit zu überdenken. Wenn du so weit bist, setzen wir uns zusammen und reden darüber, wie es weitergehen kann."

„Und was müsste ich dafür tun?", fragte sie skeptisch. „Oder willst du mir jetzt erzählen, gerade du würdest mir irgendetwas schenken?"

„Nein, natürlich nicht. Ich habe dir schon einmal gesagt, bei uns in der Organisation geht das Geschäft vor unseren persönlichen Gefühlen. Also sieh es einmal ganz auf dieser geschäftlichen Ebene."

„Geschäft?" Sie legte alle Verachtung, zu der sie fähig war, in dieses eine Wort. Als er nichts sagte, fragte sie: „Und wie soll das genau aussehen?"

„Ganz einfach. Die Organisation lässt dich und Hanno in dieser Bedenkzeit ganz in Ruhe über die Vorteile einer künstlerischen Zusammenarbeit nachdenken. Solange du nichts von den Informationen weitergibst, die du mit Krautner gesammelt hast, solange wird es auch dabei bleiben."

„Und? Ich kann immer noch nicht sehen, worauf das hinauslaufen soll."

„Wer weiß? Du hast sehr viel Talent zum Malen. Das war schon immer unsere Meinung. Mit unserer Hilfe könntest du in der Künstlerszene ganz oben mitspielen. Vielleicht finden wir doch noch Wege, um …"

„Niemals!" Katharina war selbst erstaunt, wie spontan ihre Antwort kam. Es hatte Zeiten gegeben, da hätte sie alles dafür gegeben, um Karriere als Künstlerin zu machen. Daran dachten wohl beide, während nichts als das gleichmäßige Schwingen der Pendeluhr an der Wand zu hören war.

„Man soll niemals nie sagen, Katharina. Ich weiß, wie sehr dir deine Freunde fehlen, aber glaub mir, die Zeit heilt viele Wunden. Und in zwei Jahren kann vieles geschehen."

„An eurer Stelle ging ich davon nicht aus. Die Kunst ist mir sehr wichtig, aber …" Sie brach mitten im Satz ab und lauschte nachdenklich nach draußen, wo Hanno die Hühner fütterte.

„Aber was?", fragte Werder ungeduldig.

„Aber es gibt Wichtigeres."

„Du meinst Hanno?"

„Unter anderem, ja."

„Na schön. Gibt es etwas, das wir für dich tun können? Brauchst du vielleicht Geld?"

„Eher würde ich verhungern, als von euch etwas anzunehmen." In ihrem Zorn hatte sie für einen Moment ganz vergessen, in welcher Situation sie sich befand. Sie – und vor allem Hanno – waren immer noch in ihrer Hand.

„Ich kann nicht verstehen, warum du nach der Hand schnappst, die dich streicheln will", reagierte er hörbar gereizt. „Aber wie du willst. Gibt es sonst etwas, was du brauchst?"

Entschieden schüttelte sie den Kopf. „Verschwinde einfach mit deinen Leuten und lasst mir endlich meine Ruhe. Das ist alles was ich will."

„Das hatten wir sowieso vor", sagte Werder kalt. „Ich müsste dich nur in einer Hinsicht um Verständnis bitten."

„Da bin ich aber gespannt, wo der Pferdefuß steckt."

„Kein Pferdefuß! Nur eine Vorsichtsmaßnahme unsererseits. Selbstverständlich kannst du mit Hanno hier im Allgäu bleiben, oder du kannst hingehen, wohin du willst, aber solange wir keine Geschäftspartner mehr sind, werden wir ein Auge auf euch beide haben müssen, damit dir nicht doch der Gedanke kommt, bestimmte Indiskretionen zu begehen. Unser kleines Geschäft ist ganz einfach …"

„Ich habe längst verstanden, worauf euer ‚Geschäft' hinausläuft", unterbrach sie ihn ungeduldig. „Hannos und meine Sicherheit gegen meine Bereitschaft, für mich zu behalten, was eurer ganzen Organisation das Genick brechen wird. Darauf läuft es doch hinaus, oder?"

„In etwa, aber ich würde es etwas anders formulieren: Selbst wenn es dir gelingen sollte, die Organisation ganz zu zerschlagen, werden du und Hanno in eurem Leben keine Ruhe mehr haben. Wenn du den Mund aufmachen solltest, werde ich euch beide solange jagen oder jagen lassen, bis ich euch habe. Beide!" Sein ganzer Hass brach durch die bisher so mühsam gewahrte Sachlichkeit.

„Wir werden sehen …"

„Lass mich bitte zu Ende sprechen, Katharina, damit es zu keinerlei Missverständnissen kommen wird. Bisher ging das Geschäft immer vor. Ich habe meine Rache immer hinter den Interessen der Organisation zurückgestellt. Solltest du aber unsere Vereinbarungen vergessen, dann werde ich meine Rache endlich haben." Die letzten Worte sagte er mit einer solchen eisigen Kälte, dass unmissverständlich klar wurde, wie schwer es ihm fiel, sich zurückzuhalten.
Trotzdem fragte Katharina herausfordernd: „Und was wäre, wenn ich mich nicht auf euren Vorschlag einlassen würde?"
„Katharina, es gibt Fragen, die beantworten sich doch wohl von selbst. Solltest du tatsächlich so uneinsichtig sein, dann …" Rolf Werder schnaubte, machte eine wegwerfende Bewegung. „Warum darüber reden. Es wird weit schlimmer sein als alles, was ihr beide euch jemals vorstellen könnt. Und glaube mir, es wird der schönste Tag in meinem Leben sein."
Für Katharina war das so unfassbar, dass sie nicht die Woge des Hasses bemerkte, die sie bereits im nächsten Moment davontrug. Irgendwo dort unten in der Küche hörte sie sich schreien, schreien, wie es nur Tiere können, wenn ihre Jungen in Gefahr sind. „Du bist immer noch dasselbe Schwein, das du immer warst. Du … du wirst dich niemals verändern. Nie!"
„Ist es nicht genug, dir einen so großzügigen Vorschlag zu machen?", entgegnete er ihr kalt.
„Glaubst du wirklich, ich habe nur einen einzigen Moment geglaubt, ihr würdet mir diesen Vorschlag aus reiner Menschlichkeit machen? Alois und Wegner waren viel zu erfahren, um sich darauf zu verlassen, dass unsere Recherchen unentdeckt bleiben. Zwei schlaue Füchse."
„Füchse?"
„Ja, sie planten wie Füchse immer mehrere Ausgänge."
Inzwischen waren beide wieder zu jener gereizten Sachlichkeit zurückgekehrt, mit der sie ihr Gespräch begonnen hat-

ten. Katharina spürte sogar etwas wie Macht, wie Überlegenheit in sich aufkeimen.
„Mehrere Ausgänge? Was willst du damit sagen?", fragte Werder lauernd.
„Im Prinzip nur, dass wir derzeit in einer Pattsituation stecken. Ihr könnt Hanno und mir nichts tun, ohne dass ihr selbst Probleme bekommen würdet."
„Welche Probleme denn?" Es lag nun mehr unverhohlenes Interesse als Verachtung in seiner Stimme.
„Große Probleme, die entstehen würden, wenn plötzlich bestimmte Informationen über eure saubere Organisation veröffentlicht werden sollten. Aber ich gehe davon aus, ihr wisst inzwischen, von was ich rede."
„An deiner Stelle würde ich es nicht zu weit …"
„Jetzt lässt du mich einmal zu Ende reden! Also nur um auch von meiner Seite Klartext zu sprechen: Wir haben seit Langem bestimmte Vorkehrungen zu unserer Sicherheit getroffen. Sollte auch nur einer einzigen Person etwas zuleide getan werden, dann werden alle Informationen über eure Organisation automatisch in der Öffentlichkeit bekannt werden. Und jetzt Rolf, geh bitte! Und nimm deine Leute gefälligst mit! Ich will euch nie wieder hier sehen."
Rolf stand abrupt von seinem Stuhl auf und stampfte durch den Raum.
In der Küchentür drehte er sich noch einmal um, richtete seinen Zeigefinger auf sie. „Das wirst du bereuen. Eines Tages! Glaub mir!"
Die Tür schlug er krachend hinter sich zu.

03. Januar 2015, 14.56 Uhr

Rubens schaute vom Balkon des Luxushotels hinüber zum Schloss Neuschwanstein. Wie viele der Millionen von Touristen wussten schon, dass sein Erbauer, König Ludwig II. schon bei dessen Bau geplant hatte, sein Werk nach seinem Tod zerstören zu lassen? Dieser Märchenbau sollte nur sein Schloss sein.

Für die Leute der Inneren Sicherheit würde auch sonst die Zerstörung kein Problem darstellen. Die Herausforderung bestand eher darin, ob Monet, Tizian und Botticelli bis zum Schluss mitmachen würden. Rubens wusste, sie waren alle drei ab einem gewissen Punkt unsichere Kandidaten, obwohl er Jahre der intensiven ideologischen Schulung in sie investiert hatte. Am Ende hatten sie zwar alle zugestimmt, dass ein finaler Kampf gegen ihre Feinde unumgänglich wäre, aber da hatten sie noch geglaubt, es würde noch viele Jahre dauern, bis es zu diesem endgültigen Kampf käme.

Es war keine leere Warnung gewesen, gegen jeden Verräter unbarmherzig vorzugehen. Er hatte in den vergangenen Jahren gute Arbeit beim Aufbau der Organisation geleistet. Jeder belauerte jeden. Seit Jahren bewegte er sich unerkannt in ihren Reihen. Es gehörte zu seinem Verwirrspiel, sich anwerben zu lassen, obwohl er schon immer die Fäden gezogen hatte. Ja, er, der unsterbliche Rubens hätte auch im Hintergrund bleiben können. Es war eine bewusste Entscheidung sich anwerben zu lassen, denn nur so konnte er unerkannt immer und überall auftauchen, ohne dass jemand ahnte, dass er der große Rubens war, die Graue Eminenz, über deren Identität niemand Bescheid wusste.

Sicher, sie hatten Vermutungen und was seine Person betraf, gab es eine Menge Gerüchte, aber die wenigsten kamen auch nur in die Nähe der Wahrheit. Inzwischen war es für ihn längst zu einem Spiel geworden, aber er vergaß niemals, worum es wirklich ging.

Rubens dachte an die Nacht der Nächte, an die Nacht, in der er den Feinden nur knapp entkommen war. Es blieb keine andere Wahl: Entweder – nach seinem Tod – für immer unter ihrer Kontrolle leben, oder diesen endgültigen Kampf gegen sie gewinnen.

Erneut ließ er seinen Blick über das über ihm hoch aufragende Schloss gleiten. Der Fall dieses Märchenbaus würde die Fanfare sein, die Menschen zu wecken. Sie würden sich entscheiden müssen, auf welcher Seite sie kämpften.

Sicher, es würde Leute geben, die würden nicht verstehen, andere würden sich für die Seite der Feinde entscheiden, aber wichtig war, die Menschen zu wecken. Die Feinde waren mehr als nur eine Bedrohung, mehr als eine Verschwörung. Es war eine Frage des Überlebens der Menschheit. Dafür hatten die Feinde schon viel zu viele Menschen unter ihrer direkten Kontrolle.

„Aber ist dieser Terror wirklich notwendig?“, hallte eine Stimme in seinem Inneren.

Rubens machte eine abweisende Kopfbewegung. Er wusste, es war an der Zeit, sich die endgültigen Antworten noch einmal selbst zurechtzulegen, denn wenn der Kampf einmal begonnen hatte, würden viele fragen, warum diese Terrorakte notwendig waren.

Er, Rubens, würde Rede und Antwort stehen: Sachlich. Emotionslos. Plausibel. Er würde es ihnen erklären: Solange es der Mehrheit der Menschen in diesem Land wirtschaftlich gut ging, solange jeder glaubte, er könne sein Glück aus eigener Kraft schaffen, würde man nicht gegen die Bedrohung der Feinde kämpfen. Solange die noch freien Menschen in ihre Arbeit, in ihre Süchte nach Anerkennung, nach Sex, nach Alkohol, nach Gewalt, nach Drogen fliehen konnten, würden sie nicht bereit sein, um sich zu schauen, um zu erkennen, wie viele ihrer Mitmenschen bereits vom Feind beherrscht wurden.

Erst wenn man sie durch Terror wachrüttelte, wenn man ihre kleine, sicher geglaubte Welt in Frage stellte, würden

sie beginnen zu verstehen, wie sie vom Feind seit undenklichen Zeiten manipuliert wurden. An dem Gebäude, in dem sie alle wohnten, waren nur noch die blendenden Fassaden – zumindest auf den ersten Blick – in Ordnung. Das Fundament war längst von den Schatten untergraben, die tragenden Säulen längst morsch.
Warum gab es so wenige, die sehen konnten, wie es nur noch eine Frage der Zeit sein konnte, bis das sicher geglaubte Gebäude vollständig über ihnen zusammenbrach. Auf den Trümmern würden die Schatten und ihre Helfershelfer ihr eigenes Gefängnis für die Menschheit errichten.
War es nicht ein klares Zeichen des Schicksals, dass der endgültige Schlag des Feindes kurz bevorstand? Er musste den Menschen klarmachen: Wenn sie jetzt gemeinsam mit all ihren Mitteln den Kampf begannen, dann war es nichts als Notwehr, nichts als ein Präventivschlag gegen die endgültige Unterjochung der Menschheit.
Und er, Rubens, war auserwählt, die Menschen, die guten Willens waren, in diesen Kampf zu führen. Er würde ihnen zeigen, wie er die vergangenen Jahre genutzt hatte, um sich und sein Heer von Helfern strategisch günstig aufzustellen. Dann würde es an jedem einzelnen sein zu entscheiden, auf welche Seite er sich schlagen wollte.
Für einen Moment seufzte Rubens schwer: Die Möglichkeiten des Feindes und seiner Helfershelfer unter den Menschen schienen übermächtig, er schien nahezu unbesiegbar. Aber die Chancen würden gleich sein, wenn der Gegner mit einem entschiedenen Erstschlag unvorbereitet getroffen werden konnte. Die Möglichkeiten für einen solchen Überraschungsmoment würden jetzt nicht mehr lange bestehen, denn wenn der Gegner erst einmal gewarnt war, dann würde es schwer, nein, es wäre unmöglich, einen erfolgreichen Angriff zu starten.

Professor Silbermann, Dr. Schneider, Wegner, Krautner, alle standen im Dienst der Schatten. Nur so war es zu erklären, mit welcher Hartnäckigkeit sie den Kampf gegen die Schatten verhindern wollten. Sicher, sie waren nur Werkzeuge, verstanden nicht, wie sie benutzt wurden, verstanden nicht den verhängnisvollen Hintergrund.

Geblieben waren nur diese Frauen, Katharina Scheible und Lisa Lechner. Ihr Tod wäre mehr als nur eine Strafe. Ihr Tod beim ersten Gefecht wäre ein unmissverständliches Zeichen, dass er, Rubens, die bevorstehende Bedrohung verstanden hatte. Es wäre eine Kriegserklärung.

Und nach dem Erstschlag?

Sollte er nicht doch besser im Hintergrund warten, während die Kriminalpolizei in der falschen Richtung nach vermeintlichen terroristischen Zellen fahndete? Oder wäre es nicht doch besser, sich zu den Attentaten zu bekennen und sich an die Spitze der eigenen Truppen zu stellen?

Jahrelang quälte er sich schon mit diesen Fragen, während die ersten strategischen Ziele längst festlagen:

- Schloss Neuschwanstein,
- Klosterkirchen in Ottobeuren und Irsee,
- Wieskirche.

Das Märchenschloss als Signal natürlich zuerst, und während die Welt aufgescheucht nach den Hintergründen suchte, wären die Kirchen an der Reihe. Beim ersten Ziel würden sie eine falsche Fährte legen. Und dafür würde Katharina Scheible sorgen. Ihre wirkliche Schwachstelle war dieser Junge: Hanno.

Er würde dies schnell und ohne Absprache mit den anderen machen. Monet. Botticelli. Tizian. Er musste sie vor vollendete Tatsachen stellen. Die drei würden noch Jahre zögern und zaudern und am Schluss würde sich einer nach dem anderen unbemerkt absetzen.

Nein, der Kampf musste beginnen. Zuerst mal dieses Märchenschloss und Katharina. Dann würden sie alle gemeinsam die anderen Ziele zerstören.
Aber er, Rubens, würde vorsichtig sein müssen, auch er hatte eine Schwachstelle, denn er musste einige Leute von der Inneren Sicherheit ins Vertrauen ziehen. Eigentlich schade, aber ohne die Infrastruktur und das Fachwissen der INS würde er das Märchenschloss nicht zerstören können.
Unmöglich …

03. Januar 2015, 21.03 Uhr, gesicherter Chatraum

Tizian betritt den Raum
Rubens betritt den Raum

Tizian: Gibt es etwas Besonderes, warum Sie mich zu diesem Sondertreffen bitten?
Rubens: Gewissermaßen ja. Ich habe unsere aktuelle Situation noch einmal gründlich überdacht. Ich bin der festen Ansicht, wir sollten möglichst bald einen Präventivschlag vorbereiten.
Tizian: Müssten wir das nicht mit Monet und Botticelli erst abklären? Sie gehören schließlich ebenfalls zur oberen Leitung der Organisation.
Rubens: Sicher, aber es soll nur ein erster Gedankenaustausch mit Ihnen sein, nur für den Fall, dass wir doch gezwungen wären, rasch zu reagieren. Da sollten wir vorbereitet sein und möglicherweise muss es dann doch sehr schnell gehen, sodass dann keine Zeit bleibt, in Ruhe die erforderlichen Strategien zu entwickeln. Ich kann da doch auf Sie bauen, oder?
Tizian: Sicher. Für diesen Fall habe ich bereits mit der Inneren Sicherheit erste Vorkehrungen getroffen, Maßnahmen, die sehr kurzfristig durchgeführt werden könnten.

Rubens: Bei einer potenziellen Bedrohung von außen gibt es jedoch immer drei Möglichkeiten. Lassen Sie uns diese einmal durchgehen. Wir sind bestens vorbereitet für die Flucht. Auch haben wir bereits geeignete Maßnahmen vorbereitet, zurückzuschlagen, wenn der Gegner uns angreift. Die ganze Zeit haben wir die beste Option allerdings übersehen: Wir könnten zuschlagen, bevor unser Gegner in der Lage ist, selbst den Erstschlag durchzuführen.
Tizian: Halten Sie das wirklich für erforderlich? Ich habe bereits mit Frau Scheible gesprochen. Wie vereinbart habe ich unsere Leute zurückgezogen, da die Gegenseite prinzipiell mit einer vorläufigen „Waffenruhe" einverstanden ist.
Rubens: Ein Grund mehr, gerade jetzt über einen Präventivschlag nachzudenken, da derzeit noch nicht einmal unsere direkten Gegner damit rechnen. Aber wie schon gesagt, zunächst handelt es sich nur um technische Vorbereitungen, bei denen Sie als Leiter der Inneren Sicherheit gefragt sein werden. Ich kann mich da doch auf Sie in bewährter Weise verlassen?
Tizian: Wenn wir uns erst einmal auf eine gemeinsame Vorgehensweise geeinigt haben, kann die Organisation ganz auf mich bauen, aber es hört sich bei Ihnen ganz so an, als hätten Sie bereits klare Vorstellungen. Also: Worauf laufen Ihre Überlegungen konkret hinaus?
Rubens: Auf eine Machtdemonstration. Im Notfall müssen wir diesen Leuten beweisen, wozu wir alles in der Lage sind, wenn sie sich mit uns anlegen.
Tizian: Anschläge?
Rubens: Ich würde es vorziehen, es bei dem Begriff „Machtdemonstration" zu belassen.
Tizian: An welche Ziele ist dabei gedacht?
Rubens: Einige im Allgäu bedeutende Orte der Kunst. Wahrscheinlich wäre es besser, die Details mit Ihrem Fach-

mann für Sprengladungen zu besprechen. Allerdings würde ich bei der Durchführung doch gerne auf Ihre zuverlässige Unterstützung bauen.

Tizian: Gibt es da bestimmte Gründe, warum ich persönlich helfen soll? Für Sprengsätze bin ich ja nicht gerade die allererste Wahl.

Rubens: Bei einem Präventivschlag sollten wir auch gleich unsere derzeitigen direkten Gegner, Katharina Scheible und Lisa Lechner, aus dem Spiel nehmen. Ich dachte, dass Sie nach all den Jahren des Wartens interessiert daran wären, diese Aufgabe persönlich zu übernehmen.

Tizian: Ich wäre der Letzte, der sich dagegen aussprechen würde. Das würde allerdings bestimmte Risiken beinhalten. Möglicherweise werden dann die Informationen gegen die Organisation sofort ins Internet hochgeladen. Technisch stellt es für eine Spezialistin wie Lisa Lechner sicher kein Problem dar, ein System so einzurichten, dass es automatisch aktiviert wird.

Rubens: Wie kann ich das konkret verstehen?

Tizian: Wenn in einem bestimmten Zeitabstand kein Code zum Blockieren eingegeben wird, könnte das Programm die vorbereiteten Daten ins Internet hochladen und veröffentlichen. Damit hat zumindest Wegner ja gedroht. Alles hängt von dieser Lisa Lechner ab.

Rubens: Sie sind bei der Suche nach diesem Mädchen noch nicht weitergekommen?

Tizian: Nein, keinen einzigen Schritt, obwohl wir alle zur Verfügung stehenden Leute auf diese Aufgabe angesetzt haben. Unter uns halte ich ein positives Ergebnis unserer Suche auf absehbare Zeit eher für unwahrscheinlich.

Rubens: Wieso sehen Sie das so negativ?

Tizian: Weil dieser Wegner ein schlauer Fuchs war. Er hat mit Sicherheit damit gerechnet, dass wir alle Hebel in Gang setzen würden, um seine Nichte zu finden. Irgendetwas ganz Besonderes hat er sich sicherlich einfallen lassen.

Rubens: Da ist etwas dran. Die Lösung könnte aber auch so naheliegend sein, dass wir sie nicht sehen, weil sie zu offensichtlich ist. Wie auch immer, ich werde mir mal Gedanken machen. Ein anderer Punkt: Welche Schritte haben Sie hinsichtlich Frau Scheible unternommen?

Tizian: Ich habe sie wie abgesprochen informiert, dass sie weiter von unseren Leuten überwacht wird, damit wir gleich reagieren können, wenn sie oder Frau Lechner sich zu einer Indiskretion hinreißen lassen. Wir können aber weder eine Weitergabe der Informationen noch eine wechselseitige Kontaktaufnahme verhindern.

Rubens: Wo befindet Frau Scheible sich derzeit?

Tizian: Sie scheint in ihrem Haus bleiben zu wollen, auf jeden Fall haben unsere Leute noch keine Anzeichen entdeckt, die auf eine Flucht mit ihrem Sohn Hanno hinweisen würden.

Rubens: Ich bin mir sicher, Lisa wusste die ganze Zeit, dass es Katharina gut geht, sonst wären diese Informationen längst veröffentlicht.

Tizian: Während wir auf ihrem Hof waren, dürfte das ein Problem gewesen sein, denn sie hatte weder Zugang zu einem Handy noch zu einem Computer. Telefon gibt es da draußen sowieso nicht.

Rubens: Man sieht gleich, wie wenig Sie die alten Bücher lesen. Eine zugezogene Gardine oder ein offengelassener Laden können, um nur zwei Beispiele zu nennen, einiges klären. Es gibt da unzählige Möglichkeiten. Es wäre kein Problem, den Briefträger oder irgendwelche Nachbarn für ein kleines Trinkgeld zu bitten, eine Postkarte, eine E-Mail, eine SMS an jemanden zu schicken, falls der Briefkasten nicht geleert wird oder falls keine Hühner auf dem Hof herumlaufen.

Tizian: Das mit den Hühnern verstehe ich jetzt nicht.
Rubens: Wie viele Hühner meinen Sie, wären noch übrig so nahe am Wald, wenn einmal nachts die Tür zum Stall nicht zugemacht wird. Es wäre ja nur so eine Art von Alarm, der über Jahre bestehen kann. Krautner wohnte ja nicht immer bei ihr und war auch oft unterwegs. Wie auch immer, irgendwie weiß diese Frau Lechner zumindest, dass es Frau Scheible und ihrem Sohn gut geht. Apropos Krautner: Gibt es Krautners Wohnung in Kempten noch?
Tizian: Ja, kein Problem. Nach seinem Tod haben sich unsere Leute dort ein wenig umgesehen. Nichts, was der Rede wert war.
Rubens: Könnten die Nachbarn nicht anfangen, unangenehme Fragen zu stellen, wenn Krautner nicht mehr auftaucht?
Tizian: So schnell wohl nicht. Außer Wegner und Frau Scheible hatte er wohl nicht viele Freunde. Wie ich gehört habe, war er oft wochenlang bei Frau Scheible oder er war irgendwo in Sachen Kunst unterwegs. Hatte ja jede Menge Kontakte in der Kunstszene, aber es ist kaum wahrscheinlich, dass jemand von denen hinter ihm herkräht. Und selbst wenn jemand in einem halben Jahr anfängt, sich über seine Abwesenheit zu wundern, stellt das auch kein Problem dar. Unsere Leute von der INS haben sich nach dem Unfall darum gekümmert, dass ihn niemand findet. In diesem Punkt können wir uns ganz auf unsere Leute verlassen. Da wird es bestimmt keine unliebsamen Überraschungen geben.
Rubens: Na schön. Zurück zu unserem Thema. Wie lange wird es in Anspruch nehmen, damit die INS die Details mit dem Sprengmaterial regeln kann?
Tizian: Das ist wahrscheinlich relativ kurzfristig möglich. Je nach Objekt müssten möglicherweise bestimmte Vorbereitungen getroffen werden, denn es genügt in der Regel nicht, irgendwo das Material zum Explodieren zu bringen,

um das gesamte Objekt zum Einsturz zu bringen. Aber auch das ließe sich sicherlich für unseren Spezialisten innerhalb von einer, maximal zwei Wochen regeln.

Rubens: Also gut. Ihr Mann soll hier im Chatroom eine Nachricht hinterlassen, wann er mit mir die Details klären kann.

Tizian: Soll ich dabei sein?

Rubens: Das wird wohl nicht erforderlich sein. Es handelt sich ja nur um technische Einzelheiten und es ist ja nur als zusätzliche Maßnahme angedacht, damit wir gegebenenfalls auch die Option offen haben, einen Präventivschlag zu führen.

Tizian: Trotzdem wäre es schön, wenn Sie mich auf dem Laufenden halten würden, schließlich soll ich ja, wenn ich Sie richtig verstanden habe, an der Durchführung irgendwie beteiligt sein.

Rubens: Sobald die technische Seite mit Ihrem Mann abgeklärt ist, werde ich mich auf jeden Fall wieder mit Ihnen in Verbindung setzen. Einen schönen Tag noch.

Tizian: Ihnen auch und bis dann. Viel Glück!

Rubens verlässt den Raum
Tizian verlässt den Raum

04. Januar 2015, 10.46 Uhr

Ideales Skiwetter am ersten Sonntag im Jahr. Viele der Neujahrsurlauber hatten ihre Abreise auf dem Nachmittag verschoben, um den Vormittag noch einmal ausgiebig für die ein oder andere Abfahrt zu nutzen. Nach den Zweier-, Dreier- und Viererreihen der Wartenden vor den Skiliften hätte man meinen können, es handele sich um die letzte Gelegenheit für die nächsten zehn Jahre.

Botticelli sah hinter der dicken Glasscheibe des Bergrestaurants zu, wie sich der endlos scheinende Zug der Skifahrer nur schrittweise zum Lift vorschob. Es gab tatsächlich Leute, die kamen weit oben aus Norddeutschland, nur um hier über die Tage zwischen den Jahren keine Gelegenheit ungenutzt zu lassen, sich das Bein oder gleich den Hals zu brechen. Weiß der Himmel, warum Monet darauf bestanden hatte, sich gerade hier zu treffen.
Bisweilen sah Botticelli auf seine Uhr, die noch träger vorzurücken schien als die Leute vor der Kasse. Beiläufig blätterte er durch den handlichen Allgäuführer, blieb an der Isnyseite hängen, überflog die dort stehenden Informationen. Klang interessant. Nach dem Gespräch könnte er sich vielleicht in einigen Galerien dort umschauen. Oder sollte er doch lieber gleich bis zum Bodensee, Lindau, Konstanz …
„Entschuldigen Sie, ist hier noch ein Platz frei?"
„Monet? Du hast vielleicht ein Talent, mich zu erschrecken. Schleichst dich da an."
„Von wegen. Bist ja so vertieft in deinen Kunstführer. Immer noch ganz der Kunstliebhaber, nicht wahr?"
„Ach du", seufzte er.
„Du fehlst mir. Wirklich."
Im nächsten Moment lagen sie sich bereits in den Armen und es dauerte eine gute Weile, bis sie zum eher geschäftlichen Teil ihres Gesprächs kamen. Aus Sicherheitsgründen sahen sie sich nur sehr selten, aber wenn sie sich trafen, dann waren sie weit mehr als ein gut funktionierendes Team. Sie mochten sich, wenn beide auch eine bestimmte Scheu hatten, dies dem anderen offen zu sagen. Mit ehelichem Verkehr hatte das schon früher nichts zu tun. Eher eine seelische Wahlverwandtschaft. Es war Monet, der nach der Bestellung eines Kaffees und eines Croissants für sich selbst mit einer direkten Frage auf den offiziellen Teil ihres Gesprächs zusteuerte:

„Hast du herausgefunden, wer Rubens ist?"
„Nein. Noch nicht. Aber ich bin mir ganz sicher, es muss jemand sein, den wir beide aus einem anderen Zusammenhang gut kennen."
„Warum meinst du?"
Botticelli zuckte vage mit den Schultern. „Es ist nur so ein Gefühl, aber wer auch immer bei uns im Hintergrund die Fäden zieht, Rubens macht das seit Jahren sehr geschickt."
„Meinst du, es könnte auch eine Frau sein?"
„Weiß nicht recht. Ich hatte da immer schon einen Verdacht."
„Dann rede schon!", drängte Monet.
„Du wirst mich vielleicht auslachen, aber irgendwie werde ich den Verdacht nicht los, dass Tizian seit Jahren eine Doppelrolle spielt."
„Ist doch jetzt nicht dein Ernst, oder?"
„Doch, ist es. Überlege doch einmal. Auf diese Weise hat er immer zwei Stimmen bei unseren Leitungsgesprächen. Ist dir noch nie aufgefallen, wie einig sich Tizian und Rubens immer sind, wenn es um kritische Themen geht?"
„Es klingt schon etwas sehr weit hergeholt, mein Lieber, oder?"
„Nehmen wir es einfach als Arbeitshypothese: Tizians Leute von der Inneren Sicherheit hätten zumindest kein Problem das technisch so hinzubekommen, dass uns kein Verdacht kommt."
„So weit habe ich noch nie gedacht. Aber Mal ein anderes Thema: Was hältst du von der neusten Entwicklung?" Monet schien fest entschlossen zu sein, erst einmal das Terrain zu sondieren.
„Diese Endkampf-Geschichte? Ich habe befürchtet, dass Rubens eines Tages durchdreht. Ich mache bei diesem Wahnsinn auf jeden Fall nicht mit. Kannst du dir vorstellen, was hier im Allgäu los sein wird, wenn wir Terroranschläge auf die schönsten Sehenswürdigkeiten verüben?"

„Und ob ich mir das vorstellen kann“, sagte Monet. „Selbst wenn Rubens sich nicht zu den Anschlägen bekennt, wird die Polizei keine vierundzwanzig Stunden brauchen, bevor sie kapiert haben, woher der terroristische Wind weht. Und dann sitzen wir den Rest unseres Lebens im Gefängnis. Darauf kannst du dich fest verlassen.“
„Wohl eher in der Psychiatrie“, berichtigte Botticelli.
„Auf jeden Fall war dann unsere Arbeit die ganzen Jahre völlig umsonst. Sicher, damals, als die Organisation mich gewarnt hat, habe ich diese ganzen Geschichten von einer Bedrohung durch irgendwelche Feinde nicht zu ernst genommen. Hauptsache, unsere Geschäfte gingen gut.“
„Diese Warnung damals mitten in der Nacht war schon seltsam. Ich habe zwar keine Beweise, aber ich halte es nicht für ausgeschlossen, dass Rubens oder Tizian ein doppeltes Spiel gespielt haben.“
Botticelli schaute überrascht. „Du meinst, einer der beiden hat die Polizei erst auf meine Spur gebracht?“
„Nur so eine Theorie. Seitdem kannst du auf jeden Fall nicht mehr selbstständig deine eigenen Projekte durchführen. Was diese Geschichte mit den Terroranschlägen angeht, bin ich ganz deiner Meinung. Es ist höchste Zeit auszusteigen oder besser noch …“ Monet zögerte, blickte sich verstohlen um.
„Und was können wir sonst machen?“, fragte Botticelli gleich interessiert nach. „Im Moment nichts, als so tun, als würden wir das Spiel mitmachen. Sobald wir wissen, wer Rubens ist, machen wir kurzen Prozess mit ihm. Rubens wird auch keinen Moment zögern, uns kaltzumachen, wenn wir ihm im Weg sind.“
„Dann müssten wir aber seinen Lakaien, Tizian, auch beseitigen.“
„Wenn es nicht sowieso dieselbe Person ist, hast du natürlich recht“, nickte Monet.

„Das klingt nicht so, als würdest du zum ersten Mal an eine solche Möglichkeit denken?"
„Da hast du recht. Ich habe in den vergangenen Jahren viel von Rubens gelernt. Außerdem geht es um unser Überleben. Sobald Rubens merkt, dass wir bei seinen Plänen nicht mitspielen, dürfte es das für uns gewesen sein. Vergiss nie: Rubens ist zwar genial, aber auch wahnsinnig!"
„Du bist härter als ich dachte", sagte Botticelli mit einem leichten Unterton von Anerkennung. „Wie auch immer, ohne Rubens fehlt uns zwar sehr viel an kreativer Energie in der Organisation, aber unter den derzeitigen Bedingungen dürfte das die einzig machbare Lösung darstellen. Die Organisation übernehmen wir beide, wenn Rubens raus ist. Dann können wir immer noch in Ruhe entscheiden, ob wir unser bisher erfolgreiches Spiel auf dem Kunstmarkt weiterspielen oder ob wir uns gleich ins Ausland absetzen. Es gibt so viele schöne Orte in der Welt, wo es sich lohnen würde zu leben."
„Vielleicht können wir es ja einfach auf uns zukommen lassen. Das dürfte wohl auch von diesen beiden jungen Frauen, Scheible und Lechner, abhängen. Wie auch immer, Hauptsache, wir kommen an das Geld und die Papiere heran. Aber da arbeite ich derzeit dran. Ist nicht so einfach, ohne dass es Rubens mitbekommt. Und nach uns die Sintflut."
Als Rubens bereits eine halbe Stunde später von der Inneren Sicherheit über das abgehörte Gespräch informiert wurde, war er alles andere als überrascht. Er hatte längst mit dieser Möglichkeit gerechnet. Dieser Gedanke lag ja auch auf der Hand.

04. Januar 2015, 14.56 Uhr

Es war unglaublich! Rubens schüttelte seinen Kopf, als er sah, wie die junge Frau das Haus in Kempten verließ. Wieso war er nicht eher darauf gekommen? Das war doch naheliegend. Aber das Versteck von Lisa Lechner war genial. Krautners Wohnung war Rubens auch erst beim Chat mit Tizian eingefallen. Zuerst war es nur so eine vage Idee. Jetzt war dieser Punkt endlich geklärt.

Und was weiter?

Sicher hätte er einfach die Leute von der Inneren Sicherheit schicken können, aber das hätte nicht zu seinen Plänen gepasst. Er hatte die genialen Ideen. Er, Rubens, zog die Fäden als Graue Eminenz aus dem Hintergrund. Monet, Botticelli und auch Tizian waren nur Werkzeuge in seiner Hand. Sie brauchten nichts über das Versteck der jungen Frau zu wissen. Auf jeden Fall noch nicht. Lisa würde die Informationen vorläufig nicht einfach so veröffentlichen können. Jetzt, wo Rubens wusste, wo sie sich aufhielt, konnte er auch steuern, wann die Organisation aufflog, und auffliegen musste sie, denn einige der Leute in der Leitung mussten vor vollendete Tatsachen gestellt werden.

Ein seltenes Lächeln huschte über Rubens' Gesicht, als er an Monet und Botticelli dachte. Jetzt, wo sie in eine neue Phase im Kampf gegen ihre Feinde traten, würden Botticelli und Monet nicht mehr gebraucht. Auf dem Kunstmarkt waren sie unersetzlich gewesen, aber jetzt waren sie nachweislich dabei, zu Verrätern an ihrem Kampf zu werden. Der Plan der beiden hatte allerdings eine entscheidende Schwachstelle: Sie wussten beide nicht, wer tatsächlich die Fäden im Hintergrund zog, und er würde dafür sorgen, dass es auch so bliebe.

Auf der anderen Seite hatten die beiden sich in der Vergangenheit als sehr nützlich für die Organisation erwiesen. Es gäbe vielleicht Möglichkeiten, die beiden zur Zusammenarbeit zu zwingen.

Nein! Darauf konnte er es nicht ankommen lassen. Dafür stand viel zu viel auf dem Spiel. Die Frage war nur, wann

und wie diese Verräter aus dem Spiel genommen werden konnten. Es musste ja nicht gleich sein, es hatte keine Eile. Noch konnten sie ihm nützlich sein.
Vielleicht könnte er sie ja alle mit einem Schlag loswerden: Botticelli, Monet, Lisa Lechner und Katharina Scheible. Ihr Kleiner müsste auch sterben. Natürlich. Eigentlich schade! Aber in jedem Kampf mussten eben auch Unschuldige sterben, und im Krieg gegen die endgültige Kontrolle des Feindes durfte es kein Zögern von seiner Seite geben. Die übermächtigen Feinde würden jubeln, wenn er beim endgültigen Schlag gegen ihre jahrtausendalte Herrschaft wegen eines Kindes zaudern würde.
Nein! Es musste sein.
Er hatte einmal erfahren, wie es war, unter ihrer Kontrolle zu stehen. Das Schicksal selbst hatte ihn, Rubens, erwählt, diesen Kampf zu führen. Wenn es um das Wohl der ganzen Menschheit ging, dann musste gehandelt werden, denn die Feinde würden auch keine Unterschiede zwischen Unschuldigen und Schuldigen machen. Für die Feinde gab es nur Freie und Kontrollierte.
Noch einmal musste er, Rubens, alle seine Kräfte konzentrieren, um diesen ersten entscheidenden Präventivschlag im endgültigen Kampf um die Macht zu führen. Jetzt, wo er wusste, wo Lisa Lechner wohnte, jetzt würde er endlich alles vorbereiten können.
Sollten sie doch ihre Informationen ins Internet hochladen! Es war inzwischen völlig gleichgültig. Die Organisation war nur ein Werkzeug in seiner Hand gewesen. Einige Leute der Inneren Sicherheit würde er noch eine Weile im Kampf brauchen, aber das waren sowieso nur Söldner, denen es gleichgültig war, in welchem Krieg sie kämpften, solange der Sold stimmte. Ein Teil der Leute hatte schon einmal die Richtung geändert, als er vor Jahren die Macht über-

nommen hatte. Kein Problem! Solange es sich für sie lohnte, würde es keine Mühe machen, sie auf einen neuen Kampf einzuschwören.
Und Tizian? Auch er müsste mit seinen Taten beweisen, auf welcher Seite er stand. Frei oder kontrolliert von den Feinden? So würde auch für ihn – wie für jeden anderen – die Frage lauten. Tizian war immer ein zuverlässiges Werkzeug gewesen, aber jetzt musste auch er entscheiden, was für ihn wichtig war. Die Stunde der Wahrheit war gekommen.
Für alle!

07. Januar 2015, 21.03 Uhr, gesicherter Chatraum

Genio betritt den Raum
Rubens betritt den Raum

Rubens: Entschuldige Genio, dass ich Sie warten ließ.
Genio: Kein Problem.
Rubens: Haben Sie die Pläne bekommen?
Genio: Schloss Neuschwanstein? Sicher. Was bedeuten die Markierungen?
Rubens: König Ludwig II., der das Schloss bauen ließ, plante bereits bei seiner Erbauung dessen Zerstörung nach seinem Tod mit ein. Die Geschichte lief dann doch bekanntermaßen etwas anders ab, als er es sich selbst gedacht hatte. Seine Minister ließen ihn für unzurechnungsfähig erklären und damit verlor er jeden Einfluss, sein Werk überhaupt zu Ende zu bringen. So wurde auch aus der Zerstörung des Schlosses nach seinem Tod nichts.
Genio: Soll das heißen, die markierten Stellen bestimmen die Plätze, wo die Sprengsätze für einen solchen Fall angebracht werden sollten?

Rubens: Es liegt an Ihnen, das genauer zu überprüfen, aber es wäre durchaus denkbar. Ein riesiges Schloss wie Schloss Neuschwanstein kann, wie es der König geplant hat, nur völlig zerstört werden, wenn die Sprengladungen an den strategisch richtigen Punkten angebracht werden. So habe ich zumindest meinen Informanten verstanden. Es handelt sich allerdings um alte Pläne. Ob das aus heutiger Sicht immer noch zutrifft, müssten Sie klären.
Genio: Als Sprengstoffexperte kann ich Ihrem Informanten nur zustimmen, zumindest vom Prinzip her. Es gibt auch bei Sprengungen Gesetzmäßigkeiten, die berücksichtigt werden müssen. Und was ist Ihr Anliegen in diesem Zusammenhang genau?
Rubens: Es handelt sich um ein Projekt, das in mehreren Phasen ablaufen soll. Zunächst erwartet die Leitung der Organisation von Ihnen, zu überprüfen, ob ein solcher Anschlag überhaupt realisierbar wäre.
Genio: Sie denken da an die Zerstörung von ganz Neuschwanstein?
Rubens: Wenn dies technisch machbar ist, sollte das ganze Schloss zerstört werden, falls nicht, sollten Sie sich auf das Hauptgebäude konzentrieren. Es sollten auf jeden Fall sehr nachhaltige Schäden entstehen.
Genio: Das dürfte viel schwieriger sein als die Zerstörung des World Trade Centers, aber für prinzipiell machbar halte ich es. Die Durchführung dieses Projekts wird allerdings eine sehr komplexe Planung in Anspruch nehmen, da der Sprengstoff an sehr unterschiedlichen Stellen platziert werden müsste. Inwieweit die im Plan markierten Plätze tatsächlich geeignet sind, müsste ich erst berechnen. Dies gilt ebenfalls für die Art des Sprengstoffs und die erforderliche Menge. Müsste ich auch gleich die Möglichkeiten der technischen Durchführbarkeit durch die Organisation überprüfen?

Rubens: Das war genau der Punkt, auf den ich gerade kommen wollte. Wahrscheinlich gibt es eine Menge von Sicherheitsvorkehrungen gegen einen möglichen Anschlag. Es wäre gut, wenn Sie sich auch damit auseinandersetzen könnten.
Genio: Ich müsste also klären, wie und wo der Sprengstoff platziert werden kann und wie die Explosion dann zu einem bestimmten Zeitpunkt ausgelöst werden soll. Aus technischen Gründen, die ich hier nicht in der Schnelle erklären kann, sollten die einzelnen Explosionen zeitlich etwas versetzt sein, d. h. die Explosionen müssten in kurzer zeitlicher Reihenfolge stattfinden, da dies die zerstörerische Wirkung wesentlich vergrößern würde.
Rubens: Denken Sie da an eine Art Kettenreaktion?
Genio: Genau das. Ich müsste bei der Planung diesen Dominoeffekt für das Objekt genau prüfen, aber prinzipiell läuft es darauf hinaus.
Rubens: Wenn ich das jetzt richtig verstanden habe, müsste eine bestimmte Zielperson also die Erstexplosion auslösen, oder?
Genio: Richtig! Soll diese Zielperson überleben?
Rubens: Nein!
Genio: Prinzipiell wäre auch ein Zeitzündmechanismus denkbar, aber eine Zielperson vor Ort würde natürlich die Planung und Realisierung etwas vereinfachen. In diesem Fall müssten Sie jedoch sicherstellen, dass diese Person auch zuverlässig ihre Aufgabe erfüllt, denn spätere Korrekturen lassen sich nur mit einem erheblichen Aufwand bewerkstelligen.
Rubens: Über diesen Punkt habe ich bereits mit der Leitung der Inneren Sicherheit gesprochen. Gemeinsam mit Tizian würde ich diesen Teil übernehmen. Ihre Aufgabe besteht neben der Berechnung und Planung darin, das not-

wendige Material zu besorgen, die Sprengladungen zuverlässig platzieren zu lassen, ohne dass unser Plan vorzeitig aufgedeckt wird. Könnten Sie diese Aufgabe grundsätzlich übernehmen?

Genio: Im Prinzip ja, bei dieser Art von Projekt würden die Bedingungen allerdings etwas anders aussehen als üblich, da nach einem solchen Anschlag die Hölle los sein wird, wie Sie sich selbst denken können. Über Wochen, wahrscheinlich sogar Monate, werden die Ermittlungen der Polizei auf der ganzen Welt auf Hochtouren laufen. Da müsste ich für konkrete Sicherheitsvorkehrungen, was meine Person betrifft, sorgen.

Rubens: Was stellen Sie sich genau vor?

Genio: Die Innere Sicherheit besorgt für mich erstklassige Dokumente. Aus Sicherheitsgründen würde ich Papiere auf drei verschiedene Namen brauchen. Außerdem wird da unter zwei Millionen Euro nichts zu machen sein, denn bei einem solchen Projekt werde ich mich hinterher für immer aus dem Geschäft zurückziehen müssen. Die Zahlung des Geldes versteht sich natürlich im Voraus.

Rubens: Das scheint mir ein angemessener Preis für diese Art von Projekt zu sein. Das mit den Papieren dürfte für die INS kein Problem darstellen. Ich werde Tizian anweisen, die entsprechenden Schritte in die Wege zu leiten. Die zwei Millionen werden wir im Voraus auf ein Konto Ihrer Wahl überweisen. Eine weitere Million werden Sie bekommen, wenn Sie drei weitere Projekte gleich mit vorbereiten könnten, und noch eine weitere Million, wenn alle vier Projekte erfolgreich abgeschlossen worden sind.

Genio: Welche weiteren Projekte?

Rubens: Drei bekannte Barockkirchen. Von der Sicherheitsseite und vom technischen Aufwand dürften die wahrscheinlich wesentlich einfacher zu lösen sein als das Märchenschloss.

Genio: Sollen diese Projekte gleichzeitig mit Neuschwanstein durchgeführt werden?
Rubens: Nein! Etwa einen Monat nach Neuschwanstein, wenn sich die erste Aufregung gelegt hat und die Leute sich inzwischen wieder in Sicherheit wiegen. Dann können alle drei Kirchen gleichzeitig abgehandelt werden.
Genio: Da ich mich nach dem Schloss absetzen muss, müsste ich weitere Leute ins Vertrauen ziehen, die die Ausführung dieser Projekte später zuverlässig übernehmen. Könnte sein, dass wir dann doch etwas mehr Geld brauchen, weil verlässliche Arbeit teuer ist, wenn die Projekte nicht aus ideologisch motivierten Gründen durchgeführt werden. Genaue Summen kann ich aber erst nennen, wenn ich mich umgehört habe, wer für solche Aufgaben infrage kommen könnte. Möglicherweise müssen wir da Kollegen von außerhalb der Organisation beauftragen.
Rubens: Bei Neuschwanstein wäre es mir aber lieb, wenn dies eine Sache zwischen Tizian, Ihnen und mir bleiben könnte.
Genio: Da kann ich Ihnen erst eine Zusage machen, wenn ich die Sicherheitsmaßnahmen auf dem Schloss genau überprüft habe. Falls ich den Sprengstoff nicht alleine platzieren kann, würde ich Ihnen Bescheid geben. Da würde ich mich allerdings an absolut zuverlässige Leute bei uns in der INS halten.
Rubens: In Ordnung! In diesem Fall können Sie sich gleich an Tizian selbst wenden. Gemeinsam mit ihm können Sie sicher geeignete Leute bei uns finden. Wie viel Zeit werden Sie etwa brauchen?
Genio: Fragen wir einmal andersherum: Wann soll das Projekt denn durchgeführt werden?
Rubens: So schnell wie möglich.
Genio: Also gut. Für die technische Berechnung und Planung ein bis zwei Wochen. Bei der konkreten Umsetzung

kann ich es noch nicht genau sagen, aber ich würde einmal weitere zwei Wochen veranschlagen. Um auf der sicheren Seite zu sein, sollten Sie grob mit einem Zeitfenster von sechs Wochen rechnen. Wäre das in Ihrem Sinn?
Rubens: Je früher desto besser, aber eineinhalb Monate wären gerade noch möglich, wenn es tatsächlich nicht schneller gehen sollte.
Genio: Okay, dann werde ich mich mit Tizian in Verbindung setzen und die Details innerhalb der INS klären.
Rubens: Ja, machen Sie das. Ich werde ihm heute noch Bescheid geben, dass Sie sich mit ihm in Verbindung setzen. Tizian wird mich auch über die weitere Entwicklung unterrichten. Über ihn bleiben wir in Kontakt miteinander. Falls es unbedingt erforderlich ist, können wir uns aber auch alle drei hier im Chat treffen. Gutes Gelingen noch.
Genio: Danke. Wir werden voneinander hören.

Rubens verlässt den Raum
Genio verlässt den Raum

Februar 2015

12. Februar 2015, 14.04 Uhr

Es war ein Fehler gewesen. Das hatte Katharina Scheible von Anfang an gespürt, aber sie hatte Hanno einige Tage vorher beiläufig von den Fastnachtsumzügen im Allgäu erzählt, weil sie seit Jahren zum ersten Mal selbst die Gelegenheit hatten, ihren einsam liegenden Hof zu verlassen. Hanno hatte, wie nicht anders zu erwarten war, seine Mutter auch gleich gedrängt, sich einen der Umzüge gemeinsam anzusehen. Hartnäckig hatte er gebettelt, hatte einen Trotzkopf aufgesetzt, bis Katharina nach drei Tagen kindlichem Dauerscharmützel seufzend nachgegeben hatte.

Ein ungutes Gefühl blieb.

Am Abend, als Hanno bereits im Bett lag, hatte sie im Internet recherchiert, wo traditionelle Faschingsumzüge im Allgäu stattfanden. Wahrscheinlich hatte sie sich für den schwäbisch-alemannischen Faschingsumzug in Mindelheim entschieden, weil er am Gumpigen Donnerstag einer der ersten Faschingsumzüge war, denn dann hätten sie es wenigstens bald hinter sich.

Zudem war die Wahrscheinlichkeit, in dieser kleinen Stadt jemanden von ihren früheren allgäuerischen Bekannten oder Freunden zu treffen, nicht besonders groß. Sie hätte selbst nicht sagen können, warum dieser Gedanke, plötzlich von jemandem angesprochen zu werden, sie so sehr beunruhigte. Vielleicht waren es die zu erwartenden Fragen, was aus ihrer Künstlerkarriere geworden sei, auf die es von ihr keine ehrlichen Antworten geben konnte.

Das Auto ließ sie auf dem Parkplatz unterhalb der Mindelheimer Burg stehen. Auf der Fahrt hatte sie ihrem siebenjährigen Sohn vom Durahansl, der Amme und der Columbine erzählt, dem närrischen Dreigestirn im Mindelheimer Fasching. Lange hielt ihr im Internet zusammengelesenes Wissen den endlosen Fragen des kleinen Hannos nicht stand. Bei ihren Erklärungen hatte sie ihre karge Sachkenntnis mit einigen ihr bekannten allgäuerischen Sagen über Hexen, Burggeister, Bergkönige und wilde Männer gemischt, womit sie eine Lawine von weiteren Nachfragen losgetreten hatte.

Am liebsten wäre sie gleich wieder nach Hause gefahren, als sie auf dem Platz vor dem Mindelheimer Rathaus ankamen. Es war schrecklich. Katharina war einfach nicht mehr so viele Menschen gewohnt. Seit sieben Jahren lebte sie bereits völlig zurückgezogen, und ein verirrter Wanderer, der nach einem Glas Wasser oder nach dem Weg fragte, stellte schon einen Höhepunkt in ihrer Zurückgezogenheit dar. Hinzukam die ständige Angst, doch eines Tages von der Polizei wegen Fälschung von Bildern und Betrug verhaftet zu werden. Kaum eine Nacht, ohne schweißgebadet aufzuwachen, weil sie wieder geträumt hatte, die Organisation oder Rolf Werder hätten den vorläufigen Waffenstillstand einseitig einfach wieder aufgehoben.

Und jetzt das: Dicht gedrängt nebeneinanderstehende Menschen. Grelle Schreie und Schüsse, die sie immer wieder zusammenzucken ließen. Faschingsschlager aus über ihren Köpfen aufgehängten Lautsprecherboxen. Bunte Musikkapellen. Auf der Straße tanzende Faschingsgarden. Über allem der Jahrmarktsgeruch von abgestandenem Bier und dem ranzigen Bratengeruch von Würstchenbuden.

Für Katharina war es einfach unerträglich.

Dagegen schien Hanno sichtlich Gefallen an dem närrischen Treiben zu finden. Seine Augen leuchteten, als er mit den Fingern auf die verkleideten Hexen, Teufel, Schlümpfe

und Clowns wies, die im Faschingsumzug auf der Straße vorbeizogen. „Mama, schau mal! Eine ganze Gruppe von Engeln. Schön, gell?"
Für Hanno war es die wundervolle Entdeckung einer unbekannten Welt, aber für Katharina stellte all dies ein nicht enden wollendes Drama dar. Vergeblich versuchte sie sich selbst zuzureden, dass dieses Gefühl einer sich nahenden Gefahr völliger Unsinn sei. Die vage Vorahnung blieb.
Drängend zog Hanno sie an ihrer Hand immer mehr in die an der Maximilianstraße dicht gedrängten Zuschauerreihen. „Komm doch endlich!", drängte er sie, wobei er weder auf die Ermahnungen seiner Mutter noch auf die Proteste einzelner Zuschauer achtete. Als Katharina ihn dann doch entschieden zurückhalten wollte, maulte er: „Lass mich endlich los! Ich kann gar nichts sehen."
Bevor sie ihn kurz hochheben konnte, damit er wenigstens über die Schultern einiger Leute schauen konnte, hatte er sich bereits mit einem Ruck von ihrer Hand befreit. Ohne ihn davon abhalten zu können, drängte er sich einfach zwischen den Erwachsenen in die vordere Reihe durch. Resignierend zuckte sie schließlich mit den Schultern. War ja eigentlich auch egal. Konnte ja nicht viel passieren. Sollte er doch seinen Spaß haben. Es war schließlich sein erstes Mal, dass er unter so vielen Leuten war.
Was sollte da schon passieren?
Und trotzdem … Irgendetwas stimmte doch nicht …
Nein! Sie durfte sich nicht von ihren Ängsten kontrollieren lassen. Sie musste den Jungen einfach mal machen lassen.
Diese nachgiebige Haltung hielt nicht lange an. Für sie selbst war es noch viel schlimmer, als sie befürchtet hatte. Die sich dicht um sie drängenden Menschen machten ihr noch mehr Angst. Erschöpft wie sie war, hielt sie das nicht lange aus. Sie ließ sich in die letzte Reihe zurückdrängen,

wo sie zwar nur noch wenig von dem närrischen Treiben auf der Straße sehen konnte, aber wo sie zumindest nicht ständig von irgendjemandem angerempelt und herumgestoßen wurde.
Kraftlos lehnte sie sich an eine Hausmauer, weil sie ein leichtes Schwindelgefühl überkam. Sie schaute hilfesuchend nach oben. Die meisten Fenster waren geöffnet und überall streckten sich Menschen weit heraus, winkten den vorbeiziehenden Narren auf der Straße zu. Wie durch einen leichten Dunstschleier sah Katharina dies alles, wobei die Konturen ein wenig vor ihren Augen verschwammen.
Ihr unbestimmter Blick glitt an der leicht wankenden Häuserfassade entlang, bis er an einer Haustür hängenblieb. Auf den Treppenstufen stand eine in ein gelb-blaues Narrenkostüm gekleidete Person. An allen Zipfeln hingen kleine goldene Glöckchen. Auf dem Kopf trug sie einen spitzen, gelb-blauen Hut. Die düsteren Augen hinter der fahlen Holzmaske schienen sie zu durchbohren. In der Hand hielt die Narrenfigur eine Art Ratsche, mit der sie Katharina bedrohlich zuzuwinken schien. Zwischen all den närrisch feiernden Klängen und Rufen hörte Katharina deutlich, ganz nahe, das knatternd-bedrohliche Geräusch, wie es eine Klapperschlange vor dem Zuschlagen macht.
Sie wusste, es würde etwas … etwas ganz Entsetzliches …
Mit einer spontanen Bewegung schloss Katharina ihre Augen. Der Boden unter ihr schien sich wie bei einem Schiff bei schwerem Seegang ständig zu heben und zu senken. Nach oben. Nach unten. Nach vorne. Nach hinten.
Deutlich fühlte sie, wie ihr Atem immer schneller ging, wie ihre Beine und Arme anfingen zu zittern. Während einige Teile ihres Körpers unerträglich kribbelten, ging von anderen Körperpartien wieder eine unbestimmte Taubheit aus. Deutlich spürte sie, wie ihr Mund immer trockener

wurde, wie kalter Schweiß ihr den Rücken hinablief und wie ihre Brust wie von einem zu knapp sitzenden Mieder immer enger zusammengeschnürt wurde. Kälteschauer schwappten wie eisige Wogen über ihren ganzen Körper, um Momente später von unerträglichen Hitzewallungen abgelöst zu werden.
Später konnte Katharina sich nie erinnern, wie lange sie zitternd in all ihrer ohnmächtigen Verzweiflung an der Hauswand gelehnt hatte, aber als sie ihre Augen schließlich aufriss, war die Narrengestalt in der Haustür verschwunden.
Einen guten Moment brauchte Katharina, bis sie ihre wild im Kopf kreisenden Gedanken wieder halbwegs unter Kontrolle hatte: Gumpiger Donnerstag, Mindelheim. Faschingsumzug. Sie blickte sich verwirrt um: Die Zuschauer verloren sich bereits rasch in alle Richtungen.
Hanno.
Hanno!
Wo war ihr Hanno?
Das letzte Mal, als sie ihn gesehen hatte, hatte er sich in die erste Reihe gedrängt, aber jetzt war weit und breit nichts von ihrem Sohn zu sehen.
Es war noch weit schlimmer als in einem ihrer fürchterlichen Alpträume.
Sie blickte wild umher, fing an, orientierungslos umherzuhasten. Von Hanno keine Spur.
„Haben Sie meinen Sohn gesehen?“, sprach sie die nächstbeste Passantin an. Die etwa vierzigjährige Frau, wahrscheinlich angetrunken, sah sie nur verständnislos an.
„Ein Junge, sieben Jahre, gelber Anorak?“, setzte Katharina gleich mit zitternder Stimme nach.
Die Frau zuckte nur unwissend ihre Schultern. „Vielleicht ist er hinter dem Zug hergelaufen.“ Mit einer gleichgültigen Geste wies die Frau in die Richtung, wo man eine Gruppe

von Menschen sah, die sich offensichtlich gleich dem Faschingszug auf der Straße angeschlossen hatten.
Obwohl Katharina sich nicht denken konnte, ihr Sohn sei ohne sie einfach dem Zug hinterhergelaufen, folgte sie mit unsicheren Schritten dem Faschingszug.
Als sie einen Mann grob anrempelte, erhob dieser scherzend den Zeigefinger. „Na, na! Wohin denn so eilig des Weges? Wir können doch auch hier unseren Spaß haben."
Mit einem Lachen griff er nach ihrem Arm.
Katharina machte sich mit einer heftigen Bewegung von seinem Griff frei. „Gehen Sie mir aus dem Weg!"
„Ist ja schon gut. Passt ja schon. Vielleicht sollten Sie nicht zu viel …"
Mehr konnte Katharina nicht hören, denn sie war bereits mit zitternden Beinen dem Ende des Zuges hinterhergewankt …

12. Februar 2015, 17.16 Uhr

Sie hätte wissen müssen, dass sie diesen Leuten der Organisation nicht vertrauen hätte dürfen. Dabei war sie so sicher gewesen, eine Weile vor ihnen Ruhe zu haben, zumindest solange sie im Besitz des belastenden Materials war.
„Katharina, wenn ich du wäre, dann würde ich genau machen, was dir gesagt wird", klang die Stimme von Rolf Werder in ihrem Ohr. Sie war so deutlich, als würde er gleich hinter ihr stehen.
Die Bilder der vergangenen Stunden irrlichterten erneut durch ihren Kopf: Lange hatte sie vergeblich in der kleinen Innenstadt von Mindelheim nach ihrem Sohn gesucht. Immer wieder war ihr der Gedanke gekommen, einfach zur Polizei zu gehen, aber die Angst, die Organisation könnte hinter Hannos Verschwinden stecken, hatte sie jedes Mal

davon abgehalten. Da war ihr plötzlich der Gedanke gekommen, Hanno könnte, nachdem er seine Mutter nicht gefunden hatte, einfach zum Auto gegangen sein, um dort auf sie zu warten.
Diese kleine Hoffnung hatte ihr ein wenig neue Kraft gegeben. Als sie auf den Parkplatz einbog, glaubte sie deutlich die Stimme ihres Sohnes zu hören.
Das war Hanno!
Eine unglaubliche Woge des Glücks erfasste sie. Umsonst hatte sie sich die ganze Zeit Sorgen um ihren Sohn gemacht! Aber als sie zu ihrem Wagen kam, musste sie erkennen, dass ihr überreiztes Gehirn ihr nur einen weiteren gemeinen Streich gespielt hatte. Weit und breit lag der Parkplatz verlassen da.
Ihr entsetzter Blick fiel durch die Scheibe auf den Fahrersitz. Die dunkelblaue Mütze, die sie Hanno gegen dessen Willen übergestülpt hatte, bevor sie in die Stadt zum Umzug aufgebrochen waren. Es schien ihr inzwischen eine Ewigkeit her zu sein.
Sie stemmte sich mit aller Kraft gegen das in ihr aufsteigende Gefühl, ohnmächtig zu werden. Nicht jetzt! Schon viel zu viel Zeit hatte sie verloren. Bitte, nicht jetzt!
Tief atmete sie mehrmals ein und aus.
Hanno …
Bilder von Hanno huschten durch ihren Kopf. Hanno bei der Gute-Nacht-Geschichte in seinem Bett. Hanno beim Hühnerfüttern. Hanno, der mit weit ausgebreiteten Armen lachend auf sie zulief.
Hanno …
Erst jetzt bemerkte sie, dass die Autotür ein klein wenig offenstand. Mit einem Ruck riss sie die Tür auf, griff nach der Mütze, in der Hoffnung darin oder darunter eine Nachricht zu finden.

Auf dem Sitz lagen tatsächlich zwei kleine graue Ohrhörer, deren Kabel zu einem kleinen rechteckigen Apparat in der Größe eines MP3-Players führte. So sehr sie das Gerät auch hin und her drehte, es gab kein Mikrofon, keinerlei Knöpfe, nur eine Buchse, in dem ein Kabel mit kleinen Ohrhörern steckte. Eine Art Empfangsgerät ohne die Möglichkeit, Rückmeldungen zu geben. Hastig steckte sie die Hörer in die Ohren und das Gerät in die Manteltasche. Ihr war klar, dass diese Leute sich mit ihr in Verbindung setzen würden. Früher oder später.
Sie ließ sich auf den Fahrersitz fallen und lauschte. Nichts bis auf ein kaum vernehmbares statisches Rauschen im Hintergrund. Offensichtlich war sie also auf Empfang, aber man ließ sie warten. Irgendwie war Katharina sich bewusst, wie diese Leute ihr schmutziges Spiel mit ihr trieben.
Verzweifelt kämpfte sie gegen ihre neu aufkommende Angst an. Auf keinen Fall durfte sie sich von der Panik wie von einer Woge davontreiben lassen. Ein kleiner Fehler genügte jetzt und sie würde ihren Sohn nie wiedersehen, auf jeden Fall nicht lebend. Mit letzter Kraft konzentrierte sie sich auf den mühsam kontrollierten Fluss ihres Atems. Ein und aus. Ein und aus. Immer wieder. Entsetzliche Bilder, Erinnerungen, Befürchtungen huschten durch ihren Kopf, drohten ihr ganzes Bewusstsein mit ihrer lähmenden Gewalt zu überschwemmen.
Ein und aus. Ein und aus.
Sie verlor ganz ihr Gefühl, wie lange sie da saß, stumpf vor sich starrend, ihr ganzes Bewusstsein auf ihren Atem gerichtet. Um sie herum wurde es langsam dunkel, aber die Kopfhörer blieben bis auf dieses kaum merkliche Rauschen still. Aber gerade das Bewusstsein, wie diese Leute mit ihrer Angst, mit ihrer Furcht spielten, stärkte ihre Entschlossenheit, sich gegen ihre Machenschaften entschieden zu weh-

ren. Immer, wenn dieser Wille wie eine zu dünne Eisdecke zu brechen drohte, zwang sie sich, zu der vermeintlichen Ruhe ihres mühsam kontrollierten Atems zurückzukehren. Ein und aus. Ein und aus.

Trotzdem schrak sie zusammen, als sie nach einer langen Zeit die Stimme von Rolf Werder in ihrem Kopf hörte. „Katharina, wenn ich du wäre, dann würde ich genau machen, was mir gesagt wird."

Sie konnte nicht sagen, er würde sich mit langen Reden aufhalten. Er gab knappe und präzise Angaben, was sie zu machen hatte. Er nannte ihr Adresse und Namen eines kleinen Hotels in Bad Türkheim, wo für sie bereits ein Zimmer bestellt wäre. Am Morgen würde man um Punkt zehn Uhr wieder Kontakt zu ihr aufnehmen. Die Stimme war so plötzlich wieder weg, wie sie angefangen hatte zu sprechen. Katharina atmete schwer durch. Alles sehr sachlich. Ohne jedes Zögern. Ohne offen ausgesprochene Drohungen. Ohne ironische Grüße. Ohne die Forderung, die Polizei aus dem Spiel zu lassen. Keinerlei Hinweise, man würde sie im Auge behalten. Katharina verstand nicht. Hatten diese Leute denn keine Angst mehr, die gegen sie gesammelten Informationen könnten ihre ganze Organisation zerstören? Wenn sie heute Nacht nicht zu Hause wäre, würde Lisa Lechner morgen um Punkt zwölf Uhr den Blockiercode nicht aktivieren und alle Informationen würden dann automatisch ins Internet hochgeladen.

War ihnen das egal?

Hatten sie Lisa inzwischen genauso unter Kontrolle wie sie selbst?

Die wichtigste unbeantwortete Frage aber war: Warum hatten sie Hanno entführt?

Was immer sie von ihr wollten, sie waren hinter weit mehr her als ihrem Leben. Sie hätten in den vergangenen Mo-

naten zahlreiche Gelegenheiten gehabt, Hanno und sie für immer verschwinden zu lassen.
Aber was wollten diese Leute wirklich?
Hatte sie noch eine Chance, irgendwie heil herauszukommen?
Wahrscheinlich nicht …

12. Februar 2015, 21.46 Uhr
„Herr Hilberts? Guten Abend, mein Name ist Lisa Lechner … Ja, ich weiß, es ist schon spät für einen Anruf bei Ihnen zu Hause … Ich habe Ihren Namen von meinem Onkel, Klaus Wegner … Ja, genau. Er sagte mir, Sie seien ein absolut zuverlässiger Kollege von früher und ich könnte mich im Notfall ganz vertrauensvoll an Sie wenden … Er hätte Sie bereits über die wesentlichen Punkte informiert … Doch, ich fürchte schon … Nein, lieber nicht. Ich würde es vorziehen, Ihnen das alles persönlich zu erzählen … Was? … Ja, ich fürchte, es hat mit seinem Tod zu tun … Da haben Sie recht. Sein Tod ist entsetzlich, für uns alle … Wie? Warum ich nicht gleich die Polizei informiere? … Doch, natürlich habe ich daran gedacht, aber wenn ich meinen Onkel richtig verstanden habe, scheint es einige undichte Stellen bei der Polizei zu geben … Ja, genau! Wir können uns später nach unserem Gespräch hier in Kempten ja noch einmal überlegen, inwieweit wir die Polizei da involvieren können, aber eine einzige Indiskretion könnte das Leben von mehreren Menschen gefährden … Ja, weiß ich schon. Seien sie mir nicht böse, Herr Hilberts, aber ich muss noch drei weitere Ihrer Kollegen anrufen … Ja, wenn alle zu mir kommen, wären wir dann mit Ihnen zusammen fünf … Ja, bis dann, und bitte, wirklich nichts weitererzählen, ich meine vorläufig."

13. Februar 2015, 08.16 Uhr

Der in Allgäuer Tracht gekleidete, etwa sechzigjährige Mann, schaute Katharina Scheible hinter der Rezeption des Hotels mit einem Lächeln an, das mindestens genauso falsch war wie die makellos weißen Zähne, die er dabei stolz entblößte. „Frau Scheible, wenn ich es Ihnen doch sage, ich weiß wirklich nicht, wie der Mann ausgesehen hat, und ich kann Ihnen auch keine anderen Angaben machen. Der Rucksack hier wurde am frühen Morgen beim Nachtportier mit der Bitte abgegeben, Ihnen diesen auszuhändigen, wenn Sie hier an der Rezeption vorbeikämen. Sicherheitshalber sollten Sie den Rucksack nicht öffnen. Ich vermute, das wissen Sie aber bereits."

Der Hotelangestellte schleppte den mächtigen Trekkingrucksack um die Portiersloge und stellte ihn vor der jungen Frau ab. Schon auf den ersten Blick konnte Katharina sehen, dass es kein gewöhnlicher Rucksack war, wie ihn die Touristen sonst auf ihre Bergwanderungen mitnahmen. Der überdimensionale Tornister war fast einen Meter hoch, breit und kantig.

„Aber der Nachtportier muss doch sonst noch etwas gesagt haben?", fragte Katharina irritiert.

„Ich versichere Ihnen, nur das, was ich Ihnen bereits gesagt habe: Ach ja, Ihr Kollege würde sich wieder mit Ihnen in Verbindung setzen. Sie wüssten aber schon."

„Und Sie können mir wirklich nichts weiter darüber sagen?"

Der Portier hob mit bedauernder Miene beide Hände. „Ich fürchte nicht. Ganz sicher wird sich alles aufklären, wenn Sie mit Ihrem Kollegen gesprochen haben. Kann ich Ihnen sonstwie …"

Katharina war viel zu aufgewühlt, um den Mann zu Ende sprechen zu lassen. „Sie können mir auch nicht sagen, ob der Mann hier bei Ihnen zu Gast war?"

„Bedauere sehr, aber über andere Gäste bin ich leider nicht befugt, Ihnen Auskünfte zu erteilen. So gerne ich Ihnen in dieser Hinsicht auch helfen würde, mir sind da leider beide Hände gebunden.“ Der Portier verschanzte sich trotz Katharinas Drängen immer mehr hinter sehr höflichen, aber letztlich nichtssagenden Worthülsen, und sie konnte im Laufe weiterer fünf fruchtloser Minuten nur noch herausfinden, dass der Nachtportier bereits vor einer halben Stunde das Haus verlassen hatte und leider erst am Abend wieder erreichbar wäre. Dessen Anschrift konnte sie nicht erhalten. Wieder verwies der Portier auf die strengen Vorschriften, keine persönlichen Daten von Angestellten weitergeben zu dürfen.

„Passen Sie auf, Frau Scheible, der Rucksack ist ganz schön schwer. Soll ich Ihnen jemanden holen, der Ihnen beim Tragen hilft?“, fragte der Hotelangestellte. Seiner halbherzigen Stimme war anzuhören, dass er nur der Höflichkeit halber fragte, und dass es ihm am liebsten wäre, diese leidige Angelegenheit so schnell wie möglich hinter sich zu bringen.

Mit einem resignierten Kopfschütteln nahm Katharina den grauen Rucksack mit beiden Händen an den Schulterriemen. Der Rucksack musste tatsächlich gute zwanzig Kilo oder mehr wiegen. Mit schweren Schritten wandte sie sich vom Rezeptionsschalter ab und ging langsam durch die Hotelhalle in Richtung Fahrstühle. Während sie wartete, starrte sie dieses unförmige Monstrum an. Nach einem verunsicherten Blick um sich, schüttelte sie ihn leicht, aber was immer drin war, die Leute hatten sich mit der eckig und hart anfühlenden Verpackung einige Mühe gegeben, denn es war nicht der kleinste Laut zu hören, der einen Rückschluss auf den Inhalt zuließ.

Was konnte es sein? Während sie auf den Fahrstuhl wartete, drehte und wendete sie den Rucksack einige Male hin und

her. Offensichtlich war er dafür gedacht, Foto- und Videoausrüstung oder sonstiges technisches Material zu transportieren. Dafür sprachen auch die vielen kleinen Belüftungslöcher. Die Reißverschlüsse waren mit Plomben gesichert, sodass man sofort sehen würde, wenn er geöffnet wurde.
Und wenn sie den Rucksack in ihrem Zimmer doch einfach aufbrach? Vielleicht …
Nein, das konnte sie wirklich nicht riskieren. Möglicherweise wollten diese Leute sie ja einfach nur auf die Probe stellen? Aber was war da nur drin? Sollte sie jetzt etwa heiße Ware für diese Leute schmuggeln? Irgendwelche Kunstwerke? Bilder? Skulpturen? Ikonen? Oder Drogen?
Eigentlich konnte es ihr ja ziemlich egal sein, was diese Leute machten, solange Hanno nichts passierte.
Tief in sich fühlte sie, dass es doch nicht ganz so egal war, wenn sie auch bereit wäre, für diese Leute alles zu tun, nur um ihren Sohn zurückzubekommen. Und von ihrer Bereitschaft alles zu tun, gingen diese Leute nicht zu Unrecht aus.
Ihr war ein wenig schwindlig, als sie mit dem Fahrstuhl nach oben fuhr. Vielleicht hätte sie doch etwas essen sollen. Sie hatte im Frühstücksraum hastig zwei Tassen Kaffee heruntergeschüttet, aber sie hatte geglaubt, sonst nichts herunterzubekommen.
In ihrem Zimmer ließ sie sich erschöpft auf das Bett fallen. Die bleierne, undurchdringbare Schwere hatte nach den beiden Tassen Kaffee im Restaurant eine zittrige Unruhe abgelöst. Ihr Kopf führte ein chaotisches Eigenleben, das sie nicht einmal im Ansatz kontrollieren konnte. Ihre Gedanken fingen an zu kreisen …
Was für eine verdammte Nacht lag hinter ihr! Wenn die stillen Nächte auch sonst ihre erbitterten Feinde waren, so stellte die zurückliegende einen Generalangriff auf ihre verbleibenden psychischen Kräfte dar. Eine lange Zeit war sie

ständig in ihrem kleinen Hotelzimmer hin und her gelaufen wie ein gefangenes Tier in seinem Käfig, immer hin und her, hin und her. Aber wie sehr sie sich auch bemühte, konnte sie keinen ruhigen Gedanken fassen, was diese Leute von ihr wollen konnten.

Ihre Gedanken kehrten wieder zu diesem seltsamen Trekkingrucksack zurück. Gab es eine Möglichkeit, ihn zu öffnen, ohne dass diese Leute es später bemerken würden?

Sie ging in ihrem Kopf verschiedene Möglichkeiten durch – sie dachte zum Beispiel an das Auftrennen und Wiederzunähen von Nähten –, aber keine schien ihr wirklich durchführbar zu sein.

Von einem Augenblick auf den anderen, ohne dass ihr der plötzliche Übergang überhaupt bewusst geworden wäre, verlor sie das Bewusstsein, so als sei in ihr einfach eine Sicherung durchgebrannt.

Als sie ihre Augen wieder blinzelnd öffnete, starrte sie an die weiße Decke ihres Hotelzimmers. Sie hätte nicht zu sagen gewusst, wie lange sie das Bewusstsein verloren hatte, aber ein Blick auf ihre Uhr zeigte ihr, dass es nur wenige Minuten gewesen waren.

Und jetzt?

Sie horchte in sich hinein. In all diesen Trümmern ihrer Verzweiflung gab es einen kleinen Funken Hoffnung. Sie führte zwar einen Kampf auf verlorenem Posten, denn diese Leute hatten in der Vergangenheit deutlich gezeigt, sie hielten alle Trümpfe dieses Spiels in der Hand und Rolf Werder, offensichtlich einer der wichtigsten Männer in der Leitung, hatte allen Grund sie zu hassen. Aber sie, Katharina Scheible, sie würde nicht aufgeben. Nie!

Seit Krautners Tod glaubte sie, nichts zu haben als ihren eigenen eisernen Willen, sich gegen diese Leute zur Wehr zu setzen. Der schlimmste denkbare Fall war jetzt mit der

Entführung ihres Sohnes eingetreten. Damit stand sie mit dem Rücken zur Wand. Es gab kein Entkommen. Sie würde sich dem Kampf stellen, stellen müssen.
Aber sie war nicht allein …
Da war noch Lisa Lechner. Sie kannte ihre Geschichte. Niemals würde Lisa diesen Leuten nachgeben: Nicht nachdem, was sie selbst vor einem Jahr erlebt hatte. Nicht nachdem, was sie mit ihrem Onkel gemacht hatten.
Wahrscheinlich hatte man ein Gift in eines der Getränke geschüttet, wenn eine Obduktion auch keinen Nachweis dafür erbracht hatte. In dem Befund hieß es einfach nur: Tod aufgrund eines Herzversagens.
Obwohl diese Hoffnung auf Lisas Hilfe für Katharina nicht neu war, gab ihr der Gedanke, wo Wegners Nichte sich versteckt hielt, auf einmal sehr viel Mut, sehr viel Kraft: Ja, sie war nicht allein in ihrem Kampf gegen diese Organisation. Sie hatten noch eine Chance!
Nach Wegners Tod hatten sie sich ein einziges Mal getroffen. Es war inzwischen fast schon wieder einen Monat her. Es musste sein, trotz des Risikos, die Leute der Organisation nicht erfolgreich abhängen zu können. Für den Notfall hatten die beiden jungen Frauen bei dieser Gelegenheit Vorkehrungen getroffen.
Es war vielleicht eine übertriebene Vorsichtsmaßnahme, es bei einem einzigen Kontakt zu belassen. Beide waren sich aber einig, es wäre viel zu gefährlich, miteinander zu telefonieren oder sonstwie miteinander zu kommunizieren. Die Organisation wartete ja nur darauf, Hinweise zu bekommen, wo sich Lisa versteckt haben könnte. In dieser Beziehung durften sie keinerlei Risiko eingehen.
Sie hatten auch so Möglichkeiten gefunden, ein Sicherheitsnetz aufzuspannen. Nur für den Fall: Es gab an der Hauptstraße einen vom Haus fast einen Kilometer entfern-

ten Punkt, von dem aus Lisa beim langsamen Vorbeifahren sehen konnte, ob in Hannos Zimmer im ersten Stock Licht brannte.
Seit der Zeit, in der die Männer der Organisation auf ihrem einsam gelegenen Hof waren, konnte Hanno nur noch mit Licht schlafen. Für eine dringende Kontaktaufnahme hatten sie außerdem den an der abbiegenden Seitenstraße hängenden amerikanischen Briefkasten vereinbart. Sollte der einmal offen stehen – was man ebenfalls im Vorbeifahren sehen konnte –, würden sie sich am nächsten Tag um Punkt zwölf Uhr an einem bestimmten Ort in Kempten treffen.
Dies regelten die beiden auch für den Fall, dass einmal in Hannos Zimmer kein Licht brennen sollte. Es war das einzige Zimmer im ersten Stock, das zur Straßenseite hin lag. Ja, Lisa würde heute um zwölf Uhr dort sein. Da war sich Katharina ganz sicher.
Die Frage blieb, ob es ihr viel nützen würde, dass Lisa inzwischen mit Sicherheit von dem eingetretenen Notfall wusste, ohne jedoch den konkreten Sachverhalt zu kennen. Warteten diese Leute nicht bereits darauf, dass sie sie zu ihr führen würde?
War das nicht sogar der Sinn der Entführung?
Aber … was machte denn dieser Rucksack für einen Sinn? Was hatten diese Leute vor?
Und selbst wenn sie sich mit Wegners Nichte traf, viel könnte Lisa auch nicht unternehmen. Die Veröffentlichung der Informationen und eine Alarmierung der Polizei würde ihnen auch noch das allerletzte Druckmittel gegen die Organisation aus der Hand nehmen.
Es blieb noch eine andere vage Möglichkeit … oder?
Lisa hatte ihr bei ihrem einzigen Treffen erzählt, ihr Onkel Wegner hätte ihr für den Notfall auch die Telefonnummern

von einigen ehemaligen, sehr zuverlässigen Kollegen gegeben, auf deren Hilfe sie im Notfall zählen konnte.

13. Februar 2015, 10.21 Uhr

„Frau Lechner?"

Lisa Lechner war so sehr in Gedanken, dass ihr der Schlüsselbund aus der Hand fiel. Sie hatte ihn gerade aus der Manteltasche genommen, um die Haustüre abzuschließen. Lisa fuhr erschrocken herum, starrte mit offenem Mund vor sich, als wenn sie gerade eine Erscheinung hätte.

Seitdem sie sich versteckt hielt, hatte sie immer wieder damit gerechnet, plötzlich auf diese Weise angesprochen zu werden, wenn sie die Leute dieser Organisation gefunden hätten. Sicher hatte sie dabei eher mit zwei, drei bewaffneten Männern gerechnet, aber bestimmt nicht mit einer Frau, die weit über vierzig war und in einem Rollstuhl saß.

„Entschuldigen Sie, wenn ich Sie erschreckt haben sollte, aber ich nehme an, Sie sind doch Frau Lechner, oder?"

Ohne zu wissen weshalb, war sich Lisa ganz sicher, so unwahrscheinlich es auch aussah, diese Frau gehörte zur Organisation. Was wurde da gerade für ein Spiel aufgezogen?

Langsam bückte sich Lisa, um ihren Schlüsselbund aufzuheben, wobei sie die Frau keinen Moment aus den Augen ließ. Die Rollstuhlfahrerin schien allein zu sein.

Lisa ließ sich Zeit, um in Ruhe nachzudenken, wie sie reagieren konnte, falls es sich doch um einen Hinterhalt handeln sollte.

„Sie sind doch Lisa Lechner, nicht wahr?", wiederholte die Frau nicht unfreundlich ihre Frage.

„Ja, und wer sind Sie?"

„Mein Name ist Burgel Fuchs."

Lisa nickte nachlässig, als wenn sie überlegen müsste, ob sie den Namen bereits einmal gehört hatte. Inzwischen blickte sie die Straße hinauf und hinab.

Nein! Da war nichts, was auf einen Hinterhalt hindeutete.

Trotzdem galt es erst einmal, Zeit zu gewinnen. Und vor allem, die Ruhe zu bewahren. „Frau Fuchs, ich fürchte, ich habe nicht viel Zeit für Sie. Können wir vielleicht ein anderes Mal weitersprechen, denn ich habe eine dringende Verabredung?"

„Das ist aber sehr schade, Frau Lechner. Ich war ein sehr großer Verehrer von Herrn Wegners Schnitzereien. Sehr ausdrucksstarke Arbeiten. Leider war er in letzter Zeit nicht davon abzubringen, bestimmte Dinge auf sich bewenden zu lassen. Sie verstehen sicher, was ich meine."

Lisas Hände zuckten. Sie hatte mit ihrer Einschätzung also recht gehabt: Diese Frau, die aussah, wie die nette gehbehinderte Tante von nebenan, die Liebesromane schrieb, gehörte zu dieser Organisation. Es machte keinen Sinn so zu tun, als hätte sie dies noch nicht begriffen.

Jetzt nur keine Angst zeigen!

„Wollen Sie damit sagen, dass Sie auf der Seite von denen stehen, die für den Tod meines Onkels verantwortlich sind?", fragte sie ohne Umschweife.

Die aufgesetzte Freundlichkeit verlor sich sofort auf dem Gesicht der Rollstuhlfahrerin und eine harte Entschlossenheit machte sich um ihre starr blickenden Augen breit. Ihre Stimme blieb aber weiter bemüht höflich und erstaunlich weich: „Ich will nur sagen, es steht viel mehr auf dem Spiel, als Sie sich jemals vorstellen können. Sie müssen persönlich eine Entscheidung treffen, Frau Lechner."

„Die einzige Entscheidung, die wichtig war, habe ich schon längst getroffen, als mir mein Onkel Wegner von Ihrer Organisation und den verdammten Machenschaften von Leuten wie Ihnen erzählt hat. Glauben Sie nur nicht, ich würde mit Ihnen jemals gemeinsame Sachen machen."

„Weil Sie nur die Fassade sehen wollen, Frau Lechner. Aber es ist jetzt nicht an der Zeit, hier auf der Straße darüber zu diskutieren. Machen wir es also kurz! Wir beide haben unsere Verpflichtungen. Falls Sie es noch nicht herausgefunden haben sollten: Die Organisation hält Hanno in den Händen, aber wir sind bereit, mit Frau Scheible und Ihnen zu verhandeln. Das versteht sich wohl von selbst."

Lisa ballte impulsiv ihre Hand zur Faust. Nur mit Mühe konnte sie sich selbst davon abhalten, einfach mitten in dieses freundlich-zufrieden lächelnde Gesicht zu schlagen. „Sollte dem Jungen etwas passieren, dann wird ihre Organisation ein blaues Wunder erleben. Verlassen Sie sich darauf!"

„Frau Lechner, wenn Sie auf Ihre lächerlichen Informationen anspielen, dann nur zu! Laden Sie das ganze Material nur gleich hoch ins Internet! Sie haben offensichtlich immer noch nicht verstanden: Der Wind hat sich längst gedreht. Ich habe Ihnen bereits gesagt, Sie müssen endlich eine Entscheidung für sich treffen. Wollen Sie in alle Ewigkeit zurückblicken, was Sie verloren zu haben glauben?"

Wie eine versierte Politikerin auf der Rednerbühne steigerte die Frau im Rollstuhl sich mehr und mehr in ihre selbst gewählte Rolle. „Selbst wenn Sie noch so viele Informationen haben sollten, verstanden, worum es uns geht, ich meine, wirklich geht, haben Sie nicht. Die Organisation? Sie war immer nur Mittel zum Zweck."

„Und worum geht es dann, wenn nicht um einen Kunstbetrug im bisher nicht gekannten Ausmaß, und alles nur, um sich und ein paar Privilegierte zu bereichern?"

„Nein, es geht um die Zukunft. Um Ihre Zukunft. Um meine Zukunft. Um die Zukunft von allen Menschen", sag-

te Burgel Fuchs mit gläubigem Fanatismus in ihrer Stimme.
„Ich kann nicht sagen, ich würde auch nur ein einziges Wort von dem, was Sie da sagen, verstehen. Was für ein Spiel spielen Sie da mit uns?"
„Hören Sie, Frau Lechner! Ich werde Ihnen alles erklären. Aber alles zu seiner Zeit."
„Was schlagen Sie also vor? Ein nettes Treffen mit Ihren Kollegen, die für das Grobe zuständig sind?"
Selbst wenn ein Tauber den beißenden Sarkasmus herausgehört hätte, tat Burgel Fuchs ganz so, als würde sie Lisas Haltung missverstehen. „Sie brauchen wirklich keine Angst zu haben, Frau Lechner. Wenn wir Ihnen etwas antun wollten, dann hätte ich mir doch wohl kaum persönlich die Mühe gemacht, Sie zu einem Gespräch einzuladen. Dann hätte ich gleich die Kollegen für das Grobe geschickt, wenn ich da Ihre Ausdrucksweise einmal übernehmen darf."
„Und was genau wollen Sie von mir?", fragte Lisa schroff.
„Wir treffen uns in zwei Stunden vor dem Schloss Neuschwanstein."
„Wieso das Schloss?", hörte sich Lisa ganz gegen ihren eigenen Willen sagen.
„Wieso nicht? Können Sie sich einen Platz denken, der sich für ein anonymes Treffen besser eignet? Es hat natürlich auch einen tieferen Sinn, aber das werden wir dann vor Ort klären, wenn es Ihnen recht ist."
„Und wen genau meinen Sie, wenn Sie sagen ‚wir treffen uns' ?"
„Vor allem Katharina Scheible und dann gibt es da noch einen Mann, den ich Ihnen ganz gerne einmal vorstellen möchte."
„Wer ist dieser Mann?"
„Ein ehemaliger Kollege von Frau Scheible. Egal! Der entscheidende Punkt ist ein ganz anderer." Bevor Lisa nachfragen konnte, fuhr die Frau gleich fort: „Unter den derzeitigen Bedingungen sollten wir rasch eine dauerhafte Lösung fin-

den, die für beide Seiten akzeptabel ist. Außerdem sollten Sie erst mit Frau Scheible zusammen eine Entscheidung treffen, auf welcher Seite Sie in Zukunft stehen werden."
„Und wenn ich nicht bereit bin, mit Ihnen oder sonst irgendjemandem zu reden?"
„Als Gegenleistung für Ihre Gesprächsbereitschaft erhält Frau Scheible Hanno zurück. Nach dem Gespräch, versteht sich. Allerdings unabhängig davon, wie wir dann auch immer verbleiben."
„Und was ist mit den Informationen, die wir in der Hand haben?"
Frau Fuchs hatte inzwischen wieder zu ihrem freundlichen Geschäftston zurückgefunden. „Wie bereits gesagt, Frau Lechner. Sie können damit machen, was immer Sie wollen. Die Entwicklung ist längst in eine andere Phase des Kampfes getreten."
„Welcher Kampf denn?", fragte Lisa. Sie war überrascht, wie fanatisch diese sonst so unterkühlt wirkende Frau auf einige Themen reagieren konnte.
„Ich muss Sie um Verständnis bitten, wenn ich Ihnen das erst später bei unserem Treffen erläutern möchte. Es bedarf einer längeren Erklärung, aber glauben Sie mir bitte, wir stecken alle in einer sehr gefährlichen Situation. Und das hat nichts mit der Organisation zu tun."
„Was Sie nicht sagen", konnte sich Lisa nicht verkneifen zu spötteln.
„Frau Lechner, Sie sollten sich erst einmal anhören, was wir Ihnen zu sagen haben, bevor Sie ein vorschnelles Urteil treffen. Ich kann wohl davon ausgehen, dass Sie Frau Scheible nicht im Stich lassen werden, oder? Es wäre im Sinne aller Betroffenen, wenn wir bei diesem Gespräch ganz unter uns wären. Ich denke da vor allem an die Sicherheit dieses Kindes. Sie verstehen sicher, was ich sagen will."

„Ein weiteres Wort, Frau Fuchs, und Sie werden bald keinen Rollstuhl mehr brauchen", schrie Lisa, als wenn sie gerade einen Stromschlag bekommen hätte.
„Kein Grund sich aufzuregen, Frau Lechner", sagte Frau Fuchs kalt. „Also bis dann."
Sie nickte Lisa herablassend zu und mit einigen geschickten Bewegungen brachte sie ihren Rollstuhl in Bewegung und fuhr an der jungen Frau vorbei den Bürgersteig entlang.
Lisa verschwand schnell im Haus. Schnell und entschlossen.
Frau Fuchs war noch nicht bis zur Ecke der nächsten Straße gekommen, als sie Lisa hinter sich herrufen hörte: „Warten Sie! Ich habe da doch noch eine Frage an Sie."
Frau Fuchs hielt sofort an, ohne jedoch den Rollstuhl umzuwenden. Nach hinten über die Schulter blickend wartete sie, bis Lisa keuchend direkt hinter ihr stand.
Außer Atem stützte Lisa sich einen Moment auf die Rückenlehne des Rollstuhls.
Frau Fuchs fragte in einem sachlichen Ton, als wenn es sich nur um das Aufnehmen einer Bestellung handeln würde: „Ja? Was kann ich noch für Sie tun?"
„Wie konnten Sie mich überhaupt hier finden?"
„Sie haben vielleicht Probleme", lächelte Frau Fuchs.
Lisa zuckte nur entschuldigend mit den Schultern, strich mit nervösen Bewegungen über die Rückseite des Rollstuhls. „Ich meine ja nur, weil ich inzwischen nicht mehr damit rechnete, jemand könnte auf die Idee kommen, dass ich hier in der Wohnung von Herrn Krautner untergeschlüpft bin?"
„Das war leider ein Irrtum Ihrerseits, meine liebe Frau Lechner. Wir wissen doch alle, die sichersten Verstecke sind die Orte, die der Suchende als zu offensichtlich gleich ausschließt. Unsere Leute hatten die Wohnung von Herrn Krautner nach seinem Tod eingehend durchsucht. Ich selbst habe eine Weile gebraucht, bis ich auf den gleichen Gedanken wie sie kam."

„Soll das heißen, Sie wissen schon länger davon?"
„Einen Monat etwa. Es bestand bisher jedoch keinerlei Grund, Sie zu beunruhigen. Eine unserer Stärken ist, abwarten zu können, bis die Zeit reif zum Handeln ist. Und jetzt müssen Sie mich entschuldigen. Ich muss wirklich fahren. Bis nachher vor dem Schloss Neuschwanstein. Und noch einmal, alle Achtung! Krautners ehemalige Wohnung war geradezu ideal als Versteck für Sie. Zum Beispiel nahe genug, damit sie jeden Tag bei Frau Scheible mit dem Auto vorbeifahren konnten, um von Weitem nach dem Rechten sehen zu können."
Bevor Lisa noch etwas sagen konnte, hatte Frau Fuchs ihren Rollstuhl auch schon wieder in Bewegung gesetzt. Lisa sah ihr lächelnd nach, wie sie mit ihrem Rollstuhl um die Ecke bog. Frau Fuchs hatte nicht mitbekommen, wie sie etwas in ihr Einkaufsnetz auf der Rückseite des Rollstuhls hatte fallen lassen. Was immer diese Leute vorhatten, so einfach würde Lisa ihnen das nicht machen. Dafür hatte sie jetzt gesorgt …

13. Februar 2015, 12.23 Uhr
Schloss Neuschwanstein zeigte sich auf seinem waldumgebenen Felssporn von seiner sonnigsten Seite. Von der Straße unten im Tal sah der prunkvolle Bau zwischen den majestätischen Bergriesen unter der Mittagssonne irgendwie fremd und verloren aus, so als würde er eigentlich gar nicht dorthin gehören. Die weit aufragenden, hellgrauen Türme und Türmchen mit ihren grazilen Spitzdächlein, Erkern, Balkonen, die halbrunden Fensterchen mit ihren filigranen Säulchen schienen bei aller Schönheit doch irgendwie künstlich diesem Naturschauspiel aufgezwungen zu sein. Bald würde dieses Schloss nicht mehr stehen, würde nichts mehr sein als eine Erinnerung.

Entschlossen schüttelte Genio seinen Kopf, so als wollte er dieses grandiose Schauspiel gewaltsam aus seinen Gedanken vertreiben. Mit einem schweren Schnauben richtete er seinen Blick erneut auf die vor ihm liegende Fahrbahn. Besser, sich auf seine Aufgabe konzentrieren. Nicht auszudenken, wenn sie im entscheidenden Moment in einen Straßenunfall verwickelt wurden, nur weil er es kurz vor Abschluss des Projekts an der notwendigen Konzentration fehlen ließ. Hinter dem Steuer ließ er seinen Blick aufmerksam umherschweifen. Nur die an beiden Straßenrändern hoch aufgehäuften schmutzig-grauen Schneehügel brachten den ungewöhnlich milden Winter in Erinnerung.
Genio bog ab, folgte dem Hinweisschild „Parkplätze Königsschlösser“. Vor dem ersten Parkplatz fuhr er in eine Parkbucht am Waldrand. Da er und Werder vor Füssen das Auto von Katharina Scheible überholt hatten, könnten sie jetzt in Ruhe warten, bis sie ebenfalls angekommen war. Die beiden Männer hatten keine Eile, denn die Vorbereitungen waren von einem Team der Inneren Sicherheit in den vergangenen Tagen und zum Teil auch Nächten mit der üblichen Präzision durchgeführt worden, und es ging jetzt nur noch darum, den Terrorakt durchzuführen, oder besser gesagt, durchführen zu lassen. Werder drehte das Autoradio an. Der Nachrichtensprecher des Bayerischen Rundfunks erinnerte gerade an die Bombardierung Dresdens vor siebzig Jahren. Rolf nickte lächelnd vor sich hin, als er daran dachte, wie sie gerade dabei waren, einen neuen historischen Gedenktag für die ganze Nation zu schaffen. Als die Wettervorhersage ein strahlendes Faschingswochenende ankündigte, grinste Rolf Werder seinem Beifahrer zu. „Heuer werden sie nicht viel Spaß an ihrem Fasching haben, wenn du mich fragst, Genio.“
„Wie auch immer, Tizian. Es wird auf jeden Fall mein letzter Fasching in Deutschland sein.“ Irgendetwas wie Wehmut

glaubte Werder aus Genios Stimme heraushören zu können. „Wo soll es denn hingehen nach dieser Geschichte?"
„Soll ich dir meine Adresse geben, damit du mir eine Karte von der bedeutendsten Ruine Deutschlands schicken kannst?"
„Ach was. Das heute ist doch nur der Anfang in einem langen Kampf."
Genio warf Werder einen langen fragenden Blick zu. „Soll das heißen, du glaubst wirklich an diese vermeintliche Bedrohung, von der Rubens nicht müde wird zu predigen?"
Werder zögerte einen Moment mit der Antwort. „Weißt du, Genio, ich habe eine lange Zeit gebraucht, bis ich tatsächlich verstanden habe, was Rubens uns die ganzen Jahre versuchte zu erklären. Keine Ahnung, ob es wirklich diese Schattenwesen gibt, aber du kannst nicht abstreiten, dass unsere Freiheit mehr und mehr eingeengt wird. Wenn wir jetzt handeln, dann ist es nur ein notwendiger Präventivschlag, bevor wir uns eines Tages nicht mehr selbst befreien können."
Ungläubig schüttelte Genio den Kopf. „Irgendwie habe ich dich die ganzen Jahre falsch eingeschätzt. Ich dachte immer, du wärst mit der Organisation verheiratet. Für dich gab es immer nur unsere Projekte. Vielleicht deine Rache noch an dieser Frau, aber sonst glaubte ich immer, dass es dir auch nur ums Geld ginge, wie den meisten anderen bei uns."
„Am Anfang war es auch genau das. Ich wollte an das ganz große Geld herankommen. Dafür habe ich sogar meine Rache zurückgestellt. Sicher, es hat mir in all den Jahren auch Spaß gemacht, die Abteilung für Innere Sicherheit zu leiten. Es ist ja schließlich eine herausfordernde Aufgabe. Seitdem mir das damals mit dem Auge passierte, habe ich es Monet überlassen, passende Leute anzuwerben und auszubilden. Dazu wäre ich auf Dauer nicht mehr der richtige Mann ge-

wesen. Und alles was recht ist, diese Frau von Auerberg hat, oder sollte ich besser sagen hatte, eine glückliche Hand für diese Aufgabe."

„Aber das kann man für dich auch so sagen. Der Wechsel war für uns bei der INS auch nicht schlecht, Tizian. Hut ab! Von deinem Talent, alles genau zu planen und durchzuführen, könnte mancher Geheimdienst in der Welt noch eine Menge lernen." Mit deutlich hörbarer Schwermut fügte Genio nach einem Moment des Schweigens hinzu: „Es ist eigentlich schade."

„Du meinst, weil die Organisation mit ihrer erfolgreichen Arbeit im Kunstbereich aufhört, in der gewohnten Weise ihre Projekte durchzuführen?"

„Ja, irgendwie schon. Ich meine, ich kann mich ja nicht beklagen, ich habe schließlich meine Schäfchen längst im Trockenen und ich mache jetzt zum Schluss ja noch einmal einen guten Schnitt, aber trotzdem … Wir waren in der Inneren Sicherheit ein sehr gutes und erfolgreiches Team. Es hätte vielleicht dieses Projekt hier mit der Zerstörung des Märchenschlosses nicht gebraucht, wenn du mich fragst. Das mit dem Präventivschlag verstehe ich sowieso nicht ganz. Es geht mich ja auch nichts an, dennoch kommt mir das Ganze ziemlich sinnlos vor. Wirklich schade, dass es so zu Ende gehen muss."

„Für dich, Genio, hört es auf, aber für mich und Rubens beginnt nur eine neue Phase des Kampfes."

„Und worauf soll der letztlich hinauslaufen?"

„Wie Rubens schon so oft gesagt hat, wir leben am Rand eines Vulkans, der früher oder später ausbrechen wird. In diesem Punkt hat er ganz recht: Wir können doch nicht warten, bis die ganze Lava des endgültigen Verfalls uns alle zugedeckt hat."

„Jetzt redest du schon ganz so wie Rubens."

„Weil er in diesem Punkt recht hat! Neuschwanstein wird nur der erste Schlag sein. Es werden viele weitere folgen müssen, bevor die Leute endlich begreifen, dass wir uns als Menschen noch rechtzeitig befreien müssen von den derzeitig herrschenden dekadenten Bedingungen in unserer Gesellschaft, die uns ganz unsere Freiheit nehmen."
„Schön und gut, aber ich sehe immer noch keinen Zusammenhang mit meinen Aufträgen, diese Kulturstätten zu zerstören."
„Wirklich nicht? Es ist doch ganz einfach: Die Leute werden Angst bekommen, und die Zerstörung ihrer behäbigen Zufriedenheit ist in der derzeitigen Situation die einzige Chance, damit sie endlich anfangen zu sehen, unter welchen Lebensbedingungen sie tatsächlich leben, leben müssen. Nur durch diese ständige Furcht wird bei den Menschen in unserem Land die Bereitschaft entstehen, entscheidende Änderungen im gesellschaftlichen System vorzunehmen …"
„Wart mal kurz! Ich glaube, da kommt die Scheible."
„Ja, das ist sie. Dann wollen wir mal!"
Rolf nahm ein Mikrofon aus dem Handschuhfach und blies kurz hinein. „Hallo Katharina. Im Interesse deines Sohnes solltest du meinen Anweisungen jetzt genau folgen. Und keine Extratouren!"
Er ließ ihr einen Moment Zeit, sich auf seine Stimme zu konzentrieren. „Am besten nimmst du gleich den ersten Parkplatz. Du wirst dein Auto hier unten stehen lassen müssen. Die fünf Euro für die Parkgebühren wirst du ja hoffentlich dabei haben. Du brauchst dich hier unten im Ort nicht um Karten für die Führung zu bemühen. Darum haben wir uns bereits gekümmert. Falls du noch nie hier warst, gehst du am besten durch das Dorf und dann folgst du der breiten Straße nach rechts oben. Es gibt genug Schilder mit dem Hinweis auf Schloss Neuschwanstein, de-

nen du einfach folgen kannst. Du kannst es nicht verfehlen. Wenn du doch Probleme haben solltest, dann gehe einfach hinter den Japanern her. Lass dir ruhig Zeit. In einer guten halben Stunde bist du spätestens oben. Lisa müsste übrigens bereits da sein. Wenn du sie gefunden hast, warte mit ihr im unteren Innenhof des Schlosses. Wohl gemerkt UNTEN! Das ist direkt hinter dem Torhaus."

Er zögerte einen Moment, dann fügte er rasch hinzu: „Bis dann. Und vergiss den Rucksack nicht. Mach dir keine Gedanken, die Leute von der Security kontrollieren die Rucksäcke nicht. Du kannst übrigens jetzt die Ohrhörer rausnehmen. Im Innenhof findest du eine Uhr. Um Punkt vierzehn Uhr setze ich mich wieder mit dir in Verbindung. Bis dann!"

Im nächsten Moment war nur noch ein statisches Knistern in den Kopfhörern zu hören. Katharina fragte sich zum hundertsten Mal, worauf das alles hinauslaufen sollte.

13. Februar 2015, 12.59 Uhr

Obwohl Katharina sich Zeit hätte lassen können, hastete sie mit weit ausholenden Schritten die breite Asphaltstraße zum Märchenschloss hinauf. Die Stimme von Rolf Werder hatte sich zum ersten Mal für diesen Tag erst gegen viertel nach zehn gemeldet, aber sie hatte bereits damit gerechnet, dass er auf sich warten ließe, schließlich gehörte dies zu seinem grausamen Spiel. Mit einigen Worten hatte er angeordnet, dass sie sich mit dem Rucksack zum Schloss Neuschwanstein zu begeben habe, wo er sich mit ihr in Verbindung setzen würde. So plötzlich wie seine Stimme da war, war sie auch wieder weg. Kurz vor Neuschwanstein hatte er sich tatsächlich wieder gemeldet, hatte ihr weitere Anweisungen gegeben.

Körperlich und geistig war sie völlig zerschlagen. Die breiten Riemen des mächtigen Rucksacks schnitten schmerzhaft in ihre Schulterblätter.
Was wohl darin war?
Was hatten diese Leute vor?
Während ihr Gedankenkarussell sich immer schneller um dieselben Fragen drehte, schien der Rucksack mit jedem Schritt den Berg hinauf schwerer zu werden. Sie fühlte, wie sich ein dünner Schweißfilm auf ihrem Rücken zu bilden begann.
Ihre dicke Jacke hätte sie vielleicht doch besser im Auto liegen lassen sollen. Andererseits konnte sie nicht wissen, wie lange es dauern würde, und sobald die Sonne nicht mehr schien, konnte es empfindlich kalt werden. Schweißperlen bildeten sich jetzt auch unter ihrem Haaransatz.
Um nicht an Hanno und diese Leute denken zu müssen, ließ Katharina ihre Gedanken einfach zurück in die Vergangenheit treiben. Es musste schon mehr als zehn Jahre her sein, als sie das letzte Mal hier oben auf dem Schloss war. Viel geändert schien sich in der Zwischenzeit nicht zu haben: Die ewig gleiche babylonische Sprachverwirrung um sie herum. Nur sehr vereinzelt hörte sie deutsche Stimmen. Die scheinbar stets gleichen asiatischen Besucher, die an jeder Kurve haltmachten, um eine weitere Aufnahme vom Märchenschloss oder dem tief unten liegenden Forggensee zu machen.
Katharina bemerkte die immer gleichen Droschken, die im gemütlichen Schritt mit ihrer üblichen Ladung von Touristen von zwei schweren Ackerpferden die kurvige Straße hinauf und hinabgezogen wurden. Kurz unter dem Schloss jede Menge von Andenkenläden, Hotels und Restaurants, die selbst jetzt im Winter die besten Geschäfte zu machen schienen. Überall standen die Türen weit offen. Schloss

Neuschwanstein hatte im ganzen Jahr Hochsaison und es gab nur die eine Frage: Ob die Besucher zwei oder ganze sieben Stunden auf ihre Führung warten mussten.
Ganz außer Atem blieb Katharina in der letzten Kurve stehen, warf einen Blick auf den wuchtig gegen den Himmel ragenden Palast. Fünf Reihen Fensterbögen. Die direkt in den Stein eingelassenen Fensterscheiben schienen düster und unheilverkündend auf sie herunterzustarren.
Warum Neuschwanstein als Treffpunkt?
Was hatten diese Leute vor?
Sie nahm mehrmals tief Luft und ging hastig an der langen Fassade vorbei. Überall standen Touristen, schauten mit zeigenden Fingern auf das Schloss oder überließen sich auf der anderen Straßenseite ganz der überwältigenden Aussicht auf das Tal, das wie eine Bilderbuchlandschaft in der Mittagssonne lag. Für einen Moment verstand sie, warum Ludwig II. diesen alles überragenden Platz für sein Märchenschloss ausgewählt hatte. Es gab kaum einen erhabeneren Anblick im ganzen Allgäu.
Mit einem Ruck riss sich Katharina von dieser faszinierenden Landschaftsidylle los. Sie durfte sich nicht in dieser sinnlosen Schönheit verlieren. Mit mächtigen Schritten überholte sie mehrere Gruppen von Touristen. Darunter war eine Klasse von älteren Schülern oder Studenten. Ein Lehrer oder Fremdenführer wies in italienischer Sprache mit großen Gesten auf einige Besonderheiten der Architektur weit über ihm hin. Wahrscheinlich erzählte er etwas über das vor ihnen liegende Torhaus, in dem der König während der Bauzeit oft gewohnt hatte. Als Schülerin war Katharina selbst vor langen Jahren mit ihrer Abiturklasse hier oben gewesen.
Irgendwie war sie plötzlich wieder ganz versunken in ihre Erinnerungen an den Vortag. Bruchstücke des Mindelhei-

mer Faschingsumzugs, die ohne Zusammenhang in ihrem Kopf vorbeitrieben: Hexen, Weltraumfahrer, Engel, überdimensionale Bienen, Prinzengarde …

Als sie so gedankenverloren durch den Torbogen ging, wurde sie plötzlich von der Seite von einer jungen Frau angesprochen. Katharina schreckte auf und fuhr herum. Die junge Frau hatte offensichtlich bereits länger auf sie gewartet, denn sie erhob sich schwerfällig von den Treppenstufen, die in einen kleinen Laden führten.

„Hallo Katharina … Ich hoffe, du hast um zwölf Uhr nicht versucht, mich an unserem vereinbarten Treffpunkt zu finden.“

„Aber nein! Wäre zeitlich schon gar nicht gegangen. Schön, dich hier zu sehen.“

Im nächsten Moment lagen sie sich wie zwei gute Freundinnen, die sich Jahre nicht gesehen hatten, in den Armen, drückten sich eng aneinander und gaben sich einen Kuss auf die Wange.

„Wahrscheinlich werden wir beobachtet“, flüsterte Katharina Lisa dabei rasch ins Ohr. „Nein, schau dich nicht um! Lass uns lieber da drüben hinsetzen. Von da haben wir dann alles im Blick, ohne dass es auffällt, wenn wir uns umschauen.“ Die junge Künstlerin wies mit der rechten Hand in Richtung des unteren Schlosshofes.

„Gute Idee“, stimmte ihr Lisa zu. „An der Mauer können wir auch in Ruhe miteinander reden, ohne dass wir uns ständig umschauen müssen, ob uns jemand belauscht.“

Beide gingen hinüber und nachdem Katharina den schweren Rucksack mit einem befreienden Seufzer gegen die Wand gelehnt hatte, setzten sie sich selbst mit dem Rücken zur Mauer. In einigem Abstand stand eine Gruppe von Touristen, aber keiner schien besonders auf die beiden jungen Frauen zu achten. Behaglich genossen sie die warme Mit-

tagssonne, denn es war für die Jahreszeit wirklich ungewöhnlich warm.
Nachdem sie sich vergewissert hatten, ungestört zu sein, erzählte Katharina unter Tränen, wie sie beim Faschingsumzug in Mindelheim das Bewusstsein verloren hatte und wie Hanno spurlos verschwunden war. Aufgewühlt von den Erinnerungen beschrieb sie, wie sie stundenlang in Mindelheim umhergeirrt war, um ihren verschwundenen Sohn zu suchen. Es dauerte eine Weile, bis sie auch noch von der Kontaktaufnahme und von dem Rucksack erzählt hatte.
Lisa hörte ihr mit einem ungläubigen Kopfschütteln zu, griff nach Katharinas Hand, streichelte tröstend darüber. „Aber wieso machen diese Leute das? Was haben sie vor?"
„Wenn ich dir doch sage: Ich habe auch nicht die blasseste Ahnung, worauf diese Leute hinauswollen. Ich weiß noch nicht einmal, was in diesem verdammten Rucksack drin ist. Ich weiß nur, dass sie sich mit mir wieder um zwei Uhr in Verbindung setzen wollen."
„Wenn du mich fragst, macht das hier alles gar keinen Sinn, Katharina. Es sieht doch alles danach aus, als wenn diese Leute in Kauf nehmen würden, dass ihre Organisation völlig zugrunde gerichtet wird. Als wenn es ihnen völlig egal wäre. Aber wieso? Sie haben jahrelang gebraucht, um ihr System aufzubauen und jetzt auf einmal soll es ihnen ganz gleichgültig sein, was damit wird. Das ist doch völlig sinnlos."
„Aber es muss einen Sinn machen. Wenn du dir das Material anschaust, was ich mit Krautner zusammengetragen habe, dann wird doch eines klar: Diese Leute sind Profis. Sie wissen, was sie wollen. Von Anfang an haben sie sich konkrete Ziele gesetzt und die wurden systematisch von ihnen über Jahre verfolgt. Zudem gibt es in deren Leitung mindestens einen sehr kreativen Kopf, der es versteht, ungewöhnliche Projekte zu planen und durchzuführen."

„Könnte das dieser Rolf Werder sein, mit dem du einmal zusammen warst?“
„Werder? Nein! Ich glaube nicht. Der dürfte eher der Mann sein, der die kreativen Ideen anderer ohne jeden Skrupel umsetzt.“
„Wieso meinst du?“
„Na ja, man kann bestimmt nicht sagen, er sprühe nur so vor innovativen Einfällen. Außerdem versteht er von Kunst gleich null. Aber ich kann mir beim besten Willen nicht vorstellen, wer die treibende Kraft in dieser Organisation sein könnte.“
„Auch schon egal, denn selbst wenn wir wüssten, wer die Graue Eminenz im Hintergrund ist, wäre immer noch nicht geklärt, worauf diese Aktion mit unserem Treffen und diesem Rucksack hinauslaufen soll. Das hat doch niemals mit einem einfachen Kurierdienst zu tun. Für solche Aufgaben haben die mit Sicherheit zuverlässigere Leute als uns.“
„Lisa, lass mal! So drehen wir uns immer nur im Kreis mit unseren Ideen.“
„Mein Onkel Wegner hat immer gesagt, sobald du bemerkst, dass du dich nur im Kreis bewegst, fange ganz neu an mit deinen Überlegungen. Also, bisher ging es diesen Leuten doch nur darum, so viel Kohle wie möglich zu machen. Oder siehst du das anders?“
„Nein. Aber in dieser Hinsicht fallen sie nur durch ihre Skrupellosigkeit auf. Und worauf willst du hinaus?“
„Na ja, wenn sie die Organisation aufgeben, dann geben sie auch das Ziel auf, weiter Geld zu scheffeln. Dann bleiben eigentlich nur noch zwei Möglichkeiten.“
„Die erste ist leicht zu erraten. Sie haben inzwischen genug zusammengerafft und bevor wir sie auffliegen lassen, setzen sich die Herrschaften mit dem erschlichenen Geld ab.“
„Genau so sehe ich das auch. Aber es wäre ja auch denkbar, dass das Geld nur Mittel zum Zweck war.“

„Lisa, da kann ich dir jetzt nicht ganz folgen. Was meinst du?"
„Was ist das Problem an meiner Überlegung? Überleg doch mal selbst! Diese Organisation hat in den vergangenen Jahren wahrscheinlich Milliarden zusammengeschachert. Das ist weit mehr als du für eine gute Altersversicherung brauchst. Wenn es aber nur um das Geld gegangen wäre, dann würden sie immer weitermachen, denn solche Menschen sind von Natur aus gierig, bekommen nie genug. Mit anderen Worten, es muss da noch etwas anderes geben, was diese Leute wollen und wozu sie das Geld brauchen."
„Und warum könnte es deiner Meinung nach sonst gehen, wenn nicht um Geld?"
„Onkel Wegner meinte immer, die eigentliche Triebfeder für alles ist der Wille zur Macht. Denk doch mal, was du alles mit Geld machen kannst. Du kannst eine Armee bezahlen, Attentate organisieren. Vielleicht wollen diese Leute im ganz großen Spiel mitmischen."
„Was?"
„Vielleicht in der Politik."
„Und was hat das mit uns und diesem Rucksack zu tun?"
„Frage mich mal etwas Leichteres. Keine Ahnung …"

13. Februar 2015, 13.13 Uhr

Je unsicherer die Grundlagen einer Diskussion sind, desto länger und heftiger pflegen sie geführt zu werden. Da der Streitpunkt zwischen Bettina von Auerberg und ihrem Mann mehr auf Gefühlen und irrationalen Wünschen als auf gesicherten Informationen beruhte, schien ihre Auseinandersetzung auf der Fahrt in ihrem Mercedes der S-Klasse nach Füssen kein Ende nehmen zu wollen.
„Und wenn es doch eine Falle ist? Bettina, bist du sicher, dass Tizian zu trauen ist?"

„Aber klar doch. Verlass dich da mal ganz auf meine weibliche Intuition. Diesem Werder ging es die ganzen Jahre doch auch immer nur ums Geld. Du wirst sehen: Wenn wir ihm helfen, Rubens aus dem Weg zu räumen, dann …"
„Hat er das tatsächlich in eurem Gespräch so durchblicken lassen?
„Ich müsste mich schon sehr getäuscht haben, wenn ich seine Andeutungen missverstanden haben sollte. Auf jeden Fall wird er ganz auf unserer Seite sein, wenn wir ihm helfen, seine Pläne durchzuführen."
„Ich weiß nicht recht …"
„Lothar, was willst du? Einen Verbündeten werden wir brauchen, um an das Geld und die Papiere zu kommen. Und wer wäre da besser geeignet als Werder? Wenn jemand weiß, wie der Hase läuft, dann doch er. Er ist ja nicht umsonst seit Jahren der Leiter der Inneren Sicherheit."
„Meinst du, Tizian weiß, wer dieser Rubens wirklich ist?", fragte Lothar von Auerberg, der gerade in die Stadt Füssen fuhr, wobei er immer den reichlichen Schildern „Königsschlösser" folgte.
„Es ist sogar möglich, dass er Rubens persönlich kennt, aber er hörte sich zumindest so an, als hätte er eine Idee, wie wir diesem Wahnsinn auf dem Schloss ein Ende machen können. Werder scheint irgendwie dafür gesorgt zu haben, dass Rubens um zwei Uhr in Neuschwanstein auftauchen wird."
Lothar von Auerberg warf ihr einen skeptischen Blick zu. „Bleibt nur zu hoffen, dass es nicht wir beide sind, denen Werder und Rubens eine Falle gestellt haben. Wir sollten doch in den vergangenen Jahren gelernt haben, dass Rubens mit allen Wassern gewaschen ist."
„Meinst du jetzt im Ernst, Lothar, es könnte eine Falle für uns sein?"

„Wer weiß? Um sich vor unliebsamen Überraschungen zu schützen, ist es immer das Beste, vom Schlimmsten auszugehen."
„Und was wäre deiner Meinung nach das Schlimmste?" Bettina von Auerbergs Stimme war deutlich anzuhören, dass sie sich ihrer Sache gar nicht so sicher war, wie sie es vorgab.
Lothar von Auerberg hielt an einer Ampel, was ihm die Zeit gab, sich in Ruhe eine Antwort zu überlegen. „Im Prinzip bestehen doch zwei Möglichkeiten. Es kann durchaus sein, dass du recht hast. Dann spielt Tizian sein eigenes Spiel. Während er Rubens glauben lässt, er wäre ganz auf seiner Seite, hat er längst alle Vorbereitungen getroffen, um sich rechtzeitig aus dem Staub zu machen und …"
Ein Hupkonzert hinter ihm machte ihn darauf aufmerksam, dass die Ampel längst auf Grün umgesprungen war. Während er mit einer ungeduldigen Handbewegung nach hinten losfuhr, kam ihm plötzlich ein Gedanke, was seiner Frau an seinem wechselnden Gesichtsausdruck gleich auffiel. „Lothar, was ist? An was denkst du gerade?"
„Wahrscheinlich hat Werder sich nur deshalb an uns gewendet, damit wir Rubens ablenken."
„Ich bin mir nicht ganz sicher, ob ich dir da jetzt folgen kann."
„Na ja, es wäre doch denkbar, dass wir nur die Lockvögel für ihn sind."
„Und wie soll das funktionieren?"
„Ganz einfach: Er informiert Rubens, dass uns nicht zu trauen ist. Er sagt ihm zum Beispiel, dass wir um zwei auf dem Schloss sein werden, um uns mit irgendwelchen Leuten zu treffen."
„Und weiter? Mache es nicht so spannend, Lothar!"
„Immer mit der Ruhe! Also, während Rubens dort auf uns wartet, um uns ein für alle Mal zu erledigen, kann Werder

seinerseits aus dem Hinterhalt die Graue Eminenz umlegen."
Skeptisch schüttelte Frau von Auerberg ihren Kopf. „Ich weiß nicht recht. Solch ein hinterlistiger Plan klingt eher nach Rubens. Werder ist für solche komplexen Überlegungen viel zu einfach strukturiert. Abgesehen davon würde Rubens sich kaum selbst die Finger schmutzig machen. Er würde sicher jemanden finden, der das für ihn erledigt."
„Da hast du auch wieder recht, Bettina. Da ist die Fantasie wohl wieder einmal mit mir durchgegangen. Bleibt aber immer noch die Variante, dass Rubens und Werder uns gemeinsam eine Falle gestellt haben. Dann wären wir gerade dabei, den letzten Fehler unseres Lebens zu begehen."
„Du meinst, Rubens will unsere Loyalität auf die Probe stellen? In dem Fall hätte er Werder beauftragt, nur so zu tun, als würde er einen Anschlag planen, um zu sehen, wie wir reagieren. Falls das wirklich stimmt, sollten wir aufpassen, was wir Werder sagen, wenn er uns tatsächlich um Hilfe bittet, Rubens zu beseitigen."
Beide schwiegen lange und hingen ihren düsteren Gedanken nach, bis Bettina von Auerberg plötzlich mit der Hand nach links wies, um aus der Stadt herauszufahren. Ihr Mann setzte sofort den Blinker und bog in die angezeigte Richtung ab.
„Was überlegst du, Lothar?"
„Weiß nicht recht. Wie wir es auch wenden, viel Zeit bleibt uns nicht. Seien wir doch einmal ehrlich: Rubens' plötzlicher Richtungswechsel ist doch der reine Wahnsinn. Dieses ganze neue Programm läuft doch früher oder später auf ein Selbstmordattentat hinaus."
„Das kann man wohl so sagen."
„Nicht mit mir, Bettina! Dafür habe ich nicht die ganzen Jahre gearbeitet, um jetzt mit einem Schlag alles wieder völlig sinnlos aufs Spiel zu setzen. Die Schlussfolgerung liegt

doch wohl klar auf der Hand: Rubens muss auf die ein oder andere Weise verschwinden. Und zwar bevor er Tatsachen schafft, die später nicht mehr zu ändern sein werden. Das ist nur Wahnsinn, der uns alle ins Gefängnis bringen wird, wenn nicht sogar Schlimmeres."
Seine Frau stimmte mit einem nachdenklichen Kopfnicken zu. „Selbst wenn es uns gelingen würde, einfach zu entkommen …"
„Äußerst unwahrscheinlich, meine Liebe. Wie ich ihn einschätze, wird er uns beobachten lassen, weil er mit unserer Flucht rechnen muss."
„Ich meine ja nur, selbst wenn wir ungeschoren davonkämen, würde er alles daran setzen, uns zu finden. So fanatisch wie er ist, würde er uns bis ans Ende der Welt verfolgen."
Bettina von Auerberg nickte. „Ganz abgesehen davon, dass wir weder an die vorbereiteten Papiere noch an größere Mengen Geld der Organisation ohne seine oder Werders Zustimmung kommen würden. Und ich finde, ein großer Teil des Vermögens der Organisation steht uns einfach zu, auch wenn wir in der Vergangenheit für unsere Arbeit nicht schlecht bezahlt wurden."
„Was den Anteil an der Organisation betrifft, bin ich ganz deiner Meinung, meine Liebe. Und falls Werder wirklich ein falsches Spiel mit uns treibt, wird er mit uns den letzten Weg gehen." Selbstbewusst klopfte Lothar von Auerberg sich mit der Hand auf die vornehme Jacke, die sich unter der Brusttasche kaum merklich ausbeulte …

13. Februar 2015, 13.23 Uhr

Rubens drückte auf den Ausknopf seines Smartphones, nickte zufrieden vor sich hin. Super! Es war ihm durch seine eigene Genialität gelungen, alle Personen für die Eröffnung

des letzten Akts für zwei Uhr auf dem Schloss Neuschwanstein zusammenzubringen.
Einige hatten nicht die leiseste Ahnung, wie sie sich das aufzuführende Stück vorzustellen hatten, andere dachten noch, sie könnten den Ablauf selbst – zumindest ein stückweit – mitbestimmen, und es gab Einen, der glaubte, den Ablauf gänzlich unter Kontrolle zu haben.
Er sollte sich sehr irren.
Lothar von Auerberg, alias Botticelli, und seine Frau, Bettina von Auerberg, alias Monet, glaubten tatsächlich, sie könnten ihr eigenes Stück inszenieren. Als wenn die beiden die Hintergründe wirklich verstehen würden!
Er, Rubens, hatte Rolf Werder beauftragt, die Loyalität des Ehepaars zu überprüfen, obwohl ihm relativ sicher schien, dass auf die beiden beim endgültigen Kampf nicht zu zählen war, denn sie waren schon immer von jenen feindlichen Mächten kontrolliert worden, auch wenn sie für die Organisation bisher wertvolle Arbeit geleistet hatten.
Was die Durchführung von Befehlen anging, war auf Werder Verlass. Bisher …
Werder hatte in Rubens' Auftrag mit den beiden Kontakt aufgenommen, hatte so getan, als wäre er auch nicht mit der neuen Kursänderung einverstanden. Verdeckt hatte er gegenüber Bettina von Auerberg durchblicken lassen, dass er ihre und Botticellis Hilfe brauchte, um Rubens zu beseitigen.
Rubens hatte sich mit seiner Einschätzung nicht geirrt. Gerade hatte ein zuverlässiger Mann der Inneren Sicherheit ihm mitgeteilt, diese beiden Verräter mit ihrem Mercedes in Füssen auf dem Weg Richtung Königsschlösser gesehen zu haben.
Auch was die anderen Aufträge anging, hatte Werder wirklich zuverlässig gearbeitet. Es war ihm natürlich ein Vergnügen gewesen, Hanno zu entführen und Katharina er-

barmungslos zu zwingen, sich rechtzeitig zum Schloss zu begeben. Unglaublich, was Mütter alles für ihre Kinder taten. Die Scheible würde kurz vor ihrem Ende noch eine böse Überraschung erleben. Dafür hatte Werder gesorgt. Es war zwar nicht Werders Idee gewesen, aber er hatte sich diese letzte Rache wirklich verdient.
Es würde Werders letzte Genugtuung sein, denn auch er würde sterben, sterben müssen. Aus gutem Grund. Er hatte letztendlich doch nicht genug Vertrauen in die Sache, sonst wäre er nicht so neugierig gewesen und hätte nicht hinter ihm herspioniert, um zu versuchen, Rubens' wahre Identität aufzudecken. Werder war auf jeden Fall nicht mehr weit davon entfernt, herauszufinden, wer er, Rubens, wirklich war, auch wenn er nicht ahnte, dass er selbst in unmittelbarer Nähe des Schlosses war. Werder gehörte nicht zu denen, die das Offensichtliche und Naheliegende sahen.
Rubens war Werder in jeder Hinsicht immer noch einen Schritt voraus. Der Leiter der Inneren Sicherheit wusste ebenfalls nicht, dass sein Verrat Rubens schon wenige Stunden später bekannt wurde. Das war Werders Todesurteil gewesen. Dennoch würde Werder bis zuletzt glauben, den Zeitpunkt der Explosion selbst bestimmen zu können. Wie hätte er auch nur ahnen können, dass …
Egal, es würde für ihn eine böse Überraschung geben.
Auf jeden Fall hatte Rubens wieder ganz die Inszenierung dieses Stücks in die eigenen Hände genommen. Alles war vorbereitet und nur er selbst war in der Lage zu bestimmen, wann der erste Schlag gegen den Feind beginnen würde. Aus diesem Grund würde er auch in unmittelbarer Nähe des Schlosses bleiben.
Bis zum Schluss.
Blieb nur noch Lisa Lechner. Bei ihr war Rubens sich absolut sicher, dass sie rechtzeitig zur Zerstörung des Schlos-

ses da sein würde. Als er einen Moment an die junge Frau dachte, tat es ihm fast ein wenig leid, dass sie auch sterben musste. Irgendwie waren sie doch Seelenverwandte in mehr als einer Hinsicht. Aber was ihren Tod anging, war leider nichts zu machen. Lisa Lechner hatte sich für die falsche Seite entschieden. Der entscheidende Punkt war aber, diese junge Frau konnte gefährlich werden, wenn sie die richtigen Schlüsse zog.
Darauf konnte es Rubens nicht ankommen lassen, nicht jetzt, wo er kurz vor dem endgültigen Schritt stand.
Er hatte es selbst in der Hand …

13. Februar 2015, 13.49 Uhr
Im unteren Innenhof des Märchenschlosses standen die beiden jungen Frauen, warfen immer wieder nervöse Blicke auf die Uhr oder auf die Touristen, die sich scharenweise zum oberen Teil des Burghofs begaben, um dort darauf zu warten, dass ihre Nummer für eine Führung durch die prunkvollen Schlossräume angezeigt wurde.
Einem aufmerksamen Beobachter wäre sicherlich aufgefallen, wie die beiden Frauen trotz ihrer erregten Unterhaltung das Torhaus mit seiner breiten, gewölbten Einfahrt nicht eine Sekunde aus den Augen ließen. Beide wussten nicht, auf was sie eigentlich warteten.
Lisa Lechner erzählte Katharina Scheible gerade noch einmal von dieser Frau im Rollstuhl, die ihr Versteck in Alois' ehemaliger Wohnung in Kempten schon vor einem Monat aufgespürt hatte, aber unerklärlicherweise erst an diesem Tag mit ihr Kontakt aufgenommen hatte. Da sie darum ausdrücklich gebeten worden war, behielt Lisa allerdings das ein oder andere wichtige Detail erst einmal für sich. Es war nicht notwendig, Katharina noch mehr zu beunruhigen.

„Und du bist dir wirklich sicher, dass du diese Frau wiedererkannt hast?“, fragte Katharina, als könnte sie diese Tatsache immer noch nicht einfach so akzeptieren.

„Sagen wir, so gut wie sicher. Die Frau, an die ich da denke, kenne ich ja auch nur von Fotos in Zeitungen und Fachzeitschriften. Vermutlich ist das wirklich Burgel Fuchs gewesen. Sie ist eine sehr bekannte allgäuerische Kunstkritikerin, die aber eher durch ihre kompetenten Beiträge in den unterschiedlichsten Fachzeitschriften bekannt ist, als durch ihr Auftreten in der Öffentlichkeit, wo man sie nur äußerst selten sieht.“

„Vielleicht hält sie sich bewusst im Hintergrund, weil sie in einem Rollstuhl sitzt?“, meinte Katharina.

„Möglich wäre dies schon, aber dass sie in einem Rollstuhl fährt, habe ich vorher nicht gewusst. Vielleicht ist er auch nur so eine Art Tarnung, denn wer würde von einer Rollstuhlfahrerin schon etwas Böses erwarten? Wie auch immer, ungewöhnlich scheint mir trotzdem zu sein, wie sehr sie sich aus dem ganzen Kunstrummel heraushält. Außer dem Filmgewerbe gibt es doch kaum einen anderen Bereich, in dem die Leute sich so sehr bemühen, in der Öffentlichkeit gesehen zu werden.“

„Bleibt ihnen kaum etwas anderes übrig, denn Klappern gehört nun leider zum Geschäft. Wieso kennst du ihre Artikel überhaupt?“

„Kennen ist wirklich zu viel gesagt. Ich habe mich mit Wegner immer sehr für Kunst interessiert.“ Lisa zog in Erinnerung an den begabten Kunstschnitzer ein wenig geräuschvoll den Inhalt ihrer Nase hoch, bevor sie mit belegter Stimme fortfuhr: „Mein Onkel und ich haben zusammen oft Artikel über Künstler und Kunstwerke gelesen und darüber diskutiert. Als Schnitzer war er an diesen Themen sehr interessiert, obwohl er sich wohl selbst nie für einen wirklichen

Künstler gehalten hat. Auf jeden Fall ist mir damals schon aufgefallen, dass die Zahl der Leute, die wirklich überzeugend über das Thema Kunst schreiben können, nicht gerade sehr hoch ist. Aber wie schon gesagt, diese Burgel Fuchs zählt auf jeden Fall dazu."

„Da hast du wirklich recht. Da wir gerade darüber reden, fällt mir ein, dass ich ebenfalls ein paar wirklich interessante Artikel von ihr kenne. Es ist erstaunlich, wie ähnlich wir beide uns doch in vielen Punkten sind, denn ich habe auch oft mit Alois zusammen ihre Artikel gelesen und diskutiert."

„Ja, in vielen Dingen sind wir uns schon sehr ähnlich: Du und dein Alois und ich mit meinem Onkel Wegner. Erstaunlich, wie liebevoll diese beiden Männer sich immer um uns gekümmert haben."

„Da hast du recht." In der Erinnerung an den väterlichen Freund musste sich jetzt auch Katharina eine Träne von der Wange wischen. „Auch bei Kleinigkeiten hat Alois immer an mich gedacht. Häufig hatte er Fachzeitschriften für mich dabei, damit ich mich auf dem einsam gelegenen Hof nicht so langweilte. Wenn wir uns beim gemeinsamen Lesen auch nicht immer einig waren, was die Meinung dieser Journalistin betraf, so muss ich doch zugeben, dass Frau Fuchs es versteht, ihren oft eigenwilligen Standpunkt zu vertreten."

„In diesem Punkt sind wir uns einig. Ich verstehe nicht, was eine so renommierte Journalistin mit dieser Organisation zu tun haben könnte?"

Katharina zuckte unschlüssig mit den Schultern: „So ganz ist mir das auch noch nicht klar. Sicher ist auf jeden Fall, dass bestimmte Journalisten für die Organisation arbeiten. Das habe ich ja auch mit Alois herausgefunden. Ich wette zehn zu eins, die Fuchs gehört zu diesen Fachjournalisten, die mit ihren Artikeln dafür sorgen, dass der Marktwert bestimmter Künstler steigt, aber ich muss zugeben, dass ich bisher nicht im Entferntesten vermutet hätte, dass diese so überzeugend schreibende Journalistin für die Organisation arbeiten könnte. Wenn das wirklich stimmt, versteht diese Frau sich auf die ganz hohe Kunst der Manipulation."

„Stimmt, denn das Wichtigste beim Manipulieren ist ja, dass niemand es bemerkt. Das muss man ihr lassen, sie schreibt wirklich fantastisch und versteht ihre Ansicht auch Leuten verständlich zu machen, die sich normalerweise nicht so stark mit Kunst auseinandersetzen. Aber falls es tatsächlich stimmt, dass sie für diese Organisation arbeitet, dann müssen ihre Artikel natürlich in einem ganz neuen Licht betrachtet werden. Genau genommen sind sie dann nichts weiter als eine geniale Beeinflussung des Kunstmarkts für die eigenen Interessen. Nicht nur wir beide werden Schwierigkeiten damit haben, diese Gemeinheit einfach zu akzeptieren."

Zustimmend nickte Katharina, während ihr ein älteres, vornehmes Paar auffiel, das weniger an dem imposanten Gebäude als an den Besuchern des Schlosses interessiert schien. Offenbar suchten sie jemanden. Als sie in Richtung Treppen zum oberen Teil der Anlage verschwanden, sagte Lisa nachdenklich: „Was diese Journalistin angeht, dürften diese Manipulationen nicht das Einzige sein, was man ihr vorwerfen muss. Nach ihrem Gespräch mit mir müssen wir davon ausgehen, dass sie der Organisation nicht nur als fachkundige Journalistin zur Hand geht."

Nach einem beunruhigten Blick auf die Uhr murmelte Katharina nervös: „So ganz verstehe ich noch nicht, worauf du da hinauswillst."

„Überleg doch mal, was ich dir erzählt habe! Das Gespräch, das sie mit mir vor Alois' Haus geführt hat. Die Frau kennt doch viel zu viele Hintergründe für eine einfache Helfershelferin, die nur von Zeit zu Zeit einen verkaufsfördernden Bericht über einen Künstler schreibt. Nein, nein! Jede Wet-

te, die Fuchs gehört irgendwie zum harten Kern dieser Organisation."
Nach einem weiteren fahrigen Blick auf die Uhr meinte Katharina mit einem skeptischen Unterton: „Meinst du nicht, dass sie dann jemanden von ihren Handlangern beauftragt hätte, sich mit dir in Verbindung zu setzen?"
„Nicht notwendigerweise. Vielleicht war sie einfach neugierig und wollte selbst sehen, wer es da wagte, die Organisation herauszufordern. Keine Ahnung, aber du kannst sagen, was du willst, diese Frau ist eine ernstzunehmende Gegnerin. Eigentlich haben wir doch gedacht, ich wäre in Alois' Wohnung völlig sicher, aber sie hat uns alle durchschaut. Und statt einfach ihre Leute loszuschicken, beobachtet sie mich erst einmal einen Monat lang in aller Ruhe, und das, obwohl ich das ganze Material gegen die Organisation in Händen habe und es jeden Moment gegen diese Leute verwenden könnte. Irgendwie doch seltsam."
„Ja, das kapiere ich auch nicht. Ist tatsächlich nicht logisch."
„Nein, wirklich nicht." Einen Moment sah Lisa versonnen zum mächtig aufragenden Burgfried hinauf, als könnte sie dort eine Antwort auf ihre Fragen finden. „Das macht nur Sinn, wenn diese Frau ihr eigenes Spiel aufzieht."
„Wieso meinst du?"
„Überleg doch mal! Bisher ging es dieser Organisation doch offensichtlich nur darum, möglichst viel Geld im Kunstbereich zu machen. Oder siehst du bei deren Machenschaften irgendeinen anderen Sinn?"
„Nein! Sagte es schon. Alois und ich gingen immer davon aus, dass es um schnell verdientes Geld ginge."
„Siehst du! Wenn das aber weiter der Fall sein würde, dann wäre es dieser Frau Fuchs doch ein Leichtes gewesen, mich gefangen nehmen zu lassen, um mich zu zwingen, unsere Pläne aufzugeben. Skrupel hätte sie sicherlich nicht gehabt."

Katharina nickte zustimmend. „Klar, zumindest hätte die Organisation es versuchen müssen, uns aufzuhalten, wenn sie weiter an der Kohle aus ihren Machenschaften interessiert wäre.“

„Sag ich doch, und glaube mir, skrupellose Leute, die vor nichts zurückschrecken, finden immer Möglichkeiten ihren Willen durchzusetzen. Vor allem, wenn sie wussten, wo du dich versteckt hältst.“

Irritiert schüttelte Katharina ihren Kopf: „Ich weiß nicht recht. Was kann diese Frau denn sonst wollen, wenn es nicht um Geld geht? Ich kapiere auch nicht so richtig, warum es diesen Leuten auf einmal ganz egal zu sein scheint, ob unsere Informationen über die Organisation im Internet veröffentlicht werden oder nicht. Es müsste ihnen doch völlig klar sein, dass diese Veröffentlichung das sofortige Ende ihrer verbrecherischen Machenschaften darstellen würde. Irgendetwas haben diese Leute vor. Was es auch immer ist, wir sol… Nein!“

Mit zitternder Hand wies Katharina auf das Torhaus.

13. Februar 2015, 13.58 Uhr

Rolf Werder war tief in seinen Gedanken versunken, als er Katharinas kurzen Aufschrei hörte. Wütend ballte er eine Faust und schüttelte entschieden den Kopf in die Richtung der beiden Frauen. Sie sollten ja den Mund halten. Es würde noch fehlen, dass alle Welt auf sie aufmerksam würde. Alles war geplant, und diese beiden Weiber hatten gefälligst zu warten, bis sie dran waren.

Zuerst waren Botticelli und Monet an der Reihe. Die waren für den Plan schließlich wichtiger. Wahrscheinlich würden die von Auerbergs, wie vereinbart, im oberen Hof bereits auf ihn warten. Mit den beiden würde es nicht lange dauern.

Eine Chance sollten sie noch haben.
Wenn die beiden sich wirklich bereit zeigten, Rubens zu beseitigen, wäre auch diese vertan. Davon gingen Rubens und er aus, aber falls das Paar sich doch für den endgültigen Kampf entscheiden würde, müsste ihr Plan, das Schloss zu zerstören, variiert werden.
Auch das stellte kein Problem dar.
Mit hastigen Schritten eilte Werder die Treppen des Schlosshofes nach oben, aber er war kaum dort angekommen, als Bettina und Lothar von Auerberg auch schon auf ihn zustürzten. Förmlich schüttelten sie sich die Hände, versicherten höflich, es wäre eine gute Idee, sich hier auf dem Märchenschloss zu treffen, um weitere Aktionen zu koordinieren. Trotz aller Formalitäten fiel Werder auf, wie nervös die beiden sich ständig im Schlosshof umsahen, wo drei Uniformierte vom Sicherheitsdienst ihren ewig gleichen Dienst verrichteten. Die Zahl der auf die Führung wartenden Besucher war für die Neuschwansteiner Verhältnisse überschaubar. Zwei Stunden Wartezeit hatte es geheißen.
„Ich bin sehr in Eile", sagte Werder schließlich hastig. „Sie haben Rubens ja wahrscheinlich schon gesehen, oder?"
„Wir haben nicht die mindeste Vorstellung, wer hinter diesem Namen stecken könnte", gab Lothar von Auerberg unverhohlen zu.
„Das überrascht mich aber", log Werder. Als Leiter der Inneren Sicherheit hatte er mitbekommen, wie vergeblich die beiden in den letzten Wochen versucht hatten, Rubens' Identität aufzudecken. Dies war ihnen allerdings bisher nicht geglückt.
„Wir haben nur die ein oder andere Vermutung", wich Frau von Auerberg ebenfalls erheblich von der Wahrheit ab.
„Ist ja auch egal. Kommen Sie! Ich zeige sie Ihnen. Aber passen Sie auf, wir sollten nicht bemerkt werden."

Alle drei traten an die Hofmauer und Werder wies mit dem Kopf auf die beiden jungen Frauen, die im unteren Innenhof an der Mauer standen. „Da, gleich neben der Mauer des Torhauses. Die ältere von beiden. Die links steht!“, flüsterte Werder. Sicherheitshalber wies er mit der Hand auf Katharina Scheible.
„Rubens ist eine Frau?“, fragte Bettina von Auerberg völlig überrascht.
„Ich ging eigentlich die ganze Zeit davon aus, Sie wüssten das.“ Seine Überraschung spielte er überzeugend.
„Wir dachten auch nicht, dass sie noch so jung sein würde“, versuchte Lothar von Auerberg seiner Frau zu Hilfe zu kommen.
„Was haben Sie erwartet?“, fragte Werder mit übertrieben hochgezogenen Brauen. „Einen alten Allgäuer mit weißem Bart vielleicht? Machen wir es kurz: Es ist Katharina Scheible. Sie hat die ganzen Jahre abgeschieden in einem Haus im Allgäu gelebt, von wo aus sie alle Fäden zog. Lassen Sie sich von ihrem hübschen Aussehen nicht in die Irre führen. Sie werden im Allgäu kaum eine Frau finden, die gleichzeitig so genial und kaltblütig sein kann.“ Werders Stimme klang belegt und eine Spur verunsichert. Diesen Teil hatte er mehrmals geübt.
„Und wer ist die andere Frau?“, wollte Bettina von Auerberg wissen, nachdem sie Katharina misstrauisch gemustert hatte.
„Wahrscheinlich irgendeine von den neu angeworbenen Kräften, die sie in ihrem Kampf um die Weltherrschaft unterstützen soll. Oder sie hat sich einen privaten Bodyguard engagiert. Sie hätte ja auch allen Grund dafür.“ Sein verächtlicher Ton sollte unmissverständlich deutlich machen, wie wenig er von beiden Frauen hielt.
„Und was erwarten Sie jetzt von uns genau, Herr Werder?“, fragte Herr von Auerberg.

„Ich kann Ihnen beiden in dieser Angelegenheit ja vertrauen, oder wollen Sie diesen Wahnsinn mit der Weltverschwörung wirklich mitmachen?"

Als Werder bemerkte, wie sich das Ehepaar gegenseitig unschlüssig ansah, entschied er sich, ihnen ihre Entscheidung leichter zu machen. „Wenn Sie nichts dagegen haben, werde ich jetzt nach unten gehen, um ein letztes Mal zu versuchen, Rubens zum Einlenken zu bewegen."

„Glauben Sie, das macht einen Sinn?", fragte Bettina von Auerberg, wobei sie sich mit einem kaum merklichen Schulterzucken an ihren Mann richtete, der zögernd hinunter zu den beiden Frauen starrte.

Werder tat so, als müsse er sich erst überlegen, ob sein Versuch einen Sinn machen könnte oder nicht. Er hatte mit einer ähnlichen Reaktion von Botticelli und Monet gerechnet.

Keiner der beiden machte auch nur den geringsten Versuch, ihn von der Notwendigkeit des endgültigen Kampfes zu überzeugen. Sie machten eher einen erleichterten Eindruck, dass er ganz die Initiative übernommen hatte.

Es war unmissverständlich klar: Die beiden waren, wie Rubens es vorausgesagt hatte, Verräter an ihrer Sache.

Das war die endgültige Entscheidung.

Rubens und er würden den im gesicherten Chat besprochenen Plan unverändert durchführen. Damit hatten diese Abtrünnigen selbst ihr Todesurteil gesprochen.

Mit betont bedrücktem Ton sagte Werder nach einem langen Moment des vorgetäuschten Nachdenkens: „Wenn ich ehrlich sein soll, weiß ich nicht, ob ich mit meinen Bemühungen noch etwas ändern kann, aber den Versuch ist es auf jeden Fall wert. Für die Organisation werden wir kaum wieder jemanden finden, der so viele originelle Ideen und Sachkenntnis im Kunstbereich hat wie Rubens."

„Da haben Sie allerdings recht", bestätigte Lothar von Auerberg mit einem energischen Kopfnicken. „Versuchen müssen Sie es, aber ich fürchte, sie wird sich wenig einsichtig zeigen. Sie schien mir wie besessen von dieser Idee, dass die Menschheit von einer unbekannten Macht bedroht wird. Und was machen wir, wenn Rubens nicht einlenkt?"

„Dann werden wir ihre eigenen Waffen gegen sie gebrauchen … gebrauchen müssen. Sehen Sie diesen mächtigen Trekkingrucksack, den sie gegen die Mauer gelehnt hat?"

„Sie meinen, der Sack ist … ist voll Sprengstoff?", fragte Frau von Auerberg mit entsetzt aufgerissenen Augen.

Werder nickte: „Unsere Leute haben eine Stelle im Schloss gefunden, wo der Rucksack unbemerkt abgestellt werden kann. Rubens geht davon aus, dass das Zeug später ferngesteuert zur Explosion gebracht wird, eine Explosion, die, wie Sie sich schon denken können, dann weitere Explosionen überall im Schloss auslösen wird. Das ist etwa wie hintereinanderstehende Dominosteine, die beim Umkippen jeweils den nächsten Stein zu Fall bringen."

Werder war selbst überrascht, wie überzeugend er die Tatsachen verdrehen konnte, denn mit dem Trekkingrucksack hatten die Explosionen des überall im Schloss strategisch installierten Sprengstoffs überhaupt nichts zu tun, aber das mussten die beiden ja nicht unbedingt wissen.

„Und wie soll es Ihrer Meinung nach stattdessen laufen, ich meine … äh … wenn Rubens sich nicht einsichtig zeigt?", fragte Lothar von Auerberg mit belegter Stimme. Irgendwo hatte er bereits eine dunkle Ahnung, welche Rolle er und seine Frau in diesem Spiel übernehmen sollten.

Werder zog unter der Jacke ein unscheinbares Gerät hervor, das von Größe und Form einem Tablet sehr ähnlich sah. „Ich lasse Ihnen die Fernsteuerung da. Falls ich keinen Erfolg habe und zum Tor hinausgehe, dann bringen Sie den Sprengstoff in ihrem Rucksack zur Explosion, bevor sie hoch ins Schloss geht."

„Aber werden wir dann nicht das ganze ..."

„Woher denn. Es reicht gerade, um sie und ihren Bodyguard aus dem Spiel zu nehmen. Es ist ja auch nicht notwendig, wegen der beiden das ganze Schloss zum Einsturz zu bringen."

Werder improvisierte, aber bisher hörte er sich ganz glaubwürdig an.

„Sie will selbst den Sprengstoff ins Schloss bringen? Gibt es da keine Kontrolle von Rucksäcken?", fragte Bettina von Auerberg.

„Nein, die Rucksäcke müssen nur nach vorne genommen werden. Das ist hier so Vorschrift."

„Und wieso macht das keiner von der Inneren Sicherheit?"

„Weiß nicht genau. Sie wolle diese Aufgabe selbst übernehmen, um noch das ein oder andere Detail kontrollieren zu können, hat sie mir erklärt."

„Was gibt es denn da zu überprüfen?", setzte Lothar von Auerberg nach.

Für einen Moment zögerte Werder, als er bemerkte, dass sein ganzes Fantasiegespinst doch nicht auf alle Fragen eine glaubhafte Antwort kannte. Aber gleich hatte er sich schon wieder gefasst. „Fragen Sie mich etwas Leichteres. Was weiß ich. Versteckte Empfänger vielleicht. Keine Ahnung. Rubens ist eben ein Kontrollfreak." Nach einem kurzen Zögern fügte Werder hinzu: „Es könnte aber auch sein, dass sie niemandem wirklich traut."

„Ich habe da noch eine andere Frage", warf Lothar von Auerberg misstrauisch ein, ohne das ihm entgegengehaltene Gerät anzunehmen. „Warum sollen wir die Explosion auslösen und Rubens töten? Das könnten Sie, Herr Werder, doch selbst genauso gut tun."

Bei diesem Punkt fühlte sich Werder wieder auf sicherem Boden, da er mit dieser Frage bei den beiden rechnen konnte. „Ich will nur sicherstellen, dass Sie mich nicht später an die Polizei verraten, falls Sie erwischt werden sollten. Wenn sie nicht mehr weiterkommen mit ihrem Latein, versuchen die Bullen es doch immer mit Deals. Wenn Sie oder Ihre Frau zu meinen Ungunsten – gegen Straffreiheit versteht sich – aussagen, kann ich am Ende alles allein ausbaden, während Sie es sich in Florida gut gehen lassen."
„Und wenn wir uns einfach aus der Sache raushalten?", fragte Bettina von Auerberg mit einem lauernden Unterton.
Werder spielte weiter seine gut eingeübte Rolle. Wütend ballte er die Hand zur Faust. „Raushalten? Das ist doch jetzt wohl nicht Ihr Ernst? Hören Sie! Jetzt können wir es noch wie ein Selbstmordattentat von Wahnsinnigen aussehen lassen. Gibt ja schon genug davon. Unwahrscheinlich ist es auf jeden Fall, dass die Polizei einen Zusammenhang zwischen diesem Attentat und unserer Organisation findet. Vielleicht könnten wir sogar unsere erfolgreiche Arbeit im Kunstbereich noch einige Jahre weitermachen. Wer weiß?"
„Und was machen wir, falls die Organisation auf die ein oder andere Weise doch auffliegt?", fragte Lothar von Auerberg skeptisch.
Werder winkte gelassen ab. „Dann lösen wir sie eben einfach auf. Jeder kann ja mit seinem Anteil irgendwo unter einer anderen Identität neu anfangen. Die falschen Papiere für den Fluchtfall hat die Innere Sicherheit ja bereits für uns alle vorbereitet. Kein Problem, sich von einem Tag auf den anderen abzusetzen. Aber das letzte Wort ist ja noch nicht gesprochen. Vielleicht kann ich Rubens ja noch zum Einlenken bewegen. Den Versuch ist es wert … Und jetzt nehmen Sie schon das verdammte Ding."

Als Herr von Auerberg, überrascht von dem plötzlichen Themenwechsel, nach dem hingehaltenen Gerät greifen wollte, hielt seine Frau ihn am Arm zurück. „Überleg doch mal, Lothar! Wenn es hier eine Explosion gibt, dann sitzen wir selbst wie in einer Mausefalle fest."
Ein leichtes Lächeln huschte über Werders Gesicht. „Frau von Auerberg, Sie brauchen wirklich keine Angst zu haben. Es ist ganz einfach. Sie brauchen nur zum Torhaus runterzugehen. Warten Sie, bis Rubens sich auf den Weg macht, mit dem Trekkingrucksack hier hochzukommen. Der Sprengstoff wird im oberen Schlosshof nur einen recht überschaubaren Schaden anrichten, denn von dort wird er keine weiteren Explosionen auslösen können. Dafür müsste der Rucksack schon in den Innenräumen des Schlosses zur Explosion gebracht werden. Bis auf Rubens selbst werden die Besucher mit einem Schrecken davonkommen." Werder war sich natürlich bewusst, dass dies eine glatte Lüge war, aber er konnte das Ehepaar ja kaum wissen lassen, dass das ganze Schloss durch eine Reihe von Explosionen zum Einstürzen gebracht würde, wobei auch die meisten Besucher im unteren und oberen Hof, einschließlich ihnen selbst, ums Leben kommen würden.
Den Augen von Frau von Auerberg war deutlich anzusehen, wie wenig sie überzeugt war: „Ich weiß wirklich nicht, ob wir …"
„Ihre Flucht wird wirklich kein Problem darstellen", unterbrach sie Werder. „Bei der zu erwartenden Panik wird es niemanden wundern, wenn sie beide sich mit den anderen Besuchern aus dem Schloss zu retten versuchen."
„Und die Organisation?", fragte Bettina von Auerberg noch einmal nach.
„Ich fürchte, das ist jetzt hier kaum der geeignete Augenblick, Detailfragen zu klären. Ich schlage vor, heute Abend

um sieben Uhr auf dem gewohnten Weg die derzeitige Situation sachlich zu besprechen. Dann können wir auch in Ruhe klären, wie es mit der Organisation weitergehen kann. Ich hätte auch kein Problem damit, Ihnen Ihren Anteil auf ein sicheres Konto zu überweisen, wenn Sie mir ein paar Tage Zeit lassen würden. Ihre Ausweispapiere kann ich Ihnen heute noch zukommen lassen, und falls es Ihr ausdrücklicher Wunsch sein sollte, wird Ihnen die Innere Sicherheit auch helfen, aus dem Land zu kommen." Mit einem Lächeln fügte er gleich hinzu: „Sie erinnern sich sicher, wir haben da unsere eigenen Möglichkeiten, wenn es um Flucht geht."

„Und es wäre nicht möglich, Rubens woanders … Ich meine, an einem Ort, wo es weniger Aufsehen erregen würde?", fragte Herr von Auerberg unschlüssig. Noch mehr als vor dem Gedanken, selbst Blut an den Händen zu haben, schauderte ihm davor, dass ihm eine Beteiligung später möglicherweise nachgewiesen werden könnte. Nach einem Bombenattentat auf Schloss Neuschwanstein würde die Polizei ganz sicher das ganze Land in Bewegung setzen.

Auch auf diese Frage war Werder gut vorbereitet: „Verschieben auf später, meinen Sie? Nein, das geht nicht. Sie sollten Rubens nicht unterschätzen. Es wird nicht lange brauchen, bis er mitbekommt, dass wir bei seinem endgültigen Kampf nicht auf seiner Seite sein werden. Dann wird dieser Frau sofort klar sein, dass wir einen Anschlag auf ihr Leben verüben müssen, um ihrer Rache zuvorzukommen. Und wie lange glauben Sie, sind wir dann selbst noch am Leben? Nein, nein, wir müssen gleich hier und jetzt handeln. Die einzige Frage ist, ob diese Frau oder wir überleben. Wie schon gesagt, bei der geringen Menge von Sprengstoff im Rucksack wird außer Rubens wohl niemand ums Leben kommen."

Ein Politiker hätte kaum überzeugender reden können, denn Lothar von Auerberg fragte nach einem kurzen Zögern: „Was muss ich machen?“
„Nicht viel, Herr von Auerberg. Es ist alles vorprogrammiert. Es ist fast wie bei einem Smartphone. Wenn Sie hier auf der Seite auf diesen Knopf drücken, haben Sie den Touchscreen aktiviert. Es ist denkbar einfach. Wie bereits gesagt, es ist alles voreingestellt. Einfach den Anweisungen folgen und drücken. Das Gerät sendet nach allen Sicherheitsabfragen einen Impuls an einen Empfänger im Rucksack, der die Explosion auslöst. Es wird dann so schnell gehen, dass Rubens nichts davon mitbekommen wird. Und mit einem Schlag ist das ganze Problem mit dem endgültigen Kampf, bei dem Tausende von Menschen sterben müssten, aus der Welt. Rubens Leben gegen Tausende von anderen.“
„Sind Sie sich da ganz sicher?“
„Aber ja! Das bekommen Sie schon hin. Glauben Sie mir!“
In diesem geschäftlichen Ton hätte Werder auch einem Wüstenbewohner Treibsand verkaufen können.
Herr von Auerberg nahm das hingehaltene Gerät und ließ es zögernd in seine Tasche gleiten. „Ich hoffe, es wird nicht notwendig sein. Auf jeden Fall sollten wir uns heute Abend in unserem gesicherten Chat treffen, um das weitere Vorgehen durchzusprechen. Bis dahin kann ich ja mit meiner Frau in Ruhe klären, wie es von unserer Seite weitergehen soll, schließlich ist zu erwarten, dass es nach diesem Anschlag eine großangelegte Untersuchung durch die Polizei geben wird.“
„Was allerdings keine Bedrohung für die Organisation sein dürfte.“
„Sehen wir mal. Auf jeden Fall viel Glück bei Ihrem Versuch, Rubens doch noch im letzten Moment von ihrer Idee abzubringen. Falls nicht, soll es wohl so sein.“

Als Werder nach einem kurzen Händeschütteln in Richtung der beiden Frauen ging, war er sehr zufrieden mit sich selbst: Alles ging genau so, wie Rubens und er selbst es geplant hatten.
Es war nicht seine Schuld. Die von Auerbergs hatten ihr eigenes Todesurteil ausgesprochen.
Das dachte Werder zumindest.

13. Februar 2015, 14.12 Uhr

Werder ging mit entschlossenen Schritten auf die beiden jungen Frauen zu. Nur ja keinen Zweifel aufkommen lassen, wer hier das Sagen hatte. Seine Aufgabe war ja denkbar einfach. Er musste nur dafür sorgen, dass Katharina mit dem Rucksack zum oberen Schlosshof ging. Dort würde sie unter den Trümmern mit ihrem Balg ihr verdientes Ende finden.
Zunächst wandte er sich mit einem kurzen, steif grüßenden Nicken an Lisa. „Ich müsste kurz mit Katharina sprechen. Unter vier Augen, wenn Sie verstehen, was ich meine. Wenn Sie uns also einen Augenblick allein lassen würden."
„Das dürfte nicht nötig sein", wandte Katharina mit belegter und leicht zitternder Stimme ein. „Sie ist eine gute …"
„Was notwendig ist und was nicht, bestimme immer noch ich", unterbrach sie Werder ungehalten. „Ich brauche wohl nicht daran zu erinnern, dass eine bestimmte Person sehr darunter leiden würde, wenn wir hier nicht zu einem gütlichen Abschluss kämen."
Als Lisa mit einem Seitenblick bemerkte, wie bleich ihre Freundin bei der Anspielung auf Hanno wurde, nickte sie ihr beruhigend zu. „Katharina, lass mal gut sein! Es wird wohl besser sein, ich lasse euch jetzt für eine Weile allein. Vielleicht lässt sich der ein oder andere Punkt ja tatsächlich noch gütlich klären. Du solltest es wenigstens versuchen."

„Zumindest eine, die sich etwas einsichtig zeigt", kommentierte Werder mit einem zynischen Lächeln.
„Was sich allerdings sehr schnell ändern könnte, wenn ihrem Sohn tatsächlich etwas passieren würde." Bevor der sichtlich überraschte Werder etwas erwidern konnte, hatte Lisa sich bereits umgedreht und war mit entschlossenen Schritten zu den Treppen zum oberen Burghof gegangen. Dort setzte sie sich in halber Höhe auf eine der steinernen Stufen und ließ die beiden keinen Moment aus den Augen.
Werder, der Lisa bis dahin wortlos mit den Augen gefolgt war, ließ sich noch endlos Zeit, um Katharina kalt von oben bis unten zu mustern.
Katharina wusste, dass alles zu seinem rücksichtslosen Spiel gehörte. Da sie sich ihre Ungeduld nicht anmerken lassen wollte, tat sie so, als blickte sie durch ihn hindurch, aber an der Starrheit ihrer Augen war klar zu erkennen, wie sie all ihre Kraft, all ihre Konzentration auf diesen Mann, auf dieses Gespräch richtete.
Wenn es sich um ein Spiel handelte, wer von den beiden gelassener wirkte, ging diese Runde eindeutig an die junge Frau, denn Werder platzte plötzlich hörbar wütend los: „Katharina, machen wir es kurz: Jahre habe ich auf diesen Augenblick meiner Rache gewartet. Wenn es nach mir gegangen wäre, würdest du jetzt eines sehr langsamen und qualvollen Todes sterben, aber … es gibt für die Organisation Wichtigeres."
„Wichtigeres?", krächzte Katharina, die hörbar mit einem Mal ebenfalls alle gespielte Gelassenheit verlor.
„Ja, Wichtigeres!", schnaubte Werder. „Hier und jetzt beginnt unser letzter Kampf. Du und deine Freundin Lisa könntet die ersten Opfer sein, wenn ihr euch jetzt uneinsichtig zeigen solltet."
„Und was … was ist mit … mit Hanno?", fragte Katharina mit kaum wahrnehmbarer Stimme.

„Hanno? Was soll mit ihm sein? Du hast doch selbst dafür gesorgt, dass er mit von der Partie sein kann." Wieder huschte ein zynisches Lächeln über sein Gesicht. Mit einer weit ausholenden, bühnenreifen Bewegung der rechten Hand wies er auf den großen Trekkingrucksack, der immer noch an der Wand lehnte.

Katharina folgte seinem Blick. Plötzlich glaubte sie zu verstehen. „Ihr habt ihn doch nicht etwa …?"

„Umgebracht? Aber nein. Wir mussten nur einen Weg finden, ihn hier hochzubringen, und du warst so entgegenkommend, uns dabei ein wenig zu helfen."

Als sie sich mit einer plötzlichen Bewegung auf den Rucksack stürzen wollte, hielt er sie an ihrem rechten Arm fest. „Nein, warte! Er wird es schon noch ein wenig aushalten. Falls du Ärger machst, wird dein Kleiner der Erste sein, der dafür büßen muss. Glaub mir!"

„Ihr habt ihm etwas … gegeben?"

„Du bist doch nicht so blöd, wie du damals manchmal getan hast. Keine Angst, wir haben nur dafür gesorgt, dass er ein paar Stunden Ruhe hält. Also hör jetzt endlich zu und hör auf mit diesem dämlichen Theater! Wenn ihr alle heil aus dieser Sache herauskommen wollt, solltet ihr genau das machen, was ich dir jetzt sage. Wir haben Karten für die Führung im Schloss für dich und deine Freundin organisiert. An der Marmortreppe im Thronsaal werdet ihr von einer Frau angesprochen." Der letzte Teil war wieder frei erfunden. So weit würde es nie kommen.

„Ich verstehe nicht, worauf das Ganze hinauslaufen soll", sagte Katharina, als Werder eine längere Pause machte.

„Ganz einfach, meine Liebe. Deine Freundin und du seid die Erwählten." Wieder ließ er sich unendlich Zeit, um die Spannung noch mehr zu steigern.

„Erwählt? Für was?", fragte sie endlich.

„Aber, aber, meine Liebe. Euch beide hat das Schicksal selbst bestimmt, dieses Märchenschloss zum Einsturz zu bringen." Als er das Zucken in ihrem Gesicht sah, hob er beschwichtigend beide Hände. „Keine Angst. Es ist alles auf das Trefflichste vorbereitet. Ihr braucht nur auf einen Knopf zu drücken und schon …" Die Bewegung seiner Hände ließ keinen Zweifel daran, wie das Schloss dann in sich zusammenfallen würde.

Katharina starrte ihn ungläubig mit weit aufgerissenen Augen an. „Das ist doch nicht dein … euer Ernst?"

Sein kurzes, aber bestimmtes Nicken machte klar, dass es das sehr wohl war.

Seine herablassende Art brachte bei Katharina wieder ihre anfängliche Entschlossenheit zurück. Tief holte sie Luft, stemmte herausfordernd beide Hände in die Hüften. „Und was, wenn wir das nicht machen werden?"

„Oh, ich habe ganz vergessen zu erwähnen, dass wir auch ein wenig Sprengstoff im Rucksack untergebracht haben. Nicht sehr viel, aber genug und zuverlässig, um … Du weißt schon. Keine Angst, ist ja nur für den Fall, dass du dich gegen unsere Wünsche richten solltest."

„Soll das heißen, du würdest …"

„Ich würde nicht nur, sondern ich hätte sogar das größte Vergnügen daran, mich endlich an dir rächen zu können. Und was Besseres könnte ich mir bei dir Obermutter gar nicht vorstellen."

„Um deine Rache zu haben, würdest du …?", fragte sie entsetzt. „Hast du denn immer noch nicht verstanden, dass …" Abrupt hielt sie inne, als hätte sie bereits viel zu viel gesagt, aber er musste etwas aus ihrem Ton herausgehört haben, was ihn aufhorchen ließ. „Was sollte ich nicht verstanden haben? Kannst du mir endlich sagen, von was du da überhaupt redest?"

Sie schaute ihn lange mit fragenden Augen an. Deutlich war ihrem Gesicht anzusehen, wie sie mit sich selbst kämpfte, ob sie es ihm sagen sollte, da er offensichtlich nie selbst daran gedacht hatte.

Schließlich nickte sie nachdenklich vor sich hin. „Na schön, wie du willst. Du hast damals schon so vieles nicht verstanden. Kannst du dir nicht vorstellen, dass ich dich wirklich geliebt habe, geliebt wie keinen anderen Menschen. Für mich gab es damals keinen anderen Mann. Nie! Kapierst du endlich?"

Unvermittelt begannen Werders Augen verstehend zu zucken. „Soll das heißen … Ich meine … Du willst doch nicht etwa sagen, dass …"

Katharina ließ ihn in seiner Verwirrung wie in einem klebrigen Spinnennetz zappeln, sah kalt zu, wie er sichtlich betroffen nach Worten rang.

„Ich denke, du weißt recht wohl, was ich sagen will, oder?", sagte sie schließlich, als nichts Verständliches von ihm kam.

„Du meinst, ich bin … bin der Vater?", keuchte er kaum hörbar.

„Nein! Du bist nicht sein Vater. Du bist nur sein Erzeuger."

„Erzeuger? Vater?" Werders Stimme war deutlich anzuhören, wie sehr er darum kämpfte, sein verlorenes Gleichgewicht wiederzufinden.

Katharina fühlte, wie sie langsam mehr und mehr die Oberhand gewann. „Erzeuger und Vater, das ist noch lange nicht dasselbe, falls dir das nicht klar sein sollte. Auch ich habe damals zunächst nicht verstanden, dass nicht jede Gebärende gleich eine Mutter ist. Um ehrlich mit dir zu sein, wollte ich damals nach der Sache mit dir dieses Kind nicht haben, aber es gab Menschen, die mir geholfen haben, zu verstehen, dass Hanno ein Geschenk ist, selbst wenn du sein Erzeuger bist."

„Ich verstehe immer noch nicht, worauf du hinauswillst."
„Das glaube ich dir gerne. Dir und deinesgleichen, ging es ja immer nur um Geld und …"
„Das stimmt so nicht ganz."
Einen Augenblick zögerte Katharina, fuhr dann weit sachlicher fort: „Wie auch immer, es ging dir … und deiner Organisation immer nur um die rücksichtslose Durchsetzung eurer Interessen. Es gibt auch einen Gruppenegoismus. Die eigene Gruppe ist dann alles, und diejenigen, die nicht dazugehören, zählen nicht. Alle, die im Weg stehen, werden einfach beseitigt. Rücksichtslos."
„Wenn es um unseren letzten Kampf geht, dann kann man nicht …"
„Kampf? Ich weiß nicht, was ihr durch euren Kampf, der wohl heute beginnen soll, erreichen wollt."
„Die Welt muss verändert werden, sonst …"
„Sonst was? Ich glaube nicht daran, dass jemals durch das Leid von Menschen, durch die Zerstörung, durch den Tod etwas Gutes geschaffen werden kann. Irrsinn, wenn Menschen glauben, sich so einen Weg in das Paradies ebnen zu können. Der Zweck heiligt niemals die Mittel."
„Manchmal müssen wir einfach blind glauben und handeln … und dem Ruf des Schicksals folgen."
Verächtlich schnaubte Katharina durch die Nase. „Daher weht der Wind also. Wir hatten schon gedacht, dass es hinter all dem einen großen Guru geben muss …"
„Das versteht ihr nicht …"
„Jetzt lass mich mal zu Ende reden! Überleg doch selbst! Wie viele falsche Propheten, Führer, Heilsbringer gab es schon in der Geschichte der Menschheit, die nur sich und ihre sogenannten ‚genialen Weisheiten' kannten? Nichts als leere Versprechungen! Nichts als leere Phrasen, hinter denen nur allzu oft der Wille zur absoluten Macht stand: Alles

würde besser, wenn das Alte erst einmal zerstört wäre. Und du bist wirklich bereit, für so einen ausgemachten Unsinn, nein, so einen Irrsinn dein eigenes Kind zu opfern?"
Einen Moment herrschte ein betroffenes Schweigen, bevor Werder flüsterte: „Katharina, es ist zu spät."
„Zu spät? Zu spät für was? Um Vater zu werden? Zu spät, Mensch zu werden? Nein, das glaube ich nicht! In jedem Moment seines Lebens muss man sich neu entscheiden, welchen Weg man gehen will. Und das heißt auch, dass man zu jeder Zeit die Richtung ändern kann, wenn man das will … wirklich will."
„Ich weiß nicht recht. Es ist damals so viel geschehen."
„Was damals zwischen uns am Schluss passiert ist, war die Folge von deinen falschen Entscheidungen, die einfach auf ein tragisches Ende zulaufen mussten. Vielleicht wirst du mir das jetzt nicht glauben, aber das mit deinem Auge wollte ich wirklich nicht. Ich fühlte mich von dir und deinen Leuten so furchtbar bedroht. Versteh doch! Ich hatte Angst! Da habe ich nach dem Erstbesten gegriffen und dann … dann habe ich es einfach nach dir geworfen. Es war ein Unfall. Wirklich!"
Einen Moment zögerte Werder, bevor er nickte. „Das mag sein, aber die Weichen sind längst gestellt. Es gibt kein Zurück, auch wenn ich das wollte."
Entschieden schüttelte Katharina ihren Kopf. „Das stimmt doch gar nicht. Wie du dich selbst auch immer entscheiden wirst, eines musst du noch wissen: Ich werde auf keinen Fall als Werkzeug bei deinem … bei eurem Wahnsinn mitmachen. Oder habt ihr im Ernst geglaubt, ich würde dabei helfen, dass unzählige Menschen ermordet werden, nur damit ihr euren völlig sinnlosen Kampf führen könnt? Vielleicht seid ihr in der Lage, mich und meinen Sohn umzubringen, aber ihr könnt mich nicht zwingen, ein Rädchen in eurer tödlichen Maschine zu werden. Niemals!"

„Hör doch einmal …"
„Nein! Lass mich zu Ende reden! Niemals würde ich mit der Schuld leben können, für den Tod unzähliger Menschen mitverantwortlich zu sein."
„Versteh doch endlich, Katharina!" Der sonst so fordernde Ton hatte jetzt etwas Flehendes, um Verständnis Bittendes. „Es wird nichts ändern, ob du oder ich mitmachen. Und selbst wenn wir diesen endgültigen Kampf noch verhindern könnten, würden wir nur für eine noch viel schlimmere Zukunft feige den Weg freimachen. So hart es für uns alle sein mag, es gibt nur noch die Wahl zwischen Freiheit und Knechtschaft."
Wie in Ekstase glänzten und glühten inzwischen Werders Augen, die durch die dicken Mauern des Schlosses hindurch auf eine fremde Welt zu starren schienen. Wenn auch Katharina nicht genau die Hintergründe verstand, war ihr dennoch so viel klar: Diesen Mann würde sie in seinem unbelehrbaren Fanatismus niemals von seinen Plänen abbringen können, gleichgültig, wie sie auch immer argumentieren würde.
Und dann geschah doch etwas völlig Unerwartetes: Werder hatte plötzlich eine neue Entscheidung getroffen. Er war nach wie vor bereit, selbst für diesen notwendigen Kampf zu sterben, aber er machte es auch für seinen Sohn, der da in diesem Trekkingrucksack schlief. Sein Tod machte wirklich keinen Sinn.
Sein Tod musste nicht sein.
Er selbst hatte in diesem Punkt unrecht und Katharina hatte recht gehabt. Bestimmte Dinge konnten noch geändert werden. Die beiden jungen Frauen wurden sowieso nicht für die Durchführung ihres Plans – dieses Schloss zu zerstören – gebraucht. Katharina sollte eigentlich nur hier nach Neuschwanstein gelockt werden, damit sie, Hanno,

und ihre Freundin Lisa in den Trümmern des Thronsaals sterben würden.
Was sollte er jetzt machen?
Das war keine leichte Entscheidung:
Wenn er sie entkommen ließ, bestand die Gefahr, dass die beiden Frauen im letzten Moment noch versuchen würden, den Anschlag auf das Schloss zu verhindern. Andererseits, wenn es ihm gelingen würde, die beiden Frauen zu überzeugen, diese Zerstörung würde nicht stattfinden, dann könnte er die lange vorbereiteten Pläne doch noch durchführen, ohne dass es im letzten Moment verhindert werden konnte. Dennoch würde mit Sicherheit keine der beiden nach dem Anschlag zögern, der Polizei entsprechende Hinweise auf die verantwortlichen Attentäter zu geben. Aber das würde die Klärung dieses Sachverhalts nur um einige Stunden beschleunigen, denn Rubens und er waren bei ihren Planungen sowieso davon ausgegangen, dass – wie von den beiden Frauen angedroht – die Daten über die Organisation sehr rasch automatisch ins Internet hochgeladen würden. Innerhalb kürzester Zeit würden dann sowieso die Verbindungen zu der Zerstörung des Schlosses gezogen.
Diese paar Stunden spielten wirklich keine Rolle, zumindest keine entscheidende. Wie zwei Füchse hatten Rubens und er längst mehrere Fluchtmöglichkeiten vorbereitet. Das Hauptquartier der Inneren Sicherheit war bereits in den vergangenen Tagen in ein kleines Dorf nach Belgien verlegt worden, und falls es erforderlich sein sollte, konnte die gesamte Infrastruktur einschließlich des Personals innerhalb weniger Stunden erneut verlagert werden. Dazu hatte man vorsichtshalber sogar zwei außereuropäische Standorte – einen in Kolumbien und einen im Libanon – vorbereitet, wo man vorübergehend mit anderen Organisationen zusammenarbeiten könnte.

Allerdings müsste er Rubens rasch per SMS informieren, dass die Polizei schneller als geplant Informationen über die Verwicklung der Organisation mit dem Attentat erhalten würde.
Kein Problem! Für Änderungen des Vorgehens hatten sie vorausschauend einen Geheimcode vereinbart. Es war allerdings nicht abzusehen, wie Rubens reagieren würde, wenn er von diesen Änderungen erfuhr, ohne dass sie dies ausdrücklich vorher so abgesprochen hatten, denn von einem Notfall konnte beim besten Willen nicht die Rede sein.
Auf jeden Fall würde Rubens schnell herausfinden, was Werder ohne ihre ausdrückliche Genehmigung gemacht hatte. Das war so sicher wie das Amen in der Kirche. Nicht unwahrscheinlich, dass Rubens Werders Alleingang als Verrat bezeichnen und entsprechende Konsequenzen ziehen würde. Wie auch immer, dieses Risiko konnte Werder nicht umgehen.
Trotzdem, Rubens musste einfach verstehen, dass sich mit Hanno die Situation völlig verändert hatte, ohne dass Werder allerdings genau begründen konnte, wieso und vor allem was konkret jetzt anders war. Es war einfach so, und das musste auch Rubens einfach so akzeptieren, egal welche Konsequenzen ihm drohten.
Die Zeit des Zauderns und Zögerns war vorbei. Werder gab sich einen Ruck. Nachdem er lange sinnierend durch die Mauern des Vorhofs gestarrt hatte, wandte er sich unvermittelt wieder an Katharina: „Hör mir jetzt gut zu! Du hast wahrscheinlich recht. Wir müssen diese Aktion ganz abbrechen und den Plan völlig neu durchdenken. Aber das ist nicht eure Sache. Am besten, ihr drei macht euch gleich auf den Weg und verschwindet für eine Zeit lang ganz von der Bildfläche."

Als könnte sie nicht glauben, was sie gerade gehört hatte, schaute Katharina ihn mit verwunderten Augen an: „Du lässt uns wirklich gehen, einfach so?“ Misstrauisch geworden, setzte sie gleich hinzu: „Und was müssen wir dafür tun?“

„Nichts! Egal, was du mir auch immer in dieser Situation versprechen würdest, du würdest dich später nicht daran halten. Es macht keinen Sinn, irgendetwas von dir zu fordern, was du sowieso nicht machen würdest, oder siehst du das anders?“

„Wahrscheinlich hast du recht. Warum … Ich meine, warum … äh?“

„Du meinst, warum ich mich plötzlich ganz anders entschieden habe? Es hat nichts mit mir und dir zu tun, aber wenn ich auch niemals Hannos Vater werden kann, ich meine, sein richtiger Vater werden kann, so will ich ihm doch eine Chance geben, sein eigenes Leben zu leben. Und ich bin mir ganz sicher, was auch immer passieren wird, du wirst ihm auch in Zukunft eine sehr gute Mutter sein. Und jetzt geh, bevor ich es mir doch noch einmal anders überlege! Und nehmt Hanno erst im Auto aus dem Rucksack raus. Es ist nicht notwendig, dass jeder sieht, was du da mit dir rumschleppst.“

„Aber er könnte …“

„Du brauchst keine Angst zu haben, es passiert ihm bis dahin wirklich nichts. Es gibt genug Löcher, er bekommt ausreichend Luft. Und auf die paar Minuten kommt es jetzt auch nicht mehr an.“

„Und der Sprengstoff?“

„Ach so. Das war nur ein Bluff von mir. Es gibt keinen Sprengstoff … im Rucksack.“

Katharina hatte deutlich das Zögern vor dem Zusatz „im Rucksack“ bemerkt. „Aber …“

„Kein aber, Katharina. Geh!"
Verlegen sah Katharina ihn an. „Jetzt weiß ich nicht, was ich sagen soll. Irgendwo steckt doch in jedem von uns auch ein guter Mensch. Danke!"
Bevor er etwas sagen konnte, hatte sie sich bereits umgedreht, nahm entschlossen den immer noch gegen die Wand gelehnten Trekkingrucksack mit einem kräftigen Ruck auf den Rücken. Dann winkte sie kurz zu Lisa herüber, die jedoch bereits aufgestanden war und mit langen Schritten über den Hof auf sie zukam.
Katharina wartete mitten vor der großen Einfahrt des Torhauses, während eine asiatisch aussehende Gruppe lächelnd und schwatzend auf beiden Seiten an ihr vorbeiging. Versonnen sah Katharina Werder nach, der in Richtung Treppen zum oberen Hof ging, ohne Lisa, die ihm entgegenkam, weiter zu beachten.
Als Lisa, bei Katharina angekommen, ansetzte Fragen zu stellen, schüttelte Katharina nur bestimmt ihren Kopf. „Später! Lass uns erst mal schauen, dass wir von hier so schnell wie möglich wegkommen."
Bevor sie nebeneinander durch das hochgewölbte Torhaus gingen, blickte sie noch einmal über ihre Schulter. Werder war gerade dabei, die Treppen zum oberen Burghof hinaufzuhasten, wobei er immer zwei Stufen gleichzeitig nahm. Offensichtlich wollte er irgendetwas schnell hinter sich bringen.

13. Februar 2015, 14.21 Uhr

„Sie haben es wirklich geschafft, Rubens zu überzeugen?", fragte Lothar von Auerberg, als Werder ein wenig außer Atem bei ihnen im oberen Schlosshof ankam. Die beiden hatten von dort den unteren Schlosshof die ganze Zeit gut im Blick gehabt.

Werder nickte und lächelte triumphierend. „Das Thema mit dem endgültigen Kampf ist auf jeden Fall erst einmal vom Tisch."

„Wie haben Sie das nur geschafft?", hakte Herr von Auerberg gleich neugierig nach.

„Fragen Sie nur nicht! Es wäre sicherlich einfacher gewesen, eine Klapperschlange vom Klappern abzubringen. Aber es ist jetzt kaum der Moment, ins Detail zu gehen. Ich glaube, es dürfte besser sein, Sie geben mir gleich den Sender zum Auslösen der Explosion zurück. Sie werden ihn ja jetzt nicht mehr brauchen."

Man konnte deutlich sehen, wie erleichtert Lothar von Auerberg war, als er den tablet-ähnlicher Sender aus seiner Jackentasche zog, um ihn Werder mit einer verstohlenen Bewegung zurückzugeben.

„Und was soll jetzt weiter geschehen?", fragte Bettina von Auerberg, die aufmerksam verfolgte, wie Werder das Gerät rasch in die Innentasche seiner Jacke gleiten ließ.

„Wie es weitergeht? Gute Frage. Um die Entfernung des Sprengstoffs werden sich meine Leute von der Inneren Sicherheit kümmern müssen. Das wird kein größeres Problem darstellen. Und was unsere Organisation und Rubens betrifft, müssen wir noch sehen", improvisierte Werder.

Auf dem Weg zum oberen Burghof hatte er sich bereits die Grundlinien eines neuen strategischen Plans zurechtgelegt, schließlich musste, nachdem er Katharina und Lisa hatte gehen lassen, der Anschlag auf das Schloss jetzt so schnell wie möglich durchgeführt werden, das heißt bevor die beiden Frauen die Chance hatten, dies im letzten Moment doch noch zu verhindern.

Es verstand sich von selbst, dass die beiden von Auerbergs unbedingt zu den Opfern gehören mussten. Sie stellten ein zu hohes Sicherheitsrisiko für den bevorstehenden endgülti-

gen Kampf dar, weil sie bereits viel zu viel von den Hintergründen wussten. Wenig wahrscheinlich, dass sie das lange für sich behalten würden, wenn sie erst einmal von der Polizei unter Druck gesetzt würden.
Wenn sie aber Opfer des Anschlags werden sollten, musste er unbedingt dafür sorgen, dass die beiden noch ein wenig länger auf dem Schloss blieben. Um die Auslösung der Explosion würde er sich dann ohne lange zu zögern selbst kümmern, sobald er sich in sicherer Entfernung vom Schloss befand.
Als wenn es ihm gerade erst eingefallen wäre, schüttelte er besorgt den Kopf. „Da gibt es allerdings noch ein Problem: Ich traue dem Frieden nicht so ganz. Ich müsste Sie beide bitten, noch ein wenig hier zu warten, nur für den Fall, dass Rubens es sich doch noch einmal anders überlegt und hierher zurückkehrt."
„Und was sollen wir in diesem Fall machen?", fragte Lothar von Auerberg, dem man ansah, wie wenig recht es ihm war, mit seiner Frau noch länger bleiben zu müssen.
„Ich vermute, Sie sind nicht ganz unbewaffnet hierher gekommen." Das überraschte Nicken von Lothar von Auerberg bestätigte sofort, wie richtig Werder mit seiner Vermutung lag. Er lächelte. „Da durchaus die Möglichkeit besteht, dass Rubens sich nicht an ihre Zusage hält, müssen wir unbedingt sichergehen, dass da nicht im letzten Moment irgendwelche Tricks versucht werden. Sie verstehen sicher, was ich meine."
„Und warum bleiben Sie nicht selbst hier?", mischte sich Bettina von Auerberg ein. Es war deutlich zu hören, wie wenig sie Werder über den Weg traute.
„Weil ich runter zu meinem Auto gehen muss. Auf Anweisung von Rubens habe ich Genio mit hergebracht, falls es technische Probleme geben sollte. Verständlicherweise hat

Genio es allerdings vorgezogen, zunächst einmal unten auf dem Parkplatz abzuwarten, wie sich die Dinge entwickeln. Wie Sie wissen, war er für die technische Vorbereitung zuständig.“ Diese Details gehörten zu den wenigen Aussagen, die tatsächlich der Wahrheit nahe kamen.

„Das ist uns ja hinlänglich bekannt“, sagte Lothar von Auerberg, der sichtlich irgendeinem düsteren Gedanken nachhing. Werder seinerseits wollte sich so schnell wie möglich absetzen, um den Sprengstoff dann möglichst rasch zur Explosion zu bringen. Für die gemeinsame Flucht mit Genio war schon alles vorbereitet.

„Aus Sicherheitsgründen kann ich Genio ja kaum per Handy anfragen, ob Rubens auch ohne diesen Sender eine Möglichkeit hat, den Sprengstoff doch noch irgendwie zur Explosion zu bringen. Die persönliche Abklärung dieser Details dürfte nicht viel Zeit in Anspruch nehmen, und sobald diese technischen Punkte abgeklärt sind, können Sie beide Ihren Posten hier verlassen. Gegebenenfalls werde ich mich dann selbst um Rubens kümmern.“

„Ich weiß nicht recht, ob ...“, sagte Bettina von Auerberg, die offensichtlich Verdacht geschöpft hatte, ohne genau sagen zu können, was Werder konkret vorhatte.

„Lass mal gut sein, Schatz“, unterbrach sie ihr Ehemann. „Herr Werder wird schon wissen, was zu tun ist. Diese technischen Fragen lassen sich ja sicher schnell mit Genio klären.“

„Das schon, aber meinerseits hätte ich noch einige Fragen gehabt, wie es jetzt mit der Organisation weitergeht“, beharrte Frau von Auerberg.

Als Lothar von Auerberg seiner Frau einen bedeutungsvollen Blick zuwarf, schien ihr sein rechtes Augenlid einen Moment unmerklich zuzuzwinkern, bevor er mit sachlichem Ton erklärte: „Ach so, was die Organisation angeht, Herr Werder, habe ich mit meiner Frau inzwischen besprochen,

dass es für uns beide das Beste ist, auf jeden Fall so schnell wie möglich auszusteigen. Sie können das sicherlich verstehen."
Einen Moment schien Werder von dieser Offenheit überrascht, aber dann nickte er zustimmend mit dem Kopf. „Wie Sie meinen. Die Modalitäten werden wir aber erst, wie bereits besprochen, am Abend im sicheren Chat durchgehen. Im Moment gibt es Wichtigeres. Wir hören voneinander. Sie werden verstehen, wenn ich mich jetzt beeilen muss. Bis nachher!"
Im sicheren Bewusstsein, dass dieses Treffen nicht mehr stattfinden würde, drehte Werder sich entschlossen um, ging hastig die Treppen zum unteren Schlosshof hinunter und verließ durch das Tor das Schloss. Dann und wann drehte er sich argwöhnisch um. Nein, da war niemand, der ihm folgte. Unter den vielen Touristen, die wie Ameisen an einem warmen Sommertag die Straße hinauf- und hinabwuselten, war kein einziges ihm vertrautes Gesicht.
Besser die Sache schnell hinter sich bekommen. Er durfte keine Zeit verlieren.
Sein selbstzufriedenes Lächeln wurde noch breiter, noch siegesbewusster. Er blieb stehen, schaute noch einmal hinauf zum hochaufragenden Königsgebäude. Er würde der Letzte sein, der dieses Märchenschloss in all seiner unwirklichen, märchenhaften Schönheit sah. Mit dem Fall dieses Prunkschlosses würde ein für alle Mal eine Ära enden. Und unter seinen Trümmern würde es die Vergangenheit begraben, um einen neuen Weg in die Zukunft zu ebnen.
Noch einmal vergewisserte er sich, dass ihm niemand folgte. Dann zog er mit einer schnellen Bewegung den Sender aus der Tasche und schaltete ihn mit einem Knopf an der Seite an. Er berührte mit einer schnellen Bewegung seines

Zeigefingers den Touchscreen und bestätigte die ersten Sicherheitsabfragen.
Noch ein allerletzter Blick auf den hoch über ihn aufragenden Palast, dann würde er …

13. Februar 2015, 14.34 Uhr
Die Frau im Rollstuhl hatte vor über einer halben Stunde einen strategisch günstigen Platz auf der Terrasse des Hotels gesucht. Es war das letzte Hotel und Restaurant, das unmittelbar an der kurvigen Straße hoch zum Märchenschloss lag. Zunächst war der ausgewählte Plastikstuhl noch besetzt, aber wie eine Spinne, die geduldig auf ihr Opfer wartet, hatte sie bei den Kartenständern herumgelauert, bis der von ihr ausgewählte Tisch endlich frei wurde. Als sie schließlich dort saß, überzeugte sie sich, dass dies für ihren Zweck genau der richtige Platz war. Er war ideal: Die wuchtigen Mauern des zwischen den Bäumen hoch aufragenden Palastes waren fast zum Greifen nah und sie konnte leicht jeden Vorbeikommenden erkennen, war aber von der Straße nur dann zu sehen, wenn jemand intensiv nach ihr suchte.
Selbstzufrieden räkelte sie sich in einer fast frühlingshaften Sonne. Alles war wieder einmal gut von ihr durchdacht. Auch die Entscheidung, den Rollstuhl zu benutzen. Es gab mehrere Argumente, die dafür sprachen: Der Rollstuhl hielt fremde Leute von ihrem Tisch fern, denn die meisten hatten eine fast natürliche Scheu, fremde Behinderte anzusprechen oder sich einfach zu ihnen zu setzen. Zudem würde später niemand auch im entferntesten vermuten, eine offensichtlich hilflose Frau im Rollstuhl könne in irgendeiner Weise mit einem Sprengstoffattentat in Verbindung stehen. Sollte der Rollstuhl sie nach dem

Attentat bei der Flucht behindern, könnte sie notfalls ja einfach aufstehen und weggehen.
Kein Problem.
Eigentlich hatte sie ursprünglich nur vorgehabt, die notwendigen Schritte für das Sprengstoffattentat mitzuplanen und, sofern nicht von der Inneren Sicherheit geregelt, Vorbereitung und Ablauf zu koordinieren, aber beim Gedanken, ob sie bei der Zerstörung des Märchenschlosses persönlich dabei sein sollte, hatte sie immer schon geschwankt: Auf der einen Seite war ihre Anwesenheit für die Durchführung des Plans nicht unbedingt erforderlich – dafür gab es schließlich die Fachleute von der Inneren Sicherheit –, aber andererseits war es ihr fast wie ein Verrat an der Sache erschienen, nicht selbst beim Beginn des endgültigen Kampfes gegen die dunklen Mächte dabei zu sein.
Es hatte auch seine guten Gründe, dass sie Werder seit einiger Zeit beobachten ließ. Seit Monaten hatte sie bemerkt, dass ihre Feinde gewarnt worden sein mussten. Die dunklen Mächte scharten sich auch in immer größer werdender Zahl zusammen, um sie selbst zu beobachten und auf Schritt und Tritt zu verfolgen. Sie waren geschickt, aber nicht genug, dass sie es nicht gemerkt hätte. Bei vielen Gelegenheiten fielen sie ihr auf: Als Postboten, Müllmänner oder Hausfrauen getarnt, ließen sie keinen Augenblick von der Verfolgung ab. Dieses Versteckspiel war doch lächerlich: Als wenn sie nicht bemerkt hätte, dass sie hinter vorgehaltener Hand über sie lachten. Offensichtlich musste jemand den Feinden verraten haben, dass die Organisation einen Präventivschlag vorbereitete.
Und wer konnte dieser Verräter schon anderes sein, als dieser aalglatte Werder. Eines war sicher: Unbemerkt hatten die Feinde die Kontrolle über Werder übernommen. Er besaß offensichtlich keinen freien Willen mehr. Wie eine Mario-

nette bestimmten jetzt ihre Feinde jede seiner Handlungen. Ja, es musste einfach so sein, oder wieso hatte Werder sonst versucht herauszufinden, wer Rubens wirklich war.

Alles passte so gut zusammen. Wenn sie diese unleugbare Tatsache akzeptierte, dann war auch alles andere klar: Weil ihre Pläne an den Feind verraten worden waren, zeigten sich diese in letzter Zeit wieder so hämisch und siegesgewiss. Dem Himmel sei Dank, hatte sie Werders Verrat im letzten Augenblick noch bemerkt, sonst wäre sie wahrscheinlich dem Feind ins offene Messer gelaufen.

Aber so war noch nicht alles verloren. Ihre Stärke war es schon immer gewesen, Pläne auch noch im letzten Moment kreativ ändern zu können. Ihre Kreativität hatte die Organisation schließlich über Jahre so erfolgreich gemacht.

Nachdem sie Werders Verrat bemerkt hatte, hatte sie gleich reagiert: In geheimer Absprache mit Genio hatte sie den Sender, der den Sprengstoff zur Explosion bringen sollte, gegen ein gleich aussehendes, aber ohne Funk ausgestattetes Gerät austauschen lassen. Genio selbst war alles andere als begeistert von ihrer Idee, denn für die tatsächliche Ausführung war eigentlich Werder zuständig.

Burgel Fuchs hatte außerdem – trotz Genios offensichtlichen Widerstrebens – darauf bestanden, dass Genio Werder zum Märchenschloss begleiten sollte, um so sicherzustellen, dass dieser nicht im letzten Moment absprang oder den Plan sogar sabotierte. Jetzt, wo der Feind die Kontrolle über ihn hatte, war alles denkbar.

Aus diesem Grund hatte Genio auch von ihr persönlich den Befehl erhalten, auf dem Parkplatz zu warten. Sie hatte ihm erklärt, so könne Werder erst fliehen, nachdem der Auftrag ausgeführt worden war. Es würde sich nur um eine zusätzliche Sicherheitsmaßnahme handeln. Warum ihr dies notwendig schien, hatte sie Genio nicht erklärt.

Immer mehr verlor sich Burgel Fuchs in ihren trüben Gedanken, wobei sie misstrauisch die Touristen an den anderen Tischen beobachtete. Kein Zweifel. Bei diesen drei Deutschen, die sich gerade an einen Nachbartisch setzten und Radler bestellten, handelte es sich um Feinde. Es war unverkennbar: Wie zufällig schauten sie abwechselnd immer wieder zu ihr herüber, um gleich wieder wegzuschauen, wenn sich ihre Blicke trafen. Zu offensichtlich spielten sie die Rolle von zwei Allgäuern, die einem Gast aus Norddeutschland die Sehenswürdigkeiten ihrer Region zeigten.
Oh ja, sie kannte diese Strategie! Wenn diese drei wüssten, dass sie über die Macht verfügte, dieses Märchenschloss zum Einsturz zu bringen. Sie musste weg, bevor ihre Feinde versuchten, sie ebenfalls unter ihre geistige Kontrolle zu bringen. Ohne ihren Kaffee zu Ende zu trinken, lenkte sie ihren Rollstuhl in Richtung Straße. Als sie flüchtig über ihre Schulter schaute, sah sie, wie alle drei ihr unschlüssig nachstarrten.
Sofort wandte sie ihren Blick wieder zur Straße. Einen Moment blieb ihr die Luft weg, als sie Lisa und Katharina mit ihrem schweren Trekkingrucksack am Hotel vorbeikommen sah.
Hatte sie es doch geahnt!
Burgel Fuchs hatte Glück, denn sie wurde von den beiden Frauen nicht bemerkt. Diese hasteten mit langen Schritten den Berg hinunter. Lisa sprach in ihr Handy, wobei sie erregt mit den Armen fuchtelte, als wenn ihr Gesprächspartner sie dann besser verstehen könnte. Offensichtlich hatte Lisa Probleme, sich in ihrer Aufregung verständlich zu machen.
Die Kunstjournalistin schnaubte wütend: Sie brauchte wahrlich keine Prophetin zu sein, um zu wissen, was passiert sein musste und worauf das jetzt zwangsläufig hinauslaufen würde. Dieser verdammte Verräter Werder hatte die beiden

Frauen einfach laufen gelassen! Mit Sicherheit hatte er ihnen auch erzählt, was, oder besser gesagt, wer sich in diesem riesigen Trekkingrucksack befand. Jede Wette, dass er den beiden auch von dem Anschlag auf das Märchenschloss erzählt hatte. Burgel Fuchs konnte sich an ihren fünf Fingern abzählen, mit wem Lisa gerade telefonierte.

Fürs Erste entschied sich Burgel Fuchs, dortzubleiben und zu warten. Diese beiden jungen Frauen konnte sie sowieso nicht aufhalten, ohne die Aufmerksamkeit auf sich zu lenken.

Es gab wahrlich Wichtigeres!

Es würde nicht sehr lange dauern, dann würde Werder auch hier vorbeikommen, und dann …

Werder!

Dieser Verräter musste sterben. Unbedingt! Sollte sie das Schloss jetzt gleich zum Einsturz bringen? Dann könnte es niemand mehr verhindern. Allerdings, wenn es das Schicksal wollte, dann würde Werder vielleicht unter den wenigen Überlebenden sein. Und am Ende würde es diesem Verräter im Chaos noch gelingen, zu entkommen.

Nein!

Dieses Risiko konnte sie unmöglich eingehen. Dafür wusste er viel zu viel von ihren Plänen.

Nein, besser sie würde hier warten bis er vorbeikam. Dann würde sie mit ihrer Pistole sicherstellen, dass er nicht entkam. Schon unten auf dem Parkplatz hatte sie sicherheitshalber die Pistole unter die Decke gelegt, die sie, wenn sie im Rollstuhl saß, immer über ihre Beine legte.

Wenn Werder kam, würde alles sehr schnell gehen: Sobald dieser Verräter tot vor ihr lag, würde sie mit dem Sender den Sprengstoff zur Explosion bringen und dann zu Fuß von hier verschwinden. Bei der zu erwartenden Panik würde niemand auf sie achten, würde kein Mensch bemerken, dass sie plötzlich laufen konnte.

Burgel Fuchs postierte sich gleich bei den Kartenständern und tat ganz so, als könnte sie sich nicht recht entscheiden, welche Perspektive sie vom Märchenschloss wählen sollte, wobei sie ihren Rollstuhl so stellte, dass sie die von oben kommende Straße im Blick behielt.
Ihre Geduld wurde dann doch länger auf die Probe gestellt, als sie geglaubt hatte. Burgel Fuchs begann sich schon zu fragen, ob die Verkäuferin im bayerischen Dirndl nicht auf sie aufmerksam geworden war.
Nein, doch nicht. Die Verkäuferin war offensichtlich die Marotten der internationalen Touristen gewöhnt. Argwöhnisch verfolgte sie nur, ob nicht eine der Karten unter der Decke verschwand.
In dem Moment, als die Verkäuferin gerade von zwei jungen Asiatinnen abgelenkt wurde, bemerkte Burgel Fuchs, wie Werder mit weiten Schritten die Straße herabkam.
Na endlich!
Rasch tastete Burgel Fuchs nach dem Sender in der Seitentasche ihres Rollstuhls.
Während sie ihn ebenfalls griffbereit unter ihre Decke steckte, drückte sie sich mit ihrem Rollstuhl noch mehr hinter die Kartenständer. Wie ein Raubtier, das Witterung aufgenommen hat, ließ sie ihre Beute keinen Moment mehr aus den Augen.
Zu ihrer Überraschung blieb Werder unvermittelt vor dem Hotel stehen und sah hinauf zum Schloss. Dann zog er den tablet-ähnlichen Sender aus der Jackentasche. Burgel Fuchs sah, wie seine Hände hastig über den Screen des Geräts huschten, wie sein wehmütiger Blick immer wieder über das Schloss schweifte.
War er vielleicht doch gerade dabei, mit dem unbrauchbaren Sender zu versuchen, das Schloss zum Einsturz zu bringen?
Sollte sie sich doch in ihm geirrt haben?
Nein! Unmöglich!

Er war ein Verräter, der es verstand, Theater zu spielen. Wahrscheinlich hatten ihn die Feinde, die ihn kontrollierten, angewiesen, vor ihrer Nase diese Farce aufzuführen und so zu tun, als würde er gerade den Sender aktivieren.
Lange würde es nicht dauern und Werder würde sich, gerade wenn sie am wenigsten damit rechnete, auf sie stürzen. Das konnte Burgel Fuchs deutlich spüren. Auf solche hinterhältigen Tricks verstanden sich die Feinde, die wahre Meister der Verstellung waren. Sie durfte auf keinen Fall auf einen plötzlichen Angriff von Werder warten, musste ihm unbedingt zuvorkommen, musste selbst, solange es noch möglich war, den Überraschungsmoment für sich nutzen.
Mit einigen schnellen Griffen in die Räder fuhr sie bis auf einen halben Meter hinter ihn heran. Im nächsten Moment schon zog sie die Pistole unter ihrer Decke hervor. Werder musste diese plötzliche Bewegung unmittelbar hinter sich bemerkt haben, denn mit einem plötzlichen Ruck wandte er sich zum Rollstuhl um. Mit weit aufgerissenen Augen starrte er in die Mündung des Schalldämpfers. Sein Gesicht wurde bleich und seine Hände, die den Sender krampfhaft festhielten, begannen heftig zu zittern.
„Wa… warum?“, ächzte er mit fast tonloser Stimme. Dann schien er mit einem Schlag die Situation ganz zu verstehen. „Rubens? Sie … Sie sind … Rubens?“
„Wer sonst?“, zischte sie. „Verräter!“
Das Zucken seiner Augenlider verriet ihr seine Absicht, aber bevor Werder sich mit einem Hechtsprung auf sie stürzen konnte, drückte sie bereits den Abzug der Pistole.
Die zu erwartende Panik blieb aus, weil der deutlich hörbare Schuss glücklicherweise von dem Gelächter einer Touristengruppe übertönt wurde, die ganz in der Nähe dicht gedrängt mit dem Blick auf das Schloss stehen geblieben war, um einem der vielen Fremdenführer zuzuhören.

Werders Gesicht verriet zunächst mehr Überraschung als Entsetzen. Mit der rechten Hand griff er an seine Brust, wo sein Hemd sich bereits tiefrot zu färben begann. Das Blut sickerte ihm durch die Finger. „Aber wieso …?“

In diesem Augenblick gaben jedoch bereits seine Füße unter ihm nach und er brach mitten auf der Straße vor dem Rollstuhl zusammen.

Und dann schien alles auf einmal zu passieren.

Als hätten sie erst auf dieses Signal warten müssen, kamen die drei Männer, die Burgel Fuchs die ganze Zeit von ihrem Nachbartisch beobachtet hatten, von der Terrasse gelaufen. Auch sie hielten Pistolen in den Händen.

Burgel Fuchs bemerkte aus ihren Augenwinkeln, wie sich die drei Männer ihr rasch näherten. Sie zögerte kurz, warf einen fragenden Blick auf ihre Pistole: Sollte sie das Feuer auf die drei Männer eröffnen?

Dann schüttelte sie entschlossen ihren Kopf. Nein, im Moment gab es Wichtigeres. Der Führer der italienischen Touristengruppe schien gerade eine lustige Anekdote aus dem Leben König Ludwigs II. erzählt zu haben, denn die Gruppe brach erneut in lautes Gelächter aus.

Hastig ließ Burgel Fuchs die Pistole auf die Decke fallen und zog den Sender hervor. Mit einem einzigen Satz stand sie auf ihren Füßen. Den tablet-ähnlichen Sender hielt sie fest in beiden Händen. Ihre Finger flogen über das Display, was sie nicht abhielt, einen kurzen Blick auch auf die sich nähernden Männer zu werfen. Schemenhaft konnte sie sehen, dass die drei Männer zwar ihre Pistolen auf sie gerichtet hielten, aber dass sie offensichtlich zögerten, ihre Waffen zu benutzen. Wahrscheinlich hatten ihre Feinde Angst, einen der vielen herumstehenden Touristen zu verletzen, aber ihre Gesichter zeigten, wie entschlossen sie waren, sich auf sie zu stürzen.

Ein Italiener, schlank und noch recht jung, wandte sich gerade um. Fassungslos schaute er auf die drei Männer mit den Pistolen.
Hastig ließ Burgel ihre Hände über den Screen des Senders gleiten, während sie einige rasche Schritte vorwärts und zur Seite in Richtung der Gruppe machte, um zu verhindern, dass ihre Verfolger sich einfach auf sie stürzten.
Im nächsten Moment war Burgel Fuchs bereits von der Gruppe der italienischen Touristen umgeben, was den drei Männern jede Möglichkeit nahm, auf sie zu schießen. Mit kräftigen Armstößen drangen auch die drei Männer jetzt schreiend und wild gestikulierend in die Gruppe von verstört schauenden Italienern.
Mit einem starren Blick auf die sie verfolgenden Männer bemerkte Burgel Fuchs, dass diese ihr jeden Moment den Sender aus der Hand reißen würden, aber sie waren alle so fest zwischen den Touristen eingekeilt, dass sie sich keinen weiteren Schritt bewegen konnten.
Da kam Burgel Fuchs plötzlich eine Idee: Sie nahm tief Luft und schrie, wobei sie verzweifelt mit der rechten Hand auf ihre drei Verfolger deutete. „Hilfeee! Help! Aiuto! Hilfeee!"
Die Italiener glaubten plötzlich zu verstehen, was um sie herum geschah. Entsetzt stierten sie auf die drei mit Pistolen bewaffneten Männer und eine um Hilfe schreiende Frau. Einige begannen ebenfalls in panischer Angst zu schreien. Sie rannten entweder bergauf in Richtung Schloss oder die Straße zum Dorf hinab, wobei sie andere rücksichtslos umstießen oder mit sich rissen. Diese panische Flucht schaffte den drei Männern die notwendige Bewegungsfreiheit, um sich auf Burgel Fuchs zu stürzen.
Und dann geschah etwas völlig Unerwartetes: Statt ebenfalls in panischer Angst zurückzuweichen und zu fliehen, bildeten zunächst vier, dann sechs junge Italiener, die stehen

geblieben waren, die Hände beschwichtigend hebend, einen dichten Schutzwall zwischen der immer noch schreienden Frau und den bewaffneten Männern.
Die unerwartete Hilfe gab Burgel Fuchs genau die Zeit, die sie noch brauchte, um in das Hauptmenü zu kommen. Nur noch ein einziges Drücken auf den Touchscreen und der Sender würde den Impuls senden. Dieser würde auf der Stelle eine Reihe von kurz aufeinander folgenden Explosionen auslösen.
Einer der sie verfolgenden Männer schrie: „Police! Polizei!“ In der rechten Hand hielt er seine Pistole und in der anderen schwenkte er seine Dienstmarke weit über seinem Kopf, sodass jeder sehen konnte, dass er tatsächlich bei der Polizei war.
Die anderen beiden schoben die starrstehenden italienischen Touristen auseinander, die sich offensichtlich nicht entscheiden konnten, was sie von dieser unerwarteten Wendung halten sollten.
Einer der zivilen Polizisten griff entschlossen nach dem Arm von Burgel Fuchs, um ihr das Gerät aus der Hand zu reißen, aber es war bereits zu spät: Burgel Fuchs hatte schon auf den entscheidenden Knopf gedrückt …

Interview aus der Zeitschrift „Forschung & Kunst“ Sommerausgabe 2015

Genie und Wahnsinn

Nach den jüngsten, inzwischen allgemein bekannten Ereignissen im Allgäu stellt sich einmal mehr die Frage, inwieweit diese Terroranschläge auf Kunstdenkmäler und Sehenswürdigkeiten nicht schon seit Jahren aufgedeckt hätten werden müssen. Deshalb hat Forschung & Kunst ein Interview mit dem anerkannten Psychiater Professor Dr. Schneidfelder geführt, wobei wir aus ermittlungstechnischen Gründen die Anonymität der betroffenen Person, von der die Planungen ausgingen, wahren müssen. Professor Dr. Schneidfelder ist vielzitierter Fachbuchautor und leitet die forensische Abteilung des Bezirkskrankenhauses Kaufbeuren.

Herr Professor Schneidfelder, lässt sich aus psychiatrischer Sicht schon etwas über das mögliche Krankheitsbild sagen?

Natürlich ist eine differenzierte Diagnose nur nach der Durchführung von eingehenden Tests möglich. Deswegen sollten Sie meine Überlegungen nur als vorläufige Hypothese verstehen. Mit dieser Einschränkung würde ich im weitesten Sinne von einer paranoiden Schizophrenie ausgehen.

Könnten Sie für unsere Leser näher erklären, wie Sie zu dieser Annahme kommen?

Für meine These sprechen die geäußerten Wahnvorstellungen einer weltweiten Verschwörung, in deren Zentrum die besagte Person zu stehen glaubte. Sie nahm an, bedrohlich wirkende Verschwörer würden versuchen, ihr Bewusstsein unter ihre Kontrolle zu bringen. Hierzu gehören auch völlig unrealistische und grandiose Allmachtsfantasien und das Verlangen nach absoluter Kontrolle.

Mussten diese Ideen der Person nicht selbst völlig unwahrscheinlich und unlogisch vorkommen?
Nicht notwendigerweise. Innerhalb ihrer Wahnvorstellung baute diese Person ein in sich logisches Konstrukt auf. Ich will ein Beispiel nennen: Die Verschwörer würden sich – natürlich nur in der Vorstellung dieser Person – bestimmter Menschen als Werkzeuge bedienen, die ihrerseits als Helfershelfer weitere freie Menschen unter ihre Kontrolle brächten, bis die ganze Menschheit von diesen dunklen Mächten beherrscht würde.

Und was hatten diese „Feinde der Menschheit" mit dieser Person selbst zu tun?
Offensichtlich hatte diese Person selbst immer wieder die Befürchtung, diese vermeintlichen Verschwörer versuchten, auch Kontrolle über sie zu gewinnen.

Wie können sich unsere Leser solche Wahnvorstellungen konkret vorstellen?
Ich denke in diesem Zusammenhang an die Wahrnehmung von kontrollierenden Stimmen im Kopf oder das Sehen von vollständigen fiktiven Szenen, die die entsprechenden Personen aber für die Realität halten. Hinzu kam die Wahnidee, die auserwählte Person zu sein, die die Menschheit retten sollte.

Kommt so etwas häufiger vor?
Zumindest ist es nicht ganz ungewöhnlich, wobei oft sogar die Grenzen des eigenen Geschlechts überschritten werden. Im vorliegenden Fall handelte es sich um den Wahngedanken, der Maler Peter Paul Rubens zu sein. Selbstredend ging die Person auch davon aus, übernatürliche Fähigkeiten zu besitzen und somit zurecht der erwählte Führer zu

sein. Dies kennen wir übrigens auch aus religiösen Wahnsystemen.

Wie kommt es zu solchen psychischen Erkrankungen?
Das ist individuell sehr unterschiedlich. Wahrscheinlich macht es immer die Kombination verschiedener Faktoren, die zum Teil oft in die früheste Kindheit zurückreichen.

Was könnten das für Erfahrungen sein?
Ich denke da u. a. an familiäre und zwischenmenschliche Probleme, Stress auslösende Situationen, oft auch halluzinogene Drogen. Diskutiert werden auch genetische Veranlagung und gehirnbedingte Erkrankungen, durch die die normalen geistigen Mechanismen beeinträchtigt werden können.

Feststeht auf jeden Fall, dass die Person tatsächlich sehr systematisch und kreativ über Jahre ihre Ziele verfolgte. Liegen Genie und Wahnsinn tatsächlich so nahe zusammen?
Sicherlich nicht zwangsläufig, aber wie dieser Fall zeigt, schließt das eine das andere auch nicht aus. Nur so lässt sich erklären, wie diese über Jahre geplanten Terroraktionen unbemerkt bleiben konnten.

Warum konzentrierte sich die Person so sehr auf den Kunstbereich? Um finanzielle Mittel zu beschaffen, hätte es sicher auch andere Möglichkeiten gegeben.
Auch spezifische Wahnideen ergeben sich nicht zufällig, sondern sie knüpfen an bestimmte Erfahrungen des eigenen Lebens an. Kunst stellte im vorliegenden Fall wahrscheinlich schon immer ein Faszinosum dar. Diese Wahl könnte auch eine symbolische Bedeutung haben.

Worauf wollen Sie hinaus, Herr Professor?
Vielleicht ist es einfach die Tatsache, dass sich Kunst nicht an die natürlichen Grenzen der Realität zu halten braucht. Gerade das Darüber-Hinausragende macht es ja erst zur Kunst.

Was die Frage offenlässt, warum diese Person bedeutende Kunstdenkmäler zerstören wollte?
Hier kann ich vorläufig nur spekulieren. Möglicherweise ist die Person mit ihren eigenen hohen Erwartungen irgendwann in diesem Bereich gescheitert.

Bleibt noch die Gretchenfrage: Hätte man nicht früher auf diese Person aufmerksam werden müssen?
Eine Frage, die man sich im Nachhinein immer stellen muss. In diesem Fall lebte die Person ein perfektes Doppelleben. Zudem verstand sie es über Jahre, aus dem Hintergrund die Fäden zu ziehen, sodass selbst die unmittelbar beteiligten Personen nicht wussten, mit wem sie es tatsächlich zu tun hatten.

Wir danken Ihnen für das informative Gespräch, Herr Professor Schneidfelder.

Juli 2016

14. Juli 2016, 10.44 Uhr

Katharina Scheible und Lisa Lechner gingen durch die engen Straßen von Correns, einem kleinen Dorf im Herzen der Provence Verte, etwa fünfzig Kilometer von Marseille. In den Gassen war die mörderische Hitze gerade noch so erträglich. Bereits über 30 Grad jetzt am Morgen. Und das schon die ganzen vier Wochen, seitdem sie hier in Südfrankreich angekommen waren.

„So schön ich die Provence finde, aber ich wüsste sie noch mehr zu schätzen, wenn wir endlich diese verdammten Leute finden würden", seufzte Lisa.

„Dein Wort in Gottes Ohr. Wenn wir Pech haben, dann ist dieser Hinweis wieder einmal die übliche Sackgasse", stimmte ihre Freundin Katharina ihr zu.

„Meine Füße tun mir vom vielen Laufen weh", wechselte Lisa wie so oft das Thema, wenn sie anfingen über die vielen Rückschläge der vergangenen Monate zu reden. Besser an etwas anderes denken und sich nicht von diesen deprimierenden Gefühlen runterziehen lassen.

„Lass uns ein wenig da drüben hinsetzen." Sie wies mit dem Kopf auf ein hell gestrichenes Gebäude, auf dem über dem Eingang „AUBERGE DU PARC" stand. Ein typisches provenzalisches Café, vor dem ein paar kleine, runde Tische und weiße Plastikstühle im Schatten des Hauses standen, an denen sich die üblichen einheimischen Stammgäste und die meist zum Klettern kommenden Touristen mischten.

„Gute Idee! Von da haben wir auch einen guten Blick auf den Dorfplatz. Vielleicht haben wir ja auch Glück und die beiden laufen uns wie in Basel noch einmal über den Weg."

Die Rede war von dem Ehepaar Bettina und Lothar von Auerberg. Seitdem das Ehepaar vor einem Jahr durch die Maschen der Polizei geschlüpft war, machten die beiden jungen Frauen selbst Jagd auf das Gangsterpärchen. Mit großem Aufwand, aber ohne Erfolg.
Bisher!
Lisas Mutter war zunächst alles andere als begeistert gewesen, dass ihre Tochter mit Katharina auch der kleinsten Spur nachging, um die Organisation völlig zu zerstören und alle Verantwortlichen zur Rechenschaft zu ziehen. Aber als Frau Dr. Lechner klar wurde, dass ihre Tochter ein genauso allgäuerischer Sturkopf war wie Lisas Onkel Wegner, hatte sie resigniert aufgegeben. Frau Dr. Lechner hatte sich sogar neben der Leitung ihres Sanatoriums in Bad Wörishofen dazu überreden lassen, sich um Katharinas Sohn Hanno zu kümmern, wenn die beiden Frauen wieder einmal auf Gaunerjagd waren.
Katharina hatte, sofern sie nicht mit Lisa unterwegs war, in der Lechner-Klinik Wegners frühere Werkstatt übernommen, nur dass sie statt Schnitzunterricht therapeutisches Malen und Gestalten anbot. Es war für Katharina eine leichte Entscheidung gewesen, als Lisa ihr diese ehemalige Aufgabe von Wegner vorschlug.
Katharina war auch gerne nach Wörishofen umgezogen, denn ohne die täglichen Besuche ihres väterlichen Freundes Alois wollte sie nicht mehr ganz allein in dem einsamen Haus wohnen, wenn sie es auch bisweilen mit Lisa zusammen als Rückzugsort benutzte, vor allem, um ein wenig Ruhe vor einer allzu fürsorglichen Frau Dr. Lechner zu haben.
Nachdem die beiden Freundinnen in der Auberge du Parc einen Café au Lait bestellt hatten, zog Lisa ihr ewig präsentes Notiz- und Tagebuch aus ihrer Umhängetasche. Sie blätterte lustlos ihre Notizen durch. „Irgendwie scheint mir

leicht logisch nachvollziehbar zu sein, dass sich die beiden in eines dieser Dörfer zurückgezogen haben, wie es unser Informant gesagt hat."

„Für die Summe, die wir für seine sogenannten ‚Informationen' bezahlt haben, hätte er uns auch die genaue Adresse nennen können", frotzelte Katharina.

„So, wie der Typ hinter dem Geld her war, hätte er uns ganz sicher für einen weiteren Tausender auch die Adresse einschließlich der Farbe des Hauses genannt, wenn er sie gewusst hätte. Aber immerhin haben sonst seine Informationen bisher bis auf den i-Punkt gestimmt, was man nicht von allen unseren Informanten sagen kann."

„Das schon, aber seine Angaben irgendwo im Umkreis der Stadt Brignoles sind schon sehr vage gewesen. Kein Wunder, dass wir seit drei Wochen mit Mietautos herumgurken, ohne bisher einen entscheidenden Hinweis auf den Wohnort der beiden gefunden zu haben."

Durch ihre Informanten hatten die beiden deutschen Frauen tatsächlich erfahren, dass das Ehepaar von Auerberg bestimmte Geschäfte mit der Mafia in Marseille betrieb, aber dass das international gesuchte Gangster-Ehepaar die naheliegende Provence Verte als Wahlheimat gewählt hatte, um vor der französischen Polizei verhältnismäßig sicher zu sein, blieb bis auf Weiteres ein noch unbestätigter Hinweis.

Es klang auf jeden Fall wahrscheinlich, denn ein deutsches Ehepaar würde unter den vielen Touristen in den maritimen Alpen kaum auffallen, und die beiden würden sich sicherlich nicht scheuen, wieder einmal Betrügereien im großen Maßstab zu begehen, nachdem sie vor einem Jahr kaum etwas von der gemeinsamen Beute der Organisation abbekommen hatten, da sie nach den Ereignissen auf dem Märchenschloss Hals über Kopf das Land verlassen mussten.

Lisas und Katharinas Hauptproblem bestand darin, dass es in diesem Teil der maritimen Alpen nicht weniger einsam gelegene Häuser gab als in ihrem heimatlichen Allgäu. Wahrscheinlich hatte das Ehepaar sich irgendwo über Strohmänner ein solches abseits gelegenes Haus ausgesucht, oder die beiden lebten bei irgendwelchen französischen Dunkelmännern, die in Marseille oder Nizza ihren kriminellen Geschäften nachgingen. Bei dieser Art von Geschäften war es kaum notwendig, direkt in einem der wichtigsten Brennpunkte Südfrankreichs zu leben.
Katharina war es wieder einmal, die als Erste nach einem rasch vertilgten Croissant erneut Mut fand. „Es ist nicht notwendig, den Kopf hängen zu lassen. Bei diesem Genio haben wir doch auch gedacht, er könnte uns durch die Lappen gehen. Am Ende haben wir ihn dann doch noch erwischt. Es ist nur eine Frage der Hartnäckigkeit."
Es war den beiden Frauen tatsächlich gelungen, diesen Mann in einem sicher geglaubten Versteck von der amerikanischen Polizei verhaften zu lassen. Auch da waren sie monatelang auf eigene Faust geduldig den unterschiedlichsten Spuren nachgegangen, bis sie ihn endlich aufgespürt hatten.
„Ja, klar, aber manchmal frage ich mich schon, warum wir das alles machen. Vielleicht hat meine Mutter ja doch recht, und wir sollten diese Verfolgungsjagd ganz allein der Polizei überlassen."
„Das hört sich aber jetzt gar nicht wie dein Onkel Wegner an."
„Hast du eine Ahnung! Wenn er in München einen seiner düsteren Tage hatte, dann hätte er oft am liebsten alles im Kommissariat stehen und liegen lassen. Soweit er mir erzählt hat, kam das gerade nach dem Selbstmord seiner Frau nicht selten vor. Aber lassen wir diese Geschichten lieber ruhen. Der Gedanke, dass diese Verbrecher meinen Onkel auf dem Gewissen haben, zieht mich sonst wieder ganz runter.

Besser konzentrieren wir uns vollkommen auf unsere Jagd auf dieses Gangsterpaar. Hast du irgendwelche Ideen, wie es jetzt weitergehen könnte? Wir können doch nicht ewig hier in der Gegend bleiben."

Katharina schüttelte ihren Kopf. „Nicht wirklich. Am besten wir bleiben dabei, weiter rumzufragen, ob jemand dieses deutsche Ehepaar gesehen hat."

„Nicht gerade einfach. Im Sommer sind hier unten in der Provence oft mehr deutsche als französische Ehepaare. Und wer weiß, ob sie ihr Aussehen nicht doch noch einmal geändert haben."

„Kaum wahrscheinlich, dass sie ihr Aussehen, nachdem sie uns in Basel nur knapp entkommen sind, noch einmal entscheidend geändert haben, zumal sie kaum mitbekommen haben dürften, wie dicht wir ihnen in der Schweiz auf der Spur waren. Und was sagt die Nichte von Sherlock Holmes, wie wir jetzt konkret weitermachen sollen?"

Sanft lächelte Lisa über den vertrauten Scherz. „Du hast recht. Onkel Wegner hat immer gesagt, solange man keine neuen Ideen hat, muss man eben hartnäckig mit den alten weiterarbeiten. Einen Ganoven zu fangen, wäre in seiner Zeit als Polizist oft nicht eine Frage der Intelligenz, sondern der notwendigen Hartnäckigkeit gewesen. Das hat er mir zumindest immer fast wortwörtlich so erzählt."

„Sicher, aber Wegner hatte das Pech, dass in diesem Fall nicht nur er hinter der Organisation her war, sondern umgekehrt die Organisation auch hinter ihm. Ich denke, diese Burgel Fuchs muss eine Heidenangst vor Wegners Fähigkeiten gehabt haben, sonst hätte sie ihn sicherlich nicht vergiften lassen."

„Ich müsste sie eigentlich hassen, aber … Keine Ahnung. Erstaunlich … diese Frau", sagte Lisa versonnen und niedergeschlagen zugleich.

„Erstaunlich? Wie meinst du das jetzt?"
„Na ja. Was auch immer über die Machenschaften dieser Frau in den Zeitungen geschrieben wurde, eins muss man doch zugeben, sie hatte auf ihre Art auch geniale Ideen ..."
„Und keinerlei Skrupel, diese auch in die Tat umzusetzen", unterbrach sie Katharina verächtlich.
„Stimmt, sonst hätte sie es nicht geschafft, die treibende Kraft in dieser Organisation zu sein, ohne dass jemand auch nur vermutete, eine Frau könnte hinter dem Namen Rubens stecken. Ich frage mich, warum sie gerade diesen Namen gewählt hat."
„Weiß auch nicht so recht, aber für sie war Rubens, nach allem was man liest, weit mehr als ein Name. In ihrem Wahn glaubte sie, wenn man den Berichten der Zeitung glauben darf, wirklich der wiedergeborene Rubens zu sein, erwählt, die Menschheit vor dunklen Mächten zu schützen, von denen sie die Welt bedroht sah. In dieser Hinsicht war sie einfach krank, und leider ist sie nicht die Einzige."
„Wie auch immer, Katharina, am Schluss ist sie trotz aller ihrer genialen Ideen mit ihren irrsinnigen Plänen gescheitert."
„Ja, das hatte gute Gründe. Sie hatte zum Beispiel nicht damit gerechnet, dass du einen Peilsender in der Tasche ihres Rollstuhls platziert hattest. Super Idee übrigens. Muss ich schon neidlos zugeben. So konnten die Polizisten, mit denen du Kontakt aufgenommen hattest, sie unbemerkt bis zum Schloss Neuschwanstein verfolgen."
„Für meinen Geschmack haben diese drei zivilen Polizisten ein wenig lange gewartet, bevor sie zugriffen. Aber das war ja nicht der einzige Punkt, an dem was schiefgelaufen ist. Ich frage mich, warum?"
„Na ja, an dieser Frau lag es nicht. Diesem Genio hat offensichtlich der Gedanke nicht gefallen, ihr den richtigen Sender zu geben und Werder nur eine Art Attrappe. Dieser praktisch veranlagte Mann hatte offensichtlich mehr Ver-

trauen in Werder, denn am Ende hat er Rubens den wertlosen Sender gegeben und Werder den richtigen. Ich will nicht wissen, wie diese Burgel Fuchs geschaut haben muss, als ihr später von der Polizei erklärt wurde, dass sie Werder gerade in dem Moment erschossen hat, als dieser im Begriff war, die Sprengladungen unter dem Schloss tatsächlich zur Explosion zu bringen."
Beide schwiegen, ließen die Erinnerungen an diesen Tag vor mehr als einem Jahr an sich vorbeiziehen.
Nachdenklich rührte Lisa in ihrem Café au Lait, bevor sie das Gespräch wieder aufgriff. „Aber irgendwie ist sie auch faszinierend. So, als wenn zwei ganz unterschiedliche Personen in ihrem Kopf gewesen wären."
„Wie meinst du das?", fragte Katharina verwirrt.
„Na ja, die eine Person in ihr kann geniale Artikel über Kunst schreiben oder hat die kreativsten Ideen, und die andere sieht sich ständig von feindlichen Wesen umgeben und hält sich wirklich für eine Wiedergeburt von Rubens, eine Person, die erwählt ist, die Welt vor dem Untergang zu retten. Ist doch irgendwie auch … seltsam, oder?"
„Seltsam? Wenn du mich fragst, Lisa, ist diese Frau völlig durchgeknallt. Bei allem Verständnis für ihre schweren traumatischen Erfahrungen in ihrer Kindheit und für ihre schwere psychiatrische Krankheit würde ich sie trotzdem am liebsten umbringen. Es war schließlich ihre Idee, Hanno entführen zu lassen und ihn in diesen Rucksack zu stecken. Wenn ihm etwas passiert wäre, wäre diese Frau jetzt tot."
„Und du hattest wirklich die ganze Zeit keinen Verdacht, dass sie …?"
„Aber nein! Niemals wäre ich auch nur auf den Gedanken gekommen, sie könnte mich benutzen, um meinen Sohn auf das Schloss zu bringen. So eine bodenlose Gemeinheit! Wäre es nach ihrem Plan gegangen, wären wir jetzt alle tot.

Es gibt keine Nacht, in der ich nicht träume, dass ich den Sack aufmache und … und Hanno ist … ist tot."
„Ich weiß schon. Es muss schrecklich sein."
„Schrecklich ist noch gar kein Ausdruck! Manchmal habe ich auch diesen anderen verdammten Albtraum."
Beruhigend streichelte Lisas Hand über Katharinas Arm. „Meinst du den, wo du mit ihrer eigenen geladenen Pistole vor ihr stehst und du sie einfach niederschießt, so wie sie es mit Werder gemacht hat?"
„Ja, genau den. Ich meine, um Werder war es nicht schade, auch wenn wir ihm beide verdanken, dass wir heute noch am Leben sind."
„Das verdanken wir wohl eher dem Umstand, dass er der Vater … äh … Erzeuger von Hanno ist. Irgendwie hat doch jeder eine weiche Stelle, selbst Leute wie dieser skrupellose Werder." Verständnisvoll lächelte Lisa ihre Freundin an: „Ist eben nicht so einfach für dich, diese ganze Geschichte mit Werder, oder?"
„Das kannst du wohl laut sagen! Obwohl er tot ist, lässt der Gedanke an ihn mir keine Ruhe. Ich weiß nicht, wie ich dir das jetzt erklären soll. Auf der einen Seite gibt es kaum einen Menschen, den ich mehr hasse als ihn, und auf der anderen Seite … Irgendwie war in ihm auch ein kleiner Junge, der seine eigenen Träume hatte. Vielleicht habe ich ihn deshalb einmal so geliebt. Wer weiß? Vielleicht besser nicht zu sehr an ihn denk…"
„Warte mal, Katharina! Wir scheinen doch wirklich einmal Glück zu haben! Schau!" Aufgeregt wies Lisa mit dem Kopf auf einen der wenigen Stände des Wochenmarkts, der genau gegenüber vom Café stattfand.
Entschlossen zog Katharina ihr Handy aus der Tasche. „Die von Auerbergs! Sieh mal einer an! Dann wollen wir mal sehen, an wen die Runde dieses Mal geht."